I0694251

BRENDA NOVAK

Placeres robados

Editado por Harlequin Ibérica.
Una división de HarperCollins Ibérica, S.A.
Núñez de Balboa, 56
28001 Madrid

© 2012 Brenda Novak, Inc.
© 2014 Harlequin Ibérica, S.A.
Placeres robados, n.º 63 - 20.7.14
Título original: When Snow Falls
Publicada originalmente por Mira Books, Ontario, Canadá

I.S.B.N.: 978-84-687-4469-8
Depósito legal: M-12914-2014

Para Stephanie Novembri.

Gracias por todas las horas de trabajo voluntario que has invertido en la subasta online que organizo cada año para recaudar fondos destinados a la investigación sobre la diabetes.

Llegaste a mi vida en un momento en el que realmente necesitaba ayuda y has estado a mi lado desde entonces.

Capítulo 1

En Whiskey Creek no solía nevar, pero, cuando lo hacía, Cheyenne Christensen se trasladaba a otra época, a otro lugar. No había nada en su vida que encajara con las imágenes que su mente evocaba de unas fiestas de Navidad entrañables, con regalos envueltos en papeles de alegres colores y sidra caliente, unas fiestas como las que sus amigos disfrutaban. No, la nieve la revolvía por dentro, era como si hubiera ocurrido algo oscuro y terrible en una noche como aquella.

Deseaba poder recordar qué había sucedido exactamente. Durante años, se había devanado los sesos intentando encontrar sentido a aquellos recuerdos, intentando conjurar a la mujer de rostro sonriente y hermoso pelo rubio que aparecía en ellos. ¿Era una de sus tías? ¿Una profesora? ¿Una amiga de la familia?

De lo que estaba segura era de que no era su madre. Cheyenne ya tenía una madre que insistía en que no había habido nadie en su vida que respondiera a esa descripción. Pero eso no significaba que fuera cierto. Anita nunca había sido una mujer en la que se pudiera confiar.

—Chey, ¿dónde estás? Necesito la medicina.

Fuera o no su verdadera madre, la mujer que la había criado estaba despierta. Otra vez. A Anita cada vez le resultaba más difícil descansar.

Intentando sacudirse la obstinada melancolía que se apoderaba de ella cuando empezaba a nevar, Cheyenne se apartó de la ventana. La casa de tres habitaciones que compartía con su madre y su hermana no era un lugar del que pudiera sentirse orgullosa. Ella ponía el árbol de Navidad y las luces y mantenía la casa limpia, pero, posiblemente, aquella era la morada más humilde del condado de Amador.

Aun así, era mucho mejor que los baqueteados coches y los moteles de mala muerte en los que había crecido. Por lo menos, aquella casa le proporcionaba alguna estabilidad.

—¡Ven ya!

Cheyenne corrió al armario para conseguir la morfina. El cáncer de su madre se había reproducido después de una década. Cheyenne odiaba ver sufrir a nadie. Pero, si Anita no hubiera caído enferma quince años atrás, jamás se habrían establecido en ningún lugar. Llegar a Whiskey Creek había sido lo mejor que le había pasado nunca a Cheyenne y por culpable que eso la hiciera sentirse, siempre le estaría agradecida a aquel diagnóstico que había detenido el indolente deambular de Anita y había permitido que su hermana y ella pudieran matricularse en un instituto. Lo único que deseaba era que el cáncer que había empezado en los ovarios de Anita hubiera remitido definitivamente y no hubiera vuelto a aparecer en el páncreas.

—¿Qué estabas haciendo ahí fuera mientras estoy aquí tumbada, sufriendo? —le preguntó Anita en tono exigente en cuanto Cheyenne entró en el dormitorio—. En realidad, no te importo nada, ¿verdad? Nunca te he importado.

Temiendo que pudiera haber algo de verdad en aquellas palabras, que sonaban arrastradas porque su madre no se había puesto la dentadura, Cheyenne evitó su mirada.

—Si no fuera una buena hija, no estaría aquí.

Pero sabía que era el sentido del deber y no el amor lo que la motivaba. Eran muchas las cosas que tenía que reprochar a Anita y había comenzado a albergar aquel sentimiento hacía tantos años que ni siquiera recordaba cuándo había empezado.

En cualquier caso, Anita siempre había preferido a su hermana. Lo había dejado claro mucho tiempo atrás. Afortunadamente, para Cheyenne eso no representaba ningún problema. Presley era dos años mayor que ella. Había sido la primera hija y, para Anita, siempre sería la número uno.

—Yo he hecho todo lo que he podido por ti —le reprochó Anita, poniéndose de pronto a la defensiva.

Ya estaba otra vez con lo mismo. Cheyenne llevó una cucharada de morfina a los labios de su madre.

—Posiblemente sea verdad —admitió.

Pero también era verdad que la idea que tenía Anita de hacer todo lo posible por alguien estaba muy lejos de ser perfecta. Hasta que habían llegado a Whiskey Creek, su madre las había arrastrado a Presley y a ella por la mitad de los estados del oeste. Habían sufrido hambre y frío, las había dejado solas en un coche o acompañadas por desconocidos durante largos períodos de tiempo. Incluso las había obligado a pedir limosna en las esquinas y en las entradas de centros comerciales cuando su madre lo consideraba necesario.

—Siempre has sido muy dura conmigo —se quejó Anita mientras resoplaba al intentar cambiar de postura.

Decidida a mantener la paz, Cheyenne cambió de tema.

—¿Tienes hambre? ¿Quieres un sándwich o un poco de sopa?

Su madre respondió con un gesto de desprecio.

—Ahora mismo soy incapaz de comer nada.

Cheyenne la ayudó a ponerse cómoda y estiró las sábanas.

—La medicación te hará vomitar si no comes nada. Acuérdate de lo que pasó ayer por la noche.

—De todas formas, vomitaré. Soy incapaz de retener nada en el estómago. Y no quiero ponerme los dientes.

¡Esa maldita dentadura no me va bien! ¿Dónde está tu hermana?

—Ya sabes dónde está Presley. Trabajando en el casino.

—Ya no viene nunca a estar conmigo.

Aquello tenía que ser efecto de la medicación contra el dolor. Presley no solo vivía con ellas, sino que cuidaba a Anita durante el día para que Cheyenne pudiera trabajar en un hostal que era propiedad de la familia de su mejor amiga. Siempre y cuando no tuviera dinero para comprar droga, también la ayudaba los fines de semana.

—Se ha ido hace un par de horas.

Pero a Cheyenne le parecía una eternidad y, evidentemente, a Anita también.

Anita, cada vez más nerviosa, negó con la cabeza.

—No.

—¿No qué?

—Hace años que no la veo. Tu hermana me ha abandonado. Me sorprende que hayas sido tú la que se ha quedado.

No era tan poco habitual que Cheyenne fuera la única que estuviera a su lado en los momentos difíciles. Estuvo a punto de decírselo, pero ¿qué sentido tenía? Su madre continuaría creyendo lo que ella quisiera.

—Estará aquí otra vez mañana por la mañana, y en cuanto llegue a casa, se meterá en la cama y…

—¿Puedes llamarla?

—Estoy aquí para cualquier cosa que necesites. ¿Por qué quieres molestarla?

—Porque quiero hablar con ella, ¡ese es el porqué!

Cheyenne sabía que no podría controlar a su madre si comenzaba a ponerse nerviosa otra vez.

—Tranquilízate, ¿quieres?

—¡Estoy perfectamente! —intentó sentarse, pero no lo consiguió—. ¿Quién demonios te crees que eres? ¿Dónde crees que estarías sin mí?

—Eso es lo que me gustaría saber —tenía el presentimiento de que en algún lugar mejor.

Normalmente, no decía esas cosas, pero aquel día, las palabras parecían salir precipitadamente de su boca sin que pudiera hacer nada para impedirlo. Después, se quedaban flotando en el aire como un olor fétido y persistente.

Anita parpadeó. Sus ojos, aunque vidriosos por la enfermedad, todavía podían ser muy dañinos. Pero habían perdido el poder que en otro tiempo habían tenido. Ya no conseguían asustar a Cheyenne.

Gracias a Dios.

Anita debió de comprender que no le serviría de nada despotricar contra su hija, porque no dejó que su mal genio se desbordara.

—¿Cómo puedes tratarme así cuando estoy a punto de morir? —preguntó con voz quejumbrosa.

Los médicos ya no podían hacer nada por ella. Le habían recetado morfina líquida para el dolor y Ativan para aliviar la ansiedad y ayudarla a relajarse con el fin de que pudiera pasar las últimas semanas de vida en casa. El cáncer de páncreas normalmente avanzaba a gran velocidad. Pero Cheyenne no creía que para Anita hubiera llegado el momento final.

—No desesperemos tan pronto.

—Seguro que no sueltas ni una sola lágrima cuando me muera.

Cheyenne encendió la televisión con la esperanza de distraerla.

—Voy a calentarte la sopa mientras ves *Jeopardy*.

Anita la retuvo antes de que hubiera podido salir.

—Siempre te he querido. Podía haberte abandonado, pero no lo hice. Te mantuve a mi lado en todo momento, aunque no siempre ha sido fácil para mí darte de comer y vestirte.

Cheyenne giró sobre sus talones para enfrentarse a ella.

—¿Quién era esa mujer rubia? ¿Quién era esa mujer con la que solías dejarme?

Anita esbozó una mueca.

–¿Qué mujer?

–Ya te he hablado otras veces de ella. Me acuerdo de una mujer con los ojos azules y el pelo rubio platino. Yo estaba con ella con un vestido de princesa y un montón de regalos alrededor, como si fuera mi cumpleaños.

El demacrado rostro de Anita adoptó una expresión extraña, lo que hizo pensar a Cheyenne que por fin iba a recibir una explicación. Su madre sabía algo. Pero inmediatamente, la malevolencia de Anita apagó las chispas que habían iluminado sus ojos.

–¿Por qué sigues preguntándome esa tontería? No sé de qué demonios estás hablando.

Presley Christensen permanecía sentada en el aparcamiento del casino Rain Dance fumando un cigarrillo en su Mustang. Afuera hacía frío, demasiado frío como para abrir siquiera una rendija de la ventanilla, sobre todo cuando golpeaba el viento. Pero, si quería fumar, le quedaban pocas opciones. En el estado de California estaba prohibido fumar dentro de cualquier edificio público y, por supuesto, no iba a fumar en la calle.

Cruzó los tobillos bajo el volante y dio una larga y relajante calada a su cigarrillo.

Como crupier del casino, tenía derecho a un descanso de quince minutos cada hora. Podía parecer mucho, pero no lo era cuando había que trabajar de pie durante toda una jornada. Todavía le quedaban tres horas por delante y ya le dolía la espalda. Le habría gustado ganarse la vida de cualquier otra forma, pero para alguien que solo tenía el título de escolaridad, las ofertas no eran muchas. De hecho, tenía suerte de contar con el título y con un trabajo.

–Perdón.

Un hombre llamó a la ventanilla, dándole un susto de muerte. ¿De dónde habría salido? No había visto acercarse a nadie.

Bajó el seguro de la puerta para que no pudiera entrar y le habló a través de la rendija de la ventanilla.

—¿Qué quiere?

Unos años atrás, habían secuestrado a una mujer en un casino situado al noreste de Sacramento. Presley no tenía noticia de que hubiera sucedido nada parecido en Whiskey Creek, pero eran casi las tres de la madrugada y estaba sola en medio de la noche con un desconocido. Un desconocido que podría estar borracho.

El hombre alzó las manos intentando tranquilizarla.

—Lo siento, no pretendía asustarla. Me llamo Eugene Crouch y soy detective privado —utilizó una linterna de bolsillo para iluminar su documentación y la iluminó a ella después—. ¿Es usted Presley Christensen?

Presley no estaba segura de qué contestar. Tenía miedo de que lo de presentarse como detective privado fuera una estrategia para hacerla bajar la guardia. Al fin y al cabo, llevaba el nombre bordado en la blusa.

—¿Y si lo soy? —preguntó con abierto escepticismo.

—Estoy buscando a una persona a la que podría conocer.

—¿A quién?

—Anita Christensen.

A Presley prácticamente se le cayó el cigarrillo. De hecho, parte de la ceniza terminó en su regazo y la apartó bruscamente con la mano antes de que pudiera hacerle un agujero en el uniforme. ¿Para qué buscaría aquel hombre a su madre?

Teniendo en cuenta la vida que había llevado Anita, no podía ser por nada bueno. Como hija abandonada de una mujer rota y curtida por la vida que había tenido seis hijos y, como poco, el mismo número de hombres en su vida, no creía que Anita fuera a heredar ningún dinero. Y, al igual que su propia madre, Anita nunca había sido aceptada por su familia, así que Presley dudaba seriamente de que aquel hombre estuviera allí para ayudarla a recuperar el contacto con algún amigo o pariente.

A lo mejor su madre le había robado el reloj a algún

hombre con el que se había acostado a cambio de dinero y la policía había cursado una orden de arresto. O peor aún, en una ocasión, su madre había atropellado a un hombre que iba en bicicleta y después había salido huyendo del lugar del accidente. Había bebido y no debería haberse puesto tras el volante. A Presley siempre la había sorprendido que aquello no hubiera tenido ninguna consecuencia. Pero había ocurrido en Arizona y habían cruzado a Nuevo México inmediatamente después, de modo que había terminado relegando aquel incidente hasta el último rincón de su memoria… Hasta ese momento.

También podían buscarla por algún fraude con la prestación social o algún problema con los impuestos. Anita podía haber hecho cualquier cosa.

—¿Puede repetirme el nombre?

Le dio otra calada a su cigarrillo mientras intentaba decidir qué debía contestar.

—Anita Christensen. Antes se la conocía como Karen Bateman. Y también se hizo llamar Laura Dumas.

Presley tenía el vago recuerdo de que su madre le hubiera dicho en alguna ocasión que se apellidaba Bateman, quizá cuando tenía ocho o nueve años. Pero lo de Dumas nunca lo había oído. Debía de haber sido antes de que tuviera edad suficiente como para recordarlo.

—Ninguno de esos nombres me resulta familiar.

Había sido entrenada desde muy pequeña para proteger a su madre, para apoyarla en cualquier estafa que estuviera llevando a cabo. Sabía que, si no lo hacía, terminarían pasando hambre. O las abandonaría a su hermana y a ella. Ya era demasiado mayor como para que aquellas amenazas tuvieran el mismo efecto, pero las lealtades y los hábitos adquiridos eran difíciles de romper.

—¿Está segura? —la presionó el hombre con evidente decepción—. Su nombre aparece en referencia a la solicitud de una tarjeta de crédito hace varios años, en Nuevo México. Ella aseguró entonces que era su hija.

Presley solo tenía dieciséis años cuando estaban en Nuevo México. ¿Cómo podían haberle seguido el rastro desde allí?

—Yo nunca he vivido en Nuevo México.

No le causó ningún remordimiento mentir. Lo único que sentía era pánico ante la posibilidad de que aquello pudiera salpicarla. Lo único que había hecho ella entonces había sido lo que su madre le había enseñado.

—Christensen es un apellido bastante corriente, pero Presley no tanto —insistió el detective—, como nombre de pila, quiero decir.

—A lo mejor a esa tal Anita le gustaba Elvis tanto como a mi madre.

Presley se consideraba a sí misma toda una profesional a la hora de dar información confusa, pero aquel hombre no parecía en absoluto convencido.

—Es posible que esa mujer haya asumido una nueva identidad —respondió—. ¿Le importaría echar un vistazo a esta fotografía?

—Lo siento —apagó el cigarrillo en un cenicero—. Mi tiempo de descanso ha terminado. Tengo que volver al trabajo.

El problema era que no se atrevía a abrir la puerta y él no parecía dispuesto a retroceder. Vaciló un instante con la mano en el pestillo de la puerta y el detective aprovechó inmediatamente la oportunidad que se le presentaba.

—Solo le llevará un segundo.

Sacó una vieja fotografía que iluminó con la misma linterna con la que había iluminado su identificación.

—Es la que está a la derecha.

Presley estaba demasiado nerviosa como para mirar de verdad. Sabía que iba a ser ella, pero estando su madre enferma y a punto de morir, supuso que ya no importaba. Hubiera hecho lo que hubiera hecho, el cáncer ya era suficiente castigo.

—No la he visto en mi vida —dijo sin mirar apenas la fotografía.

El detective sacó entonces otra fotografía.

—¿Reconoce a alguna de estas personas?

Presley estaba a punto de decirle que iba a llamar a la policía, pero apretó los labios con fuerza al reconocer a una de las personas que aparecía en aquella foto. Era Cheyenne de muy niña. Y hubo algo que a Presley le resultó extraño. Aunque Anita tenía el aspecto que cabría esperar, más joven, pero igualmente descuidada, Cheyenne, no. Tenía el pelo rizado en unos bonitos tirabuzones que llevaba recogidos con un lazo y llevaba un elegante vestido y unos zapatos de charol negro.

¿Cuándo se habrían hecho aquella fotografía? ¿Y por qué ella no aparecía? No podía recordar ni una sola vez en la que su madre se hubiera tomado la molestia de peinarlas. Se consideraban afortunadas cuando podían contar con un peine para desenredarse el pelo después de pasar varios días sin poder darse un baño.

Y no solo eso. ¿Quién era aquella tercera persona, la mujer rubia?

—¿Presley? —la urgió el hombre.

¿Qué podía significar aquella fotografía?

Las posibilidades la aterraron. Anita estaba a punto de morir. No podía perder también a Cheyenne.

—Tampoco las reconozco.

A Cheyenne la despertó el sonido de voces. Su hermana había vuelto a casa y, al parecer, su madre había superado una noche más. Cheyenne no podía decir que se alegrara y, en conciencia, tampoco podía decir lo contrario. Sencillamente, habían superado un día más.

Una mirada al despertador le indicó que no tendría que levantarse hasta una hora después. Dio media vuelta en la cama para volver a dormir, pero la voz recelosa de su madre despertó su curiosidad.

—¿Ha dicho cómo se llamaba?

—Un momento —dijo Presley—. Tengo su tarjeta.

Tras una breve pausa, añadió:

—Eugene Crouch.

—¿Es un detective privado?

—Eso es lo que me ha dicho a mí y lo que aparece escrito aquí. ¿Tienes idea de lo que quería?

—Ninguna —respondió Anita.

—¿Y crees que volverá?

—Es posible. Lo que no entiendo es por qué ha ido a buscarte a ti.

Aunque Presley bajó la voz, Cheyenne podía oírla perfectamente.

—Mamá, lleva mucho tiempo buscándote. Seguro que sabes por qué.

—No tengo la menor idea. A no ser que haya dejado alguna multa sin pagar.

—¿Crees que se van a tomar tantas molestias para que alguien pague una multa?

—Cursan órdenes de arresto para que la gente las pague, ¿no? En cualquier caso, quisiera lo que quisiera ese hombre, ya es demasiado tarde. Si quieres, puedes invitarle a mi entierro.

—¡No hables así! Sabes que me afecta.

Cheyenne se aferró a la sábana. Esa era precisamente la reacción que quería conseguir su madre. Y que la tranquilizaran después.

—Tú y Cheyenne sois la única familia que tengo —se lamentó Presley.

—Tienes que estar preparada, cariño. Yo ya no duraré mucho más.

—No podré vivir sin ti. No podré soportarlo.

Presley parecía a punto de llorar. Cheyenne lo sentía por ella, pero se sentía incluso peor por el hecho de no experimentar ninguna tristeza, de estar limitándose a esperar el momento de liberarse de aquella responsabilidad de la que se sentía prisionera.

No entendía lo que le pasaba. ¿De verdad era tan mala, tan desagradecida como decía su madre?

—Ven aquí —la consoló Anita.

Mientras se imaginaba a Presley lanzándose a los brazos de su madre, Cheyenne se tapó los ojos con la mano. A lo mejor Anita se merecía más amor del que Cheyenne era capaz de darle. A pesar de todas las diferencias que había entre Presley y ella, Cheyenne quería profundamente a su hermana mayor. De niñas, Presley había sido su única amiga, su única aliada cuando Anita comenzaba con sus amenazadoras invectivas. Por alguna razón, los enfados de su madre siempre estaban más focalizados en Cheyenne. En un par de ocasiones, se había puesto tan violenta que Presley se había visto obligada a interponerse entre ellas.

—Entonces, ¿qué le digo a ese detective si vuelve? —preguntó Presley.

—Lo mismo que le has dicho.

—No sé si se lo creerá la segunda vez. Sabe que tengo alguna relación contigo, si no, no se habría acercado a mí. También ha dicho que utilizaste mi nombre para solicitar una tarjeta de crédito en Nuevo México.

Cheyenne oyó que Presley continuaba contando que en aquel entonces estaba trabajando para Sunny Day, una cadena de supermercados, y que había utilizado aquella referencia para conseguir posteriormente un trabajo. Se imaginaba que era así como Crouch había podido seguirle el rastro. Pero después, debió de cambiar de postura o bajar la voz, porque Cheyenne ya no fue capaz de entender lo que estaba diciendo.

Esperando poder oír la conversación, se sentó en la cama. Pero seguía sin entender nada.

—¿Presley? —la llamó—. ¿Qué pasa?

—Nada —respondió su hermana—. No quería despertarte.

—¿Quién es Eugene Crouch?

—¡Nadie que te importe, metomentodo! —le espetó su madre—. ¡Todavía estoy viva y coleando, y hasta que no esté a dos metros bajo tierra, seguiré ocupándome de mis asuntos!

Cheyenne se dejó caer de nuevo sobre la almohada y contó hasta diez para no ceder a los terribles pensamientos que la asaltaban sobre su madre. ¿Dónde estaba su capacidad de control? ¿Su compasión?

Mientras tanto, intervino Presley, intentando aliviar la tensión. Siempre habían actuado como parachoques las dos hermanas, sobre todo con Anita.

—Un tipo que he conocido en el trabajo, Chey —contestó.

Su hermana contaba historias aterradoras sobre los jugadores que acudían al casino. A veces se emborrachaban e intentaban propasarse con las trabajadoras. O se ponían violentos. Presley solía salir con moteros, algunos de ellos expresidiarios, y también contaba historias espeluznantes sobre ellos. A Cheyenne la preocupaba su seguridad. Lo que habían sufrido de niñas las había afectado a cada una de forma diferente. Cheyenne se aferraba a todo cuanto la sociedad valoraba como admirable y normal. Quería olvidar el pasado y fingir que era igual que cualquier integrante de aquel grupo de amigos que tanto amor y apoyo le habían proporcionado desde que había comenzado a ir al instituto.

Presley, por su parte, no estaba resentida con Anita por la forma en la que las había criado. Le gustaba vivir a toda velocidad y sin ningún tipo de preocupación, tal y como su madre había vivido de joven. Lo triste era que Presley era capaz de mucho más.

—Has dicho que era un detective privado —respondió Cheyenne.

—¿Y? —replicó Presley.

—¿Por qué está buscando a mamá?

—Supongo que es mejor no preguntar.

Tenía razón. Seguramente, lo que quería aquel hombre implicaba vergüenza y humillación. Cheyenne se había avergonzado durante mucho tiempo de su madre. Y eso la hacía sentirse más culpable incluso. ¿Qué clase de hija se avergonzaba de sus propios padres?

Quizá fuera mejor no averiguar nunca los motivos que habían llevado a aquel hombre al casino.

Capítulo 2

–¿Crees que debería preguntárselo?

Cheyenne, sentada en el asiento del pasajero del coche de su amiga, desvió la mirada de Joe DeMarco. Joe y su padre eran los propietarios de la única gasolinera del pueblo. En aquel momento, Joe se estaba alejando de ellas para dirigirse hacia una de las zonas de reparación de coches mientras la mejor amiga de Cheyenne, Eve Harmon, regresaba tras el volante. En realidad, no necesitaban gasolina, pero habían dejado la cocina del hostal en manos de la ayudante de Cheyenne para acercarse allí con la esperanza de encontrárselo.

–Claro que sí.

Cheyenne forzó una sonrisa. No le resultaba fácil animar a su amiga a invitar a Joe a salir. A Eve había comenzado a gustarle Joe poco tiempo atrás y Cheyenne estaba enamorada de él desde siempre. Pero no se lo había contado a nadie. Y estaba convencida de que aquel era el secreto mejor guardado del pueblo.

Eve se aflojó la gruesa bufanda que llevaba atada al cuello y se mordió el labio en un gesto de preocupación.

–No sé…

–¿Qué tienes que perder? –preguntó Cheyenne.

–La dignidad, supongo. Me gustaría que me lo pidiera él.

–En una ocasión, le oí decir a Gail que Joe no estaba interesado en tener una madrastra para sus hijas.

–¡Pero si a las niñas solo las tiene los fines de semana! Además, yo sería una madrastra estupenda.

–Sí, eso es cierto, pero Joe siempre nos ha visto como las amigas de su hermana pequeña. A lo mejor se considera demasiado viejo para nosotras. Para ti, quiero decir –se corrigió rápidamente.

Afortunadamente, Eve no prestó atención a aquel desliz.

–Es un hombre encantador, pero siempre está pendiente de otras cosas cuando estoy cerca. Nunca he conseguido que se fije en mí.

Mientras Cheyenne le estaba mirando, Joe se volvió. Al verla sentada en el coche, la saludó con la mano. Las mejillas le ardieron… Y solo porque la había saludado. Joe tenía aquel efecto en ella desde la primera vez que habían llegado al pueblo en un viejo Skylark. Cheyenne jamás olvidaría el hambre que tenía aquel día. Mientras su madre contaba las monedas que habían conseguido para comprar gasolina, Cheyenne había dejado a su hermana en el coche y se había acercado a la tienda de la gasolinera. No tenían dinero para comida, así que solo quería mirar e imaginarse lo que sería poder comprar uno de los muchos productos expuestos en las estanterías.

Cuando había llegado el momento de marcharse, su madre la había llamado dos veces. Cheyenne lo recordaba porque le había gritado que «moviera el trasero» y le había dado un pescozón en la cabeza.

Con el estómago sonándole, Cheyenne se había dirigido hacia la puerta, donde Joe la estaba esperando con dos paquetes de los pastelitos rellenos de crema que había estado contemplando minutos antes. Avergonzada porque sabía que era tan pobre como parecía, Cheyenne había intentado devolvérselos, pero él había insistido en que los pastelillos habían sobrepasado la fecha de venta recomendada y estaban a punto de tirarlos.

Hasta que no había estado dentro del coche, gimiendo de placer y devorando aquellos pastelitos con su hermana, no había mirado la fecha de caducidad. Y al hacerlo había visto que ni habían sobrepasado la fecha de venta recomendada ni estaban a punto de hacerlo.

Cheyenne estaba convencida de que estaba enamorada de Joe desde entonces. O a lo mejor se había enamorado de él dos semanas después, cuando le había visto por primera vez en el instituto. Era un chico guapo y muy popular y ella una triste recién llegada. Aun así, Joe se había fijado en que un niño estaba riéndose del vestido de Cheyenne. Inmediatamente, había acudido en su ayuda y había hecho salir al niño corriendo. Le había sonreído entonces como si, de alguna manera, estuviera viendo, bajo aquella ropa de segunda mano y aquel pelo despeinado, a la niña sensible que ya había sufrido demasiado para su edad.

—¿Cómo te fue ayer con él en el encuentro que hubo en la Cámara de Comercio? —le preguntó a Eve, mordiéndose las uñas para no ceder a la tentación de volver a mirarle.

Cuando, nada más salir del instituto, Joe se había casado, le había roto el corazón. Pero después se había divorciado y había vuelto a Whiskey Creek. Como entonces Joe solo tenía veintiséis años, Cheyenne estaba convencida de que se daría una segunda oportunidad… Aunque habían transcurrido cinco años desde entonces sin que hubiera pasado nada.

Eve se guardó el recibo de la gasolina en el bolso.

—Me saludó y eso fue todo.

Cheyenne odiaba alegrarse en secreto. Deseaba la felicidad de Eve más que la de nadie en el mundo, aunque ello significara que tendría que quedarse sin Joe. Eve era como una hermana para ella, una hermana a la que podía querer y admirar al mismo tiempo. La familia de Eve, los Harmon, había acogido a Cheyenne en varios momentos de los últimos diecisiete años. Le habían dado trabajo en la cocina del hostal de la familia, le habían enseñado a cocinar y habían dejado que fuera ella la que se hiciera cargo de la cocina cuando la otra cocinera se había marchado. Era mucho lo que les debía.

Reprimió el aguijoneo de la culpabilidad e intentó bromear con la situación.

—Debería estarte agradecido. Vienes aquí más que nadie. Probablemente se pregunte qué haces con todas esas bolsas de patatas fritas que compras. Seguro que le extraña que seas capaz de comértelas.

Eve se echó a reír, pero se puso seria casi inmediatamente.

—¿Crees que es demasiado evidente?

Era difícil decirlo. Joe siempre había sido muy amable. Pero nunca había mostrado ningún interés especial por nadie, y, por supuesto, tampoco por ellas.

Cheyenne tomó aire para darse fuerzas.

—¿Por qué no le pides a Gail que le dé un empujoncito?

Su hermana formaba parte de su grupo de amigos, un grupo que se había formado cuando estaban en la escuela elemental. Excepto ella, claro. Cheyenne tenía catorce años cuando habían llegado al pueblo. Y Presley dieciséis.

—A Gail le encantaría que su hermano volviera a casarse —añadió—. Sobre todo con alguien que le tratara mejor que su ex.

Gail estaba demasiado inmersa en su propia vida como para haber notado que Eve sentía algo por su hermano. Un año atrás, se había casado con un famoso actor de cine para el que trabajaba como relaciones públicas y estaba metida de lleno en los cambios que aquello había supuesto para su vida.

—Simon y ella están ahora en Los Ángeles. Simon está rodando una película.

—Eso no significa que no hable nunca con Joe.

Eve frunció el ceño y puso el motor en marcha.

–No, pero yo todavía no estoy preparada para dar ese paso.

Una vez que Eve abortó la misión de invitar a Joe a cenar, Cheyenne pudo relajarse un poco.

–Entonces, ¿no le piensas invitar a salir?

–Ahora mismo, no. A lo mejor reúno valor para hacerlo más adelante.

Cheyenne asintió. Necesitaba olvidarse de Joe. Necesitaba meterse en la cabeza, y decírselo también a su corazón, que no había ninguna posibilidad de que se enamorara de ella. Y, mientras Eve continuara enamorada de él, daría lo mismo que lo hiciera.

–¿Qué estás haciendo ahí? Hace demasiado frío para estar fuera.

Cheyenne se volvió y vio a Eve, que había estado tan ocupada como ella desde que habían vuelto de la gasolinera, saludándola desde uno de los caminos que separaban las lápidas del cementerio que había al lado del hostal.

–Nada, estaba pensando.

Aquella era la parte más tranquila de la jornada. Era el momento de transición entre la hora punta de la mañana, cuando tenían que preparar el desayuno para los huéspedes y limpiar las habitaciones, y las tres de la tarde, cuando comenzaban a entrar los nuevos clientes. Sabía que debería haber ido a su casa a ver a su madre. Normalmente, lo hacía. Pero aquel día, no era capaz de semejante esfuerzo. Presley estaba en casa. La llamaría si su madre empeoraba.

Los pasos de Eve crujían sobre la nieve. Como las botas eran más bonitas que funcionales, Eve estaba pendiente de cada uno de sus pasos para evitar que se mojara el ante. Fijó después la mirada en las palabras grabadas en la lápida más cercana, que también era la más antigua y la más grande, como si le hicieran sentirse incómoda.

Y, probablemente, así era. Aquellas palabras desasosegaban a cualquiera.

Aquí yace nuestro pequeño ángel, brutalmente asesinada a los seis años. Dios castigue al asesino que nos la arrebató y le envíe al fuego del infierno. Mary Margaret Hatfield, hija de Harriett y John Hatfield, 1865-1871.

—¿Te parece mal que estemos intentando rentabilizar el misterio de ese asesinato?

Eve se ajustó la bufanda alrededor del cuello y se sentó al lado de Cheyenne en el jardín.

Eve no tuvo que especificar a quién se refería

—Un poco, quizá.

Mary no solo había nacido en aquella casa que con el tiempo se convirtió en el hostal de los padres de Eve, sino que también había muerto allí. Su asesinato había tenido lugar más de cien años atrás, pero en el pueblo, todo el mundo conocía hasta el último detalle de aquel crimen. Habían encontrado a la niña estrangulada en el sótano y no habían hallado ninguna prueba que señalara al asesino.

—A lo mejor no deberíamos hacerlo.

—Pero no hay otra opción —respondió Cheyenne—. Si no hacéis algo, tus padres y tú perderéis el hostal.

Si eso ocurría, también ella se quedaría sin trabajo, pero probablemente encontraría cualquier otra cosa. Era la situación de Eve la realmente preocupante. Aquel hostal significaba mucho para la familia Harmon. Durante años, y, sobre todo durante el último año, habían invertido todo lo que tenían en aquel negocio.

Eve se abrazó a sí misma para entrar en calor.

—Lo sé, no dejo de decirme que hacer publicidad del hostal como un lugar embrujado no es tan grave. El crimen se cometió hace muchísimos años y solo pretendemos recrear ese ambiente. Pero… estamos hablando de una niña que sufrió una muerte violenta. Su fantasma podría estar todavía aquí.

Cheyenne se enderezó sorprendida.

–Pensaba que no creías en ese tipo de cosas. Que atribuías los ruidos que se oyen en el hostal al hecho de que es un edificio antiguo.

–Como estoy sola en el hostal muy a menudo, me resulta más fácil creerlo así. No tiene ningún sentido vivir asustada, pero –Eve la miró a los ojos–, hay mucha gente que cree en los fenómenos paranormales.

Cheyenne frunció el ceño con la mirada fija en el mar de lápidas que tenían frente a ellas. La mayor parte estaban colocadas en filas ordenadas, pero el desorden en ciertos lugares sugería un origen del cementerio mucho más caótico.

–¿Te acuerdas de que poco después de que viniéramos a vivir al pueblo mi madre se enfadó conmigo porque me quedaba en tu casa y en la de Gail y me pasé dos días sin aparecer por mi casa? Me ató a ese árbol para castigarme.

Cheyenne señaló un roble situado en una esquina, cerca de otro banco.

Eve esbozó una mueca.

–¿Cómo lo voy a olvidar? Pasaste toda la noche fuera. Cuando mi padre te encontró a la mañana siguiente, se puso furioso. Le parecía imposible que alguien pudiera hacerle algo así a su propia hija. Pero… desde luego, tu madre podría haber escrito un libro sobre cómo ser una madre terrible.

Después de aquel incidente, Cheyenne se había ido a vivir con los Harmon durante tres meses, hasta que el cáncer de su madre había empeorado. Cheyenne odiaba sentirse como una carga para unas personas que no deberían haber cuidado de ella, y como Presley le había pedido que regresara, al final había vuelto a su casa.

–Al principio, estaba aterrada al verme en medio de la oscuridad, tan cerca de la tumba de Mary.

Los recuerdos de aquella cálida noche de verano a menudo la rondaban. De hecho, eran una de las razones por las que estaba allí.

–Pero al cabo de un par de horas –continuó–, comencé a notar una extraña sensación de paz, como si esa niña estuviera conmigo y no quisiera que pasara miedo. Incluso comencé a hablar con ella.

Le incomodaba admitirlo, puesto que nunca se lo había contado a nadie, y se rio ligeramente para que no sonara tan absurdo.

–Sé que todo fueron imaginaciones mías, pero, desde entonces, no volví a tener miedo de esa niña.

–¿Y no tienes la sensación de que estoy traicionando a tu amiga al utilizar su muerte o su fantasma como reclamo?

Cheyenne negó con la cabeza.

–Hagamos lo que hagamos, nunca podremos acallar los rumores. Las historias de fantasmas se transmiten de generación en generación.

–Pero nosotras estaremos contribuyendo a ello –replicó Eve–. ¿Y de verdad crees que tenemos que ir tan lejos como para cambiar el nombre del hostal?

Cheyenne miró el edificio de estilo victoriano que estaba justo detrás de la verja de hierro forjado que rodeaba el cementerio. Las luces y los adornos de Navidad le daban un aspecto mágico, pero bajo la decoración, se hacía evidente la necesidad de pintar y reparar la madera devorada por los hongos. También haría falta cambiar las cañerías.

–Para conservar el hostal, hará falta renovarlo por completo. Y debería tener también un nuevo nombre. De esa forma será como empezar de cero. Y me gusta el nombre de La pequeña Mary. Además, si añadimos en la propaganda que es el único hostal encantado del condado, ya no quedará tan lúgubre.

–Mis padres no están de acuerdo –Eve le dio una patada a la nieve.

–Las cosas eran muy distintas cuando estaban ellos a cargo del hostal.

–Quieres decir que los Russo todavía no habían abierto el suyo –gruñó Eve–. Aun así… –suspiró–. No puedo evitar sentirme mal por utilizar lo que le pasó a Mary para que la gente reserve habitaciones.

–Estamos intentando salvar el que fue su hogar –Cheyenne se levantó de un salto. Acababa de ocurrírsele una idea–. ¿Sabes? A lo mejor podemos salvar el hostal y hacerle un favor a Mary al mismo tiempo.

Eve arqueó las cejas.

–¿De qué estás hablando?

–¿Y si hacemos que *Misterios sin resolver* o uno de esos programas venga aquí para investigar el caso de Mary? A lo mejor pueden conseguir que algún forense o algún detective le eche un vistazo e intente resolver el caso.

Eve se sopló las manos y las frotó para protegerse del frío.

–¿Cómo vamos a ponernos en contacto con esa gente?

–¿Lo preguntas en serio? Nuestra mejor amiga tiene una agencia de relaciones públicas. Si Gail no puede ponernos en contacto con el productor, estoy segura de que su marido tendrá algún contacto. Simon incluso podría estar dispuesto a aparecer como invitado en el programa y mencionar que ese hostal está en el pueblo de su esposa. Si conseguimos que se asocie el nombre de Simon al hostal, seguro que triunfaremos.

–No quiero que se sienta obligado, Chey. Ya nos envió todos esos objetos de atrezo para poder decorar el hostal como si fuera una casa encantada, aunque ahora, con todas las obras de restauración, no vayamos a poder utilizarlos.

–Estoy segura de que no le importará. No le llevará más de una hora. Será solo un cameo. Conseguir que el hostal aparezca en un programa de ese tipo sería una gran publicidad de cara a una nueva aventura. Acabaríamos con nuestros competidores. Y también le proporcionaríamos algo de paz a Mary –se inclinó hacia Eve–. Piensa en ello. ¿Y si al final conseguimos resolver el misterio?

En la siempre lisa frente de Eve aparecieron arrugas de preocupación.

–Sería genial, a no ser que grabar el programa implique retrasar las renovaciones hasta que todos esos forenses echen un vistazo.

Desde que sus padres se habían jubilado y le habían dejado a cargo del hostal, la primera preocupación de Eve era, y no podía ser otra, pagar la hipoteca, sobre todo después de que sus padres le hubieran prestado toda la ayuda económica que se podían permitir.

–Porque eso no puedo postergarlo –añadió–. Riley, aparte de ti, es el único que no saldrá de crucero el domingo, y en parte es porque quiere empezar las obras para que podamos abrir otra vez en enero.

Eve y otros cinco de sus amigos pensaban hacer un crucero por el Caribe durante las vacaciones de Navidad. Saldrían ese fin de semana y volverían el día después de Navidad.

–No tendremos por qué cambiar ninguna fecha –respondió Cheyenne–. No se hará ninguna reforma en el sótano.

Nadie había tocado nada de allí y eso les permitía conservar la esperanza de que se resolviera el misterio.

El cielo oscuro amenazaba tormenta. Eve se levantó y miró hacia arriba.

–Es poco probable que puedan averiguar nada un siglo y medio después.

–Que sea poco probable ya es algo más que el que sea completamente imposible. Y, aunque no consigan resolver el crimen, conseguiremos mucha publicidad. Es un programa que se emite a nivel nacional. Te resultaría imposible contratar publicidad de tanto alcance.

Eve agarró a Cheyenne del brazo y comenzó a caminar con ella hacia el hostal.

–De acuerdo, muy bien. Veremos lo que podemos hacer para despertar su interés, pero no empezaremos hasta que yo haya vuelto y las vacaciones de Navidad hayan terminado.

–Estoy segura de que funcionará –dijo Cheyenne mientras caminaban–. Lo que no entiendo es por qué no estás más emocionada. Es exactamente lo que necesitamos para dar el hostal a conocer.

–Sí, tienes razón. Lo que pasa es que estoy un poco… estresada. Es una gran idea. Seguro que Gail se enfada porque no se le ha ocurrido a ella –le dirigió a Cheyenne una sonrisa cómplice, pero casi inmediatamente, se puso seria–. ¿Cómo está tu madre?

Cheyenne no tenía muchas ganas de hablar de aquella mujer enferma que la esperaba al final de cada día. Solo le quedaban dos horas para salir del trabajo, dos horas que pasarían demasiado rápido. Después, Presley tendría que ir al casino y ella tendría que enfrentarse a otra noche interminable con Anita.

–Parece que está aguantando.

–¿Cuánto tiempo crees que durará?

–¿Quién sabe? Los médicos dicen que puede ser cuestión de días o de semanas.

Eve se detuvo, obligando a Cheyenne a pararse también.

–A lo mejor debería cancelar el viaje. De todas formas, ya había estado pensando en hacerlo.

–Ni se te ocurra.

Cheyenne no estaba dispuesta a permitir que Eve renunciara a un crucero para el que había estado ahorrando durante tanto tiempo, a unas vacaciones sobre las que llevaba hablando un mes.

–Pero ¿y si muere tu madre mientras estamos fuera? Tendrías que enfrentarte tú sola a ello –bajó la voz, aunque no había nadie que pudiera oírla–.–Todos sabemos que Presley no es un gran apoyo.

–Presley hace lo que puede. Y tus padres están aquí. Estoy segura de que estarán dispuestos a ofrecerme todo lo que pueda necesitar.

El frío comenzaba a calarle los huesos. Ansiosa de pronto por entrar en el hostal, Cheyenne tiró de Eve para que se pusiera de nuevo en movimiento.

–En cualquier caso, no creo que ninguno de nuestros amigos tenga especial interés en ir al entierro de Anita.

–Todos nosotros estamos demasiado enfadados con ella como para apreciarla –admitió Eve–. Pero nos gustaría estar a tu lado.

–Y siempre lo estáis.

–Me parece increíble que se haya reproducido el cáncer. Y que todo vaya a ser tan rápido.

–No es un buen momento, con la Navidad de por medio, pero no puedes perderte ese crucero. A estas alturas, ya no puedes cancelarlo. Ni siquiera te devolverían el dinero.

Eve hizo un sonido de impaciencia.

–En primer lugar, no debería haberme gastado ese dinero. Si hubiera sabido que nos iba a resultar imposible recuperarnos después de que A Room with a View abriera…

Cheyenne le sostuvo la puerta para que entrara.

–Lo sé. Pero míralo de esta otra manera. El dinero ya te lo has gastado y, ahora, por fin tenemos un plan para rescatar el hostal. Y, probablemente, Anita vivirá hasta después de Año Nuevo. Puede tener sus defectos, pero es una mujer dura. Eso nadie puede discutirlo.

Cuando llegaron al felpudo de la entrada, Eve se sacudió las botas.

–Me gustaría que pudieras venir con nosotros.

Y también a ella. Pero ni siquiera lo había intentado. Desde que había surgido la idea, durante uno de los encuentros de los viernes por la mañana en la cafetería Black Gold, había sido consciente de que le resultaría imposible pagarse el viaje. Los Harmon le pagaban lo que podían, que no era mucho, y su madre y su hermana siempre necesitaban ayuda económica.

—Ni siquiera tengo la partida de nacimiento, ¿recuerdas? Y sin ella, no puedo hacerme el pasaporte.

—Podríamos haber encontrado la manera de conseguirla.

—Es imposible, ¡mi madre ni siquiera sabe dónde nací!

Eve elevó los ojos al cielo, dejándole bien claro lo que pensaba al respecto. ¿Qué madre no tenía esa información sobre su hija?

—Tiene que haber alguna manera de averiguarlo. Lo único que necesitamos es saber cómo buscar.

Cheyenne sabía que sería mucho más difícil de lo que Eve se imaginaba. No había muchas fotografías en las que aparecieran Presley y ella de niñas. Durante varios años, habían vivido en un coche, lo que había hecho imposible que acumularan muchos recuerdos materiales. Incluso habían perdido la partida de nacimiento de Presley cuando, poco después de que le hubieran diagnosticado el cáncer a Anita por primera vez, habían vuelto al motel en el que se alojaban y habían descubierto que el dueño les había tirado todas sus cosas porque Anita no era capaz de pagarle lo que le debía.

Cheyenne les había contado aquel incidente a sus amigos. Pero no les había hablado de la mujer rubia que aparecía en sus sueños, ni de que la nieve le hacía sentirse como si la hubieran despojado de algo, ni de las sospechas que acompañaban sus recuerdos más lejanos. Sugerir que su madre podría haberla secuestrado sería una acusación muy grave. Y no estaba segura de que las imágenes que le proporcionaba su mente fueran muy reales. Necesitaba más pruebas antes de lanzar una acusación de ese tipo.

—Estaré perfectamente aquí —le dijo a su amiga—. Y me ocuparé de revisar las reservas.

—Eso podrían haberlo hecho mis padres. No van a ir a ver a mi tía hasta febrero.

Cheyenne entró en el calor del hostal y se sintió inmediatamente envuelta en la fragancia de pino y moras que habían comprado para impresionar a sus huéspedes.

–Así no tendrán que hacerlo ellos –contestó.

Pero sabía que no le iba a resultar fácil enfrentarse a la Navidad con todos sus amigos fuera, su madre muriéndose y el hostal cerrado por remodelación.

Capítulo 3

Presley permanecía sentada junto a la cama de su madre, fumando un cigarrillo tras otro mientras la veía dormir. Una parte de ella se sentía culpable por estar llenando de sustancias cancerígenas el aire que Anita estaba respirando. Sabía que, si su hermana hubiera estado en casa, la habría enviado al porche. Pero hacía frío fuera y no creía que, a esas alturas, un poco de humo pudiera suponer ninguna diferencia.

La televisión que había encima de la cómoda sonaba de fondo. Se suponía que estaban viendo la telenovela favorita de Anita. Ella y Presley la seguían desde hacía años. Pero su madre estaba tan drogada que apenas podía mantener los ojos abiertos. Entraba y salía de la inconsciencia sin ser apenas consciente de que Presley estaba con ella.

Una vez más, Presley volvió a fijarse en la morfina que había sobre la mesilla. Ya le había dado un trago, pero sentía la tentación de beber un poco más. O de dirigirse a la chabola azul que había bajo la colina para comprar cristal. Tenía que tener cuidado y no abusar de la morfina de su madre. Los médicos proporcionaban una cantidad de morfina limitada y la enfermera que llegaba los lunes la vigilaba de cerca, y también Cheyenne.

Anita gimió, cambió de postura como si no encontrara

la manera de ponerse cómoda y abrió los ojos. Al ver a Presley, intentó incorporarse.

–¿Qué está pasando… en nuestra novela?

Reconocía las voces de los actores y sabía que estaban emitiendo la novela, aunque llevara más de veinte minutos dormida.

–Nada nuevo –contestó Presley, intentando ocultar que tampoco ella le estaba prestando atención.

–¿Ha salido ya Thomas?

Era el personaje favorito de Anita. Le había encantado aquella parte en la que pasaba un fin de semana con Brooke bajo los efectos del éxtasis y quería saber si se había acostado o no con su madrastra.

–No, hoy no –por lo menos, que ella supiera.

–¿Y qué ha pasado con Ridge?

–Estaba besando a su exesposa antes del último anuncio.

Presley no había visto casi nada, pero, aun así, decir que Ridge había estado engañando a su pareja con su ex era una apuesta segura. Los guionistas llevaban varias temporadas manteniendo aquel triángulo amoroso.

–Si no elige pronto entre Brooke y Taylor, me lo perderé –cerró los ojos.

Presley asumió que se había quedado dormida, pero Anita dijo varios segundos después:

–Será mejor que dejes de fumar si no quieres acabar como yo.

Presley quería dejarlo. Recordaba lo amarillos que tenía su madre los dientes antes de perderlos por falta de higiene. Pero aquel no era el momento de librar aquella batalla. Necesitaba cualquier tipo de ayuda para superar el día a día.

–Lo dejaré. Más adelante.

–Perfecto.

Su madre tosió al intentar reírse.

–¿Mamá?

Anita tomó aire. Cada vez le resultaba más difícil hablar. A veces, ni siquiera le quedaban fuerzas para hacerlo.

–¿Qué?

Presley bajó el volumen de la televisión con el mando a distancia.

–Chey no está en casa.

–No te he preguntado por ella.

–Quería que supieras que no está en casa.

Su madre abrió los ojos, poniéndose en alerta. Había notado el cambio en el tono de Presley. A veces, entre ellas se confesaban cosas que jamás habrían admitido delante de Chey.

–¿Por qué?

–Porque voy a volver a preguntarte por Eugene Crouch.

–No –Anita se alisó el escaso pelo gris que le quedaba–. Es mejor que… que dejes ese tema.

–¿Por qué? Ese hombre me enseñó una fotografía.

Anita esbozó una mueca que añadió más arrugas a su ajado rostro.

–¿Y?

–¿Y? –repitió Presley–. ¿No tienes curiosidad por saber de dónde la había sacado? ¿O por saber quién aparece en ella?

–No –Anita volvió a toser.

–¿Por qué no?

–Porque no quiero… saber nada de eso.

–Porque ya lo sabes.

Anita señaló la televisión con un gesto.

–Sube el volumen.

Pero Presley no obedeció. Se inclinó sobre Anita para convencerla de que quería saber la verdad.

–¿Qué pasó, mamá? ¿Quién era esa mujer rubia que aparecía en la fotografía? ¿Esa es la mujer sobre la que Chey siempre está preguntando?

Su madre hizo un gesto con la mano para desalentarla.

–Déjalo ya. Confía en mí.

–¿Eso es todo lo que tienes que decir?

Su madre se sonrojó Era la primera vez que aparecía algo de color en su rostro desde hacía varios días. A lo mejor se había dado cuenta de que no había conseguido ganarse siquiera la confianza de la hija que realmente la quería.

–Estoy intentando… hacerte un favor –la miró por fin a los ojos–. No lo eches todo a perder. Es… el último regalo que puedo hacerte.

–Eso no tiene ningún sentido.

–¡Claro que lo tiene! ¿Por qué voy a hacerte cargar con un secreto después de mi muerte? Solo servirá… para desgarrarte por dentro –bajó la voz–. O para perder a la única persona con la que siempre has podido contar.

Regresó entonces el presentimiento que había tenido Presley al ver la fotografía de Cheyenne de niña vestida como una muñeca.

–En realidad, ella no es de nuestra familia, ¿verdad? –preguntó, aferrándose a la sábana.

La respiración de Anita resonaba al entrar y salir de sus pulmones.

–Ya lo sabías. Podías negarlo, pero, en el fondo, lo has sabido durante todo este tiempo.

–No –Presley negó con la cabeza–. No nos parecemos porque somos hijas de diferentes padres. ¡Siempre nos has dicho eso!

–¡Eso era lo que tú siempre has querido creer!

Tenía razón. Por mucho que Presley prefiriera negarlo, siempre había tenido sus dudas, aunque había sido incapaz de enfrentarse a ellas. Había oído a Cheyenne preguntar por aquella mujer rubia, la había oído describir con añoranza los juguetes que en otro tiempo había tenido, la ropa bonita... la barriga llena… Ella, intencionadamente, fingía no recordar aquella época en la que no pertenecían a la misma familia. Incluso le había dicho a su hermana en numerosas ocasiones que aquellas imágenes tenían que proceder de algún sueño.

–¡Dios mío! –musitó, y se hundió en la silla.

Le costó un esfuerzo considerable, pero Anita consiguió sentarse en la cama por sus propios medios.

–Presley, estabas desesperada por tener una hermana. Yo no podía tener más hijos, pero tú necesitabas a alguien además de a mí. No podía estar constantemente contigo. Yo tenía que asegurarme de que tuviéramos comida y algún lugar para dormir. Estábamos… estábamos solas las dos y tú me suplicabas continuamente la compañía de alguien con quien poder jugar.

En realidad, las motivaciones de Anita no habían sido del todo altruistas. Había utilizado a sus hijas al igual que había utilizado a todos los demás. Pero Presley no quiso discutir. Estaba demasiado preocupada, demasiado asustada por lo que acababa de saber. Se tapó la boca con las manos y habló a través de los dedos.

–Entonces… ¿qué hiciste?

–Te conseguí lo que necesitabas, eso fue lo que hice.

Las drogas que Presley había tomado la hacían sentir que la voz de su madre aumentaba y bajaba de volumen bruscamente. ¿Aquello estaría ocurriendo de verdad?

Sí, de eso estaba segura. De hecho, había sospechado durante mucho tiempo lo que le estaba contando su madre. Pero, cuando se veía obligada a enfrentarse a la realidad, no sabía cómo reaccionar. ¿Se suponía que tenía que estar agradecida?

Habría sido muy triste crecer sola. Cheyenne le había proporcionado la compañía que había hecho soportable su vida. Era mucho lo que habían aguantado juntas, permaneciendo solas contra el mundo, sobre todo cuando Anita comenzaba a salir con algún hombre y sus hijas dejaban de importarle. O cuando Anita se emborrachaba. Cheyenne siempre había estado a su lado para proporcionarle amor y consuelo.

–Pero… ¿y ella?

Presley no estaba segura de cómo consiguió hablar. Se

sentía como si alguien le hubiera puesto un cepo en la lengua.

–¿Qué pasa con ella? –los ojos de Anita se encendieron con aquella cólera tan normal en ella–. Cheyenne está perfectamente. Cuidé de ella igual que cuidé de ti, ¿no? ¿Por qué iba a merecerse ella vestidos bonitos y regalos de cumpleaños? ¿Por qué iba a merecerse una vida mejor que la nuestra?

Porque Anita la había privado de la familia que podía haber tenido y quién sabía lo que aquella familia habría podido darle. ¿No era capaz de darse cuenta de que era una injusticia?

–Siempre le has dicho que no tenías ni idea de quién era esa mujer rubia. Y que no sabías por qué recordaba todas esas cosas –susurró–. ¡Te lo ha preguntado cientos de veces!

–Bueno, pues ahora que tú lo sabes, ya veremos si le dices la verdad –replicó Anita.

Y, con una risa amarga con la que parecía estar prediciendo que Presley no se lo contaría, se dejó caer sobre la almohada.

Cuando Cheyenne llegó a casa después del trabajo, descubrió que Presley ya se había ido, algo que la sorprendió. Estando Anita tan mal, normalmente, Presley esperaba a que llegara ella a casa antes de marcharse, para que siempre hubiera alguien con su madre.

Cheyenne le habría preguntado a su madre por qué se había ido tan pronto su hermana, pero Anita parecía sumida en el estupor de las drogas. Mientras permanecía en la puerta del dormitorio, mirando a su madre, comprendió que ni siquiera era cierto lo que le había dicho a Eve. Era imposible que su madre aguantara hasta después de aquel crucero. El cáncer había avanzado con demasiada rapidez. Había convertido a Anita en un saco de huesos bajo su piel cerosa. Parecía tan pequeña y tan débil comparada con la mujer a la que Cheyenne tanto había temido que resultaba asombroso que todavía pudiera respirar.

A lo mejor por eso se había marchado Presley. No era fácil ver morir a Anita cada día un poco más.

Agradeciendo que su madre estuviera durmiendo para así poder cenar y relajarse un rato, se dirigió a la cocina, donde había dejado el bolso nada más entrar. Llegaba hasta ella el olor a pino del árbol de Navidad y el de las velas de canela que le gustaba encender, pero aquellos olores no conseguían mitigar el permanente olor a antiséptico de la enfermedad.

Cheyenne cerró los ojos un instante, tomó aire, intentando bloquear todas aquellas sensaciones desagradables, y se acercó a la nevera. La noche anterior, antes de acostarse, había dejado preparado un estofado de carne, para anticiparse a las tareas del día siguiente.

Presley no parecía haber comido nada y eso la preocupó. Su hermana se estaba quedando demasiado delgada.

Recordándose que no debía dejarse llevar por los aspectos más negativos de su vida, pasó el tiempo que tardó el guiso en calentarse revisando el iPhone que los Harmon le habían regalado por su cumpleaños en el mes de mayo. Tenía fotografías de sus amigos, Riley, Gail, Simon, Callie. Ted, Noah, Baxter, Kyle, Sophia y algunos más que se reunían con ellos, aunque con menor frecuencia, los viernes por la mañana en el café Black Gold. Iban a ir todos al crucero, excepto Gail y Simon, por supuesto, que estaban en Hollywood, y Sophia, que estaba casada y tenía una hija, y Riley, que estaba criando un hijo y pretendía pasar las vacaciones de Navidad remodelando el hostal. Cheyenne lamentaba tener que perderse aquel viaje. El Caribe debía de ser un lugar maravilloso. Pero no creía que pudiera pagarse nunca un crucero.

Sonrió débilmente, pensando en lo bien que se lo pasarían Eve y el resto de sus amigos y continuó intentando localizar la fotografía que buscaba.

Allí estaba. Era Joe pasándole el brazo por los hombros a su hermana. A veces también él acudía a los encuentros a los que Gail asistía cuando estaba en el pueblo. Pero Gail no solía ir por Whiskey Creek. Llevaba más de una década viviendo en Los Ángeles, desde que había montado la agencia de relaciones públicas Big Hit. Y desde que estaba casada con Simon, iba incluso menos.

El estofado comenzó a hervir en el fuego, pero Cheyenne no lo retiró. Estaba absorta en la fotografía de Joe, aunque la había visto millones de veces. Estaba muy guapo en bañador, mostrando un pecho y unos brazos musculosos bronceados por el sol, y con el pelo mojado peinado hacia atrás. A Cheyenne comenzó a latirle con fuerza el corazón al ver los contornos de su mandíbula, las pequeñas arrugas que se marcaban a ambos lados de sus labios y el brillo inteligente de sus ojos azules. Desde el año anterior, había comenzado a perder un poco de pelo en las sienes, pero a Cheyenne no le importaba. Nunca había visto a nadie que le pareciera más atractivo.

—¿Presley?

Su madre se había despertado y estaba llamando a su hermana. Cheyenne dejó el teléfono a un lado y apagó el fuego.

—Presley se ha ido al trabajo —contestó—. Estoy preparando la cena. Te llevaré un cuenco con carne guisada dentro de un momento.

—No tengo hambre.

Nunca tenía hambre. Pero tenía que comer algo si no quería perder las pocas fuerzas que le quedaban.

—Deberías intentar comer algo.

—¿Presley te ha dicho algo antes de irse? —quiso saber Anita.

Cheyenne corrió al dormitorio, consciente de lo mucho que le costaba a su madre hacerse oír.

—¿Sobre qué?

Anita estudió atentamente su rostro y pareció relajarse.

—Sobre nada.

Cheyenne consideró la posibilidad de preguntarle si sabía por qué Presley se había marchado antes que otros días, pero, por las preguntas de su madre, dedujo que ni siquiera sabía que se había ido antes de que ella llegara. En cualquier caso, ¿qué importaba? Al fin y al cabo, no había pasado nada.

—Entonces... ¿vas a intentar comer algo?

—Si quieres... —cedió Anita con marcada indiferencia.

—Muy bien. Ahora mismo vengo.

El teléfono de Cheyenne, que había dejado en la encimera, comenzó a sonar mientras se dirigía a la cocina. Miró la pantalla y al ver que era Eve, no se sorprendió. Aunque había salido del hostal una hora atrás, Eve la llamaba más que nadie.

—No se te ocurra cancelar el crucero —le advirtió Cheyenne en cuanto descolgó el teléfono.

—No, aunque debería —respondió Eve con un deje de tristeza.

—No tiene sentido. Lo que tenga que pasar, pasará, tanto si estás aquí como si no.

—Pero podría ayudarte a superarlo.

—Ya has hecho todo lo que has podido por mí. ¿Qué ha pasado?

La voz de Eve se llenó de emoción.

—Lo he hecho.

Cheyenne acababa de abrir el armario y estaba sacando dos cuencos, pero dejó caer la mano. ¿De qué estaría hablando Eve?

—¿Qué es lo que has hecho?

—¡Le he invitado a salir!

Cheyenne se quedó helada.

—¿Te refieres a Joe?

—¿A quién va a ser si no, tonta? He reunido valor, le he llamado a la gasolinera, le he dicho que tengo mucho interés en conocerle mejor y le he preguntado que si habría alguna posibilidad de que saliéramos a cenar mañana.

Cheyenne se aferró a la encimera y consiguió preguntar con voz estrangulada:

–¿Y él que te ha dicho?

–¡Que sí! –parecía como si estuviera saltando–. Ha sido encantador. No me ha hecho sentirme incómoda en absoluto.

Por supuesto que no. A Joe se le daba estupendamente conseguir que la gente se sintiera aceptada, estuviera en la situación que estuviera. Al fin y al cabo, ¿no la había cuidado a ella desde que había llegado al pueblo como si fuera una especie de hermano mayor? Jamás la había tratado como si fuera alguien insignificante, algo que sí habían hecho al principio otros chicos muy populares del instituto. Aunque con el tiempo Cheyenne había sido aceptada por lo más selecto del instituto, sentía que Eve tenía mucho más que ofrecer. Procedía de una familia altamente considerada en el pueblo. Era guapa en el sentido más clásico, delgada y con una brillante melena negra. Y, además, era una muy buena persona. Chey no podía imaginarse a alguien que no quisiera a Eve.

–Es… –tuvo que aclararse la garganta–, es muy emocionante. ¿Adónde le piensas llevar?

–Creo que iremos a Jackson, al hotel Old Milano.

–¿Ese que es tan famoso por sus costillas?

–Exacto.

Cheyenne se dejó caer contra la encimera y apoyó la frente en las manos.

–Será muy romántico.

–¿Cuándo piensas traerme ese estofado, hoy o mañana? –la interrumpió su madre desde el dormitorio.

Cheyenne tapó el teléfono.

–¡Espera un minuto!

–Es posible que no me quede ni ese minuto –le espetó Anita.

–¿Es Anita? –preguntó Eve.

Después de soltar un sonido de exasperación, Cheyenne se echó a reír.

–Sí, y tan encantadora como siempre.

–No sé cómo la aguantas. Ahora mismo cuelgo, pero ¿qué crees que debería ponerme?

Cheyenne conocía el guardarropa de Eve tan bien como el suyo. Tenían la misma talla y a menudo intercambiaban ropa. Hasta que Cheyenne había comenzado a ganar su propio dinero, era ella la que más se beneficiaba de aquellos intercambios. Pero las cosas estaban cambiando lentamente y era Cheyenne la que en aquel momento estaba en condiciones de ofrecer. Eve tenía muchas cosas bonitas, pero le encantaba el vestido nuevo que Cheyenne había encontrado en San Francisco la última vez que había estado allí.

–Tengo ese vestido de Caren Templet que me compré en las rebajas, si quieres ponértelo. Con los zapatos de leopardo y el chaquetón de piel falsa quedaría genial.

–¿Estás dispuesta a prestármelo? –preguntó Eve–. ¡Pero si tú todavía no lo has estrenado! Ni siquiera le has quitado la etiqueta.

–Lo estaba reservando para una ocasión especial.

–Exactamente.

Cheyenne miró por encima del hombro. Su madre estaba cada vez más nerviosa. Iba a tener que colgar.

–Esta es una ocasión especial –luchó contra el nudo que comenzaba a formársele en la garganta–. Póntelo. Estarás guapísima.

–Eres un encanto. Gracias, Chey. Eres la mejor amiga que se puede tener.

En realidad, era al revés. Si no hubiera sido por Eve, Cheyenne habría salido huyendo del instituto, o habría terminado como Presley. Los Harmon también habían intentado ayudar a su hermana, pero ella había preferido hacer su propia vida. Había elegido otros amigos, que no habían sido una buena influencia para ella. Cheyenne se lo debía todo a Eve y a su familia. Y, además, ella no tenía ningún tipo de relación con Joe.

–Te lo llevaré mañana al hostal.

–¿Crees que le gustará? –preguntó Eve arrebatada de entusiasmo.

Por la mejilla de Cheyenne comenzó a descender una lágrima. Enfadada consigo misma por aquel ataque de autocompasión cuando a su amiga se le presentaba una oportunidad como aquella, apretó la mandíbula, se secó la lágrima y parpadeó con fuerza para detener otro torrente de lágrimas.

–No podrá resistirse –contestó.

Y lo creía de corazón.

Capítulo 4

Los viernes por la mañana en la cafetería eran, normalmente, el momento de la semana que más disfrutaba Cheyenne. Le encantaba sentarse a una de las mesas con un capuchino y ponerse al día sobre la vida de sus amigos. Pero aquella mañana tenía demasiadas cosas en la cabeza, como la deteriorada salud de su madre, el hecho de que Presley estuviera comportándose de forma extraña, lo que quería decir que estaba consumiendo drogas otra vez, y el saber que iba a pasar dos semanas sin los amigos que la ayudaban a superar las fiestas más importantes del año. Además, estaba la inminente cita de Eve con Joe que, por triste que fuera reconocerlo, la afectaba más que todo lo demás. Con todas aquellas preocupaciones, le resultaba imposible disfrutar, a pesar de que tenían una gran reunión aquel día.

Riley Stinson había aparecido con Jacob, su hijo, un adolescente de trece años que había nacido el año que se habían graduado. Riley le aseguró a Eve que estaba preparado para empezar las obras el lunes. Sophia Knox, DeBussi de casada, se había unido también al grupo. Pero por culpa de su pasado y de su arrogante marido, que siempre parecía estar trabajando fuera del pueblo, no era una persona particularmente apreciada ni que inspirara mucha confianza en el grupo. Cheyenne pensaba que Sophia solo iba a esos encuentros para ver a Ted. Habían salido mucho tiempo atrás y era evidente que todavía había algo entre ellos, aunque, en cierto modo, esos sentimientos eran negativos, especialmente por parte de Ted.

Parecía irritarle que se hubiera sumado a su grupo de amigos y rara vez le hablaba. Aquello había añadido una tensión a los encuentros que anteriormente no existía, pero Sophia llevaba un año pasándose los viernes por allí y, al final, habían terminado acostumbrándose a su presencia, aunque no les gustara.

Estaba también Callie Vanneta, propietaria de un estudio de fotografía en Sutter Street, y Kyle Houseman, que recientemente había superado un difícil divorcio. Últimamente, a Callie y a Kyle se les veía muy unidos. Cheyenne lo notaba y se preguntaba si se estarían acostando. Pero, si era así, era evidente que no querían darlo a conocer. Noah Rackham, un ciclista profesional cuyo hermano gemelo había muerto al ceder el pozo de una mina la noche de su graduación. Cheyenne jamás olvidaría el momento en el que habían recibido aquella terrible noticia. Baxter North, el mejor amigo de Noah, cerraba el grupo. Sin Gail, eran nueve. La mayor parte de ellos estaban riendo y hablando, pero aquel día, Eve tampoco parecía estar disfrutando mucho. Aunque había entrado en la cafetería flotando gracias a su cita con Joe, su humor había decaído en cuanto había visto entrar a la elegante pareja de europeos propietaria del hostal A Room with a View.

—Ignóralos —la amonestó Callie al advertir su preocupación.

Eve bajó la voz.

—¡No puedo! Están destrozando el negocio de mi familia.

—No es ilegal competir contra otro negocio —señaló Baxter.

Baxter había crecido siendo vecino de Noah y habían pasado mucho tiempo juntos, pero no se parecían en absoluto. Como era lógico en su profesión, Noah tenía una complexión atlética, un cuerpo perfectamente tonificado, y siempre estaba moreno. Salía a montar en bicicleta cada día, incluso en invierno. Baxter era un corredor de bolsa que viajaba a San Francisco tres o cuatro días a la semana. También era muy atractivo, pero de un modo más cultivado, más refinado.

—Están haciendo algo más que competir. Están intentando sacarme del negocio y eso no es ético, aunque no sea ilegal.

Cheyenne sabía lo cerca que habían estado de conseguirlo. De hecho, ni siquiera estaba segura de que los Harmon fueran capaces de conservar el hostal, a pesar de la remodelación, el cambio de nombre y los planes que estaban haciendo para promoverlo como un hostal habitado por fantasmas.

—Han estado rebajando los precios hasta un punto en el que es imposible que puedan ganar dinero —le explicó a Baxter—. Tienen que tener pérdidas a diario, a juzgar por la cantidad que se han gastado en la restauración. Lo único que quieren es que tengamos que cerrar.

—Y en el momento en el que solo quede un alojamiento en el pueblo, recuperarán las pérdidas —añadió Eve con amargura.

—Pero no van a conseguir obligarte a cerrar —la tranquilizó Riley.

Le dio dinero a su hijo para que se fuera a comprar una de las magdalenas gigantes que daban fama a aquella cafetería.

—Estás a punto de darle a la gente un motivo para alojarse en tu hostal, incluso aunque cueste un poco más —añadió.

—¿Cuál? —preguntó Eve secamente—. ¿La posibilidad de tener miedo?

—Un pedazo de historia de Whiskey Creek —Ted dejó a un lado su vaso de cartón—. A lo mejor te ayuda el hecho de que haya decidido abordar la muerte de Mary Hatfield como la base para empezar un libro nuevo.

–¿De verdad? –Noah se apartó el pelo de la cara y se inclinó hacia delante–. ¿Vas a abandonar la ficción?

–Mantendré los contratos que tengo hasta ahora. Las novelas de misterio son lo que me da de comer. Pero durante mi tiempo libre, me gustaría investigar el asesinato de Mary. Quiero comprobar si de verdad hay una historia de fondo. Si encuentro suficiente material, a lo mejor contribuyo a darle cierta fama al hostal.

–Será mejor que empieces a escribir rápido –le advirtió Eve.

Noah alargó la mano para tomar la de Eve.

–Estás haciendo grandes cambios. Ten un poco de fe.

–Todo se arreglará –Callie se colocó un mechón de su resplandeciente melena tras la oreja–. Pero, incluso en el caso de que no sea así, has hecho todo lo que has podido. Recuerda que nos vamos el domingo. No dejes que los Russo te arruinen el viaje.

Eve puso las manos en la mesa.

–Lo siento, es solo que… he intentado hablar con ellos y, no solo no están dispuestos a escucharme, sino que no muestran la menor compasión.

–Es un negocio, no puedes tomártelo personalmente –repuso Noah.

Para él era fácil decirlo, pensó Cheyenne. Su futuro no dependía de aquel hostal.

–Detrás de los negocios hay seres humanos. Eve siempre ha creído que su futuro sería dirigir ese hostal –intervino Sophia.

Todo el mundo cruzó miradas, como si les sorprendiera que Sophia pudiera contribuir a aquella conversación. Su marido y ella eran las personas más ricas del pueblo, sin contar a Simon, que se había casado con Gail un año atrás. Cualquiera pensaría que, si alguien iba a defender las prácticas despiadadas del mundo de los negocios, esa sería

Sophia, que había estado dispuesta a romperle el corazón a Ted a cambio de un matrimonio por dinero.

–El problema seguirá estando aquí cuando vuelvas –dijo Riley, apoyando lo que había dicho Callie–. Ya te ocuparás de todo cuando regreses. De momento, el hostal es cosa mía. Tú tienes cosas mejores en las que pensar.

Por supuesto, se refería al crucero. Pero no fue en eso en lo que pensó Eve. Cheyenne lo supo por la sonrisa que cruzó su rostro.

–Sí, claro que tengo mejores cosas en las que pensar –se mostró de acuerdo–. Una de ellas es cenar con Joe De-Marco.

A Cheyenne estuvo a punto de caérsele el capuchino de las manos. Eve la había hecho jurar que lo mantendría en secreto. Le había dicho que no quería que nadie supiera lo que sentía por Joe, por lo menos hasta que tuviera la oportunidad de averiguar si él sentía lo mismo por ella. ¿El hecho de que hubiera aceptado su invitación a cenar significaba eso?

–Pero… ¿es una verdadera cita? –Callie se mostró inmediatamente intrigada.

De hecho, todos lo estaban.

Sonrojándose ligeramente, Eve dobló la tapa de su zumo de naranja.

–Sí, es una cita.

Baxter cruzó las piernas. Aunque normalmente los viernes trabajaba en casa, aquel día iba de traje, lo que significaba que tenía trabajo en San Francisco.

–¿Desde cuándo estás saliendo con Joe?

–Esta noche será la primera que salgamos. Pero… hace mucho que me he fijado en él.

Cheyenne no era capaz de alzar la mirada. No quería cruzarse con la mirada de nadie. No quería que sus amigos se dieran cuenta de que se sentía como si alguien acabara de darle una patada en el estómago. Eve no llevaba tanto tiempo enamorada de Joe como ella. Pero no podía decirlo.

Al anunciar aquella cita, Eve había convertido a Joe en algo suyo, tanto si él sentía lo mismo por ella como si no.

–Joe tiene que empezar a salir –señaló Callie mientras dejaba la cucharilla de plástico en el recipiente vacío del yogur–. ¿Cuánto hace que se divorció?

Fue Noah el que contestó.

–Yo acababa de volver de mi primera carrera en Europa cuando me enteré, así que debió de ser hace cuatro o cinco años.

–El divorcio fue muy duro para Joe –comentó Baxter.

Riley arrastró su silla para dejar espacio a su hijo, que acababa de volver con la magdalena.

–Teniendo en cuenta lo que le hizo su esposa, habría sido difícil para cualquiera.

–Creo que ha estado saliendo con algunas mujeres durante los dos últimos años, pero no de aquí –les informó Ted.

–Y ninguna tan perfecta para él como yo –bromeó Eve.

Todo el mundo se echó a reír y también Cheyenne lo intentó, pero apenas consiguió esbozar una sonrisa. Le habría gustado decir que tenía que cuidar a su madre para poder marcharse, pero había ido en coche con Eve.

Se obligó a mantenerse en silencio y fingir la misma alegría que mostraron los demás cuando Sophia habló de lo contenta que iba a ponerse Gail. Ted bromeó diciendo que ya iba siendo hora de que Eve, tan reacia al compromiso, comenzara a sentar la cabeza. Habían pasado tres años desde su última relación estable.

Pronto languideció la conversación sobre Eve y Joe, pero el siguiente tema que abordaron no la hizo sentirse a Cheyenne mucho mejor. Ted comenzó a hablar de la información que había encontrado en Internet sobre el Caribe. Callie continuó preguntando por el equipaje que se iban a llevar al crucero. Y Eve consultó si deberían o no comprar cheques de viaje… Todo para un viaje en el que Cheyenne no podría participar.

Cuando al final comenzaron a dispersarse, Cheyenne suspiró aliviada. Callie tenía que abrir el estudio de fotografía a las diez. A Baxter le esperaba un largo viaje hasta llegar a San Francisco. Ted había sobrepasado la fecha de entrega de uno de sus libros. Todos tenían trabajo que hacer. Y como aquel sería el último día que el hostal abriría hasta después de Año Nuevo, Cheyenne estaba ansiosa por empezar a trabajar. Además, no podía dejar que la ayudante de cocina se encargara sola de los desayunos.

Pero justo en el momento en el que se estaba levantando del taburete, Noah la agarró del brazo.

—¿Qué harás tú cuando estemos fuera? —le preguntó.

Por su expresión compasiva, Cheyenne comprendía que lamentaba que no pudiera unirse al grupo, así que se esforzó por esbozar otra sonrisa y rezó para que fuera más convincente que las que había conseguido esbozar hasta entonces.

—Lo mismo que estoy haciendo ahora, cuidar a mi madre.

Pero, al ritmo que iban las cosas, probablemente lo que haría sería enterrarla. Y, para terminar de hacer más alegre la Navidad, posiblemente tendría que arrastrar a su hermana a un centro de desintoxicación.

Era patético pasar tantas veces por delante de la casa de Eve. Sobre todo, porque había dejado sola a su madre para poder hacerlo. Pero Cheyenne no había sido capaz de controlarse. Tenía que saber a qué hora llegaba Eve a casa. Tenía que ver si Joe la besaba en la puerta... o si ella le invitaba a entrar.

Eve vivía en la misma finca que sus padres, pero tenía su propio bungalow en la parte de atrás, lo que le permitía suficiente privacidad como para poder recibir a un amante. Siempre y cuando Joe aparcara el coche fuera de la propiedad, los padres de Eve nunca se enterarían de que su hija había pasado la noche acompañada. Cuando no estaban viajando en la caravana que se habían comprado cuando su situación financiera todavía era buena, se acostaban pronto y, normalmente, era Eve la que iba a verles a la casa principal en vez de pasar ellos por su casa.

Saber que Eve, sin ningún genero de duda, le proporcionaría un informe detallado de la velada la hacía sentirse más culpable que preocupada a Cheyenne. Eve y ella lo compartían todo. Pero Cheyenne no pensaba preguntarle por Joe. Y esperaba que Eve estuviera tan emocionada por su inminente crucero que no tuvieran que hablar sobre él. No podría continuar fingiendo aprobación y apoyo cuando cada una de las palabras que Eve dijera le dolería como una puñalada.

Además, no quería ver al hombre al que amaba a través de los ojos de Eve. Quería verle con sus propios ojos. Cheyenne había memorizado todos y cada uno de los encuentros que había tenido con Joe, cada matiz de su expresión, de su tono, cada uno de sus gestos. Esperaba que aquello la ayudara a determinar si también él estaba interesado en Eve o solo estaba siendo educado. Joe era lo suficientemente amable como para aceptar la invitación a cenar, prácticamente, de cualquier mujer.

Cheyenne sabía mejor que nadie lo bueno que era. Siempre la había hecho sentirse bien, a pesar del aspecto descuidado que tenía la primera vez que se habían encontrado, o de los numerosos chicos de Whiskey Creek que se habrían negado a salir con ella durante los primeros años. Aunque Cheyenne nunca se había acostado con nadie, Joe era el único hombre al que había deseado acariciar de esa manera. Presley y Anita se acostaban con cualquier hombre que mostrara el menor interés por ellas. En la escala social, las Christensen estaban solo un paso por delante del clan de J.T. Amos, unos hermanos que siempre estaban peleándose, entrando y saliendo de la cárcel, o siendo arrestados por tráfico de drogas. Por lo menos, los habitantes de

Whiskey Creek habían aprendido a diferenciar entre Cheyenne y el resto de su familia.

Cheyenne se había puesto la radio del coche para matar el tiempo, pero el ruido comenzaba a ponerla nerviosa. La apagó, avanzó con el coche por la pista bordeada de árboles que conducía a la granja de los vecinos y se detuvo justo detrás de la casa de Eve. Desde allí podría ver cuándo llegaba el coche. Si salía del coche y se escondía detrás de los arbustos, podría ver incluso lo que pasaba en la puerta.

Pasaron cinco minutos hasta que llegó a la conclusión de que no podía invadir la intimidad de su amiga por culpa de sus celos. ¿Por qué iba a traicionar a la única persona que había llevado alguna legitimidad a su vida? ¿La única persona que la había convencido de que podía sobreponerse a su situación, o que la había ayudado a sentirse una persona completa, como no se había sentido nunca?

Maldiciendo su propia debilidad, puso en marcha el Oldsmobile que se había comprado en Jackson la Navidad anterior y dio media vuelta. Pero antes de que hubiera podido salir a la carretera, aparecieron las luces de un coche. Un vehículo estaba subiendo la colina.

Tenía que permanecer escondida tras los árboles. Temiendo que fueran Eve y Joe y pudieran verla, Cheyenne retrocedió y apagó de nuevo el motor. Los Oldsmobile eran inconfundibles. Era imposible que se cruzara con ellos y no lo reconocieran.

Por supuesto, Cheyenne reconoció la camioneta blanca de Eve cuando entró en el camino de su casa, pero ya se imaginaba que era ella. Whiskey Creek era un pueblo pequeño, de solo dos mil habitantes. No vivía mucha gente allí, en las afueras. Estando los Harmon y los granjeros vecinos durmiendo, solo podían ser Eve y Joe.

Apretó los puños, clavándose las uñas en las palmas, y vio cómo se apagaban las luces del coche. Pero, cuando Joe y Eve bajaron, se obligó a desviar la mirada. Lo que pasara a continuación no era asunto suyo. No tenía ningún derecho a estar allí sentada, espiando como si estuviera obsesionada con Joe. ¿Qué clase de amiga era? Eve sería una maravillosa novia, amante e incluso esposa para Joe. Y él se merecía lo mejor, ¿no?

Esperó a que ambos entraran en la casa para marcharse. Después, destrozada por lo que eso podría significar, regresó a su propia casa. Necesitaba silencio, espacio para estar a solas.

Desgraciadamente, su madre la llamó en el mismo instante en el que abrió la puerta.

—Cheyenne, ¿eres tú?

—Sí, soy yo —contestó.

Pero vaciló en la puerta. No estaba segura de que tuviera fuerzas para entrar. No quería estar allí, no quería enfrentarse a la situación de su madre, no quería pensar en lo que estaba por llegar, ni en cuándo podría suceder. No quería revisar la medicación contra el dolor y darse cuenta de que su hermana había vuelto a quitarle pastillas.

—Se me ha caído el vaso —se quejó Anita—. Necesito otro baño.

Cheyenne apretó el bolso con fuerza.

—Tranquila, ahora voy a buscar una toalla húmeda.

—No bastará. Tenía zumo en el vaso. Estoy muy pegajosa... Y... hay que cambiar las sábanas.

Cheyenne cerró los ojos con fuerza y se llevó la mano libre a la frente. Bañar a Anita era muy difícil. Necesitaba para ello de todas sus fuerzas, a pesar de la dramática pérdida de peso que había sufrido su madre. ¿Iba a tener que bañarla por segunda vez en una sola noche?

Se imaginó a Eve bajo Joe, se imaginó a Joe acariciándola, besándola, y estuvieron a punto de fallarle las rodillas. Había fantaseado con Joe prácticamente desde que le había conocido, pero mucho más desde que se había divorciado. Aquel era su único placer culpable.

Pero en un momento como aquel, no podría tener ni siquiera eso, por lo menos si Joe seguía con Eve.

–¿No vienes?

La impaciencia en la voz de Anita hizo mella en los nervios de Cheyenne. ¿Y si volvía al coche y se marchaba?

Decidida a hacerlo, giró sobre los talones y corrió hacia la calle. Podría escapar por fin de su madre e ir a buscar a aquella misteriosa rubia.

Tenía ya las llaves en la mano y estaba abriendo la puerta del coche cuando la parte racional de su mente recuperó el control. ¿En qué estaba pensando? Ni siquiera sabría por dónde empezar a buscar. No tenía ningún nombre, no podía asociar a aquella mujer rubia con ningún lugar en particular. Había ido en otra ocasión a la policía, no allí, sino en Nuevo México tras cumplir catorce años. Les había dicho que creía que la habían secuestrado de niña, pero la policía había insistido en que sus datos no coincidían con ninguna denuncia de desaparición y la habían enviado a su casa. ¿Qué la hacía pensar que la situación podía haber cambiado?

Además, no podía ir a ninguna parte. ¿Qué sería de Presley? ¿Y quién se ocuparía de Anita cuando Presley tenía que trabajar? ¿Quién se ocuparía del entierro y el funeral de su madre cuando llegara el momento?

Desde luego, no Presley, que ni siquiera era capaz de responsabilizarse de sí misma durante mucho tiempo.

¿Y quién ayudaría a Eve a salvar el hostal?

Con la cabeza gacha y la mirada fija en los pies, Cheyenne permanecía en la calle, dejando que el viento helado le azotara la melena. No solo tenía responsabilidades en Whiskey Creek, también tenía amigos. No podía abandonarlos porque Eve estuviera saliendo con el hombre al que amaba. No sería capaz de soportarse a sí misma si lo hiciera.

Respiró hondo, alzó la mirada y volvió a entrar en su casa.

–¡Ya voy! –le dijo a su madre en cuanto entró.

Pero al pasar a toda velocidad por delante del espejo

que colgaba de la puerta del dormitorio de Presley, se detuvo en seco. Bajo la tenue luz que iluminaba el pasillo, se vio tan parecida a la grácil rubia de sus sueños que por un momento pensó que aquel no era su reflejo.

Capítulo 5

Joe era la última persona a la que Cheyenne quería ver. Tanto si él era consciente como si no de su abortado intento de espiarle la noche anterior, estaba avergonzada por su conducta y tenía miedo de lo que Joe podía llegar a adivinar a través de su mirada. Tampoco quería encontrárselo con una enorme sonrisa de satisfacción. Le estaba resultando muy difícil soportar la situación, y eso que todavía no tenía la seguridad de que se hubiera acostado con su mejor amiga. Quería cerrar los ojos a todo aquel asunto y concentrarse en lo que tenía que hacer para cumplir con sus obligaciones tanto aquel día como durante los días que tenía por delante.

Pero estuvo a punto de chocar con él al salir con el carro de la compra de uno de los pasillos de Nature's Way, un supermercado familiar situado entre Whiskey Creek y Jackson, y no podía dar media vuelta y marcharse en otra dirección. Aquello habría hecho sus celos mucho más evidentes. Así que forzó una sonrisa y le saludó antes de intentar rodearle.

–¡Eh! ¿Dónde está el fuego? –preguntó Joe, agarrándola del codo.

Haciendo un esfuerzo, Cheyenne le miró con expresión inocente y amable.

–No hay ningún fuego, es solo que… –se esforzó en inventar una excusa que justificara el que no pudiera quedarse a hablar con él una mañana de sábado.

Evidentemente, no estaba trabajando. Y Presley estaba en casa con Anita, de otro modo, ella no estaría fuera.

–Estoy ocupada, ya sabes. Siempre ando muy ocupada.

Joe estudió su rostro antes de responder.

–Eve me ha dicho que hoy cierra el hostal.

–Sí, es cierto, pero reabriremos después de Año Nuevo. Yo voy a encargarme de revisar la remodelación mientras ella está en el crucero.

En realidad, las obras no empezaban hasta el lunes, y a lo mejor Eve también se lo había dicho, pero Cheyenne necesitaba llenar el silencio con cualquier cosa que no tuviera que ver con el torbellino de emociones que se agitaba en su interior.

–Es una pena que no puedas ir con ella. Estoy seguro de que te vendrían bien unas vacaciones –su voz mostraba preocupación–. ¿Cómo está tu madre?

Fatal, muriéndose. Cheyenne quería explicarle lo complicado que era ver morir a una persona hacia la que albergaba tanto resentimiento, de qué manera, la culpabilidad jugaba un papel mucho más importante que la tristeza. Cómo, muchas veces, anhelaba la liberación final, a pesar de saber que desear la muerte de su propia madre la convertía en una persona terrible.

Pero no había compartido aquellos pensamientos ni con Eve, ni con Presley ni con nadie. Tenía miedo de lo que pudieran pensar de ella, de ser una persona peor incluso que Anita.

«Yo siempre te he querido», le había dicho su madre. ¿Sería eso cierto?

–Parece que no se da por vencida.

Joe la miraba tan intensamente que parecía querer traspasar la máscara de educación tras la que le hablaba.

–Tiene que ser muy duro.

Apoyó la mano en su brazo. Cheyenne sabía que solo

estaba mostrándose compasivo, que siempre había sido consciente de cuándo estaba pasando un momento difícil. Joe podía sentirlo, parecía prestar atención a cosas que otras personas apenas notaban o a las que no le daban importancia. Desgraciadamente, aquel contacto la hizo desear otras caricias de naturaleza muy distinta.

—Todo el mundo tiene problemas —insistió Cheyenne, como si lo que le ocurría no tuviera nada de extraordinario.

Pero las lágrimas la desbordaron, desmintiendo sus palabras y avergonzándola de tal manera que se apartó bruscamente y le sorteó a toda velocidad.

—¡Fue muy divertido! Me resultó muy fácil hablar con él, Chey. Además, es muy inteligente y amable. Y… —se giró y suspiró con nostalgia—, muy guapo. Dios mío, ¡es guapísimo! No pude apartar la mirada de esos ojos azules en toda la noche.

Cheyenne estaba sentada en la cama de Eve mientras esta hacía las maletas para el crucero. A petición de su amiga, había ido a despedirse de ella antes del viaje. También le había llevado un bikini y algunas joyas que Eve le había pedido prestadas. Pero, tal y como Cheyenne se temía, la conversación había girado rápidamente hacia la cita con Joe. Al parecer, Eve no era capaz de pensar en otra cosa.

—Esta mañana le he visto en el supermercado.

No estaba segura de por qué se lo estaba contando. Era irrelevante, además de un momento que habría preferido olvidar teniendo en cuenta lo mal que había terminado. Y aun así, aquel breve encuentro, el recuerdo de Joe agarrándole el brazo y su expresión de cariño, la había perseguido durante todo el día.

A Eve le brillaban los ojos de emoción.

—¿De verdad? ¿Y te ha dicho algo?

—¿Sobre ti?

–De lo de anoche.

Cheyenne se puso a juguetear con el asa de su bolso.

–No, no creo que fuera consciente de que yo sabía que habíais quedado. Además, me imaginé que no querrías que sacara el tema. Pero... tienes razón, es un gran tipo. Estáis hechos el uno para el otro –¿no se lo había dicho ya?–. ¿Le gustó el vestido?

–Dijo que estaba guapísima.

Cheyenne había podido comprobarlo por sí misma.

–¿Quieres llevártelo al crucero?

–No, ya tengo mucha ropa para el viaje. Llévatelo a casa, para que lo tengas mientras esté fuera.

–¿Cuántos vestidos te vas a llevar?

Eve se sentó en la cama con un par de pantalones cortos que supuestamente iban a terminar en la maleta.

–Pensé que iba a besarme. Incluso me incliné para asegurarme de que lo hiciera. Pero en el último segundo, me acobardé –le dirigió a Cheyenne una sonrisa traviesa–. A lo mejor debería haberle dado un beso

Eve no había oído, ni, por supuesto, respondido, su pregunta. En cualquier caso, había sido un intento de Cheyenne de desviar la conversación. No quería seguir hablando de la cita. Todo lo que Eve le decía indicaba que Joe le gustaba cada vez más y que la cita había ido muy bien. A lo mejor no se habían acostado, pero Eve quería volver a verle y Cheyenne no podía imaginarse a ningún hombre rechazando a una mujer tan guapa, cariñosa, sofisticada e inteligente como su amiga.

–Espera a que él haga el primer movimiento. Estoy segura de que lo hará en cuanto esté preparado.

¿Era de verdad lo que pensaba? ¿O solo lo que le convenía?

–¿Por qué siempre tiene que ser el chico el que dé el primer paso? –preguntó Eve indignada–. ¿Y si soy yo la que quiere besarle? ¿Y si me apetece hacer algo más con él?

Cheyenne quería desviar la mirada del rostro de su amiga, pero temía revelar lo que sentía.

–En ese caso, supongo que deberías hacérselo saber… Si es que estás dispuesta a correr ese riesgo.

El ceño de Eve le indicó que no le había satisfecho particularmente su respuesta.

–¿Tú crees que correría algún riesgo? ¿Crees que Joe vacilaría? Apuesto a que hace años que no sale con nadie. No le recuerdo una sola cita después del divorcio.

–No sale con mujeres de Whiskey Creek, porque, cuando las cosas no salen bien, la situación es muy incómoda. Ese es el peligro de salir con alguien del pueblo, ¿no crees? Te sigues encontrando con esa persona mucho después de haber roto la relación.

Y lo mismo podía decirse de enamorarse de alguien sin que ese amor fuera correspondido, pensó.

–Sí, lo comprendo, pero Joe tiene que echar de menos el sexo –Eve suspiró–. Desde luego, yo lo echo de menos. Mi última experiencia fue con ese tipo que conocí en la posada y que resultó estar casado.

Cheyenne recordó hasta qué punto era aquel tipo un experto mentiroso. La primera vez que se había alojado en el hostal, había ido con una mujer, pero había convencido a Eve de que era su novia y habían roto. Aquello había resultado ser cierto, pero, aun así, estaba casado.

–No tengo la menor idea de cómo respondería si intentaras besarle. No sé nada de su vida privada.

Eve ni siquiera la estaba escuchando. Estaba demasiado absorta en sus propios pensamientos.

–Casi me gustaría no tener que marcharme del pueblo. Por una parte, está la cuestión de la salud de tu madre. Debería estar aquí en el caso de que, ya sabes, de que ocurriera lo peor. Y justo ahora que he empezado a salir con Joe, voy a estar fuera durante dos semanas –se pellizcó el labio inferior–. Debería haber esperado hasta después del crucero para pedirle salir.

–Pero se lo pediste antes pensando que, si te rechazaba, te resultaría más fácil superarlo estando fuera, ¿recuerdas?

Eve se echó a reír.

–Sí, me acuerdo. Debería haber tenido más confianza en mí misma. Pero si hubiera esperado…

–Joe no te olvidará tan pronto –Cheyenne se levantó de la cama, agarró los pantalones y empezó a doblarlos ella misma–. ¿Te preguntó por lo que ibas a hacer esta noche?

Se odió a sí misma por ser tan entrometida. Se había prometido no empeorar su situación recabando más información, sobre todo información que podía afectarla, pero no pudo evitar hacer aquella pregunta. Si la noche anterior hubiera sido tan maravillosa, Joe habría invitado a Eve a salir otra vez con él antes del crucero.

–No, pero comentó que era consciente de todas las cosas que hay que hacer antes de un viaje, como si supiera que iba a estar ocupada.

–Sí, todo el mundo lo sabe –concordó Cheyenne.

Pero, en realidad, no estaba convencida de que dos personas que estaban realmente entusiasmadas con su relación fueran capaces de postergar un encuentro porque una de ellas tenía que hacer las maletas. Sobre todo, sabiendo que Eve tenía todo el día libre.

Aun así, tenía que admitir que había muchas razones por las que Joe podía haber decidido no pedirle a Eve que saliera con él. Entre otras, era posible que tuviera que trabajar.

Cheyenne metió los pantalones en la maleta y comenzó a doblar más prendas de las que Eve quería llevarse. Eve se levantó y la abrazó.

–Voy a echarte de menos. Estarás bien mientras esté fuera, ¿verdad? No me gusta dejarte en la estacada.

–No me estás dejando en la estacada. Las dos sabemos desde hace meses que esto tenía que llegar.

–Es verdad, pero…

Cheyenne tomó el vestido que le había prestado a Eve.

–Deja de preocuparte por mí. Estaré perfectamente.

Una parte de ella sentía que era incluso mejor. No podría manejar lo que estaba sucediendo entre Eve y Joe en un momento en el que se sentía tan vulnerable por la situación que estaban atravesando su madre y su hermana. Dos semanas sin tener que fingir la ayudarían a recuperar de nuevo el control sobre sus sentimientos.

–Me alegro mucho por ti. Te mereces unas vacaciones.

–Tú también te mereces unas vacaciones.

–Ya me las tomaré más adelante.

–Buscaremos juntas tu partida de nacimiento –le prometió Eve.

–Sí, sería muy divertido.

Se colocó el vestido en el brazo para poder buscar las llaves en el bolsillo lateral del bolso.

–Creo que debería irme a casa. Presley tiene una cita esta noche.

Eve frunció el ceño.

–¿Por qué tiene que salir ella mientras tú te haces cargo de Anita? Al final, siempre tienes que quedarte tú en casa.

–Por lo visto, alguien ha invitado a Presley al cine –movió las cejas, intentando provocar un efecto cómico–. Y me temo que yo no puedo decir lo mismo.

–Estoy segura de que va a salir con alguien con quien no debería.

Probablemente fuera cierto. Pero Cheyenne no podía decirle a su hermana con quién podía o no salir. Ya era suficientemente difícil animarla a mantenerse alejada de las drogas, sobria y, además, trabajando.

–Que te diviertas mucho –le deseó a Eve.

Sacó entonces del bolso el regalo que le había llevado.

–¿Qué es eso?

–Es un regalo de despedida.

–¡Oh, Dios mío! ¡Eres un encanto! ¿Puedo abrirlo?

–Por supuesto. Pero no te dejes engañar por el envoltorio. Es solo un autobronceador –le explicó riéndose–. Si piensas ponerte ese bikini, lo vas a necesitar.

–Triste, pero cierto –Eve le dio a Cheyenne otro abrazo–. Como siempre, me has traído el regalo perfecto.

Cheyenne estaba a punto de salir del dormitorio cuando su amiga la llamó.

–¿Chey?

–¿Umm? –le dijo Cheyenne volviéndose.

–No sé qué haría sin ti. Lo sabes, ¿verdad?

Por primera vez desde hacía varios días, Cheyenne se sintió bien, o, por lo menos, mejor. Esa era Eve. Podía renunciar al hombre que amaba por una amiga como ella. Por supuesto que sí. Haría cualquier cosa por su amiga.

–Lo sé.

Se despidió de ella con una sonrisa y se dirigió hacia su casa, diciéndose a sí misma que Joe solo era un hombre entre muchos. Algún día encontraría a alguien que la haría sentir lo mismo que él. Porque, bajo ningún concepto, iba a perder por Joe a su mejor amiga.

Capítulo 6

–¿Qué tal te fue anoche?

Joe alzó la mirada del partido de baloncesto que había estado viendo desde que había llegado del trabajo. Era la segunda vez que su padre le preguntaba por la cita con Eve Harmon. La primera vez había sido en la gasolinera, a primera hora. Joe había pasado el tema por alto, y tampoco tenía mucho más que añadir en aquel momento.

–Bien.

–¿Eso es lo único que tienes que decir? ¿Que te fue bien?

Joe volvió a concentrarse en la televisión.

–¿Qué esperabas que te dijera?

–No sé… Esperaba un poco de emoción, quizá. Eve parece una chica muy agradable.

Sí, era una chica muy agradable. Joe no podía negarlo.

–¿Crees que volverás a salir con ella?

Cerró sonoramente un armario. Estaba comenzando a cocinar. Cuando estaban los dos en casa, cocinaban por turnos. En la gasolinera tenían algunos empleados a tiempo parcial que les ayudaban por las noches y los fines de semana. Como la gasolinera abría a las seis de la mañana y cerraba a las doce los siete días de la semana, no podían estar siempre ellos.

–¿Joe? –le urgió su padre.

Al parecer, Martin no estaba dispuesto a cambiar de tema. Joe bajó el volumen del partido de los Kings contra los Lakers con el mando a distancia.

–No creo, ¿por qué lo preguntas?

–¿Por qué no? –preguntó a su vez su padre.

–Ya sabes lo que pienso de salir con alguien de Whiskey Creek. Ya cometí ese error cuando me casé.

Se encontraba con la familia de Suzie continuamente, con sus padres, sus tíos, sus primos… Personas que en otro tiempo le querían como si formara parte de su familia y que habían dejado de hablarle. Le culpaban del divorcio y de Dios sabía cuántas cosas más, a pesar de que había sido Suzie la que le había engañado y la que había intentado hacerle creer que la hija que había tenido con otro hombre era suya.

A veces, le entraban ganas de contarles a los Petrovick cómo había sido Suzie como esposa. Le habría encantado ver la estupefacción en sus rostros, especialmente en el de su insoportable padre.

Pero jamás diría una sola palabra. Ni siquiera se lo había contado a Gail o a Martin. Había roto los resultados de las pruebas de ADN en cuanto los había recibido por correo. Tampoco le había dicho a Suzie que lo sabía. Para él, Summer era tan hija suya como Josephine. Si descubría la verdad, perdería mucho más de lo que había perdido hasta ese momento.

La tapa de la basura se cerró con un ruido sordo.

–Entonces ¿por qué saliste con ella?

Porque le había pillado desprevenido cuando había llamado por teléfono y no había querido ponerla en una situación comprometida. Además, él también necesitaba divertirse. Últimamente, se había sentido muy solo e insatisfecho, lo que no le ponía precisamente en una posición de fuerza a la hora de rechazar invitaciones.

–Solo fue una cena, papá, no una cita.

Eve no había parado de hablar, lo había intentado todo.

Y casi había estado a punto de placarle cuando había intentado marcharse. Pero él ya sabía que Eve no le gustaba cuando había aceptado salir a cenar con ella. Aquello le incomodaba y le hacía sentirse culpable.

—Sí, claro —replicó Martin chasqueando la lengua con escepticismo.

Joe reprimió un suspiro de frustración y subió el volumen del televisor. No quería que su padre continuara interrogándole.

—Es verdad, papá. Le estás dando demasiada importancia.

Su padre alzó la voz para competir con los rugidos de los admiradores de los Lakers.

—Me estás diciendo que ella solo quiere ser tu amiga.

Joe se escurrió ligeramente en el sofá para poder apoyar la cabeza en el respaldo.

—Sí.

—Por eso viene a la gasolinera todos los días y se pasa un cuarto de hora paseando por la tienda con la esperanza de encontrarse contigo.

La frecuencia de las visitas de Eve a la gasolinera la había traicionado, suponía Joe, mucho antes de que le hubiera pedido salir. Había estado insinuando que le gustaba desde hacía varios meses. Pero él era incapaz de imaginarse a sí mismo manteniendo ese tipo de relación con Eve. No era capaz de verla como algo más que la niña regordeta con trenzas que jugaba a las Barbies con Gail.

—Déjalo ya, ¿vale? —gruñó.

—En algún momento tendrás que empezar a salir con alguien.

—¿Y eso quién lo ha dicho? —cediendo a las constantes provocaciones de su padre, silenció la televisión—. Tú no sales con nadie y llevas años sin tener pareja.

—Porque antes tenía que cuidaros a Gail y a ti, y ahora soy demasiado viejo y gruñón como para llevarme bien con nadie.

No había vuelto a salir con ninguna mujer desde que Linda, su esposa, le había dejado por el que había sido su amor del instituto. Joe tenía trece años cuando su madre se había ido de casa. Gail, ocho. Apenas la habían visto desde entonces. Sabían que continuaba con el mismo hombre y todo apuntaba a que era feliz, pero su madre no era una persona a la que le gustara mirar atrás.

—Tú no quieres pasar solo el resto de tu vida —añadió Martin.

—¿Cómo puedes estar tan seguro?

El primer año que había seguido al divorcio, no le había parecido tan terrible estar solo. Había conseguido escapar del infierno de vivir con alguien tan voluble como Suzie. No quería volver a pasar por nada parecido. Por aquellas peleas. Por el impacto provocado por algunas de las cosas que Suzie le había dicho. Por el sentimiento de traición al enterarse de la aventura que había tenido su mujer con el vecino. Por la repugnancia que le había invadido al saber que Suzie había metido en su cama a aquel hombre al que Joe consideraba un amigo y con el que había organizado tantas barbacoas los fines de semana. Por la sensación de fracaso que había terminado de hundirle cuando Suzie le había echado de casa porque sabía que solo estaba con ella por las niñas. Por el dolor de no volver a despertarse nunca en la misma casa de sus hijas. Aquello había sido un infierno.

Pero el miedo a volver a involucrarse en otra relación fue rápidamente desplazado por los inconvenientes de la situación en la que se encontraba. Estaba cansado de vivir con su padre y de dormir solo. No había vuelto a acostarse con nadie desde que había estado con Deborah Hinz, la mujer que había ido a ofrecerle unas bombillas de bajo consumo para reducir el gasto de luz de la gasolinera año y medio atrás. Y ni siquiera había disfrutado de aquella experiencia tanto como le habría gustado. Cuando ella le había pedido que se encontraran en un bar que no estaba muy lejos del lugar en el que vivía, Joe había pensado que aquella relación podía tener algún potencial. Pero, cuando a la mañana siguiente se había despertado y había descubierto que había bebido tanto que había terminado acostándose con ella, había huido precipitadamente. Después había comprado las bombillas que ella pretendía venderle, aunque su padre había insistido en que podían conseguirlas más baratas, para no tener que volver a verla.

—Lo que tengo que hacer es ir a Sacramento más a menudo —replicó.

Y esperaba tener razón, esperaba poder llenar el vacío que sentía saliendo un poco más y abriéndose a la posibilidad de conocer gente.

La voz de su padre era casi inaudible; había metido la cabeza en la nevera para buscar algo.

—¿Cómo pretendes conocer a alguien en Sacramento o en cualquier otra parte? ¿En un club nocturno?

—Supongo que podría unirme a un grupo parroquial, pero me parece un poco engañoso hacerlo con segundas intenciones, ¿no te parece? —los Lakers metieron una canasta a más de un metro y medio de la línea de triples—. Buen disparo —musitó.

Y programó el grabador de vídeo digital para poder volver a ver aquel punto.

—No tienes por qué salir de Whiskey Creek —respondió su padre—. Aquí hay muchas mujeres agradables.

Martin no quería que sus dos hijos terminaran viviendo fuera de allí.

—¿Como cuáles?

—¡Como Eve Harmon, por ejemplo! Eso es lo que estoy intentando decirte.

Joe desvió la mirada y vio a su padre salando dos raciones de pescado que pudo oler desde el cuarto de estar.

—¿Quieres que salga con una de las amigas de Gail?

—¿Y eso qué tendría de malo?

¿De verdad tenía que explicárselo?

–Si las cosas no van bien, Gail se sentiría obligada a apoyarme por una cuestión de lealtad, puesto que soy su hermano. Y eso podría costarle una de sus mejores amigas. No me parece justo.

Su padre colocó el pescado en la parrilla y metió la parrilla en el horno.

–Creo que piensas demasiado.

–¡Qué ironía!

Aparentemente satisfecho por estar por fin a punto de cenar, Martin se acercó a la puerta del cuarto de estar.

–¿Qué es lo que te parece tan irónico?

Joe sonrió.

–La mayoría de los padres les dicen a sus hijos que piensen con la cabeza y no con otra cosa. Y tú pareces estar diciéndome lo contrario.

–La mayoría de los padres les da esa clase de consejos a sus hijos cuando tienen dieciséis años. Y tú tienes treinta y seis.

–Ya he estado fuera de casa y aprendí la lección. Ahora no podrás volver a deshacerte de mí.

Martin debió de comprender que estaba bromeando, porque no hizo ningún comentario. Se apoyó contra la pared y continuó hablando mientras veía el partido.

–Ya es hora de volver a montar.

–No sé si tengo ganas de escuchar tus consejos en ese terreno, papá –bebió un sorbo de cerveza–. Desde luego, no se puede decir que prediques con el ejemplo, ¿no te parece?

Como su padre no contestó, Joe alzó la lata de cerveza hacia él.

–¿No tienes nada que decir a eso?

–Supongo que me has pillado –contestó, y regresó a la cocina.

Joe sacudió la cabeza riéndose. Su padre nunca perdía en una discusión. Y, cuando eso ocurría, nunca lo reconocía.

–Mira, puedes relajarte, ¿de acuerdo? Estoy bien. Deja de preocuparte por mí –le dijo Joe.

–Tiene que haber alguna mujer en Whiskey Creek que te resulte atractiva –añadió su padre.

Joe pensó inmediatamente en Cheyenne Christensen, pero solo porque no había sido capaz de olvidar su encuentro en el supermercado, se dijo a sí mismo. Sabía que estaba atravesando una situación infernal. Tenía que ser muy duro ser testigo de cómo iba sucumbiendo su madre al cáncer. Pero le había parecido más tensa de lo habitual…

–¿Crees que Anita Christensen morirá pronto? –preguntó.

–¿A qué viene ahora eso? –su padre estaba buscando algo en el congelador.

Seguramente cenarían guisantes con pescado. Una opción saludable, pero no particularmente apetecible. Era predecible, aburrida y segura. Como la historia de su propia vida, pensó Joe.

–Me he encontrado a Cheyenne en Nature's Way –le explicó–. Cuando he ido a comprar la leche y los huevos.

–¿Y qué te ha dicho?

Joe soltó una maldición al ver que los Lakers ganaban seis puntos seguidos.

–No hemos hablado mucho. Solo me ha dicho que está bien.

–Así que Anita está aguantando.

–Desgraciadamente.

–¡Joe!

La sorpresa y la reprobación de la voz de su padre exigían una explicación, e incluso que se retractara.

–Sé que no suena nada bien –admitió Joe–, pero para Cheyenne y para su hermana sería mucho mejor.

Oyó el sonido del repiqueteo de la chispa de uno de los quemadores hasta que se encendió con el inconfundible sonido del gas. Sí, Martin estaba poniendo unos guisantes a hervir.

–¿Desde cuándo estás tan interesado en las Christensen? –le preguntó su padre.

–No tengo ningún interés –contestó Joe.

Pero no era del todo cierto. Presley nunca le había atraído. Físicamente, no estaba mal, incluso con los tatuajes. Pero tenía un vocabulario que parecía más propio de un marinero y miraba al mundo con amargura y recelo. Si en el caso de Suzie habían sido pocas las señales de advertencia, en el caso de Presley, parecía llevar letreros de neón.

Pero siempre había sentido algo por Cheyenne. La seguía con la mirada cuando se la cruzaba en la calle. Y no podía evitar girarse para volver a verla cuando iba a la gasolinera. Y aquella mañana, cuando la había visto llorar, se había despertado en él inmediatamente el instinto de protección.

–Me alegro de oírlo –dijo su padre–. Eve sería una opción mucho mejor.

Joe apoyó los codos en las rodillas.

–¿Qué tiene de malo Cheyenne?

–Ha tenido una vida muy difícil. Si alguien tiene derecho a quejarse de cargar con una mochila demasiado pesada, es ella. Basta con ver a su hermana.

La inmediatez con la que su padre descartó a Cheyenne molestó a Joe.

–Ha hecho las cosas muy bien, sobre todo teniendo en cuenta lo difícil que ha sido su vida. Como tú mismo has dicho, es Presley la que no es capaz de controlarse. Hace varias semanas, me hizo proposiciones en el Sexy Sadie's.

–¿Cómo es capaz de hacer algo así una mujer?

–Me dijo que por veinte dólares, me llevaría al cuarto de baño y me haría disfrutar.

–Y entiendo que tú la rechazaste.

–Desde luego, pero eso no le causó el menor rubor. Me dijo que me fuera al infierno y se fue a por el siguiente objetivo.

—¿Entiendes lo que quiero decir? —le planteó entonces su padre.

—Chey no es su hermana.

—Eso no importa. Cuando te casas con alguien, te casas también con su familia.

Joe entendía aquel planteamiento demasiado bien. Pero la desaprobación de su padre le empujaba a acercarse más a Cheyenne.

—No me haría ningún daño tener más relación con ella.

—Hasta ahora nunca le habías prestado demasiada atención.

—Pertenece al grupo de Gail. Y he estado muy ocupado.

Su padre señaló el reloj.

—Esta noche no estás ocupado. A lo mejor, después de cenar, puedes ir a comprar una botella de vino e ir después a verla.

—A lo mejor lo hago.

—Seguramente, le vendrá bien un poco de compañía.

—Sin lugar a dudas —respondió Joe, aceptando el desafío.

Pero en cuanto vio la sonrisa de su padre, comprendió que había estado manipulándole todo el rato.

—Te crees muy listo, ¿verdad? —se quejó.

—No es difícil encaminar a alguien cuando está más que dispuesto a seguir el camino —respondió Martin con una risa.

Y después estuvo a punto de volver loco a Joe, porque no paró de silbar mientras preparaba la cena.

Nadie se acercaba nunca a la casa, a no ser alguno de los hijos de J.T. Amos buscando a Presley. A veces, Presley iba a divertirse a su casa, que estaba a unos tres kilómetros de distancia a lo largo del río. Como eran casi las ocho de la tarde del sábado, Cheyenne pensó que sería uno de ellos y se confió lo suficiente como para no preocuparse en absoluto por su aspecto. Ya se había lavado la cara, de modo que no llevaba ni una gota de maquillaje. Iba descalza, llevaba encima solamente los vaqueros y una sudadera. Se quedaría detrás de la puerta, les diría a Dylan, Aaron, Grady, Rodney o Mack que Presley había salido y volvería a su dormitorio.

Pero no era ninguno de aquellos hermanos tan peligrosos. Cheyenne apenas podía creer lo que estaban viendo sus ojos cuando se encontró con Joe en el desvencijado porche de su casa. Ni siquiera se le había ocurrido pensar que sabía dónde vivía.

–¡Hola! –la saludó con una sonrisa que hizo que le diera un vuelco el estómago–, parece que te has preparado para la noche.

Cheyenne resistió las ganas de llevarse la mano al moño que había improvisado en su cabeza. ¿Tendría su pelo un aspecto tan desastroso como pensaba? Podía sentir los mechones cayendo por su rostro.

–Sí, eh… la verdad es que no pensaba ir a ninguna parte. Lo que quiero decir es que no puedo. Presley ha salido y tengo que quedarme con mi madre.

–Era lo que me había imaginado –alzó la botella que llevaba en la mano–. ¿Te apetecería tomar una copa conmigo mientras haces de enfermera?

Cheyenne parpadeó varias veces antes de ser capaz de hablar.

–¿Has hablado con Eve?

–¿Con Eve? –repitió Joe.

–¿Sabes? Está loca por ti. Estoy segura de que ya te lo has imaginado, después de todos los viajes que ha hecho a la gasolinera –se echó a reír, esperando parecer menos tensa–. Y… es genial. Estoy segura de que no te gustaría perder a una persona como ella.

Una expresión extraña cruzó el rostro de Joe.

–Gracias por los ánimos. A mí también me parece una gran persona, pero no he venido a hablar de Eve.

No aclaró si sus palabras le habían sorprendido o no. Pero, seguramente, no. Era imposible que le hubiera pasado desapercibido cómo había cambiado la actitud de Eve. A Eve no se le daba tan bien como a Cheyenne lo de ocultar sus sentimientos. Ella nunca había tenido que ocultar nada porque jamás había tenido miedo de nada. Además, había sido ella la que le había invitado a salir, de modo que su interés era más que evidente.

—Es por lo de… ¿es por lo de antes, entonces? ¿Por lo de esta mañana? Porque estoy bien —se aclaró la garganta—. No pretendía hacerte compadecerme, una vez más. Porque al final, parece que en eso consiste nuestra relación —consiguió reírse, como si se estuviera burlando de sí misma, pero Joe no se unió a sus risas.

—Siento que tengas que pasar por todo lo que estás pasando. Pero yo a eso no lo llamaría compasión —bajó la voz, como si le estuviera confiando un gran secreto—. Tomar una copa conmigo no es ninguna forma de traición, Chey.

Era la primera vez que la llamaba por su diminutivo, pero no le resultó extraño. Sin lugar a dudas, habría oído a Gail referirse a ella de esa forma en numerosas ocasiones.

—Claro, por supuesto que no. No quería sugerir que lo fuera.

—Entonces… ¿puedo pasar?

Cheyenne pensó entonces en su ridículo árbol de Navidad. Le había puesto todos los adornos que tenía, que eran muy pocos. ¿Le resultaría tan patética su casa como su situación?

Quizá. Pero, aun así, no podía echarle. Joe significaba mucho para ella y el hecho de que estuviera saliendo con Eve no significaba que tuvieran que dejar de ser amigos. De hecho, eso ya lo había dejado claro Joe.

Asintió con la cabeza y se apartó para permitirle entrar. Cuando pasó por delante de ella, Cheyenne aspiró su fragancia. Normalmente, Joe olía a gasolina y a aceite, pero aquella noche, no. Parecía que se acabara de duchar y llevaba una sudadera, unos vaqueros y unas botas, un atuendo cómodo y moderno. Quizá no tuviera el estilo de su amigo Baxter, en realidad, nadie en Whiskey Creek tenía tanto estilo, pero a Cheyenne le encantó cómo iba vestido. Le gustaba todo de Joe.

Ese era el problema.

—Siéntate.

Señaló la mesa de la cocina. Tenía miedo de que pudiera ver el agujero que había en uno de los cojines si le invitaba directamente al sofá. Cheyenne no había invertido mucho dinero ni en los muebles ni en la propia casa. No tenía ningún motivo para hacerlo. Era una casa alquilada y no pensaba quedarse allí cuando Anita muriera. Ni siquiera sabía lo que se llevarían de aquella casa cuando se mudaran. Posiblemente, Presley insistiría en conservar algunas cosas, pero, por lo que a Cheyenne se refería, aquella casa encerraba demasiados malos recuerdos.

Colocó un par de copas de vino en la mesa.

—Adelante, ve sirviendo el vino. Ahora mismo vuelvo.

Tras comprobar cómo estaba su madre, que, afortunadamente, estaba dormida, se puso el sujetador y regresó a la cocina, donde encontró a Joe con una copa de vino delante del árbol de Navidad.

—El del hostal es mucho más bonito —le dijo—. Te lo prometo.

—Por lo menos tienes árbol.

—¿Tú no?

—Todavía no. Mis hijas no dejan de presionarme para que ponga uno. A lo mejor lo compro mañana.

—Yo pensé que el árbol le daría un poco de alegría a mi madre.

—¿Todavía le quedan fuerzas para levantarse?

—De vez en cuando.

Y también lo había hecho esperando que pudiera reportarle algún consuelo a Presley, que tan mal lo estaba pasando con el declinar de Anita.

Joe señaló la chimenea vacía.

–¿Te importa que la encienda?

–No.

Cheyenne señaló la leña apilada en la esquina del porche y puso un CD navideño de Enya mientras Joe encendía un par de troncos.

–Así aliviaremos un poco el frío –dijo Joe mientras se frotaba las manos.

Cheyenne ni siquiera se había dado cuenta de que hacía frío. Estaba tan nerviosa por tantas otras cosas que aquella preocupación ni siquiera formaba parte de la lista.

–Da gusto el calor del fuego.

–Y también da gusto verte a ti –señaló Joe–. Estás realmente guapa.

A Cheyenne le dio un vuelco el corazón.

–Estás de broma.

–No, me gustas así vestida.

Cuando sus ojos se encontraron, Cheyenne temió que pudiera ver en los suyos lo mucho que le gustaba aquel cumplido, así que fijó la atención en la copa de vino que la estaba esperando en la mesa.

–¿Cómo le van las cosas a Gail? –preguntó mientras se acercaba a por ella.

–Muy bien, está muy contenta.

Esbozó una sonrisa distante, como si estuviera imaginándose a su hermana, pero después se puso serio.

–Espero que Simon continúe tratándola bien. Ya sabes las tentaciones con las que tiene que enfrentarse en Hollywood. Por lo que se refiere a las mujeres, siempre tiene dónde elegir.

–Sé que le será fiel. Simon está tan enamorado como ella. Además, tendrá que responder ante ti si no lo es.

Joe sonrió al oírla.

–Exactamente. Al fin y al cabo, estamos hablando de mi hermana pequeña.

Cheyenne probó el vino, y le gustó.

–¿Te acuerdas del chico al que agarraste de la pechera de la camisa y tiraste al suelo cuando yo era una recién llegada?

–No –parecía sinceramente sorprendido–. ¿Y por qué hice una cosa así?

–Porque estaba burlándose de mi vestido.

–Entonces, se lo merecía.

–Era un vestido bastante feo –admitió Cheyenne–. En realidad, todo en mí era bastante feo en aquella época.

La expresión de Joe se tornó pensativa.

–Pues no es así como yo lo recuerdo.

–Sí, bueno, tú también eres como mi hermano mayor.

Joe se detuvo con la copa a medio camino de los labios.

–¿Así es como me ves?

Cheyenne no sabía qué contestar. «Sí», habría sido la respuesta más segura. Pero era mentira. Así que hizo todo lo posible para evitar contestar directamente.

–Lo que quiero decir es que nunca has sido muy crítico conmigo.

–Soy perfectamente capaz de saber cuándo una persona es atractiva, Chey.

A Cheyenne se le secó la boca.

–Por supuesto que sí –contestó–. Fíjate en Eve, por ejemplo. Es una mujer muy guapa, ¿no te parece?

Joe no dejaba de mirarla a los ojos.

–¿Por qué estamos hablando de Eve otra vez?

–Es mi mejor amiga.

–Lo sé. Y me cae muy bien. Pero hablemos de otra cosa –desvió la mirada y cambió de tema–. ¿Tienes una baraja?

Tenía varias. Antes de que su madre estuviera demasiado enferma como para jugar a las cartas, solían jugar para distraerla del dolor.

–Están en el cajón.

–¿Y tengo alguna posibilidad si te desafío a jugar?

–¿A jugar a qué?

–Al póquer –sugirió Joe, encogiéndose de hombros.

¿Cuánto tiempo pensaba quedarse en su casa?

—Claro, pero... ¿qué podemos apostar?

—Yo apostaré cambios de aceite y reparaciones de coches. Teniendo en cuenta el estado en el que estaba tu Olds la última vez que lo llevaste al taller, creo que te vendría bien.

—Es posible. Pero ¿qué puedo ofrecerte yo? Trabajo en un hostal, así que... ¿cocinar y limpiar para ti?

Joe esbozó una media sonrisa.

—Me conformaré con que me hagas unas galletas de Navidad y me ayudes a decorar el árbol cuando vengan mis hijas al pueblo.

—¿Y por qué te conformas con tan poco? Podría haber cocinado, limpiado y decorado el árbol de Navidad —dejó las cartas en la mesa—. En el caso de que me ganaras.

—Pienso ganar —le confió él—. Pero, en cualquier caso, también eso sería conformarse, puesto que no es lo que yo pediría si realmente pudiera pedir lo que quiero.

Aquello pilló a Cheyenne por sorpresa.

—¿Tú qué pedirías?

Joe alzó la mirada hacia el muérdago que Presley había colgado en la lámpara que había encima de la mesa.

—Paz en la Tierra —contestó Joe, y le guiñó el ojo—. Así que reparte.

Capítulo 7

Estaba coqueteando con ella. No había ninguna duda. Pero Cheyenne no entendía por qué. ¿Estaría intentando animarla? ¿Estaría interesado en fortalecer su amistad? ¿Se habría pasado por su casa porque le había dicho a su hermana que se había puesto a llorar en el supermercado y Gail le había pedido que fuera a verla?

Joe no revelaba lo que pensaba o sentía, pero hablaron y se rieron, y se rieron y hablaron hasta que se hizo tarde. Para cuando Joe comenzó a bostezar y dijo que debería marcharse, Cheyenne ya había perdido una buena cantidad de dinero que tendría que pagar decorando el árbol y haciendo galletas, y Joe no estaba dispuesto a ofrecerle la oportunidad de recuperarse. En lo único en lo que transigió fue en que un día cocinando y decorando un árbol de Navidad equivalía a ochocientos dólares.

—Debes de ser una decoradora de árboles inmejorable.

—Lo soy —señaló el único árbol que tenía como ejemplo—. No te dejes engañar por lo que ves.

—En ese caso, dejaré en suspenso mi incredulidad, al menos de momento. Ya me demostrarás lo que eres capaz de hacer el sábado que viene.

—¿Vendrán entonces tus hijas?

—Sí, pero deberíamos ir a elegir el árbol antes de que se hayan llevado todos los buenos.

–¿Deberíamos?

Cheyenne le puso el corcho a la botella, puesto que Joe no quería beber más.

–No quiero comprar un árbol que después no tengas interés en decorar.

A Eve, sin duda alguna, le resultaría extraño si se enteraba. Aquello la hizo vacilar. Por muchas ganas que tuviera de estar con Joe, sabía que no debería hacerlo.

–Soy muy fácil de complacer.

–Entonces, ¿por qué nunca sales con nadie? –le preguntó Joe.

Cheyenne barajó las cartas.

–Una buena forma de cambiar de conversación.

–Sí, me lo ha parecido.

–¿Cómo sabes que no salgo con nadie?

–Vivimos en Whiskey Creek, ¿recuerdas? Si estuvieras saliendo con alguien, lo sabría. De hecho, el mundo lo sabría todo.

Era verdad. Cheyenne comenzó a buscar excusas.

–He estado muy ocupada.

–¿Eso es todo? ¿No tienes una excusa mejor?

Cheyenne intentó no echarse a reír.

–Estuve saliendo con John Kovinski durante algún tiempo.

–No será el señor Kovinski, el director del colegio…

–Me temo que sí.

–¿Y cuándo fue eso?

Cheyenne fingió tener que pensar en ello, aunque tenía la respuesta en la punta de la lengua. No tenía ningún sentido dejar que Joe supiera que ella marcaba los acontecimientos de su vida teniendo como referencia los de la suya.

–Cuando estabas casado –y se obligó a añadir–: creo –aunque estaba perfectamente segura.

–¡Pero eso fue hace cinco años!

–No salgo mucho.

—Por no mencionar que... te dobla la edad —añadió Joe con una mueca—. Gail también salió en una ocasión con un hombre mayor. ¿Dónde les encontráis el atractivo?

—Seguridad, compañía...

—Así que no representan ninguna amenaza.

Cheyenne se echó a reír.

—A lo mejor.

—Debí de perderme la noticia de que estabas saliendo con él.

Porque aquella relación no había llegado a ninguna parte. Habían salido tres veces y se habían enrollado una. Eso no era motivo de cotilleo ni para los más chismosos de Whiskey Creek.

Joe se terminó el vino que le quedaba en la copa.

—¿Con quién más has salido?

Cheyenne guardó las cartas en la caja.

—Ya te he dicho que he tenido otras muchas preocupaciones. ¿Con quién has salido tú, señor DeMarco?

—Con demasiadas mujeres como para llevar la cuenta —bromeó él.

—¿Quién está ahí? —la voz de su madre, quebrada y suplicante, llegó desde el dormitorio—. ¡Necesito la medicación! ¿Cheyenne? ¿Presley? ¡Traedme la morfina! ¡Rápido!

Joe se levantó de un salto, como si aquella repentina intromisión en la conversación le hubiera asustado.

—¿Está bien?

La desolación que reflejaba la voz de su madre podía resultar muy inquietante, sobre todo para una persona que no estaba acostumbrada a ella.

—Sí, no te preocupes.

—¿Puedo hacer algo por ella? —se interesó Joe.

—No, yo lo tengo todo.

Sacó las pastillas de su madre del lugar en el que las tenía escondidas, detrás del frigorífico.

—¿Las guardas ahí? —preguntó Joe perplejo.

Lo hacía por Presley, pero no quería que él lo supiera.

–Sí, de momento.

–Muy bien –Joe no preguntó nada más–. Apagaré el fuego mientras la atiendes.

Cheyenne esperaba que se marchara. Apenas podía imaginarse lo incómodo que debía de sentirse desde que Anita se había despertado. Pero su madre estaba tan nerviosa que Cheyenne tuvo que retrasar la despedida y Joe parecía dispuesto a esperar.

–Tranquila, mamá, ya voy –le gritó mientras agarraba una botella de agua por si su madre tenía sed.

–¿Dónde está Presley? –preguntó Anita en cuanto Cheyenne llegó a su lado.

–Tenía una cita.

–He oído la voz de alguien.

Cheyenne ignoró la evidente decepción de su madre.

–Presley no está en casa.

–¡Pero hay alguien aquí!

–Sí, estoy yo –insistió Cheyenne.

–Además de ti.

–No, no hay nadie.

No quería que Anita hablara con Joe. Con lo que había visto sobre la situación que tenía en casa era más que suficiente.

–Necesito moverme. No puedo… –Anita jadeó para tomar aire–. Si pudieras girarme un poco para que me tumbe del otro lado… Me duele la cadera.

Cheyenne intentó hacer lo que le estaba pidiendo, pero su madre gritó.

–¡Tienes que levantarme! ¡No puedes empujarme! –y empezó a gemir y a llorar.

Temiendo que Joe pudiera oírla, Cheyenne bajó la voz.

–No te estaba empujando, estaba haciendo lo que hago siempre.

Era la única manera que tenía de ayudarla. No era lo suficientemente fuerte como para levantar a Anita a pulso.

–¡Presley, ven a ayudar a tu hermana! –gritó su madre–. ¡Date prisa! ¡Me está matando!

–Presley no está en casa.

–Sí, claro que está, la he oído. ¿Presley?

No cabía ninguna duda de que Anita sufría dolores. Cheyenne lo sabía por lo apagada que tenía la mirada. Pero también sabía que estaba poniéndole las cosas difíciles intencionadamente. Quería tener cerca a Presley y aquello le proporcionaba una excusa para reclamar la atención de su otra hija.

–Mamá, por favor –le dijo.

Pero un sonido en la puerta le indicó que el ruido había conseguido atraer a Joe.

–¿Qué pasa? –preguntó.

Cheyenne comprendió que no estaba seguro de si entrar o no, pero quería ayudar.

Con un suspiro, se recogió los mechones que habían escapado del moño detrás de las orejas.

–Mi madre quiere cambiar de postura, tumbarse del lado derecho.

–Yo puedo ayudarla.

Cruzó la habitación, se acercó a la cama y la movió como si no pesara nada.

Anita estaba tan sorprendida de ver a un hombre en la casa que ni siquiera se quejó. Pero tampoco le dio las gracias.

–¿Te estás acostando con mi hija? –le preguntó mientras Joe le colocaba las sábanas–. ¿Por fin ha perdido la virginidad? Dios mío, espero que le des bien, porque lo necesita. A lo mejor ahora que se ha dado cuenta de lo que se estaba perdiendo, deja de ser tan crítica con las demás.

Cheyenne se sonrojó violentamente, pero ignoró la vulgaridad de su madre.

–Gracias –le dijo a Joe–. Estoy segura de que a partir de ahora estará mucho mejor.

Ignorando también los comentarios de Anita, Joe farfulló un «buenas noches» y dejó que Cheyenne le acompañara a la puerta.

—No es cierto lo que ha dicho, ¿verdad? —preguntó cuando salieron al porche.

—¿A qué te refieres? —preguntó Cheyenne.

Lo sabía, pero no estaba segura de cómo responder.

—¿Es verdad que nunca te has acostado con nadie?

Cheyenne no necesitaba la sorpresa que reflejaba su voz para ser consciente de lo raro de su condición. En aquella época, no quedaban muchas mujeres de treinta y un años vírgenes. Aquel no era un tema del que le resultara fácil hablar. Pero no podía ocultar quién era realmente ella, por lo menos delante de Joe.

—Sí.

—¿Por qué? ¿Estás esperando al hombre de tu vida? ¿O —se frotó el cuello como si estuviera buscando las palabras adecuadas—… te pasó algo por lo que no quieres que nadie te toque de esa forma?

Evidentemente, sabía mucho sobre su pasado. Probablemente tenía que agradecérselo a Gail. Y quizá a Eve, también. No sabía de qué habían estado hablando durante la cena de la noche anterior.

—Un camionero le dio veinte dólares a mi madre a cambio de que le dejara acariciarme.

Cuando vio que Joe tensaba la mandíbula, alzó la mano.

—Pero todo se quedó en eso, no pasó nada, y él no ha sido la razón por la que no he tenido relaciones. Siempre he querido que el sexo tuviera algún significado especial. He estado esperando el momento y el lugar adecuados —y también al hombre.

—Ya entiendo —asintió Joe.

—Además, vivimos en un pueblo muy pequeño —sonrió, intentando aligerar el tono de la conversación—, y tengo que cuidar mi reputación.

—El miedo a los cotilleos no detiene a todo el mundo.

Cheyenne se preguntó si se estaría refiriendo a su hermana.

–Supongo que no.

–Buenas noches, Chey.

Estaba a medio camino de la camioneta cuando ella le preguntó:

–¿Por qué has venido, Joe?

Joe hundió las manos en los bolsillos y giró sobre sus talones para mirarla. Hacía tanto frío que Cheyenne veía el vapor de la respiración de Joe nublando su rostro, pero él no parecía tener prisa.

–Podría decir que lo ha sugerido mi padre.

–¿Y por qué iba a hacer tu padre una cosa así?

–Cree que no salgo lo suficiente.

–Pero…

–La verdad es que tiene algo más que ver con Eve.

–¿Qué significa eso?

–He pensado que, si Eve iba a hacer algún movimiento, quería estar seguro de que entre tú y yo… A veces, me he preguntado si no podría haber algo entre nosotros.

Cheyenne no esperaba que fuera tan franco. De pronto, sintió tal debilidad en las rodillas que tuvo que agarrarse al poste que sujetaba el porche. ¿Por qué tenía que haber dado ese paso en aquel momento? ¿Por qué no podía habérselo planteado una semana atrás?

–¿Y qué has decidido?

–Que deberíamos volver a vernos.

–No puedo –respondió.

No, después de saber que no solo estaba siendo amable con ella por una cuestión de amistad.

Joe sonrió.

–Pues tendrás que hacerlo. Me lo debes, ¿recuerdas?

Joe estuvo conduciendo por el pueblo durante un cuarto de hora antes de regresar a su casa. No creía que su padre estuviera despierto. A Martin le gustaba acostarse pronto. Y también a él, sobre todo teniendo en cuenta la cantidad de horas que trabajaba. Pero estaba tan inquieto desde que había dejado a Cheyenne que sabía que no sería capaz de dormir.

Había ido a casa de Cheyenne esperando sentir por ella lo que había sentido con Eve. Respeto como persona y cierta admiración por su belleza. Esperaba también que pudieran consolidar una amistad. Pero no algo que le conmoviera, o que le hiciera arrepentirse de no haberle pedido antes una cita. Se había convencido a sí mismo de que la chispa que saltaba cada vez que Cheyenne estaba cerca no era nada más que curiosidad y simpatía por lo mucho que ella tenía que soportar.

Pero durante el rato que habían pasado juntos, sus sentimientos no habían sido tan platónicos como se había imaginado.

Sabía, de hecho, que no llevaba sujetador cuando le había abierto la puerta. Había ido a ponérselo rápidamente. Pero la forma en la que se habían mecido sus senos durante aquellos breves segundos le había hecho recordar que llevaba mucho tiempo sin sentir la suavidad del cuerpo de una mujer bajo el suyo, especialmente de una mujer con la que realmente deseara hacer el amor.

Aquel no era el tipo de pensamiento que habría asociado nunca con la desafortunada amiga de su hermana. Cuando había dejado que su padre le aguijoneara para que terminara yendo a verla, se había imaginado que era preferible quedarse en casa o acercarse al Sexy Sadie's a dar una vuelta entre los parroquianos de siempre.

O... a lo mejor, se había estado mintiendo desde el principio. A lo mejor, lo que había intentado evitar manteniendo las distancias con Cheyenne había sido verla como una mujer deseable en vez de como una mujer digna de compasión.

Un bocinazo le sacó de sus pensamientos. Riley Stinson

estaba a su lado, esperando también a que cambiara el semáforo.

Joe bajó la ventanilla del asiento del pasajero. Riley era otro de los amigos de su hermana, pero a Joe le caía tan bien como a Gail. Aunque la mayor parte de los compañeros de instituto habían terminado yéndose del pueblo, al igual que había hecho Joe en un primer momento, los amigos de su hermana continuaban viviendo allí y seguían estando muy unidos.

–No es normal verte tan tarde en la calle –gritó Riley por encima del sonido del motor.

–Solo quería comprobar si la gasolinera estaba bien cerrada.

No estaba seguro de por qué había mentido. Suponía que se sentía un poco raro por haber ido a ver a Cheyenne después de haber salido a cenar con Eve la noche anterior. Además, sabía que Cheyenne agradecería la discreción.

–¿Y estaba todo bien?

Tres años atrás, alguien había entrado a robar de madrugada en la tienda. Quienquiera que hubiera sido se había llevado todo el alcohol, el tabaco y los preservativos. Pero no habían vuelto a tener ningún problema desde entonces.

–Sí, va todo bien –contestó Joe.

En realidad, había pasado por la gasolinera, pero solo porque en un pueblo de ese tamaño era inevitable.

–¿Y tú? ¿Qué haces por aquí?

–Vuelvo a mi casa.

–¿Y vienes….?

–De casa de mis padres –se tapó la boca para bostezar–. Me he quedado dormido durante un par de horas.

–¿Dónde está Jacob?

Riley había dejado embarazada a una chica llamada Phoenix cuando estaban en el instituto. Ella siempre había sido un poco diferente, definitivamente, poco convencional, pero nadie podría haberse imaginado nunca que fuera capaz de matar. Se había cargado a la siguiente chica en la que Riley había mostrado interés y había ido a prisión antes de que el bebé naciera. Riley y sus padres habían cuidado de Jacob desde que se lo habían entregado las autoridades.

Aquella historia había sido la comidilla del pueblo en aquella época. Era lo más extraordinario que había pasado nunca en Whiskey Creek, exceptuando el hundimiento de una antigua mina de oro, un accidente en el que había muerto el hermano gemelo de Noah Rackham más o menos por las mismas fechas.

—Le he dejado durmiendo. Mañana a primera hora tengo que ir a arreglar un tejado.

—Pero ¿Jacob no suele acompañarte cuando está de vacaciones?

Riley, que era albañil, ya le estaba enseñando a su hijo el oficio. A medida que Jacob había ido creciendo, su relación con su padre había sido más de buenos amigos que de padre e hijo.

—Le he dicho que podía quedarse en casa con los abuelos.

—¿Para preparar la Navidad?

Riley sonrió.

—Tiene que cocinar, poner los adornos y salir de compras.

Joe estaba seguro de que Riley estaba encantado de poder librarse.

—¿Y a Jacob qué le ha parecido la idea?

—Él quería venir conmigo, pero le he dicho que su abuela estaría encantada de que se quedara. Para mi madre es muy importante toda la parafernalia navideña.

Su tono sugería que le resultaba incomprensible, lo que hizo sonreír a Joe. Él tampoco le veía mucho sentido a toda esa decoración tan chabacana. Poner un árbol solo significaba que habría que quitarlo. Pero sabía que estaba hablando su lado más pragmático. En realidad, estaba dispuesto a hacer cualquier cosa para que sus hijas estuvieran contentas.

El semáforo se había puesto en verde ya dos veces, pero no había nadie detrás de ellos, así que no tenían ninguna presión para continuar conduciendo.

–¿Cómo está Gail? –preguntó Riley.

–Feliz, y muy ocupada, trabajando como relaciones públicas de Simon y dirigiendo la agencia. Ahora mismo tienen toda una lista de estrellas entre sus clientes.

–He oído decir que Simon va a estrenar otra película.

Joe miró por el espejo retrovisor. Continuaban estando solos.

–Otro taquillazo, sí. Pero será en junio.

–Quería llamar a Gail. Quería contarle que Phoenix me ha enviado una tarjeta para felicitarme las fiestas.

Joe se inclinó hacia delante y apagó la música.

–¿Te escribe a menudo?

–Le escribe a Jacob regularmente, pero yo no le paso las cartas. No quiero alimentar esa relación. Y yo rara vez tengo noticias de ella.

–¿Por qué crees que habrá enviado una tarjeta de Navidad?

Repentinamente pensativo, Riley frunció el ceño y le dio unos golpecitos al volante.

–Sale este verano.

Llegó en ese momento otro coche tras ellos, obligándoles a avanzar.

–Suerte con lo que te espera –le deseó Joe.

–Gracias. Creo que la voy a necesitar –contestó Riley, despidiéndose de él con la mano.

Un ruido alertó a Cheyenne de que no estaba sola en casa. Presley entró tambaleándose en la cocina, miró el reloj con los ojos semicerrados y gimió. Se comportaba como si todavía fuera demasiado temprano para enfrentarse al día, pero eran ya las once y media.

–¿Adónde vas? –farfulló en medio de un bostezo.

Cheyenne se había levantado temprano, a las seis, y había estado limpiando.

—Un amigo quiere que le ayude e elegir un árbol de Navidad —contestó mientras enjuagaba la taza de café.

Su hermana, que había comenzado a acercarse a la nevera, se detuvo en seco.

—¿Qué amigo?

—¿Y eso qué más te da?

Cheyenne sacó dos pastillas de ibuprofeno del armario y se las tendió.

Presley arrugó la nariz.

—¿No tienes nada mejor?

Por supuesto, Cheyenne no pensaba darle nada más fuerte.

—No.

Evidentemente exasperada, su hermana se las metió en la boca, sacó el zumo de naranja de la nevera y bebió directamente de la jarra.

Cheyenne la miró con el ceño fruncido.

—¿Es que no puedes utilizar un vaso?

—Demasiado tarde —volvió a meter el zumo en la nevera—. ¿Por qué tienes que hablar tan alto? ¿Qué demonios te pasa hoy?

Las llaves del coche estaban al lado del bolso. Cheyenne agarró ambas cosas.

—Nada.

—Sí, hay algo que te preocupa. Estás de muy mal humor.

Porque se había pasado toda la noche intentando convencerse de que debía cancelar aquella cita. Una amiga fiel se negaría a ir a ninguna parte con Joe. Pero continuaba diciéndose a sí misma que no iba a ocurrir nada. Pagaría la deuda que había contraído jugando al póquer y fin de la historia. ¿Qué tenía de malo comprar un árbol de Navidad y decorarlo con un amigo que para ella era como un hermano mayor?

–Tengo prisa –dijo.

Joe había llamado para decir que pasaría a buscarla a las doce, pero ella había insistido en ir en coche hasta las afueras del pueblo. Desde allí irían los dos juntos a Jackson. La mayor parte de sus amigos estaban fuera del pueblo. Habían tenido que levantarse mucho antes del amanecer para poder estar en el aeropuerto a las ocho. Pero, aun así… No quería que nadie les viera juntos.

–¿Y a qué viene tanta prisa? –Presley se frotó las sienes–. ¿No faltan dos semanas para Navidad?

Cheyenne no contestó. Estaba demasiado ocupada poniéndose el abrigo y la bufanda.

–Yo pensaba que todos tus amigos se habían ido al Caribe –añadió Presley, apoyándose contra la encimera.

–No todos –replicó Cheyenne.

–¿Quién queda?

Ansiosa por salir cuanto antes de casa, Cheyenne ni siquiera la miró.

–Riley todavía está aquí.

–¿Vas a ir a comprar un árbol de Navidad con Riley? ¿Y por eso estás tan nerviosa?

–No estoy nerviosa.

Recordó entonces que se había olvidado de apuntar la cantidad de morfina en el cuaderno. Buscó un bolígrafo y la anotó.

–¿Qué tal te fue tu cita de anoche?

Presley frunció el ceño.

–Las he tenido mejores.

–¿Qué película visteis?

–Al final, nos saltamos la película.

–¿Y qué hicisteis?

–Me llevó a su casa.

Cheyenne dejó el bolígrafo y se volvió para mirarla.

–¿Eso fue todo? ¿Os acostasteis?

Presley se encogió de hombros.

–No es tan tacaño como puedes pensar.

–¿Quieres decir que puso las drogas y el alcohol?

No hubo respuesta.

–¿Por qué te conformas con tan poco?

Cheyenne sabía que la intensidad de su tono y de sus palabras molestarían a su hermana, pero no pudo evitarlo. Quería que su hermana fuera feliz y sabía que sería imposible si continuaba por el mismo camino que Anita.

–Tú te diviertes a tu manera y yo a la mía –respondió Presley mientras se arrastraba de nuevo hacia la cama.

Cheyenne la observó marcharse y miró el reloj. Si no salía ya, llegaría tarde.

Cuando llegó a la puerta, tuvo un momento de duda. Llegó incluso a sacar el teléfono y buscó el número de Joe.

Tenía que llamarle, decirle que no y poner fin a lo que había empezado la noche anterior.

Estuvo a punto de presionar el botón. Pero llevaba demasiado tiempo esperando la oportunidad de estar con él.

–Hoy con él y el sábado que viene con sus hijas. Eso será todo –le prometió mentalmente a Eve, y salió.

Capítulo 8

Cheyenne tenía el cutis más cremoso que Joe había visto en su vida. Hasta entonces no se había fijado, por supuesto, pero mientras recorrían el solar repleto de árboles de Navidad y observaba cómo el frío añadía un toque rosado a las mejillas de Cheyenne, se dio cuenta de que era más guapa de lo que siempre había pensado. Además, era una mujer interesante. Veía el mundo de una forma muy distinta a todas las mujeres con las que había salido en el pasado.

—¿Qué te parece este? —le preguntó Joe.

Habían llegado a la esquina del solar en la que un Santa Claus mostraba los árboles mejores y más caros. Joe había estado buscando aquella zona desde el principio. Sabía que, si la encontraban, les resultaría más fácil decidirse. Pero Cheyenne no estaba convencida. Arrugó la nariz mientras observaba aquel árbol perfecto cuya etiqueta marcaba ciento cincuenta dólares.

—¿Qué tiene de malo? —preguntó Joe—. Es perfecto.

—Ese es precisamente el problema —respondió Cheyenne con un suspiro—. Es demasiado perfecto.

Aquello le sorprendió.

—¿Cómo puede ser demasiado perfecto un árbol de Navidad?

—Cualquier persona con dinero puede comprar un árbol

como este. Un árbol artificial caro sería, técnicamente, mucho más perfecto. No tendría ni una sola rama fuera de lugar ni nada parecido. El desafío reside en comprar un árbol con defectos y hacerle parecer bello.

Giró lentamente en círculo, examinando las opciones, antes de señalar un espécimen que habían arrinconado.

—¿Qué te parece ese?

Joe no se lo podía creer. Había elegido el árbol más feo que había visto en su vida. Y, obviamente, quienquiera que fuera el propietario de aquel solar estaba de acuerdo con él porque tenía una etiqueta que decía *¡Por solo 35 dólares!*

Siguiéndole la corriente a Cheyenne, se acercó y lo levantó.

—Estás de broma. Mira, ¡pero si hasta tiene una rama rota!

Pero Cheyenne no reaccionó como él esperaba.

—Sí, ya lo veo.

—¿Y qué me dices de los huecos y las ramas que le faltan en la base, donde debería ser más frondoso?

—Podemos utilizar los adornos para llenarlos.

¿Pretendería ayudarle a ahorrarse unos dólares? ¿Demostrarle lo ahorradora que podía llegar a ser?

—Pero ¿por qué tomarse tantas molestias? Lo que nos ahorremos en el árbol, tendremos que gastarlo en adornos.

—A lo mejor. Pero conseguir embellecer ese árbol, será un auténtico desafío. Y así no lo habrán cortado en vano.

Eran muchos los árboles que no serían vendidos. Y Joe no podía salvarlos a todos. Pero suponía que era refrescante que Cheyenne no exigiera lo mejor que el dinero podía comprar. Era capaz de comprender el valor de un árbol que había sido arrinconado y rechazado por cuantos habían pasado por allí.

—Ahora entiendo por qué elegiste el árbol que tenías en casa —bromeó.

Cheyenne le miró con expresión culpable.

—Nadie lo habría comprado.

–Sí, en eso tienes razón.

Pero se preguntaba cómo reaccionarían sus hijas. Con ocho y diez años, todavía eran demasiado pequeñas para entender aquel gesto. Aunque a lo mejor ni siquiera se daban cuenta de las imperfecciones del árbol.

–¿Crees que conseguirás darle un aspecto decente?

–Con suficientes luces y adornos, lo conseguiremos.

Aquella mujer era muy poco convencional. Por supuesto, tanto su pasado como su situación vital hacían que fuera un poco diferente, pero Joe jamás se habría imaginado que le gustarían tanto aquellas diferencias. Suzie había disfrutado de una vida segura, rodeada siempre de amor y de alabanzas. De hecho, estaba tan mimada que no se conformaba con la atención de un solo hombre. Necesitaba ser el centro de atención de todos los hombres de su círculo social.

Cheyenne, por el contrario, no tenía ninguna tendencia a ser el centro de atención. Había vivido en los márgenes y era capaz de descubrir la belleza en lo menos convencional.

–A lo mejor tú prefieres el otro árbol –dijo Cheyenne, cuestionándose de pronto a sí misma–. Si quieres, compra el más bonito.

Joe contempló las dos opciones. Automáticamente, habría elegido el árbol más caro, el que le habría parecido el árbol perfecto cuando se había enamorado de Suzie. En aquel entonces era muy joven, demasiado joven para casarse, pero jamás había dudado de que Suzie sería una mujer maravillosa. A lo mejor ya iba siendo hora de comprar un árbol que no estaba colocado en la mejor zona del solar, uno que hubiera tenido que luchar para sobrevivir.

Era un pensamiento interesante. Por lo menos, merecía la pena considerarlo.

–Este me parece bien –contestó, y le hizo un gesto al empleado que había estado atendiéndoles–. Nos lo llevamos.

El joven arqueó las cejas.

–¿En serio? Estábamos a punto de tirarlo.

–Ahora no tendréis que hacerlo.

El chico se encogió de hombros, le hizo un gesto al compañero que iba vestido de Santa Claus y entre los dos sacaron el árbol del solar y lo dejaron en la camioneta de Joe.

Joe estaba a punto de pagar los treinta y cinco dólares en la caja cuando se volvió para decirle algo a Cheyenne y vio en la cola a un hombre al que habría preferido no volver a ver jamás en su vida.

–¡Eh, qué pasa, grandullón!

Cheyenne se sobresaltó al oír que alguien reconocía a Joe. Inmediatamente dio por sentado que tenía que ser alguien de Whiskey Creek, lo que significaba que Eve podría enterarse de que habían estado juntos. Pero, cuando alzó la mirada hacia el atractivo rubio que había aparecido tras ellos, se dio cuenta de que no le había visto nunca. En aquel momento se habría relajado, si no hubiera sido por la evidente tensión de Joe.

–Lance.

Joe inclinó ligeramente la cabeza, pero no sonrió. No hubo nada en su rostro que pudiera indicarle a Cheyenne que se alegraba de ver a aquella persona.

El hombre pareció ajeno a la reacción negativa de Joe. O a lo mejor estaba demasiado interesado en la información que podía obtener como para ignorar aquel frío recibimiento.

–¡No me lo puedo creer! –le palmeó la espalda–. ¡Hace años que no nos vemos, tío! ¿Qué estás haciendo aquí? No me digas que estás viviendo en Jackson...

Joe aceptó el cambio que le entregaba el vendedor y se lo guardó en el bolsillo.

–No, en Whiskey Creek –respondió.

Se apartó para no seguir formando la cola y, cuando Cheyenne se movió junto a él, Lance fijó en ella la mirada.

—¿Es tu nueva esposa?

—En realidad...

El cajero los interrumpió.

—Son ochenta y cinco dólares —dijo, y esperó a que Lance pagara.

Lance le tendió el dinero, pero sin apartar la mirada de Joe.

—Lo último que había oído era que seguías soltero.

—Y eso no ha cambiado.

Joe no le explicó qué relación tenía con Cheyenne, pero hizo una somera presentación.

—Chey, este es Lance Phillips. Era mi... —parecía estar eligiendo con mucho cuidado las palabras—, mi vecino cuando vivía en Sacramento.

—Encantada de conocerte —musitó Cheyenne.

Mientras Lance le estrechaba la mano, Cheyenne tuvo la impresión de que la estaba midiendo con la mirada, preguntándose si tendría algún tipo de relación con Joe y decidiendo si era o no suficientemente atractiva como para ser considerada un buen partido.

—¿Todo el mundo te llama Chey?

—Sí, en realidad me llamo Cheyenne. Cheyenne Christensen.

—Es un placer —continuó mirándola durante varios segundos y desvió después la mirada hacia Joe—. ¿Cómo están tus hijas?

Joe tensó un músculo de la mandíbula.

—¿Y me lo preguntas tú? Si seguramente las ves más que yo.

Lance parpadeó varias veces, evidentemente sorprendido.

—No, ya no. ¿No te lo dijo Suzie? Nos mudamos poco después de que tú... eh, te fueras.

—Estás de broma.

–No.

–¿Y a quién te refieres cuando dices que os mudasteis?

–¿Qué quieres decir? –se rio nervioso–. A Maddy, los niños y yo, claro está.

–Así que Maddy siguió contigo.

El cajero le devolvió a Lance el cambio.

–Sí –contestó Lance, perdiendo parte de su falsa alegría–. Las cosas se pusieron un poco complicadas, como ya sabes, pero, cuando nos enteramos de que Maddy estaba embarazada, decidimos que teníamos muchas razones para continuar casados. Al final, tuvimos la niña que mi mujer siempre había querido –añadió, intentando sonreír.

–Una niña –repitió Joe.

–Sí.

Se produjo un tenso silencio. Cheyenne tenía la sensación de que Joe acababa de sufrir un duro golpe. Llevaba demasiados años observándole como para no reconocer cuándo estaba afectado por algo. Había algo en aquella conversación y en aquella persona que no le gustaba. A lo mejor habían sido vecinos en otra época de sus vidas, pero no parecía que Lance le cayera bien a Joe. Y tampoco que le respetara. ¿Sería aquel el hombre que se rumoreaba se había acostado con Suzie? Gail había hablado de infidelidad y Cheyenne no podía imaginarse ninguna otra cosa que pudiera justificar la actitud de Joe.

–Enhorabuena –dijo por fin.

Pero fue tal su sequedad que a Cheyenne le extrañó que la propia palabra no se hubiera convertido en polvo en su boca.

–Le pusimos Madeline por su madre. Ha sido una verdadera bendición –Lance hablaba rápido, como si quisiera adentrarse en un terreno amigo–. Llegó en el momento perfecto.

–Para ti, quizá. No sé si el hecho de que un embarazo la forzara a seguir contigo fue ninguna suerte para Maddy.

Toda pretensión de camaradería desapareció en aquel momento.

–Ya me disculpé por lo que pasó, Joe –hundió las manos en los bolsillos de sus desgastados vaqueros y se inclinó hacia delante–. No sé qué más puedo hacer.

–Puedes dejar de fingir que somos amigos –replicó Joe, y se alejó con Cheyenne.

Cheyenne podía oír la respiración agitada de Joe mientras se dirigían hacia la camioneta. Tenía los puños apretados y caminaba tan rápido que apenas podía mantenerse a su lado.

–¿Por qué odias tanto a ese hombre? –le preguntó cuando estuvieron en el interior de la cabina.

Aunque tenía ciertas sospechas, no sabía si estaba en lo cierto.

Joe la miró, pero Cheyenne estaba convencida de que no la estaba viendo a ella. Su mente se encontraba muy lejos. Cuando salió de su ensimismamiento, casi pareció sorprenderse al ver a Cheyenne con él.

–Voy a llevarte a casa –le dijo–. Esto ha sido un error.

Presley permanecía con la mirada fija en la tarjeta que Eugene Crouch le había dado. Toda la información estaba allí: su nombre, el nombre de la agencia de detectives, el número de licencia y la dirección de correo electrónico. Podría ponerse en contacto con él en ese mismo instante, mientras su madre dormía. Podía llamarle o enviarle un correo electrónico y el misterio de la mujer rubia desaparecería.

Su hermana tenía derecho a recuperar su propia identidad, ¿no? Derecho a tener la familia respetable que siempre había anhelado. Aquellos tirabuzones en el pelo, el vestido de fiesta y los zapatos caros sugerían que procedía de un ambiente muy distinto a aquel en el que se había criado, de un estatus social muy superior…

–¿Presley? –la llamó Anita–. ¿Dónde estás? ¿No vas a ver la telenovela?

Era sábado. Los sábados no emitían la telenovela, pero la medicación que Anita estaba tomando la tenía tan aturdida que ya no sabía en qué día vivía. Presley lo odiaba, odiaba todo lo que estaba sucediendo. Su madre había dejado de ser la mujer fuerte y dominante de otro tiempo. Se había convertido en una mujer indefensa a la que apenas reconocía.

–¿Dónde estás? –preguntó Anita.

Presley no fue capaz de contestar. Continuaba apoyada contra la encimera de la cocina con la tarjeta de Crouch en una mano, acariciando con aire ausente con el pulgar las letras impresas.

No aparecía ninguna dirección. Ni siquiera decía de dónde era. ¿Sería de Nuevo México? ¿De Sacramento? ¿De cualquier otro lugar?

En cualquier caso, tenía suficiente información como para ponerse en contacto con él. Pero ¿debería hacerlo?

En el caso de que no lo hiciera, por lo menos debería contarle a Cheyenne lo que sospechaba de aquel asunto. No decírselo sería injusto, casi tan injusto como lo que había hecho la propia Anita.

Pero ¿qué haría su hermana cuando se enterara de que ni siquiera eran parientes? ¿Cuando supiera que, en realidad, ella siempre había sido mejor que su madre y su hermana? ¿Que estaba a la altura de aquel grupo de amigos a los que durante tanto tiempo había admirado?

¿Volvería con su verdadera familia? ¿Se arrojaría con los brazos abiertos a todo aquello que podría haber tenido?

En el caso de que así fuera, dejaría de querer a la única persona que podía recordarle todo lo que se había perdido durante aquellos años. A lo mejor, incluso empezaba a culparla de lo ocurrido. Y, en cierto modo, tendría razón. Había sido Presley la que, suplicando una compañera de juegos, había instigado los acontecimientos que habían cambiado la vida de Cheyenne. Si no hubiera sido por ella, Anita no se hubiera tomado la molestia de mantener a una segunda hija. De hecho, su madre se había pasado la mitad de su vida deseando prescindir de las dos.

—¡Presley! ¿Por qué no contestas?

La voz de Anita se había convertido en un aterrado sollozo. Presley tenía que ir a tranquilizarla. Pero antes quería tomar una decisión. Se estaba volviendo loca pensando constantemente en aquel asunto y llevando la tarjeta de Crouch en el bolsillo.

Sacó el teléfono móvil, pero fue incapaz de marcar el número. Cheyenne era la única persona que tenía en el mundo, la única persona, además de Anita, a la que realmente quería. Si llegaba a conocer la verdad, su hermana ya no tendría ningún motivo para permanecer a su lado. A la larga, el rencor ahogaría sus buenos sentimientos y aquel sería el fin de su relación como hermanas. Presley era demasiado consciente de sus carencias como para creer que era el tipo de hermana al que Cheyenne se aferraría.

Anita se estaba muriendo. Muy pronto, su madre dejaría de tener influencia en la felicidad de Cheyenne. Eso significaba que Cheyenne no tenía por qué saber nada de Crouch, o de lo que había pasado durante sus primeros años de vida. En cualquier caso, ya era demasiado tarde para enmendar lo ocurrido. De hecho, incluso podrían empeorar las cosas. A lo mejor, Cheyenne se sentía mucho más desgraciada al enterarse de que Anita la había robado.

—Mamá, ¿debería decírselo? —gritó de pronto.

Su pregunta recibió el silencio por respuesta. Con toda la medicación que estaba tomando y, teniendo en cuenta que no habían vuelto a hablar de Crouch después del primer encuentro, Presley pensó que su madre le preguntaría que de qué estaba hablando.

Pero Anita no necesitó que se lo aclarara. En un momento de lucidez, contestó:

–Serías una estúpida si lo hicieras.

Sí, su madre tenía razón, decidió Presley. Que el cielo la perdonara, pero no podía decírselo a Cheyenne.

–Lo siento –susurró.

Encendió un mechero y quemó la tarjeta.

Capítulo 9

Cheyenne no sabía cómo interpretar las dos horas que había pasado con Joe, pero en el instante en el que la dejó en su coche, se sintió inmediatamente aliviada. No había pasado nada.

Pero, al mismo tiempo, estaba profundamente decepcionada por la misma razón. Lo cual no tenía ningún sentido. Siempre había sabido que solo podrían ser amigos. No habría sido capaz de soportarse a sí misma si la relación hubiera ido más allá.

—Así que será mejor que le olvides —se dijo en voz alta, y se metió en el coche.

Todavía le debía un día de decoración del árbol con las niñas, pero no creía que Joe la llamara. Le había convencido de que comprara un árbol dañado y antiestético y, al final, iba a tener que arreglárselas él solo para decorarlo. Fuera lo que fuera lo que le había llevado a presentarse en su casa la noche anterior y a invitarla a acompañarle a comprar el árbol, se había apagado. Después del ambiguo comentario sobre que aquello había sido un error, apenas había dicho una sola palabra y ella había sabido que no debía presionarle.

—Es una suerte que haya dado marcha atrás —se dijo a sí misma—. Prefiero no ser la clase de amiga que tiene que engañar a Eve.

Nadie había hecho tanto por ella como Eve y su familia.

Miró el teléfono. Temiendo llamar involuntariamente a alguno de sus amigos, que podría haberse enterado así de que estaba con Joe, lo había apagado al salir de casa. Pero, esperando que el contacto con Eve apuntalara su decisión, volvió a conectarlo.

Y, tal como esperaba, su amiga le había enviado una serie de mensajes.

Llevamos dos horas de escala en Minneapolis, ¡uf! Voy a comer algo con los demás.

Ted está muy raro. Estuvo todo el tiempo entreteniéndonos en el avión. Baxter está de mal humor, sin que nadie sepa por qué. Callie y Kyle se han sentado juntos, otra señal más de que las cosas podían ser más serias entre ellos de lo que nos quieren dejar saber. Noah hizo todo el viaje durmiendo. ¡Y yo le había elegido como compañero de asiento! Se nos hace muy raro haberte dejado allí. Todo el mundo lo dice. Deberíamos haber hecho todo lo posible para que pudieras acompañarnos.

¿Cómo está tu madre?

Bien, estamos las dos bien, tecleó Cheyenne en respuesta. Pero no era del todo cierto. A Anita no le quedaba mucho tiempo sobre la Tierra. Y el haber sido objeto de las atenciones de Joe, incluso durante un periodo tan corto de tiempo, la había hecho desear su compañía de una forma mucho más intensa.

Se preguntaba por lo que sentiría al acariciar su piel desnuda. Ella nunca había disfrutado de una experiencia de ese tipo, aunque soñaba con ello a menudo, y siempre con el mismo hombre.

Inclinó la cabeza contra el volante y gimió. Inmediatamente se obligó a erguirse y a comportarse como una adulta. Superaría aquello de la misma forma que había sobrevivido a todo lo demás. Intentando superar las cosas día a día.

Comenzó a conducir hacia su casa, pero, cuando llegó a la carretera que se adentraba en aquella zona de casas destartaladas separadas por el río del resto del pueblo, no fue capaz de girar. En cuanto volviera a casa, Presley inventaría cualquier excusa para salir y ella tendría que quedarse otra vez a solas con su madre.

Necesitaba un poco de distracción. Así que condujo por Sutter Street a quince kilómetros por hora, intentando disfrutar de la decoración navideña con la que habían adornado los edificios históricos. Al igual que otras muchas poblaciones con minas de oro del siglo XIX, las fachadas de los edificios de Whiskey Creek tenían mucho encanto, con ventanas de paneles múltiples, letreros antiguos, farolas con guirnaldas, por lo menos en Navidad, y paseos construidos con tablones de madera.

Cuando pasó delante del enorme árbol de Navidad del parque en el que la alcaldía había erigido no mucho tiempo atrás una estatua de un hombre cribando oro, se detuvo y bajó del coche.

Estaba contemplando el ángel que habían colocado en lo alto del árbol con los pensamientos a miles de kilómetros, ocupados por Joe, por Eve, por el detective que había mencionado Presley a su madre y por las obras que iban a comenzar al día siguiente, cuando la interrumpió una voz.

—¿Disfrutando de un poco de aire fresco?

La pregunta la formulaba alguien que estaba tras ella y tenía un deje irónico.

Cuando se volvió, vio a un hombre apoyado contra el edificio de los aseos públicos. Tenía el rostro oculto por la sombra que proyectaba el saliente del tejado, así que Cheyenne no supo en un primer momento quién era. Tardó unos segundos en identificar la voz, pero al final, la memoria le proporcionó un nombre.

Estaba frente a uno de los hijos de J.T. Amos. Era Dylan, el hermano mayor.

–Sí, hace un poco de frío.

Asumió que allí acabaría la conversación. Presley conocía a los Amos. Ella no. Pero Dylan volvió a hablar.

–¿Te han dejado salir de casa?

–¿Perdón?

Dylan apoyó el pie contra la pared que tenía tras él y encendió un cigarrillo que le iluminó la cara.

–Presley dice que nunca sales.

–Eso no es cierto.

Dylan permaneció en silencio durante algunos segundos para dar otra calada al cigarrillo.

–También dice que eres demasiado estirada para divertirte.

–¿Y por qué iba a decirte a ti todo eso?

Cheyenne no podía imaginarse a los Amos hablando de ella. Se parecía tan poco a ellos como el día a la noche.

–Le prometí que, si te llevaba a mi casa algún día, me aseguraría de que lo pasaras bien. Pero me dijo que no lo permitirías, que, probablemente, seguirás virgen hasta que te mueras.

Cheyenne sabía que habían circulado rumores en el pueblo sobre su virginidad, acompañados de especulaciones sobre si serían o no ciertos. Pero, aun así, la sorprendió que Dylan la abordara de aquella manera.

–Mi vida personal no es asunto tuyo.

Dylan soltó una bocanada de aire.

–Pero eso no impide que sienta curiosidad.

–No siempre se pueden creer las cosas que se dicen. Supongo que Presley estaría bien puesta cuando te lo contó, cosa que no la convierte en una fuente de información muy fiable.

No estaba segura de por qué se estaba dignando a responder, como no fuera porque no quería que Dylan se burlara de su falta de experiencia.

–Tuve que recurrir a la única fuente que tenía.

Cheyenne le miró con el ceño fruncido.

–¿Qué se supone que significa eso?

–Presley es la única persona que tenemos en común –respondió Dylan, encogiéndose de hombros–. En cualquier caso, cuando está en nuestra casa, siempre ha consumido alguna droga. De hecho, cuando viene es en busca de fiesta. Y mis hermanos están más que encantados de proporcionársela.

Cheyenne esbozó una mueca. No le gustaba que le confirmaran sus peores temores.

–Me lo imaginaba.

–¿Nos culpas de las adicciones de tu hermana?

Evidentemente, le había molestado su tono.

–Digamos que podríais ser una influencia mejor.

–Yo no tengo por qué mantenerla en el buen camino. Ella toma sus propias decisiones.

–No me gusta que consuma drogas.

–Tomo nota –Dylan soltó una carcajada–. El hecho de que no lo apruebes lo cambia todo.

Dolida por la frivolidad de su respuesta, Cheyenne reaccionó con enfado.

–Espero que nadie se aproveche de ella cuando esté allí. Porque, si me entero de que ese es el caso…

–¿Qué harás?

Se apartó de la pared para acercarse a ella. No tenía mal aspecto, pero tampoco era un hombre particularmente atractivo. Tenía un cuerpo fibroso, de hombros anchos y fuertes músculos, ocultos en aquel momento por una cazadora y unos pantalones vaqueros. No podía encontrarle ningún defecto a su cuerpo. Pero su rostro era inquietante. Era un rostro anguloso, cruel, de ojos oscuros y con una cicatriz en la sien. Parecía… peligroso. El hecho de que fuera un temerario y tuviera todo un historial de detenciones por parte de la policía hacía evidente que lo más sensato era guardar las distancias.

–Haré todo lo posible para protegerla –respondió, cruzándose de brazos para parecer más decidida.

–Relájate, no le va a pasar nada a Presley en mi casa –le aseguró–. Pero, como te he dicho, ella toma sus propias decisiones y contra eso, no podemos hacer nada.

Cuando continuó avanzando hacia ella, Cheyenne miró a su alrededor. Eran las tres de la tarde de un domingo. ¿Cómo podía esperar que hubiera gente en el parque en un día tan frío? Había algunas personas paseando a sus perros, poco más. Estaban prácticamente solos, y estar a solas con Dylan Amos la hacía sentirse incómoda. Aquel hombre tenía una fuerte presencia que animaba a cualquiera a apartarse de su camino. Nadie quería cruzarse con los hijos de Amos, y menos aún, con el mayor, que era el peor.

Pero Cheyenne no estaba de humor para huir.

–¿Eres tú el que se acuesta con ella cuando va a tu casa?

Dylan se detuvo a medio metro de ella.

–¿Yo? No, yo nunca he tenido ningún interés en Presley.

Cheyenne le miró con los ojos entrecerrados.

–¿Estás insinuando que mi hermana tiene algo malo?

Dylan se echó a reír al ver que se ponía a la defensiva y negó con la cabeza.

–Así que tú puedes decir lo que quieras sobre ella, pero yo no. Es eso, ¿verdad?

–Es mi hermana.

–Y también es un alma perdida. Creo que, en el fondo, estamos de acuerdo.

–¿Y tú no lo eres?

Dylan fijó la mirada en el final de su cigarrillo.

–Ahora no estamos hablando de mí.

–Pues, a lo mejor deberíamos hacerlo. ¿Quién eres tú para señalar a nadie?

Dylan le dio una larga calada al cigarrillo y lo sacudió

para quitar la ceniza. Parecía un tipo malo con aquella cicatriz en la sien y la nariz ligeramente torcida.

–Eres tú la que está emitiendo juicios de valor. Pero me alegro de ver que tienes corazón. Después de todo lo que has pasado, me sorprende. Estoy impresionado.

Cheyenne no pretendía impresionarle. Habría preferido que se convirtiera en el objeto de su enfado. Cheyenne tenía que ser buena y amable con todo el mundo, con sus amigos, con su hermana, con su madre. No le parecía justo comportarse con ellos de otra forma. Pero había momentos en los que la rabia, la frustración que había ido acumulando a lo largo de los años amenazaba con consumirla, la hacían desear gritar, despotricar, y lanzar cualquier cosa que tuviera entre las manos. Y así se sentía en aquel momento, como si estuviera a punto de dejar que se desbordaran todos sus sentimientos negativos.

Dylan pareció prepararse para lo peor, como si estuviera pinchando a una serpiente cascabel con un palo para ver si atacaba. De todas las personas que había en Whiskey Creek, pensó Cheyenne, quizá Dylan fuera la mejor para dar rienda suelta a su rabia. Pero no lo haría. En realidad, no se conocían. No tenía ningún derecho a tratarle peor que a los demás.

–¿No tienes nada que decir? –la urgió Dylan.

–Creo que lo que tengo que decir no te gustaría –replicó, y se volvió.

Dylan inclinó la cabeza para poder verle la cara.

–¿Por qué no?

–No me parece de buena educación.

–Por lo que a mí concierne, la buena educación es un aburrimiento.

–Genial –le miró a los ojos–. Porque tengo ganas de darle un puñetazo a alguien.

Dylan no se apartó horrorizado. Y tampoco se rio de ella.

–Me extraña que no lo hayas hecho hasta ahora. Estoy

seguro de que, si lo hicieras, nadie te culparía –se inclinó para agarrarla por la barbilla y bajó la voz–. Pero hazme caso, preciosa. Hay mejores formas de aliviar la frustración.

Cheyenne sabía que debería irse en aquel momento, pero, aun así, comenzó a decir sin poder contenerse:

–Qué sabrás tú.

Dylan sonrió.

–Si alguna vez quieres que te demuestre lo que es tener un hombre en tu cama, ya sabes dónde encontrarme.

Cheyenne parpadeó sorprendida. Jamás en su vida había hablado con Dylan Amos. Como mucho, habían intercambiado algún saludo cuando estaban en el instituto diez años atrás, y quizá algún asentimiento cuando se habían cruzado por la calle. Estaba resentida con él y con su familia por añadir más problemas a la ya de por sí suficientemente complicada vida de su hermana y había hecho todo lo posible por evitarlos. De modo que aquella era la primera vez que hablaba con él. ¿De verdad había sido capaz de proponerle que se acostara con él?

–Supongo que no creerás que…

–¿Que vas a darme una oportunidad? –sacó el humo por la nariz–. ¿Por qué no? Desde luego, Joe no parece estar ayudándote.

Cheyenne le miró boquiabierta. ¿Cómo podía saber que le gustaba el hermano de Gail?

–¿Qué te hace pensar que quiero nada de Joe?

Intentó ocultar su sorpresa y continuar fingiendo, pero Dylan no se tragó su actuación. Entrecerró los ojos y la miró a través del humo del cigarrillo.

–Cualquiera que se fije un poco puede darse cuenta.

¿Y por qué se había fijado él en ella?

–No lo comprendo.

De pronto, la expresión intensa de Dylan desapareció bajo una máscara de indiferencia, que era su expresión habitual.

—Olvídate de lo que he dicho.

Arrojó la colilla sobre la hierba helada, la pisó con la bota y comenzó a alejarse a grandes zancadas. Pero Cheyenne no podía permitir que se fuera sin más. Corrió tras él y le agarró del brazo antes de que pudiera llegar al aparcamiento.

—¡Espera! ¿Cómo lo sabías? ¿Presley te ha dicho algo de Joe? ¿Se imagina algo?

Dylan se volvió y posó su cruel mirada sobre ella. Aunque, en aquel momento, a Cheyenne no le pareció en absoluto cruel. De hecho, la miró con suficiente admiración como para provocarle un cosquilleo por la espalda y entendió, por primera vez en su vida, por qué Dylan les resultaba tan atractivo a muchas mujeres. No era necesariamente por su aspecto. Era su cruda sexualidad, el exceso de energía y el orgullo que de él emanaban combinados con el hecho de saberle impredecible.

—¿Y bien? —le urgió.

—Yo diría que no sabe nada, puesto que nunca lo ha mencionado —contestó él—. ¿Eso te hace sentirte menos expuesta?

Se volvió dispuesto a marcharse otra vez, pero Cheyenne le agarró del brazo para detenerle. Entonces, se dio cuenta de que le estaba tocando y apartó la mano.

—Entonces, ¿cómo es posible que precisamente tú…?

No terminó de formular la pregunta. No necesitó hacerlo.

—A lo mejor te he estado observando más atentamente que todos los demás.

Y, sin más, se acercó a su moto que, sorprendentemente para Cheyenne, tenía bien aparcada.

—¿Y por qué? —le gritó.

—¿Tú qué crees? —contestó Dylan.

Se puso el casco, puso la moto en marcha y se alejó pisando el acelerador y dejando a Cheyenne mirándole fijamente.

Capítulo 10

–¿Qué sabes de Dylan Amos? –preguntó Cheyenne.

Su hermana y ella llevaban una hora viendo la televisión.

Presley pensaba salir después, pero eran solo las diez de la noche, demasiado pronto para ella. Las fiestas a las que asistía no empezaban hasta después de las once. Normalmente, los domingos le resultaba complicado encontrar algún tipo de diversión. Hasta los Amos trabajaban durante la semana. Tenían un taller de chapa y pintura justo a las afueras del pueblo. Pero estando tan cerca de la Navidad, había fiestas casi todas las noches.

–Que está bastante bien –respondió Presley–. ¿Por qué lo preguntas?

Cheyenne fingió estar concentrada en estudiar sus propias manos.

–¿Sientes algo por él?

–¿No lo siente todo el mundo?

–No, que yo sepa.

–A lo mejor no es muy popular en tus círculos, pero todas las mujeres que conozco quieren acostarse con él.

Cheyenne renunció a considerar de qué tipo de mujeres estaba hablando. Prefería no saber que su hermana era una de ellas.

–¿Te has acostado con él?

Presley se quedó boquiabierta, aparentemente desconcertada.

–Creo que no.

Cheyenne abrió los ojos como platos.

–¿No lo sabes?

–¿Cómo voy a saberlo? No siempre presto atención a todo lo que hago.

A veces, Presley era demasiado sincera.

–Eso me asusta, Pres.

–Lo único que hago es dejarme llevar por lo que siento. Tú deberías probarlo alguna vez.

Pero Cheyenne no tenía el instinto de autodestrucción de su hermana. Decidió dejar el tema. Su encuentro con Dylan había sido muy extraño. No quería perder el tiempo pensando en ello. Pero Presley volvió a sacarlo.

–¿Por qué me preguntas por Dylan? Se supone que odias a los Amos.

–No los odio –replicó–. Ni siquiera los conozco.

–Pero nunca quieres que vaya a su casa.

–Porque todo el mundo sabe que en sus fiestas siempre hay drogas, sexo y alcohol, y cualquiera de esas tres cosas puede causarte problemas. En resumidas cuentas, los Amos no son muy recomendables.

–Son divertidos. Y sé cuidar de mí misma.

Eso todavía habría que verlo. Desde luego, hasta el momento, no había hecho un gran trabajo. Su incapacidad para tomar decisiones sensatas se lo había hecho pasar muy mal a Cheyenne.

–Entonces, ¿con cuál de ellos te has acostado? –le preguntó.

Presley tomó el mando a distancia y apagó la televisión.

–¿A qué viene tanto interés?

–Esta tarde me he encontrado con Dylan en el parque.

–¿Y?

–Nada. Me ha sorprendido que me saludara. Pensaba que ni siquiera sabía cómo me llamaba.

–Claro que sabe cómo te llamas. Me pregunta constantemente por ti.

Cheyenne se colocó la melena tras la oreja e intentó no quedarse mirando fijamente a su hermana.

–¿Y por qué pregunta por mí?

–Porque le intrigas.

–¿Yo?

–Sí, tú. Todas las mujeres que conoce se abren de piernas en cuanto le ven. Pero tú eres muy difícil de alcanzar, te muestras distante. Le tratas como si pensaras que no es lo suficientemente bueno para ti.

–¿Eso es lo que parece?

–A los Amos, sí. Ellos no entienden que lo único que intentas es salir de este agujero y cambiar de vida. En cualquier caso, yo ya le dejé bien claro que no tenía la más mínima oportunidad de acabar en la cama contigo. Creía que ya se había olvidado del tema.

Cheyenne la miró con el ceño fruncido.

–Esa es una forma muy grosera de decirle que no tengo ningún interés en él.

Presley elevó los ojos al cielo.

–Deberías haber nacido en otra época. O en una familia de cuáqueros. A veces me pregunto de dónde demonios has salido.

No era la primera vez que Presley hacía un comentario de ese tipo, pero Cheyenne nunca se lo había tomado literalmente. Sin embargo, el miedo que reflejaron de pronto los ojos de Presley, como si acabara de decir algo de lo que le gustaría poder retractarse, la llevó a pensar que a lo mejor aquel no era un comentario lanzado de manera irreflexiva.

–¿Qué quieres decir? –preguntó.

Presley se levantó de un salto y tiró el mando a distancia al sofá.

–Nada. Tengo que irme.

–¿Antes de que termine *Policía de Alaska*?

–Ya he visto suficiente.

–Pero si te encanta ese programa.

–Se está haciendo tarde.

–¡Pres!

Su hermana debió de advertir la seriedad del tono, porque se detuvo y se volvió. Parecía ligeramente encogida, como si estuviera preparándose para lo peor, un gesto que encendió otra señal de alarma en el cerebro de Cheyenne.

–¿Qué pasa?

–Nada, ¿por qué lo preguntas?

Por su actitud.

–No has vuelto a saber nada de ese detective privado, ¿verdad?

–No.

–¿Cómo se llamaba? Era algo así como Couch, o Crouch, ¿verdad?

Presley hizo un gesto con la mano, restándole importancia.

–Ni siquiera me acuerdo.

–Pero te dejó una tarjeta.

–La tiré. No tenía sentido conservarla. Mamá no vivirá lo suficiente como para poder enmendar lo que haya podido hacer mal, ni tampoco van a poder castigarla por nada de lo que haya hecho.

Habían tenido que volver a aumentar las dosis de la medicación. Su madre llevaba ya varias horas inconsciente.

–Tienes razón, pero… ¿no deberíamos averiguar por lo menos qué quiere?

–Es absurdo intentar desenterrar el pasado.

–Pero ¿tan convencida estás de que será algo malo?

–Qué ¿otra cosa puede ser? ¿Alguna vez hemos recibido una noticia que te haya parecido buena?

No, definitivamente no.

Cheyenne se encogió de hombros, poniendo fin a la conversación, y Presley desapareció en el dormitorio. Cuando volvió a salir veinte minutos después, se había pintado una gruesa raya negra en los ojos, llevaba los labios pintados de rojo, una blusa escotada y unos vaqueros tan ajustados que no dejaban nada a la imaginación. En otra época de su vida, Presley había estado un poco rellenita. Pero esa época había pasado ya. Si acaso, estaba demasiado delgada. Cheyenne sabía que las drogas tenían mucho que ver con aquella pérdida de peso.

—¿Vas a casa de los Amos o a alguna otra parte? —intentó adoptar un tono más ligero que paternal, pero sabía cómo sonaba la pregunta.

—¿De verdad te importa? —preguntó Presley, evidentemente enfadada.

—Me gustaría saber dónde puedo localizarte si no apareces por casa.

Presley suspiró con impaciencia.

—A lo mejor me paso por casa de los Amos para ver lo que están haciendo, pero no sé si me quedaré.

El perfume de su hermana era tan fuerte que a Cheyenne le ardía la nariz.

—¿Vas a salir sola?

—No, Carolyn, una compañera de trabajo, vendrá conmigo. Es posible que vayamos a Jackson, al Devil's Lair.

Por lo menos tendría compañía. Era una buena noticia.

—Me preocupo por ti, Presley —le dijo—. Tienes dos años más que yo. ¿No crees que ya va siendo hora de que sientes la cabeza?

—No empieces —le espetó Presley, y se fue corriendo hacia la puerta.

El silencio cayó con la pesadez de un yunque en el momento en el que cerró la puerta tras ella. Cheyenne se dijo que debería aprovechar para dormir un poco. No había dormido bien la noche anterior. Había estado demasiado ocupada batallando contra su conciencia mientras pensaba en Joe. Pero era demasiado pronto para meterse en la cama.

Dejó la televisión apagada, puesto que ya no era capaz de concentrarse en ella, fue a la cocina y se sirvió una copa del vino que Joe había dejado. Si al menos no se hubieran ido sus amigos… Podría haber ido alguno de ellos a verla. Eve se pasaba por allí para hacerle compañía durante las largas noches que tenía que cuidar a su madre. Sophia y Riley estaban en el pueblo, pero Sophia tenía un marido y una hija y Riley tenía a su hijo, Jacob. No podía imaginarse que pudiera apetecerle ir a verla cuando tenía que estar en el hostal a primera hora de la mañana.

Miró el teléfono. Quería llamar a Joe y preguntarle qué había pasado aquella mañana, por qué aquel hombre le había alterado tanto. ¿Era por algo relacionado con su divorcio, como ella se imaginaba?

Sin embargo, sabía que no tenía derecho a traspasar la barrera que Joe había erigido entre ellos. Una barrera que la mantenía a salvo de sí misma.

«Si alguna vez quieres saber lo que es tener a un hombre en tu cama, ya sabes dónde encontrarme».

Las palabras de Dylan se repitieron en su cabeza, como ya había ocurrido varias veces desde que se habían encontrado en el parque. Cheyenne no tenía la menor intención de aceptar su ofrecimiento, pero tenía que admitir que sentía cierta curiosidad por lo que se sentiría al acostarse con un hombre. Además, estaba empezando a preguntarse si no estaría esperando algo que nunca iba a suceder.

A lo mejor, aquella espera solo era una excusa para no asumir el riesgo que implicaba el acercarse a otro ser humano. A lo mejor tenía tanto miedo de que la tildaran de prostituta como a su madre, estaba tan decidida a mantenerse por encima de cualquier posible acusación, que se estaba impidiendo llevar una vida normal.

O a lo mejor, estaba tan dañada como su hermana y, simplemente, reaccionaba de forma diferente.

Era posible, pensó, pero al menos, su respuesta a las penalidades de su infancia no la llevaría a un centro de desintoxicación ni la dejaba expuesta a cualquier enfermedad de transmisión sexual. ¡Su hermana ni siquiera sabía si se había acostado con Dylan!

Cheyenne sacudió la cabeza ante aquella locura. Pero después, desvió la mirada hacia el teléfono y decidió hacer una llamada. No estaba segura de cuál sería el resultado. Probablemente era un terrible error. Pero, por lo menos, distrayéndose de esa manera, podría estar segura de que guardaba las distancias con Joe.

Cheyenne esperaba oír mucho ruido de fondo. Música y posiblemente alguna risa escandalosa. Pero no fue así. Contestó Dylan y podía oírle perfectamente. Oyó ladrar a un perro. Probablemente uno de los dos que normalmente le acompañaban. Y eso fue todo.

Estuvo a punto de colgar en cuanto contestó. Pero sabía que el identificador de llamadas ya había reconocido el número. Acobardarse en aquel momento sería más vergonzoso que inventar una excusa con la que justificar la llamada.

—¿Dylan?

Dylan permaneció en silencio, como si el sonido de su voz le hubiera pillado completamente desprevenido.

—Soy… —tomó aire—. Soy Cheyenne. Cheyenne Christensen.

—Solo conozco a una Cheyenne, Cheyenne Christensen. ¿Qué puedo hacer por ti?

—Siento molestarte, pero… —aquello no iba a ser tan fácil como pensaba.

Una cosa era intentar olvidar a Joe y otra completamente diferente llamar a un desconocido porque se había encontrado con él en el parque y le había dicho que podía aliviar su soledad.

—Tranquila, no importa —contestó, devolviéndole el peso de la conversación.

Cheyenne tragó saliva, intentando aliviar la sequedad de su garganta.

—Mi hermana me ha dicho que iba a pasarse por vuestra casa esta noche.

–Si quieres, puedes venir con ella –la invitó Dylan, imaginándose que aquella era la razón que había detrás de la llamada.

Por lo menos, era un gesto muy amable, pensó Cheyenne.

–No puedo. Tengo que quedarme aquí con mi madre.

–¿Y qué me dices de la enfermera, de Marcy Mostats-Passuello? ¿No se queda con ella algunas veces?

Marcy era una enfermera que las ayudaba de vez en cuando, pero ella tenía su propia familia.

–Sí, a veces.

–Llámala.

–¡No puedo llamarla tan tarde!

–Entonces…

–Esperaba que… bueno, que tú…

De pronto, la frase que había ensayado «esperaba que pudieras estar un poco atento a lo que hace mi hermana» le resultó tan patética que le dio vergüenza decirla. Aquella no era la primera vez que Presley había ido a su casa y Dylan ya había dejado muy claro que no iba a pasarle nada estando allí.

Con el rostro rojo como la grana, decidió poner fin a aquella conversación lo más rápidamente posible.

–No importa. No debería haberte interrumpido –se disculpó, y colgó–. ¡Esta ha sido la mayor estupidez de mi vida! –gimió mientras paseaba nerviosa por la cocina.

Por lo que ella sabía, Dylan estaba saliendo con otra mujer.

–¿En qué estaría yo pensando?

En lo que había estado pensando era en que Dylan era mucho más atractivo de lo que había querido admitir en un principio. Y en que llevaba demasiado tiempo sin saber lo que era hacer el amor con un hombre. Y en que lo de menos era que se llamara Dylan, siempre y cuando no se llamara Joe.

Pero había terminado haciendo el ridículo.

–Soy una idiota –se dijo, y se obligó a acostarse.

Casi dos horas después, sonó el timbre de la puerta. Cheyenne se despertó a duras penas y miró el reloj, pero tardó varios segundos en comprender la hora que era. Las dos. ¿Quién podía estar llamando a la puerta en medio de la noche?

Escuchó con atención, por si el ruido había despertado a su madre, pero no se oía nada más. Anita estaba tan drogada que, probablemente, continuaría dormida en medio del Apocalipsis. Y, por lo visto, Presley no estaba en casa. Eso, en cualquier caso, era habitual.

Esperaba que su hermana estuviera bien.

Se levantó de la cama, agarró la bata guateada que los padres de Eve le habían regalado el año anterior, se puso unas zapatillas a juego y fue a la puerta. Una vez allí, se asomó por la mirilla. Aterrada, se llevó la mano al pecho. Aunque la imagen estaba un poco distorsionada, reconoció a la figura alta y morena que estaba apoyada contra la barandilla del porche.

Dylan.

A Cheyenne comenzó a latirle tan violentamente el corazón que lo sentía retumbar en los oídos. ¿Qué estaba haciendo allí?

Cheyenne había convocado al demonio y, al final, el demonio había ido a verla.

–¡Oh, Dios mío, Dios mío! –susurró, moviendo rápidamente las manos.

¿Se atrevería a abrir la puerta? ¿Se marcharía Dylan si no le abría?

Vaciló un instante mientras le miraba. Estaba fumando, veía el resplandor del cigarrillo.

Dylan esperó pacientemente durante un par de minutos. Después, apagó el cigarrillo, se enderezó y le habló a la puerta, como si pudiera verla temblando a través de ella.

–¿Piensas abrir o no?

Antes de irse a la cama, Cheyenne había encendido la luz del porche para cuando llegara Presley, pero también había encendido la luz del cuarto de estar al levantarse. Por lo tanto, Dylan sabía que estaba allí. Su madre no estaba como para recibir visitas.

¿Debería dejarle entrar?

No era capaz de tomar una decisión, no sabía lo que le diría una vez estuviera dentro. En realidad, no pretendía verle. Lo único que había hecho había sido ceder a una debilidad provocada por su encuentro en el parque.

–Vete –susurró.

Pero, cuando Dylan dio media vuelta y empezó a bajar los escalones del porche, Cheyenne abrió el cerrojo y asomó la cabeza.

Dylan se giró al oír aquel sonido y se detuvo justo en el límite del círculo de luz que proyectaba la luz del porche. Cheyenne se preguntó si habría estado bebiendo. Algo tendría que haber estado haciendo en las dos horas que habían pasado desde que le había llamado. Pero no parecía que estuviera borracho, no parecía en absoluto inestable.

–¿No vas a decir nada? –le preguntó cuando Cheyenne se quedó mirándole en silencio.

–¿Qué quieres que te diga?

–No lo sé.

Una intensa ansiedad le impedía hablar. Estaba temblando, aunque no podía explicar por qué. Dylan ni siquiera había dado un paso hacia ella.

En ese momento, se dio cuenta del frío que debía de estar pasando. Llevaba la misma cazadora vaquera y los mismos vaqueros con los que le había visto en el parque. La tela gastada se ajustaba a su cuerpo allí donde debía, pero seguramente no le protegía contra aquella temperatura inferior a los cero grados.

–¿Quieres pasar?

–¿Para eso me has llamado?

No conscientemente. Eso nunca lo admitiría, ni siquiera ante sí misma. Pero sabía que no le había llamado para pedirle que cuidara a su hermana. Le había llamado porque quería que llenara el vacío que sus amigos habían dejado. Dylan le había parecido un posible sustituto. No formaba parte de su círculo, no tenía relación con ninguna de las personas con las que ella trataba y, probablemente, nunca la juzgaría. No solo eso, Cheyenne estaba segura de que Dylan era un hombre capaz de guardar un secreto. No hablaba mucho. Eran los demás los que hablaban de él.

Cheyenne se echó el pelo hacia atrás, pasándose los dedos por la melena como si no la tuviera toda revuelta tras haberse levantado de la cama. Después, tomó aire y abrió la puerta de par en par.

Pese a los temores de Cheyenne, Dylan no se burló de lo transparente de sus intenciones, ni de que al final hubiera cedido. De hecho, no dijo nada mientras pasaba delante de ella. Parecía incluso un poco nervioso.

Miró el árbol y después deslizó la mirada por los gastados muebles de la cocina. Pero, a diferencia de lo que le había pasado con Joe, Cheyenne no sintió la necesidad de disculparse por sus carencias.

Dylan jamás la descartaría por su pasado o por su pobreza. Había algo liberador en poder estar con un igual, al igual que había encontrado algo liberador en el parque al saber que incluso en el caso de que no se comportara como debiera, Dylan no la consideraría necesariamente una mala persona.

Por un instante, tuvo miedo de que Dylan se hubiera acercado hasta allí esperando algún tipo de conversación y ella no fuera capaz de decirle nada. Por mucho que le apeteciera aquel encuentro porque, en caso contrario no le habría llamado, Cheyenne no había ensayado lo que tenía que decir o lo que debería hacer. Pero, para empezar, le debía una explicación a Dylan por lo extraño de su conducta, ¿no?

Probablemente. Pero agradecía que no se la exigiera.

Dylan buscó tras él y apagó la luz, dejando la habitación en semioscuridad, iluminada únicamente por la luz que entraba desde el porche. Después, le tendió la mano.

Cheyenne pensó que estaba soñando. Pero no era posible. Porque, si estuviera soñando, soñaría con Joe y no con Dylan Amos.

–¿Chey? –la vulnerabilidad que reflejaba la voz de Dylan mostraba el miedo al rechazo.

Al parecer, no estaba tan seguro de sí mismo como había parecido en el parque.

Cheyenne sintió un revoloteo de mariposas en el estómago mientras fijaba la mirada en la mano que Dylan le tendía. No se atrevía a tocarle, pero tampoco era capaz de pedirle que se fuera. Permaneció paralizada por la indecisión, hasta que Dylan la animó.

–Estate tranquila, no llegaremos demasiado lejos.

–¿Qué consideras demasiado lejos?

Cheyenne advirtió la cualidad susurrante de su propia voz, pero en aquel momento, no era capaz de hablar con normalidad. El pulso se le aceleró de tal manera que comenzó a marearse.

–No iré más lejos de lo que quieras ir tú –respondió él–. Tú tendrás la última palabra.

Cheyenne no estaba convencida de que pudiera confiar realmente en aquella promesa. Pero, si Dylan fuera un hombre peligroso con las mujeres, lo sabría. Su hermana pasaba mucho tiempo en su casa. Cuando había tenido problemas con la ley había sido por traspasar los límites de velocidad en el coche, por peleas, y por lanzar fuegos artificiales sin autorización, todos ellos delitos menores que sugerían que, más que problemas con las mujeres, los tenía con la policía.

Nunca le habían perseguido por ningún delito de naturaleza sexual.

–No me gustaría excitarte y después… dejarte tirado –tragó saliva–. Pero no sé lo que quiero. Ni siquiera sé por qué te he llamado. He tardado más de una hora en reunir el valor que necesitaba para hacerlo.

–A mí también me ha extrañado, pero no voy a pedirte ningún tipo de compromiso –dobló los dedos, animándola–. ¿Por qué no empezamos con un simple beso?

Un beso le parecía algo inocuo. Y quería besarle, ¿no?

Deslizó la mano en la de Dylan y permitió que tirara suavemente de ella. Pero, cuando sintió sus brazos estrechándola contra él, estuvo a punto de retroceder. No conocía a aquel hombre. La solidez de sus músculos, el pelo que le caía por los hombros, aquellos ojos que la miraban tan de cerca… Todo aquello era extraño para ella.

Pero cualquier hombre le resultaría un extraño. No había vuelto a tener una cita desde el divorcio de Joe. El último hombre al que había besado tenía veinticinco años más que ella y le había pedido permiso para hacerlo.

Dylan parecía prudente, como si estuviera intentando no asustarla, pero no vacilante. Sabía lo que quería y estaba haciendo todo lo que estaba en su mano para conseguirlo.

–Hueles a árbol de Navidad y a tabaco –susurró Cheyenne con las mejillas encendidas.

Dylan le rozó la oreja con los labios mientras decía:

–Lo siento, supongo que debería dejar de fumar.

Sí, por el bien de su salud, pero Dylan había malinterpretado su comentario.

–No me importa el olor –admitió Cheyenne– Mi madre ha fumado hasta hace muy poco. Y ahora la que fuma es Presley, así que estoy acostumbrada.

–¿Dónde está tu madre?

Aunque Dylan le sacaba cerca de quince centímetros, Cheyenne sentía que encajaba de una forma muy agradable contra él.

–Está en su habitación, durmiendo.

Dylan la hizo inclinar la cabeza con ambas manos y clavó la mirada en sus ojos como si deseara leerle el pensamiento, comprender sus intenciones. Cheyenne recordó que en otras ocasiones su mirada le había parecido dura, pero no se lo parecía aquella noche. Eran unos ojos tiernos, líquidos, que contenían una promesa de sensualidad que comenzó a cumplir en cuanto posó los labios sobre su boca.

Cheyenne no pudo resistirse. Aquel contacto le resultó sorprendentemente natural, sobre todo teniendo en cuenta lo poco que se conocían el uno al otro. Le gustaba sentir su boca, firme y delicada, moviéndose sobre la suya mientras ella entreabría los labios.

Dylan gimió en el momento en el que sus lenguas se encontraron, provocando una oleada de intensidad sexual que le aflojó a Cheyenne las rodillas. Cuando ella contestó con un sonido similar, Dylan tensó los labios a su alrededor hasta que Cheyenne pudo sentir su erección contra el abdomen.

Apenas se habían tocado y, sin embargo, estaban ya excitados. Era como si hubieran estado esperando aquel momento durante toda su vida.

Dylan hundió la mano en su pelo y dejó que las sedosas hebras de la melena se deslizaran entre sus dedos. Cheyenne no percibía la presencia del alcohol en su aliento. Dylan sabía a menta, como si se hubiera comido un caramelo mientras se dirigía hacia allí.

—Puedo darte todo lo que quieras —musitó Dylan mientras la besaba con más pasión.

Dibujó una senda de besos por su cuello al tiempo que deslizaba las manos por el interior de la bata. Cheyenne pensó inmediatamente que buscaría sus senos. Y los sintió cosquillearle de deseo, de ganas de ser acariciados Pero Dylan le acarició la espalda, quizá para asegurarse de que se sentía cómoda con aquel grado de intimidad.

—Llevo años queriendo sentirte contra mí —susurró Dylan.

A Cheyenne le parecía imposible. Estaba convencida de que aquel hombre ignoraba hasta su existencia. Pero lo que había sentido hasta entonces no importaba. En aquel preciso momento, se estaba ahogando de deseo hasta tal punto que temía que las piernas no tuvieran fuerza para sostenerla en el caso de que Dylan la soltara.

Cuando por fin posó las manos en sus senos, Cheyenne jadeó y las cubrió con sus propias manos. La sonrisa de Dylan le indicó que lo consideraba como una señal de aliento. Volvió a besarla, la hizo inclinarse ligeramente hacia atrás y dejó caer la cabeza para succionar sus pezones a través de la sedosa tela del camisón.

—¡Oh… es increíble! —susurró Cheyenne.

¿Cómo podía haber llegado tan rápidamente a aquel estado de excitación? Cuando, en su última cita, se había besado con Kovinski, apenas había sentido nada, salvo un tibio cariño. Si no hubiera sido por las fantasías que tenía con Joe, habría llegado a pensar que era frígida. Jamás la había tentado nada hasta tal punto que le pareciera imposible resistirse.

Pero el fuego que ardía en sus venas no dejaba ninguna duda de que su cuerpo era tan normal y saludable como el de cualquiera. A lo mejor había llegado un poco tarde a asumir su sexualidad, pero el deseo que crecía en su interior estaba dando lugar a un expectante palpitar entre sus piernas.

Quería sentir a Dylan dentro de ella.

Fue una revelación sorprendente. Tan sorprendente, de hecho, que retrocedió.

Dylan se mostró reacio a aquella separación. Se la quedó mirando fijamente, como si le costara detenerse, pero sin quejarse. Cuando Cheyenne se dio cuenta de que Dylan parecía dispuesto a marcharse, de que pensaba que había pisado el freno, le agarró por los hombros.

—¡No! —exclamó, y comenzó a quitarle la cazadora.

Percibió la sorpresa que le causaba el haber malinterpretado su reacción. O quizá, lo que le sorprendió fue aquella agresividad repentina. Normalmente, ella no era tan decidida, pero no era capaz de contenerse.

Afortunadamente, Dylan no vaciló. Se quitó la cazadora y a ella le siguió la camiseta.

Cheyenne sabía que tenía los brazos tatuados. Lo había visto en otras ocasiones. Y tenía más tatuajes en el pecho. En medio de aquella oscuridad, no podía distinguir los motivos de aquellos tatuajes con suficiente claridad. Pero no le importó. Lo único que le importaba en aquel momento era ser capaz de sentirle a él.

Una vez descartada la camiseta, Cheyenne pudo explorar los fibrosos contornos de sus brazos con las manos y la boca. Era una locura, era algo inexplicable, pero quería hacerle cosas a Dylan que jamás se habría imaginado, y a él no parecía importarle. Oyó el cambio que se produjo en su respiración y supo que estaba tan excitado como ella.

Alzó la mirada, reconoció el gesto de determinación con el que Dylan apretaba la mandíbula y comprendió que estaba intentando mantener el control de la situación.

–¿Qué ocurre? –le preguntó Cheyenne.

–Me cuesta creer que esto esté pasando –le explicó Dylan.

Pero cerró los ojos y apoyó la cabeza contra la pared cuando ella comenzó a acariciarle el pezón con la boca.

–¿Por qué? –preguntó Cheyenne sobre la mancha de humedad que había dejado en su pecho.

Estaba demasiado absorta en lo que estaba haciendo como para poder seguir una conversación. En cualquier caso, no quería pensar. Lo único que quería era desnudarle por completo para acariciar una extensión mayor de aquella flexible piel.

–Nunca has dejado que nadie te toque.

–¿Y?

–¿Por qué yo?

–No lo sé.

Al parecer, no era una respuesta aceptable. Dylan la agarró por los hombros para detenerla y hacer que prestara atención a lo que estaba diciendo.

–Dime que esto no es un juego, que no estás jugando conmigo. Dime que no vas a excitarme para dejarme tirado en el último momento.

Antes de empezar, Dylan se había mostrado dispuesto a aceptar una negativa en cualquier momento, si era eso lo que ella quería. Pero la ambivalencia había desaparecido. El fuego que se había encendido con el primer beso lo había cambiado todo.

Enfrentándose a la fuerza de sus sentimientos, Cheyenne se mordió los labios mientras consideraba lo que le estaba diciendo.

–¿Te has acostado alguna vez con mi hermana?

Era lo único que la hacía sentirse incómoda, lo único que podía arruinar aquel momento de placer. No podría continuar lo que habían empezado y llevarlo a su conclusión natural hasta que no lo supiera.

–Ya te dije que no –su voz era demandante, estaba endurecida por el deseo–. Pregúntaselo a ella.

Cheyenne no quería admitir que ya lo había intentado. Pero no importaba. Dylan había sido suficientemente convincente.

–En realidad, hace mucho tiempo que no estoy con nadie –añadió Dylan.

–¿Por qué?

Por lo que a Cheyenne le había llegado, salía con una mujer distinta cada fin de semana.

–Uno termina aburriéndose de las aventuras al cabo de un tiempo.

–Pues ahora mismo pareces muy interesado.

–Esto es diferente.

No sabía por qué. A lo mejor era porque no era capaz de resistirse a liberarla de su virginidad.

–Supongo que habrás traído un preservativo.

–Tengo unos cuantos.

–Entonces, dime cuánto me deseas –le pidió–. Dime que yo soy la única mujer que realmente te excita.

–Es cierto –y parecía no estar fingiendo–. Llevo años deseándote. El hecho de que seas virgen o no, para mí no supone ninguna diferencia.

¿De verdad estaba ocurriendo todo aquello?, se preguntó Cheyenne. La primera vez que había hablado con él había sido aquella mañana. Y, de pronto, allí estaba, medio desnudo en el cuarto de estar de su casa, con el pelo revuelto y la mirada encendida y voraz. Y en vez de estar asustada, en vez de sentir repulsión, o de tener miedo de continuar, como le había pasado con otros hombres, lo encontraba absolutamente irresistible.

A lo mejor no era tan distinta de su madre y su hermana. A lo mejor ansiaba una intimidad física con un hombre con el que no tenía ningún compromiso sentimental. Pero había estado rechazando las demandas de su cuerpo durante tanto tiempo que no se sentía capaz de continuar haciéndolo ni un día más. Estaba ya presionándose contra él y no pudo evitar restregar las caderas contra su erección. La ayudaba el saber que con aquel hombre no tenía por qué fingir que era lo que no era. Con Dylan podía estar completamente desnuda, tanto literal como metafóricamente, y, aun así, continuaría sintiéndose segura. Dylan era incluso consciente de lo que sentía por Joe.

Pero, aun así, él no parecía confiar del todo en ella. Era como si le costara creer que todo fuera tan fácil.

–¿Estás segura de que me deseas? –le preguntó–. ¿De que no cambiarás de opinión o te arrepentirás después?

Cheyenne no podía prometerle que no se arrepentiría. No tenía la menor idea de lo que sentiría a la mañana siguiente. Pero no iba a cambiar de opinión. No tenía sentido que Dylan fuera el primero, pero… ¿por qué no? Eve no había demostrado ningún interés en él. Ni tampoco Presley. Y tampoco conocía a nadie que lo tuviera.

–A veces hay que saber aprovechar una oportunidad –le dijo, y le llevó al dormitorio.

Capítulo 11

No le dolió. A Cheyenne le habían advertido que la penetración podía ser dolorosa la primera vez. Pero a lo mejor eso les ocurría a las mujeres más jóvenes que ella. O, sencillamente, estaba demasiado embriagada por las hormonas como para sentir el dolor. Pero eso no importaba. Lo que realmente importaba era el placer que había sido capaz de experimentar, el hecho de que podía disfrutar del sexo como otras muchas mujeres.

–Ha sido increíble –confesó mientras se derrumbaban exhaustos sobre la almohada.

–Ha llevado algún tiempo, pero lo hemos conseguido.

Cheyenne consiguió esbozar una sonrisa.

–Porque no has renunciado.

–Yo era el único que sabía lo que te estaba esperando.

–Se supone que muchas mujeres no son capaces de conseguirlo la primera vez.

–No podía entender que tuvieras que renunciar a ello. Lo único que hacía falta era averiguar lo que te gustaba y durar lo suficiente como para que pudieras disfrutar.

Cheyenne se secó con el antebrazo el sudor de la frente.

–Desde luego, lo has averiguado.

–Pero no inmediatamente. En cualquier caso, al final lo hemos conseguido –alzó la cabeza y sonrió, mostrando la blancura de sus dientes–. Y ha merecido la pena el esfuerzo, ¿verdad?

–Definitivamente –se mostró de acuerdo ella con una risa.

–Me alegro de que hayas cooperado. Has respondido mucho mejor de lo que esperaba. Temía que estuvieras demasiado cohibida como para llegar al orgasmo –se volvió para mirarla, pero no la tocó–. Me alegro de haberme equivocado.

Con otros hombres, Cheyenne se había sentido tan cohibida que ni siquiera había sido capaz de desnudarse. Pero no con él. Aunque no estaba segura de por qué había sido diferente.

–Ya iba siendo hora de que lo hiciera.

–Me alegro de que hayas podido quitarte ese peso de encima.

Cheyenne se rio ante su sarcasmo.

–¿Qué te ha pasado? –preguntó Dylan–. ¿Te he pillado en un momento de debilidad o…?

Evidentemente, se preguntaba por qué le había elegido a él después de haber esperado durante tanto tiempo. Pero ni siquiera ella sabía la razón.

–¿Quién sabe? –se tapó con la sábana y giró en la cama para mirarle como él la estaba mirando–. A lo mejor estaba cansada de ser rara.

–Ser virgen no significa ser rara.

–¿A los treinta y un años?

–Sí, de acuerdo, a lo mejor eres un poco extraña –bromeó.

Cheyenne apoyó la cabeza en un codo.

–¿Con cuántas mujeres te has acostado? –le preguntó, pero inmediatamente se arrepintió y alzó la mano antes de que pudiera hablar–. No importa, no contestes. No es asunto mío.

Como Dylan no contestó, Cheyenne le miró intentando interpretar su expresión.

Dylan parecía repentinamente serio.

–Estoy limpio, si es eso lo que te preocupa.

En cualquier caso, habían utilizado preservativos. Afortunadamente, Dylan iba preparado, como si se hubiera imaginado los motivos que había detrás de aquella llamada incluso antes de que ella los supiera.

–Me alegro de tener esa información.

Pero la voz de su madre la sacó inmediatamente de la euforia que la envolvía.

–¿Chey? ¿Cheyenne? ¿Dónde estás?

El terror ante la posibilidad de que Anita les hubiera oído, de haberse puesto ellos mismos en evidencia, la obligó a volver bruscamente a la tierra.

Al ver su reacción, Dylan se mostró preocupado.

–¿Estás bien?

Cheyenne forzó una sonrisa.

–Sí, estoy bien, pero… tengo que hacerme cargo de mi madre. Lo siento.

–No tienes por qué disculparte.

–El momento no puede ser peor.

–Créeme, podía haber sido mucho peor.

Cheyenne se echó a reír.

–Es cierto.

–En cualquier caso, te admiro por lo mucho que te sacrificas por tu madre. Sé que tu hermana no te ayuda todo lo que debería.

¿Dylan Amos comprendía la pesada carga que llevaba en los hombros y la compadecía? Eso significaba que era mucho más perspicaz y comprensivo de lo que pensaba. Cheyenne estaba comenzando a pensar que, en muchos aspectos, se había formado una opinión equivocada sobre él. Aquello la asustó, pero no era capaz de decir por qué.

De pronto, necesitaba que Dylan se marchara.

–Gracias por todo –le dijo mientras se levantaba–. Espero que sea eso lo que se tiene que decir en una situación como esta. No tengo mucha experiencia en conversaciones de cama.

–No hay un manual.

–Tienes razón. En ese caso, te agradezco el tiempo que me has dedicado y tu… habilidad con las mujeres.

Si alguna vez había habido una forma de quitarse a alguien de en medio, era aquella. Era evidente que Cheyenne no pretendía empezar una relación con él, puesto que estaba enamorada de Joe. Pero Dylan no se movió. La miró desde la cama, desnudo como una estatua griega.

–¿Mi habilidad con las mujeres? –repitió secamente.

–Sí, sabes cómo conseguir que el sexo sea… todo lo excitante que tiene que ser. Ha sido… magnífico, de verdad. Si alguna vez necesitas mi apoyo, te lo daré.

El tono de Dylan se tornó frío.

–Me sentiría halagado si no supiera que, básicamente, me estás pidiendo que me largue ahora que ya lo hemos hecho.

Aquello no estaba terminando como esperaba, pero Cheyenne no se había acostado nunca con nadie y no estaba muy segura de cómo poner fin a una relación aislada. Ella había dejado bien claro que no quería nada más de él, ¿no?

–Como tú mismo has dicho, no hay un manual. Y no pretendo ofenderte. Yo solo…

Estaba un poco asustada por lo que había hecho, pero sabía que no sería educado decirlo, así que prefirió continuar por un terreno que sabía que Dylan podría comprender.

–Pero tengo miedo de que llegue mi hermana y vea tu moto delante de nuestra casa.

–¿Tan terrible sería? –preguntó Dylan–. No creo que Presley pueda reprocharte nada.

Cheyenne se puso la bata.

–A lo mejor no, pero vivimos en un pueblo pequeño.

–Lo sé.

–Entonces, también sabes los cotilleos que podría provocar un desliz como este si a mi hermana se le ocurriera contárselo a alguien.

–¿Eso es lo que ha sido para ti? ¿Un desliz?

–Así es como lo vería mucha gente –contestó, evitando responder directamente a la pregunta.

–¿Y qué más te da? ¿Qué pueden hacer? ¿Hablar de ti?

–Sí. Sé que eso no dañaría tu reputación, pero destrozaría para siempre la mía.

Y su reputación era lo único que tenía, lo único que la diferenciaba de su madre y su hermana.

–Así que… el estar conmigo sería una manera de desacreditarte.

Cheyenne parpadeó.

–El acostarme contigo, sí. Y no lo digo porque me crea superior. Eso no es así. He crecido en un ambiente muy parecido al tuyo.

Dylan se levantó de la cama y comenzó a recoger su ropa.

–Sí, pero yo no me avergüenzo de ello.

–A lo mejor tú no tienes una madre que se ha ganado la vida prostituyéndose.

–Tienes razón –endureció la mirada. Cheyenne podía ver el brillo de sus ojos incluso en medio de aquella oscuridad–. Yo no he tenido madre.

Cheyenne sabía que no debería haber sacado aquel tema. La vida de Dylan había sido tan difícil como la suya. Su madre había muerto por una sobredosis de somníferos cinco o seis años después de que Mack naciera. A partir de ese momento, su padre había comenzado a beber y, según lo que se decía, era un borracho agresivo. Cheyenne estaba en el segundo año de instituto y Dylan en el último cuando J.T. había apuñalado a un hombre y había terminado en prisión. Dylan había tenido que dejar de estudiar para ocuparse del taller de la familia. Durante todos aquellos años, había sido él el que se había ocupado de sus cuatro hermanos. Su padre continuaba encarcelado.

–Lo siento –suspiró temblorosa.

Estaba fuera de su elemento, en otras circunstancias, habría sido más sensible.

Los labios que con tanta dulzura la habían besado minutos antes, se retorcieron en un gesto burlón.

–No quiero tu compasión.

–Entonces ¿qué quieres de mí? –preguntó Cheyenne suavemente–. Creía que te había dado lo que querías.

Dylan negó con la cabeza.

–No quiero nada más. ¿Por qué iba a querer nada? Estás enamorada de otro hombre, de un hombre al que le importas muy poco, por cierto.

Cheyenne esbozó una mueca ante la dureza de sus palabras, pero sabía que Dylan había dicho la verdad.

–Dylan, estoy enamorada de Joe desde que tenía catorce años. El hecho de que sea o no un amor correspondido no parece suponer ninguna diferencia. Aunque te aseguro que me gustaría que la supusiera.

–Desde los catorce años, ¿eh? –se subió la cremallera de los vaqueros, pero se puso las botas sin habérselos abrochado–. Es difícil competir con algo así. No sé en qué demonios estaba pensando.

Cuando se rio sin mostrar la menor alegría, Cheyenne tuvo la sensación de que se estaba riendo de sí mismo por haber ido hasta allí y no supo cómo reaccionar. Jamás se habría imaginado que Dylan podría arrepentirse de haber estado con ella. A juzgar por lo que había oído, para los Amos, las mujeres eran meros juguetes.

–Lo siento –repitió.

La camiseta de Dylan estaba en el cuarto de estar y Cheyenne tenía ganas de ir a buscarla. Incluso en aquel momento en el que había recuperado la lucidez, Dylan le parecía demasiado atractivo sin ella. Pero se reprimió.

–Jamás habría pensado que podías tomarte esto en serio, cuando te has acostado con tantas mujeres...

Dylan se apartó el pelo de la cara.

–Sí, bueno. Supongo que no he sido del todo sincero cuando he dicho que hacía tiempo que no me acostaba con nadie. O… a lo mejor no soy tan superficial como tú prefieres creer.

Cheyenne se sentía impotente ante su obvia decepción. Comprendía de pronto los motivos de sus propias palabras y de su actitud. Había dado muchas cosas por sentadas. Le había utilizado sin pensar en cómo podía afectarle aquel encuentro porque había dado por sentado que también él estaba utilizándola.

–Pensaba que te darías por satisfecho con conseguir… bueno, ya sabes. Por lo que me han dicho…

–No siempre es verdad lo que dicen de mí –la interrumpió–. La gente dedica mucho tiempo a hablar de mí sin conocerme siquiera. Y no pienso pasarme la vida intentando complacerlos. Sé que hay muchos habitantes de Whiskey Creek que jamás me aceptarían aunque lo hiciera.

–¡Has sido tú el que me ha hecho proposiciones en el parque! –le espetó, estallando al final–. ¡No he sido yo la que te lo ha propuesto a ti!

–Gracias por recordármelo. Siempre es bueno saber que puedo culparme de haber hecho una estupidez.

Cheyenne se sintió como si acabara de abofetearla.

–¿Por qué tienes que culpar a nadie? Nos hemos divertido, ¿no? ¿No podemos dejar las cosas así? Lo que quiero decir es que apenas nos conocemos y…

–Nos conocemos desde hace diecisiete años, Cheyenne.

–Pero nunca hemos salido juntos, así que, en realidad, eso tampoco importa mucho.

De pronto, Dylan se transformó en el hombre implacable e indiferente que Cheyenne había conocido hasta entonces.

–No, no importa. No importa nada en absoluto. Mañana llama a Joe y comprueba si puede satisfacerte mejor que yo. A lo mejor terminas decidiendo que esto ha sido repugnante.

–Ya te he dicho que me ha gustado. Yo…

–¿Quién está ahí? –la interrumpió la voz de su madre, debilitada por el dolor–. ¿Presley? ¿Cheyenne? ¿Dónde estáis? Me he arrancado el maldito catéter.

Dylan le hizo un gesto con la mano, invitándola a salir de la habitación.

–Ve a atender a tu madre.

Cheyenne no tenía otra opción. No podía dejar a su madre en una cama empapada de orina.

–Espera un momento, me gustaría que pudiéramos hablar. No quiero terminar así la noche.

–Si querías terminarla mejor, deberías haber esperado a alguien que entrara dentro de tu lista de posibilidades.

–No te vayas enfadado.

No era aquella la clase de recuerdo que quería conservar de su primera vez. Todo había ido muy bien hasta ese momento. De alguna manera, había cometido un error de cálculo. No tenía la menor idea de que ella formara parte de la lista de posibilidades de Dylan.

–Espera un momento, ¿quieres?

Podía convencerle de que fueran amigos si le daba una oportunidad, pensó mientras corría a solucionar el problema de Anita. Pero a los pocos minutos, cuando todavía estaba con su madre, oyó el motor de la moto y supo que Dylan no había querido tomarse la molestia de esperar.

–Estás muy callada –Riley se inclinó para poder verle la cara–. ¿Te encuentras bien?

Cheyenne alzó la mirada del ordenador que tenía en el pequeño despacho del que disponía fuera de la cocina.

–Sí, estoy bien, ¿por qué?

Había ido a buscar algunas recetas y a organizar un menú nuevo para cuando abrieran el hostal en enero. La imprenta tardaría una semana, quizá más teniendo en cuenta las vacaciones de Navidad, en imprimir las cartas, así que quería comenzar cuanto antes el proceso. Pero no había conseguido hacer nada durante las cuatro horas que llevaba en el hostal. Mientras Riley y Jacob trabajaban agrandando el cuarto de baño del segundo piso, ella había dedicado cada segundo de su tiempo a pensar en Dylan.

Incluso en aquel momento, horas después del gran acontecimiento, no podía evitar sonrojarse al recordar las palabras que Dylan le había susurrado, diciéndole lo guapa que era, lo mucho que le gustaba y cuánto la deseaba. Revivía también el recuerdo de sus manos fuertes en los muslos, guiando sus movimientos la segunda vez que habían hecho el amor. Había sido en esa segunda ocasión cuando Cheyenne había empezado a relajarse y a disfrutar de verdad.

No estaba segura de si debía sentirse avergonzada o aliviada por haber perdido por fin la virginidad. Mortificada o agradecida por haber elegido a Dylan para que la ayudara a perderla. Permitir que la desnudara, y desnudarle a él, era algo completamente impropio de ella. Sabía que debería arrepentirse. Y aun así... el arrepentimiento no formaba parte en absoluto de lo que sentía. Por lo menos, de momento.

¿Por qué? Dylan no era el hombre de sus sueños, pero una vez le había invitado a su casa, no había considerado siquiera la opción de dar marcha atrás. Y no habría podido hacerlo aunque hubiera querido. Estaba absolutamente cautivada por lo que Dylan le hacía.

¿Era normal desear de aquella manera a un desconocido? ¿A un hombre con el que normalmente no saldría?

Dylan nunca le había parecido particularmente atractivo. A ella le gustaban los hombres sin complicaciones, el típico hombre deportista, como Joe. Pero tenía que admitir que Dylan era un hombre franco, provocador y cargado de magnetismo.

Riley chasqueó la lengua.

—Ya estás otra vez.

–¿Perdón?

–Te quedas con la mirada perdida.

Cheyenne forzó una risa.

–Lo siento, tengo demasiadas cosas en la cabeza.

–No quiero que lo sientas, lo que quiero es que estés bien. Le prometí a Eve que te cuidaría.

Cheyenne se cruzó de brazos. Era un gesto de autoprotección destinado a generar distancia con una persona que la conocía lo suficientemente bien como para ser capaz de adivinar que estaba mintiendo.

–Y tú estás haciendo tu trabajo.

Riley se sacudió el polvo de los brazos mientras respondía.

–No, sé que te pasa algo, estoy seguro. Somos amigos prácticamente desde que te viniste a vivir al pueblo, ¿recuerdas?

Cheyenne miró a Jacob, que acababa de aparecer detrás de su padre y parecía estar esperando una respuesta, como si también él fuera uno de sus mejores amigos. Aunque Cheyenne hubiera tenido la tentación de hablarle a Riley de Dylan, de preguntarle si pensaba que se había comportado tan mal como ella se decía a sí misma, no podía explicar delante de un adolescente que se había acostado con Dylan Amos. Si Riley le había hecho aquella pregunta delante de su hijo era porque no era consciente de hasta qué punto era íntimo su problema. Obviamente, Riley pensaba que no estaba saliendo con nadie, de modo que no tenía por qué sospechar que podría ser un problema de naturaleza sexual.

–No he dormido mucho –farfulló.

Riley frunció el ceño y la miró con compasión.

–Tu madre está peor, ¿verdad?

Cheyenne suspiró y se frotó los ojos. Todo el mundo pensaba que estaba preocupada por la situación de su madre. Sin embargo, la noche anterior ella había invitado a un hombre al que apenas conocía a su cama.

–Eso es parte del problema –parte, pero no lo principal.

–No tienes por qué quedarte en el hostal. Tengo los planos de los arquitectos, sé lo que tenemos que hacer. Puedo llamarte si surge algún problema.

–Sí, ya lo sé, pero es que… tengo cosas que hacer.

Miró alrededor de aquel despacho diminuto, todo forrado de madera. Aquel rincón era su refugio, no quería volver a su casa.

–Papá, ¿puedo tomar un refresco? –preguntó Jacob.

Llevaba todo el día pidiéndolo y siempre obtenía la misma respuesta.

–No, tienen demasiado azúcar –respondió Riley, y le envió a buscar la sierra eléctrica.

En cuanto su hijo se fue, Riley se acercó a Cheyenne y bajó la voz. Cheyenne se alarmó. Por un momento, pensó que a lo mejor la había visto con Joe, o quizá había pasado de noche por su casa y había visto la moto de Dylan en el camino de la entrada.

–Tú nunca has oído nada raro aquí, ¿verdad? En realidad, no crees que este lugar pueda tener fantasmas.

Cheyenne había oído todo tipo de ruidos en el hostal. Y algunos no parecían tener ninguna explicación lógica. Pero no la asustaban. Cuando se quedaba sola, hablaba con Mary como lo había hecho la noche del cementerio. Se imaginaba que, si Mary estaba cerca y podía oírla, quizá eso le proporcionara algo de paz. Y, si el fantasma de Mary no andaba por allí, nadie se daría cuenta de que hablaba sola.

–Sí, a veces se oyen algunos ruidos, ¿por qué?

–Es un poco inquietante, ¿no crees?

–¿Qué has oído?

–Justo después de que llegáramos, se ha cerrado una puerta del final del pasillo. He ido hacia allá, dando por sentado que eras tú, pero la habitación estaba vacía.

–También podrías haber visto las cortinas moviéndose.

–¿Sin estar las ventanas abiertas, quieres decir?

–Exactamente.

–Eso es una locura –musitó Riley, sacudiendo la cabeza–. Pero supongo que puede explicarse por las corrientes propias de un edificio antiguo. En realidad, nunca has visto nada raro, ¿verdad? Como una aparición, o algo que vaya más allá de una puerta cerrándose o el movimiento de unas cortinas.

–No, pero he oído llorar a una niña.

Riley abrió los ojos como platos.

–¿Estás de broma? ¿Y por qué no lo has dicho?

Cheyenne se encogió de hombros.

–¿Y suena muy fuerte?

–Lo bastante como para que la oiga. Y, a veces, Mary me habla en susurros.

Riley se agachó para ponerse a su nivel.

–No…

–Sí.

–¿Y qué te dice?

Cheyenne bajó la voz.

–Que nadie que entre en este hostal está a salvo.

Riley la miró boquiabierto durante varios segundos, hasta que se dio cuenta de que estaba bromeando. Entonces, inclinó la cabeza, se dio una palmada en el muslo y se levantó.

–Muy graciosa.

Cheyenne se echó a reír y miró tras él para asegurarse de que Jacob no había vuelto.

–¿Conoces mucho a Dylan Amos?

–No mucho, aunque he oído hablar de él –se sacudió el polvo que tenía en el pelo–. Ese hombre ha tenido una vida muy dura, ¿por qué lo preguntas?

–¿Sabes si trafica con drogas?

–No tengo ni idea. A su hermano le detuvieron por traficar con cristal, pero creo que la última vez, Dylan le dio una buena patada en el trasero.

–Pero él también se ha metido en líos, ¿no?

—Casi siempre para defender a sus hermanos. Los protege con fiereza. ¿Por qué? —repitió—. ¿Presley sigue teniendo mucha relación con ellos?

Cheyenne agradeció el ser capaz de asentir. Aunque también se sentía un poco culpable, sabiendo que su asentimiento podía ser malinterpretado.

—Eso no puede ser bueno.

—No lo es, pero ella dice que Dylan no es como sus hermanos.

—Es posible.

—Entonces, ¿por qué tiene tan mala reputación?

—La culpa de la fama que tiene la familia se la deben al padre. Es posible que a Dylan se le esté echando la culpa de muchas cosas sin que se la merezca.

Cheyenne se mordió el labio mientras pensaba en lo que le estaba diciendo.

—¿Has estado alguna vez en una de sus fiestas?

—Hace años.

—¿Y cómo eran?

—La casa no estaba mal. Definitivamente, le hacía falta un toque femenino, pero estaba más limpia de lo que uno esperaba, y era muy funcional. De alguna manera, Dylan ha conseguido controlar la situación durante todos estos años.

Jacob volvió en aquel momento con la sierra.

—¡Ya la tengo, papá!

Riley agarró a su hijo del cuello y lo estrechó con cariño.

—Muy bien, volvamos al trabajo, jefe.

Jacob comenzó a subir al segundo piso, pero Riley vaciló un instante.

—¿Qué piensas hacer esta Navidad?

Cheyenne se había vuelto de nuevo hacia el ordenador.

—Cuidar a mi madre. Presley tiene que trabajar. Ha conseguido un par de turnos más durante las fiestas.

—Tendrá una buena paga.

–Eso espero.

Teniendo en cuenta cómo gastaba el dinero, la iba a necesitar. Cheyenne todavía no estaba segura de cómo iba a afrontar los gastos del entierro de Anita cuando muriera. Afortunadamente, el estado estaba haciéndose cargo de los gastos médicos.

–¿Por qué no vienes a cenar con mis padres? –la invitó Riley–. Nadie cocina tan bien el pavo como mi madre.

Cheyenne sonrió para mostrarle su gratitud, pero dudaba de que pudiera encontrar a alguien que se quedara con Anita en Navidad. Marcy también querría estar con su familia y, en cualquier caso, Cheyenne se sentiría culpable si no se quedaba en casa con su madre.

–Me prepararé algo de cenar, no te preocupes.

–En cualquier caso, si cambias de opinión, la invitación sigue en pie.

Cheyenne sonrió.

–Gracias.

Antes de marcharse definitivamente, Riley se volvió de nuevo hacia ella.

–¿Estás segura de que estás bien? ¿De que no te pasa nada?

Cheyenne se sentía como si llevara la culpa tatuada en la frente. Pero continuaba negando que le pasara nada extraordinario.

–Sí, ¿por qué?

Riley no contestó, pero le preguntó con el ceño fruncido:

–¿Si me necesitaras me lo dirías?

–Por supuesto.

Riley asintió y se marchó. Y Cheyenne dejó escapar un suspiro de alivio. Pero justo en ese momento, sonó el teléfono. Esperaba que fuera su hermana, pidiéndole que comprara algo de comer de camino a casa. No podía ser Eve ni ninguno de sus amigos. Sus teléfonos móviles no estaban activos fuera de Estados Unidos.

Pero no era Presley. Era Joe.

Capítulo 12

Había vuelto. Presley no se lo podía creer, pero, cuando miró por la mirilla, vio a Eugene Crouch. ¡Había encontrado su casa! ¡Menuda manera de empezar la semana!

Todavía ligeramente adormilada, pues había sido la llamada a la puerta la que la había despertado, se apoyó contra la puerta preguntándose qué hacer. La primera intención fue fingir que no estaba en casa y esperar a que el detective se marchara. Pero tuvo miedo de que pudiera volver en un momento en el que estuviera Cheyenne.

Si eso ocurría, su hermana jamás perdonaría a Anita. Y tampoco le perdonaría a ella sus mentiras. Una vez había decidido que mantendría aquel repugnante secreto de su madre, lo único que le quedaba era atenerse a lo que ya había dicho.

Con el corazón palpitante, corrió a la habitación de Anita. Su madre estaba tan dormida que no podía pedirle que permaneciera callada. Lo único que podía hacer era rezar para que no se despertara en los próximos minutos y empezara a gritar.

—Que Dios me ayude —musitó mientras volvía con la bata al cuarto de estar.

No le importaba que aquel detective la viera con la camiseta y los boxers con los que había dormido. Lo único que quería era deshacerse de él lo antes posible.

Abrió una rendija de la puerta y entrecerró los ojos para protegerse de la luz del sol.

–¿Otra vez usted?

Él tampoco parecía muy contento de verla. Evidentemente, esperaba mejores resultados de los que había obtenido en el casino.

–Lo siento, sigo intentando localizar a…

–A alguien que no conozco, sí, me acuerdo –apoyó la cabeza en el marco de la puerta–. ¿Cómo se llamaba?

–Anita. Anita Christensen, aunque ese no es su único nombre.

Presley se rascó la cabcza.

–Sí, había otros, pero no reconozco ninguno. A mí me quedó muy claro, pero, aparentemente, a usted no.

El detective la miró de cerca.

–Tengo un documento de un juzgado en el que aparece esta dirección.

Una nueva oleada de terror invadió a Presley, pero continuó fingiendo que aquello no tenía nada que ver con ellas. Continuó interpretando su papel.

El detective sacó un documento de su maletín y le mostró una citación de un recaudador de deudas que había denunciado a su madre por impago de una tarjeta de crédito tres años atrás. No era distinta a otras muchas que había visto Presley a lo largo de aquellos años.

Su mente corría a toda velocidad mientras fingía leerlo. Si le decía que aquel documento estaba equivocado no se lo creería. Intentando seguirle el rastro a Anita, se había encontrado con ella en dos ocasiones. Era evidente que entre ellas había algún tipo de relación.

¿Qué hacer entonces? No podía permitir que entrara. ¿O sí? Presley no sabía qué manera tenía aquel hombre de saber que Anita se había llevado a Cheyenne, pero a lo mejor había alguna forma de convencerle de que ya no tenía ningún tipo de vinculación con la niña que aparecía en la fotografía.

Había pasado mucho tiempo. Era perfectamente posible que se hubieran separado años atrás, cuando Cheyenne se había convertido en una adulta, o antes incluso.

–¿Y bien? –preguntó el detective.

Presley se aclaró la garganta.

–Bueno –dijo sin ningún entusiasmo–, siento haberle mentido. Anita es mi madre. Pero se está muriendo de cáncer. No creo que tenga ningún sentido que venga un recaudador a buscarla cuando está en el lecho de muerte. Estoy segura de que podrá comprender por qué quiero protegerla.

Pero su expresión no indicaba que la comprendiera. De hecho, lo que le decía era que no la creía.

–Se está muriendo –repitió, y podría haber añadido, «sí, claro».

–Sí.

–De cáncer.

Presley asintió.

–Ahora mismo podría morir cualquier día.

–Escuche, no soy ningún cobrador de morosos. Estoy buscando a una chica llamada Jewel que fue... –bajó la voz, como si en realidad no quisiera hacer aquella acusación–, que fue vista en compañía de su madre hace veintisiete años.

Jewel. ¿Ese era el verdadero nombre de Cheyenne? ¿Jewel qué?, se preguntó Presley, pero intentó no parecer afectada por aquella información. Aunque en un primer momento había sentido cierta tristeza por la otra familia de Cheyenne, su primera familia, lo único que sentía en aquel momento era pánico. Si no se rendían, perdería a su única hermana. Y ella necesitaba a Cheyenne mucho más que ellos.

–Entonces yo tenía seis años –dijo–. Y no me acuerdo de que apareciera de pronto ninguna niña pequeña. Pero no miento sobre la salud de mi madre. Puede comprobarlo usted mismo si quiere.

El detective se enderezó.

–¿Puedo?

–¿Por qué no?

–¿Cuándo?

Aferrándose al pomo de la puerta con tanta fuerza que apenas podía sentir los dedos, Presley miró tras ella para comprobar lo que podría ver el detective cuando entrara.

–Ahora.

Su entusiasmo fue tan patente como su sorpresa.

–Sería maravilloso. Le agradecería mucho el poder hablar con ella, gracias.

Presley señaló hacia sus piernas desnudas.

–Deme un minuto para vestirme.

–Por supuesto, tómese todo el tiempo que quiera.

Siempre educado, pensó Presley, y cerró la puerta. Corrió después de habitación en habitación, buscando fotografías de Cheyenne. No tenían muchas. Solo una en la repisa de Cheyenne, en la que aparecía con sus amigos, y algunas otras en su dormitorio, que el detective no tenía por qué ver.

Al agarrar la fotografía de la repisa de la chimenea, se le cayó al suelo y se rompieron el marco y el cristal. Como no tenía tiempo para barrerlo, metió aquella fotografía y todas las demás debajo de la cama de Cheyenne, antes de cerrar aquella parte de la casa.

Se puso después un par de pantalones de chándal y corrió al lado de su madre.

–¡Mamá, despierta! –le pidió, sacudiéndole el brazo.

Anita gimió, pero no abrió los ojos.

–¿Qué? ¡Ay! No me muevas. ¿Has venido con la medicación? Necesito morfina. Creo que te has saltado la última dosis. El dolor es terrible.

Presley se había quedado dormida, a pesar de que el despertador debería haberla despertado una hora atrás. Pero, en aquel momento, lo consideró una bendición. De esa forma, Anita podría hablar con suficiente coherencia como para convencer a aquel hombre de que ya no tenían ningún contacto con la niña a la que estaban buscando.

A lo mejor no era tan terrible que hubiera aparecido en aquel momento. A lo mejor aquella era una oportunidad de oro para dejar atrás para siempre aquel asunto tan aterrador.

–Escúchame –Presley se retorció las manos–, te daré toda la morfina que quieras, pronto estarás tan dormida como un gatito. Pero antes tienes que ayudarme.

Anita abrió los ojos. Los tenía vidriosos por el dolor, pero pareció entender la urgencia que reflejaban las palabras y los gestos de Presley.

–¿Qué... qué puedo hacer? Mírame. Ahora mismo... soy incapaz de hacer nada.

No había tiempo que perder. Presley no quería que el señor Crouch comenzara a sospechar cuando por fin había conseguido ganarse su confianza al ofrecerle la posibilidad de demostrar lo que le decía.

–Ese detective... el señor Crouch, está en la puerta de casa.

–¿Ahora?

Gracias a Dios, Anita estaba lúcida.

–¡Sí! Le he dicho que no vivías aquí, pero tenía una prueba, así que esto es lo que vamos a hacer. Le haré pasar y tú le dirás que Cheyenne se escapó a los dieciséis años y que no has vuelto a verla desde entonces. Si sale a relucir el nombre, Cheyenne ahora es mi mejor amiga, una compañera de piso que me ayuda a cuidarte y a pagar el alquiler, ¿lo comprendes?

Al ver que no parecía capaz de entenderla, el pánico de Presley se elevó a un nuevo nivel.

–¡Mamá! Necesito que pienses. Por favor, esfuérzate todo lo que puedas. Solo serán cinco minutos. ¿No puedes aguantar cinco minutos? Intenta resistir el dolor. Dile al detective que la niña que te llevaste se escapó hace mucho tiempo, ¿lo harás?

Anita intentó humedecerse con la lengua los labios resecos.

–Lo... lo intentaré –musitó.

Gimió y cerró los ojos.

–¡Lo intentará! ¡Lo intentará! –repitió Presley para sí.

Esperaba que con eso fuera suficiente.

Cuando regresó a buscar al detective, lo encontró pacientemente sentado en el porche, en una vieja silla de la cocina que Presley utilizaba cuando salía a fumar. Al ver a Presley, agarró el maletín, se alisó las arrugas del pantalón y la siguió al interior de la casa.

–Si su madre está tan enferma como dice, siento molestarla.

Presley no respondió. Tenía el corazón en la garganta. Cerró la puerta y le hizo un gesto para que la siguiera mientras cruzaba el cuarto de estar.

El detective la siguió, mirando a su alrededor y tomando nota de todo lo que veía. Presley esperaba no haber pasado por alto algún detalle que pudiera traicionarla, aunque no podía imaginarse qué podría ser. Habían pasado al menos veintisiete años desde que habían tomado la fotografía que le había enseñado el detective. Había muchas posibilidades de que se encontrara directamente con Cheyenne y no la reconociera.

Cuando Presley le hizo entrar en la habitación de Anita, el detective frunció el ceño al encontrar a la enferma en tan mal estado. Aquella clase de enfermedad no podía fingirse. Anita estaba tan pálida, tan débil, que Presley dudaba de que Eugene Crouch pudiera encontrarle algún parecido con la mujer que estaba buscando, sobre todo desde que se había quedado sin dientes.

–Mamá, este es el señor Crouch, el detective privado del que te hablé.

Anita abrió los ojos, pero no dijo nada. Presley esperaba que estuviera ahorrando energías y no hubiera olvidado lo que tenía que decir.

Aferrándose al maletín con las dos manos, el detective se acercó a la cama.

–¿Señora Christensen?

Anita seguía sin responder, pero no negó que aquel fuera su nombre, y, a juzgar por la satisfacción que reflejó su rostro, Eugene Crouch debió de reconocerla.

–He estado buscándola durante mucho, mucho tiempo –le dijo.

Anita no se mostró sorprendida

–Supongo que ya sabe por qué –añadió el detective.

Anita asintió.

–¿Dónde está?

–Se fue.

Cuando Anita por fin habló, lo hizo con una voz tan débil que sorprendió a la propia Presley.

El detective se quedó helado.

–¿Adónde se fue?

Presley se clavó las uñas en las palmas de las manos. No podía hacer nada, salvo confiar en que su madre mintiera tan bien como había mentido siempre.

Anita tomó aire trabajosamente.

–¿Cómo voy a... saberlo?

Al ver la decepción del detective, Presley estuvo a punto de aplaudir. Su madre se merecía un Óscar por aquella actuación.

–¿Qué le pasó? –la presionó–. ¿Dónde puedo encontrar a Jewel?

Anita tiró de la sábana para taparse.

–No... lo... sé.

El detective dejó caer los hombros en un gesto de derrota y colocó el maletín en la silla que había al lado de la cama.

–¿Por qué no?

–Porque se escapó. No... no he vuelto a saber nada de ella desde entonces.

Presley miró a su madre fingiéndose desolada.

–Mamá, ¿qué dices? Fue Connie la que se escapó justo antes de que viniéramos a vivir aquí, cuando todavía estábamos en Bakersfield. Connie, ¿recuerdas? No una persona que se llamaba Jewel –se volvió hacia él–. Me temo que lo que dice no tiene sentido. Fue mi hermana la que se fugó. Mi madre debe de estar confundida. A veces, la medicación tiene ese efecto.

–No –Eugene Crouch se frotó las sienes–. No creo que esté confundida.

Presley se quedó mirándole fijamente.

–¿Perdón?

El detective abrió la boca, pero vaciló un instante. La compasión que reflejaban sus ojos hizo que Presley se sintiera mal por engañarle. Al ver a su madre en su lecho de muerte, el detective parecía reacio a decirle que la persona que había creído su hermana, en realidad, no lo era.

–Eso ahora no importa –le dijo–. Si al menos pudiera decirme el nombre que usaba cuando se marchó... ¿Era Connie Christensen?

–¿Quién sabe? –contestó Anita–. Tenía... –jadeó, tenía la respiración agitada–. Tenía un novio... un fracasado que no valía para nada... Se llamaba Ben, Ben Sumner. Por lo que... sabemos –tomó aire–, pudo haberse casado con él. O a lo mejor se cambió el nombre... porque... nosotras no hemos podido encontrarla.

El detective apretó los labios.

–Es una lástima.

Como ninguna de ellas dijo nada más, intentó continuar haciendo preguntas sobre los nombres de las ciudades en las que habían vivido antes de que Connie se fugara. Quería saber dónde pensaban que podía haber ido o si tenía tatuajes o piercings que pudieran identificarla. Preguntó incluso por el estado de su dentadura y si se había roto algún hueso, como si pensara investigar en las morgues a todas las mujeres que hubiera sin identificar.

Desde luego, no podía decirse que aquel detective no fuera concienzudo. Pero, diciéndole parte de la verdad, le estaban haciendo creer que lo estaban confesando todo.

Presley sabía, por el ejemplo que durante todo aquel tiempo había recibido de su madre, que aquella era la mejor manera de mentir.

Le dijeron que tenía una sirena tatuada que le cubría la mayor parte del abdomen y una cicatriz en el brazo que se había hecho al caer en una bañera de agua hirviendo a los seis años. Que llevaba un piercing en la nariz y se había teñido el pelo de negro. Intentaron crear la imagen más alejada posible de la verdadera Cheyenne. Y, cuando el detective se dio por fin por satisfecho tras haber obtenido toda la información posible, volvieron a mentir al aceptar su tarjeta y decirle que le llamarían si tenían alguna noticia de ella.

Cheyenne no contestó cuando volvieron a llamar por teléfono. Era Joe. Otra vez. Aquel era el segundo intento en la última media hora. Según el mensaje anterior, Joe quería disculparse por su inexplicable conducta. Pero Cheyenne había ignorado la primera llamada y pretendía ignorar también la segunda.

Tenía que preocuparse por su propia conducta inexplicable, así que prefería olvidarse de que había estado jugando a las cartas con Joe y habían ido a comprar juntos un árbol de Navidad. Sabía que se había adentrado en un terreno peligroso, pero una vez se había aclarado las ideas, iba a tener mucho cuidado de no cometer más errores.

Esperó a que saltara el buzón de voz y después lo revisó para ver si Joe le había dejado otro mensaje.

—Chey, soy Joe otra vez. Escucha, como te he dicho antes, siento de verdad lo de ayer. Ese tipo... No te lo conté, pero mi exmujer y él... bueno, probablemente, a estas alturas ya te habrás imaginado la situación. Él fue, en parte, responsable de mi divorcio. Pero ese es mi problema, no el tuyo. Por favor, perdóname y dime que me permitirás re-

sarcirte por lo que hice. Me gustaría llevarte la semana que viene a la feria victoriana de Navidad.

Cheyenne se imaginó paseando por las calles con él, disfrutando de las luces, de la música y de la comida de los puestos callejeros. Habría castañas asadas, sidra de manzana con especias y pavo ahumado. Estarían también los artistas y los artesanos de la zona vendiendo sus obras. La feria comenzaba en Sutter Creek e iba trasladándose cada noche por todos los pueblos del condado hasta terminar en Whiskey Creek.

No había nada que a Cheyenne le apeteciera más que ir con él, pero...

Cerró los ojos y hundió la cabeza entre las manos. El sábado le había dicho que era virgen y el domingo se había acostado con Dylan simplemente porque le había hecho proposiciones en el parque.

No era lo suficientemente buena para un hombre como Joe. Estaría mucho mejor con Eve.

El teléfono volvió a sonar. En aquella ocasión, era Presley, así que contestó.

—¡Hola! —la saludó su hermana.

—¿Qué te pasa?

—Quería saber a qué hora pensabas volver a casa esta noche.

Cheyenne miró la hora en el ordenador. Eran casi las ocho. Riley y Jacob le habían llevado algo para cenar del Barry's Burger y se habían marchado dos horas atrás.

—No lo sé, ¿por qué? Pensaba que no tenías que trabajar.

—No, no tengo que trabajar. Solo quería decirte que no tengas prisa en volver. Si te apetece salir, diviértete un poco. Yo me encargaré de mamá.

—¿De verdad?

Cheyenne no quería parecer tan sorprendida, pero lo cierto era que Presley dejaba a su madre cada vez que podía. Cheyenne se mostraba permisiva porque sabía que el deterioro de Anita le resultaba mucho más duro a su hermana, pero estaba segura de que había veces que Presley decía que tenía que ir al trabajo cuando era mentira.

–De verdad. Está muy tranquila, y yo también.

–Me alegro de oírlo.

–¿Qué vas a hacer entonces?

Cheyenne no tenía ni idea. Riley y Jacob estaban agotados después de haber trabajado durante casi doce horas. Pensaban regresar a las seis de la mañana, así que era muy probable que quisieran acostarse pronto.

–Pasaré a saludar a los padres de Eve y después me dejaré caer por casa de Sophia. Si su marido está fuera, a lo mejor le apetece ver una película conmigo.

–Tienes muchas probabilidades de que Skip esté fuera. Casi nunca está en Whiskey Creek.

–Porque es un hombre muy importante, ¿eh? –Cheyenne sonrió.

Se burlaban del marido de Sophia constantemente. Era un hombre muy pagado de sí mismo y vivía obsesionado por ganar dinero. Viajaba por todo el mundo buscando fondos para inversiones de riesgo. Casi todos los habitantes de Whiskey Creek habían hecho alguna inversión con él, siempre y cuando tuvieran algo de dinero, claro estaba. Skip no perdería ni un segundo de su tiempo con alguien que viviera al final del río.

–Sí, por lo menos eso es lo que él se cree –respondió Presley.

Cheyenne se tapó la boca para bostezar y se reclinó en la silla. Hasta ese momento, no se había dado cuenta de lo cansada que estaba, pero era lógico, teniendo en cuenta lo poco que había dormido la noche anterior.

–Gracias por quedarte con mamá, Pres. La verdad es que me viene bien descansar.

–De nada. Que te diviertas.

Después de colgar, Cheyenne tamborileó con los dedos

en la mesa, intentando decidir si ir o no a casa de Sophia. Le entraron ganas de devolverle a Joe la llamada. Y también de llamar a Dylan. Se sentía muy mal por cómo habían terminado las cosas y quería pedirle disculpas, igual que Joe le había pedido disculpas a ella.

Pero quizá fuera mejor que se olvidara de los dos.

Apagó el ordenador, agarró el bolso y apagó las luces del hostal.

Un crujido en el piso de arriba la hizo detenerse, pero no fue a investigar. Sabía que no encontraría nada que lo justificara.

–Buenas noches, Mary –dijo, y sonrió mientras salía.

Dylan estaba sentado frente a la televisión con sus dos perros a los pies, un labrador de color castaño y un chucho con parte de golden retriever que había rescatado de un refugio para perros cinco años atrás. Pero no prestaba demasiada atención al combate de MMA que sus hermanos habían pagado por ver. A él le gustaban las artes marciales mixtas tanto como a ellos. Años atrás, cuando había tenido que hacerse cargo del taller y no ganaba lo suficiente como para mantener a la familia, conseguía un dinero extra compitiendo. Continuaba yendo al gimnasio de vez en cuando, pero ya no luchaba. Entrenar le bastaba para mantenerse en forma.

Debería haber prestado más atención a lo que estaba viendo, pero por culpa de la visita que había hecho a casa de Cheyenne la noche anterior, había tenido que trabajar en el taller durante doce horas sin haber dormido prácticamente nada y le faltaba su energía habitual. Estaba aguantando medio dormido en el sofá con la esperanza de que Presley apareciera por allí. Quería saber si a Cheyenne se le había escapado algo de lo que había ocurrido la noche anterior. Quería saber cómo estaba. ¿Le habría contado a Presley que por fin se había acostado con alguien? ¿O continuaría decidida a mantenerlo en secreto?

Pero, sobre todo, lo que quería saber era si se había arrepentido de lo que habían hecho.

–¿Quieres un cigarrillo?

Aaron sacó un paquete de Marlboro y le ofreció un cigarrillo, pero Dylan lo rechazó. No había fumado nada en todo el día.

–No, lo he dejado.

–¿Que has qué?

–He dicho que lo he dejado.

Sabía que el tabaco no era bueno para la salud. No estaba seguro de por qué había empezado a fumar. Lo único que sabía era que, años atrás, el tabaco le permitía hacer algo con las manos cuando le entraban ganas de emprenderla a puñetazos. La nicotina le tranquilizaba. Suponía que, en su primera juventud, la nicotina había sido el menor de los males. Pero ya no necesitaba aquella muleta, ¿verdad?

–¿Desde cuándo? –preguntó Aaron.

Mack, Grady y Rod le estaban mirando fijamente. Hasta los perros, Shady y Kikosan, habían alzado las orejas.

–Desde hoy.

Rod detuvo el combate.

–¿Y por qué?

–A lo mejor no me apetece terminar con un cáncer de pulmón, ¿vale?

No entendía por qué tenían que darle tanta importancia.

Sus hermanos se miraron los unos a los otros como si acabara de decirles que se iba a ir a vivir a la luna.

–No entiendo nada –dijo Grady–. ¡Pero si acabas de comprar un cartón entero en Costco!

Dylan no quería que se lo recordaran. Y tampoco quería que le cuestionaran su decisión.

–¿Y? Aaron fuma.

–Muy de vez en cuando –respondió Rod–. Y solo cuando te ve fumar a ti.

–Entonces, si nadie se los va a fumar, tiraremos esos malditos cigarros.

Al sentir la tensión que había en el ambiente, Shady ladró.

–Lo que pasa es que ha sido muy repentino –intentó tranquilizarle Grady–, eso es todo.

–¿Y de verdad lo has dejado porque es malo para la salud? –quiso saber Rod.

Dylan le miró disgustado, advirtiéndoles que dejaran ya el tema.

–Exacto.

Aaron, por supuesto, no estaba dispuesto a hacerle caso. Se inclinó hacia delante.

–Pero ya eran malos para la salud cuando empezaste a fumar.

–¿Pensáis someterme al tercer grado?

Prefería dejar de fumar, ¿y qué? El tabaco era malo para la salud. Pero no era solo por eso. Nunca había visto a Cheyenne con gente que fumara. Desde luego, ninguno de los miembros de su pandilla fumaba. Las únicas personas de su entorno que lo hacían eran su madre y su hermana, dos personas a las que Cheyenne no respetaba. No podía pasar ese dato por alto, ni el hecho de que hubiera mencionado el olor a tabaco la noche anterior, aunque le hubiera asegurado que no la molestaba. Pero no quería que sus hermanos supieran que le había hecho falta una mujer para dejar de fumar. De hecho, odiaba hasta admitirlo ante sí mismo. Era lo suficientemente estúpido como para que Cheyenne le importara. Hasta el día anterior, ella no le había prestado la menor atención. Estaba demasiado ocupada persiguiendo a Joe, convencida de que él era mucho mejor partido que cualquier otro hombre.

Pero entonces, ¿por qué le había entregado a él su virginidad? ¿Por qué no a Joe? Dylan no podía imaginarse que ningún hombre pudiera rechazar a Cheyenne. Seguro que habría podido elegir a cualquier otro. Pero no lo había hecho, y Dylan no se arrepentía de haber tomado lo que le había ofrecido. Había momentos en los que quería creer que no perdería más tiempo ni energía con una mujer que le había despreciado antes de darle una oportunidad, pero sabía que volvería a hacer el amor con ella si Cheyenne mostraba el menor interés. No podía engañarse.

—Muy bien —dijo Aaron.

Mack se encogió de hombros.

—Me alegro de que lo hayas dejado. Llevaba meses diciéndotelo.

—Entonces lo he dejado por eso —gruñó Dylan—, por ti.

Subieron el volumen de la televisión, los perros se tumbaron y siguió el combate de MMA. Pero como continuaban pasando los minutos sin que apareciera nadie por casa, Dylan decidió preguntar a sus hermanos lo que quería saber.

—¿Presley va a venir después o tiene que trabajar?

—Ni idea —respondió Mack con los ojos pegados a la pantalla.

Evidentemente, no le importaba. Al igual que le ocurría a Dylan, Presley nunca le había gustado. Presley se llevaba bien con Aaron. Llevaban varias semanas acostándose juntos. Dylan pensaba que a lo mejor comenzaban una relación, pero era difícil saber lo que podía estar pensando Aaron. Aquel era el hermano que más le había costado educar. Siempre se estaba metiendo en líos.

—Aaron, ¿tú sabes algo de ella? —le preguntó.

Aaron desvió la mirada hacia él.

—¿De quién?

—De Presley.

—No, ¿por qué?

—Pensaba que a lo mejor se pasaba por aquí.

—No he hablado con ella.

La pelea terminó con un K.O., lo que habría sido emocionante si no se hubiera producido demasiado pronto como para satisfacer el entusiasmo del grupo reunido en el cuarto de estar.

—Qué rollo —se quejó Mack.

Rod apagó la televisión.

–Por mí, como si le dejan K.O. doce veces. Nero es un blando. No entiendo por qué pierde con tanta facilidad. ¡Pero si tenía al otro tipo a la distancia de un brazo y le ha dejado escapar!

–Esa pelea ha sido un fraude –se mostró de acuerdo Grady.

Aaron se estiró y se levantó todo lo largo que era.

–Olvidaos de la pelea. La noche es joven. Vamos al Sexy Sadie's a ver qué podemos encontrar.

–Lo que vais a encontrar va a ser otra pelea. Y no pienso estar allí para salvaros el pellejo –les advirtió Dylan.

Mack se volvió hacia él.

–¿Vas a quedarte en casa?

Dylan asintió y acarició a Kikosan, que tenía el hocico en su regazo.

–Esta noche vais a salir solos.

Pero Mack, que tenía veintiún años, era el pequeño de la familia y para Dylan era más un hijo que un hermano. Si se metía en cualquier lío, Dylan sería capaz de hacer cualquier cosa para ayudarle y todo el mundo lo sabía. Y la verdad era que sentía lo mismo por cualquiera de sus hermanos, incluso por Aaron, que tantos problemas le había causado.

–Intentad mantener la cabeza fría.

Grady le dio un golpecito en el pie.

–Ven con nosotros, Dylan.

–No, estoy cansado.

Pero en cuanto sus hermanos se fueron, encontró fuerzas para salir a dar un paseo con los perros hasta el final del claro, desde donde podía ver la casa de Cheyenne. Quería ver el camino de la entrada, ver si estaba su coche allí. Pero no, no estaba.

Capítulo 13

Todavía no eran las once cuando Cheyenne llegó a casa. Había pasado la velada con Sophia, viendo una película, hablando, comiendo y haciendo todo lo posible para distraerse y no pensar ni en Dylan ni en Joe. Tenía la impresión de que Sophia se sentía tan sola como ella. Por lo menos, había agradecido su compañía. A Cheyenne le habría gustado poder apoyarse en Sophia durante el resto de las vacaciones, pero al día siguiente se marchaba junto a su hija a Hawái. Iban a reunirse con Skip y con los padres de este en Oahu.

–Debe de ser muy bonito.

Cheyenne s imaginó las playas soleadas mientras llegaba a la zona del río. Pero en el fondo no envidiaba a Sophia. Tras haber pasado varias horas junto a ella, había vuelto a sentirse por fin ella misma después de varios días. Por eso la sorprendió descubrirse sonriendo cuando pasó de largo por delante del camino de su propia casa.

Condujo cerca de un kilómetro más para acercarse a la casa de Dylan, una casa de ladrillo con un enorme jardín, dos perros que en aquel momento debían de estar dentro porque desde donde estaba no los veía y unos robles adornados por el muérdago que cubría de forma natural sus ramas.

El terreno descendía hasta el río e incluía varios edificios: un cobertizo, un gallinero, un taller y un establo. Cheyenne no había visto el taller con sus propios ojos, pero había oído hablar del gimnasio que se habían montado allí.

Cheyenne sabía que tendría que hablar con Joe en algún momento. Era el hermano de una de sus mejores amigas y frecuentaba los mismos círculos que ella. Sería una falta de respeto ignorar sus llamadas. De hecho, había decidido que hablaría con él al día siguiente. Le aseguraría que no estaba enfadada y rechazaría educadamente su invitación a salir.

Pero lo de Dylan era una historia diferente. Ninguno de ellos se había creado expectativa alguna. Cheyenne podía olvidarle y volver a su vida de siempre. De hecho, el propio Dylan le había dado esa opción al marcharse antes de que hubieran terminado de hablar. Cheyenne dudaba de que volviera a llamarla nunca más.

Y le habría gustado no sentirse tan mal por la forma en la que le había desdeñado.

Frustrada consigo misma porque su siempre vigilante conciencia no le permitiría descansar hasta que no le hubiera pedido disculpas, aparcó el coche delante de su casa.

La casa estaba a oscuras y en un primer momento pensó que había llegado demasiado tarde, que todo el mundo estaba durmiendo. El todoterreno de Dylan se hallaba en garaje, y también la moto. Podía ver los dos vehículos porque la puerta del garaje estaba abierta. Cuando se encontraban en casa, rara vez se molestaban en cerrarla, probablemente porque salían y entraban a menudo. Pero vio después que el todoterreno de Grady no estaba y se imaginó que, si no todos, por lo menos parte de los hermanos estaban fuera.

¿Qué debería hacer? ¿Olvidarse de buscar una manera amable de terminar su relación y volver a casa? Posiblemente, pero a Cheyenne no le gustaba dejar las cosas a medias.

Así que llamó a Dylan al móvil para pedirle que se pasara por su casa. O quizá, para mantener con él una conversación telefónica.

–¿Diga? –parecía medio dormido.

Eso le indicó que no había salido con sus hermanos. Le había despertado.

–Soy yo.

Dylan tomó aire con tanta fuerza que Cheyenne le oyó.

–Esa es la única razón por la que he contestado.

–Creía que estabas enfadado conmigo.

–Pero eso no significa que no estuviera deseando que me llamaras.

Su voz grave y profunda hizo revivir a Cheyenne todas las sensaciones que había experimentado con él en la cama.

–Yo, eh... –se interrumpió.

Intentó combatir la oleada de sensualidad que la asaltó junto a aquellos recuerdos. No quería terminar causándose a sí misma más problemas.

–No debería haber llamado tan tarde –continuó–. ¿Prefieres que hablemos mañana?

–Eso depende.

–¿De qué? –preguntó Cheyenne.

Pero ya sabía la respuesta. La había adivinado por su tono.

–De si lo único que quieres es hablar.

Cheyenne se dijo a sí misma que debía disculparse y acabar con aquel asunto de una vez por todas. Se dijo que no debería aceptar la invitación que transmitía su voz. Pero las palabras parecían haber quedado prisioneras en su garganta. Un deseo, nacido de no sabía dónde, rebasó con creces cualquier posible remordimiento.

–Estoy delante de tu casa.

–¿Eso significa lo que yo creo que significa?

Cheyenne se apoyó en el reposacabezas y cerró los ojos.

–Sí.

–Salgo a abrirte –contestó Dylan, y colgó.

Cuando Cheyenne llegó a la escalera de la entrada, Dylan estaba esperándola. No llevaba encima nada más que unos vaqueros sin abrochar. Retuvo a los perros para que pudiera pasar y Cheyenne descubrió al instante que aquella noche le encontraba incluso más atractivo que la noche anterior.

¿Cómo podía haber pasado por alto aquel atractivo? Tenía un rostro mucho más intrigante que el de otros hombres.

—No paraba de decirme a mí misma que tenía que disculparme por lo de anoche —susurró mientras pasaba por delante de los perros.

—Pero...

—Pero eso podía haberlo hecho antes por teléfono. No necesitaba venir a tu casa después de las once.

Dylan cerró la puerta.

—Esto no tiene nada que ver con tus ganas de disculparte por lo de ayer.

—Entonces, ¿con qué tiene que ver?

Cheyenne deseaba saberlo sinceramente. Jamás se habría imaginado teniendo una aventura con Dylan Amos. Aquel era el territorio de su hermana. O, por lo menos, eso pensaba hasta el día anterior.

—Con la otra parte —respondió Dylan—. Ven por aquí.

Dylan se volvió, pero ella no le siguió. Se quedó en la entrada, al lado de los perros.

—No quiero utilizarte, Dylan. No soy de esa clase de personas. De hecho, no entiendo por qué, después de tantos años, tomé esa decisión. Pero...

—¿Pero?

—Pero —le miró a los ojos y bajó la voz— no soy capaz de pensar en otra cosa que en acariciarte y en que me acaricies.

—En ese caso, es una suerte que yo tenga el mismo problema —le tendió la mano.

Aquella vez, Cheyenne no vaciló a la hora de aceptarla. Tenía frío después de haber estado fuera y anhelaba el calor que podía llegar a emanar del cuerpo de Dylan.

–¿Y tus hermanos? –miró con aprensión hacia las zonas más oscuras de la casa.

–Han salido –contestó Dylan, y obligó a los perros a quedarse fuera cuando ellos entraron en su dormitorio.

La habitación de Dylan olía ligeramente a tabaco, pero el olor a champú, o a colonia quizá, era mucho más fuerte.

Le habría gustado disponer de un momento para mirar a su alrededor para ver cómo era Dylan en su propio ambiente, pero él no le dio oportunidad. Ni siquiera encendió la luz antes de tirar de ella hacia la cama.

–¿Una persona puede convertirse en una adicción? –preguntó Cheyenne mientras la desnudaba.

–¿Crees que eres adicta a mí?

Cuando los dos estuvieron desnudos, Dylan la urgió a tumbarse en la cama y entrelazó los dedos con los suyos mientras la besaba.

–Por lo menos así es como me siento. Estaba deseando volver a verte. No he podido pensar en otra cosa durante todo el día.

Dylan sonrió mientras comenzaba a acariciarla.

–El sexo es algo nuevo para ti. En cuanto descubras que cualquier hombre puede darte lo que quieres, se romperá el hechizo.

Cheyenne no estaba tan segura, pero no le contradijo. Dylan había posado los labios sobre su seno y había continuado descendiendo con la mano. Una vez alcanzó su objetivo, Cheyenne ya no pudo pensar y, mucho menos, hablar.

Un débil rayo de sol invernal se abría camino entre las rendijas de las persianas de la habitación de Dylan cuando Cheyenne abrió los ojos. Dio media vuelta en la cama sin ser capaz de recordar dónde estaba. Hasta que fluyó de nuevo el recuerdo de Dylan y de lo que había hecho con él la noche anterior.

¡Y todavía estaba en su cama!

Se sentó tan rápido que se mareó. Parpadeó para eliminar hasta el último vestigio de sueño y se volvió para ver si Dylan continuaba durmiendo a su lado.

Pero no estaba allí. Sin embargo, no estaba sola en su casa. Se oían voces y ruido de pasos en el piso de abajo, en las que debían de ser las zonas del pasillo y la cocina.

Se tapó con la sábana hasta la barbilla y esperó a que Dylan volviera. Estaba desnuda y eso la hacía sentirse vulnerable, pero no quería levantarse. Tenía miedo de que Dylan pudiera abrir la puerta en ese preciso momento y hubiera alguno de sus hermanos tras él. Y no solo eso, sino que, de alguna manera, permitir que Dylan la viera a la luz del día le parecía distinto a que la viera de noche.

¿Estaría Dylan desayunando con sus hermanos?

Vio una toalla en el pomo de la puerta del cuarto de baño. La noche anterior no estaba allí y la humedad que había en el ambiente indicaba que alguien acababa de ducharse. Se imaginó que Dylan se había vestido y preparado para ir a trabajar.

Se miró en el espejo: tenía los ojos abiertos de par en par, el rostro pálido y el pelo revuelto. Sacudió la cabeza. Había profundizado en su error al presentarse en casa de Dylan. Al pasar la noche con él, había terminado de complicar las cosas.

Debería haberse ido horas antes, pero estaba muy a gusto, acurrucada al lado de Dylan. Se recordaba pensando «un minuto más y me voy», y de pronto, se había despertado y había descubierto que ya era por la mañana.

–Lo estás fastidiando todo –se dijo a sí misma.

Estaba deseando agarrar su ropa y marcharse, pero encontrarse con los hermanos de Dylan le apetecía menos que encontrarse con él. Mack, Aaron y los demás debían de estar preguntándose qué hacía su coche en la puerta de su casa.

Aunque, probablemente, ya se lo habían imaginado.

Ardiendo de vergüenza, se inclinó para agarrar el bolso que había dejado en la mesilla y sacar el teléfono. Eran las ocho y media. Pero la hora no fue lo único que le llamó la atención. Entre las seis y las ocho había recibido numerosos mensajes de Presley. Su hermana estaba preocupada porque no había ido a dormir a casa.

Era una lástima que hubiera puesto el teléfono en modo vibrador. De no ser así, la habría despertado.

Estuvo a punto de llamar a su hermana, pero decidió esperar. Siempre y cuando no la viera Aaron, podía decirle que se había quedado en casa de Sophia.

Decidiendo que algo tenía que hacer, apartó la sábana y saltó de la cama para buscar sus bragas. Pero no estaban en el suelo, con el resto de su ropa. Las encontró clavadas en el tablón de corcho que había sobre el escritorio de Dylan, junto a una nota.

Aunque ligeramente avergonzada, no pudo por menos que reírse por su sentido del humor.

Tengo que irme a trabajar. Desayuna lo que quieras, D.

Su voz no estaba entre las que se oían en la cocina. ¿Se habría ido ya? Si era así, esperaba que sus hermanos se fueran con él. Parecían estar preparándose para salir, pero odiaba sentirse prisionera en el dormitorio de Dylan.

Se vistió y estuvo caminando por la habitación mientras esperaba, intentando no hacer ruido. Cuando el teléfono comenzó a vibrar, estuvo a punto de ignorar la llamada. No quería hablar por miedo a que pudieran oírla, pero era Dylan.

–¿Diga? –contestó colocándose en una esquina de la habitación y de espaldas a la puerta.

–¿Estás despierta?

–Ahora sí.

La irritación de su voz indicaba que no le había hecho

ninguna gracia despertarse tan tarde. Aquello provocó la risa de Dylan.

—Estabas completamente dormida y no quería molestarte.

—¡Deberías haberme dicho que te ibas!

—Llevamos dos noches acostándonos muy tarde. He pensado que te vendría bien dormir.

Cheyenne bajó la voz todavía más.

—¡Tus hermanos todavía están aquí!

—No te preocupes, tienen que venir al taller. En cuanto se vayan, podrás marcharte.

—Estoy segura de que ya han visto mi coche, pero me moriría de vergüenza si me vieran saliendo de puntillas de tu dormitorio.

—En realidad, no han visto tu coche.

—¿Cómo que no?

—Por eso te llamo. Quería decirte que lo he dejado detrás del establo.

—¿Cuándo?

—Cuando te quedaste dormida.

Le había molestado que no quisiera que se supiera que habían estado juntos. Le había ofendido, lo había dejado bien claro cuando Cheyenne había confesado su miedo a que Presley pudiera ver su moto, y no podía culparle por ello. Pero, aun así, se había tomado la molestia de buscar las llaves de su coche y salir en mitad de la noche para solucionar lo que para ella podía ser un problema.

—Ha sido un gesto muy amable. Muchas gracias, de verdad.

—A cambio de tenerte en mi cama, ha merecido la pena. Que tengas un buen día —concluyó y colgó.

La noche que habían pasado juntos había sido increíble. Mejor incluso que la que habían pasado en su casa. Eso tenía que admitirlo. La práctica ayudaba.

—Eres un hombre muy interesante, Dylan Amos —comentó mientras caminaba por la habitación.

La encontró sorprendentemente limpia y ordenada. Había algunos objetos y prendas fuera de lugar, pero no había polvo ni suciedad, y olía a limpio.

Examinó los papeles y los recibos que tenía clavados en el corcho. Había nombres y números de teléfono de hombres y mujeres. Folletos anunciando torneos de MMA. Algunas fotografías de Dylan con sus hermanos y sus amigos en el lago. Fotografías de diferentes coches antes y después de que los hubiera arreglado. Y su certificado de estudios.

Cuando lo vio, se acercó a mirar la fecha y descubrió que lo había sacado el año anterior. Se preguntó por qué se habría tomado aquella molestia. Llevaba desde los dieciocho años dirigiendo el negocio familiar y el taller parecía dar lo suficiente como para mantenerlos a todos. Tenían todo tipo de caprichos, desde motos hasta motos de agua o todoterrenos y ninguno de los hermanos había buscado trabajo en ninguna otra parte.

—¡Vámonos, que es tarde! —gritó alguien—. Hay que terminar de arreglar el coche del señor Murphy. Y como no acabemos hoy, Dylan nos va a dar una buena patada en el trasero.

Cheyenne sonrió al oírlo. Justo en ese momento, vio una fotografía en la mesilla que había al otro lado de la cama y se acercó para examinarla de cerca. Aparecía en ella una mujer muy atractiva, de unos veinticinco años, con una melena oscura y sosteniendo a Dylan en el regazo.

Con el semblante serio, Cheyenne tomó la fotografía y estudió los rostros de madre e hijo. Se parecían mucho. Tenían el mismo color de ojos y pelo. Y el mismo gesto en la boca. Cheyenne volvió a sonreír al recordar lo mucho que había disfrutado besando aquellos labios. ¿Qué habría sido de Dylan si su madre no hubiera muerto? ¿Y su padre? ¿Tendría alguna relación con él?

La puerta de la calle se cerró, sacándola de su ensimismamiento. Por fin era libre.

Dejó la fotografía en la mesilla y esperó hasta que oyó dos motores diferentes encenderse, crecer en volumen y alejarse en la distancia. Corrió entonces a buscar su coche detrás del establo.

En cuanto llegó a su casa, Presley salió del dormitorio.

–¡Estás aquí! –exclamó.

Parecía indignada.

Avergonzada y cohibida, Cheyenne se dirigió directamente a la cocina.

–Hola, siento lo de anoche. Debería haberte llamado. Me quedé dormida.

Su hermana la siguió y se detuvo en la mesa de la cocina cuando Cheyenne se acercó a la nevera.

–La pregunta es dónde.

Cheyenne no sabía si Presley había salido a buscarla. Desde luego, dudaba que hubiera ido a casa de los Amos. Probablemente, habría salido en otra dirección, habría pasado por casa de Sophia y, quizá, también de los Harmon.

–Me quedé en casa de Eve.

–Creía que Eve estaba de crucero.

Cheyenne buscó algo de comer en la nevera. En realidad, no estaba particularmente hambrienta, pero estaba intentando evitar la mirada de su hermana. No se le había pasado por alto el hecho de que Presley y ella parecían haber intercambiado los papeles.

–Y está fuera.

–Entonces, ¿qué estabas haciendo allí?

Cheyenne sacó un huevo cocido, lo peló y dejó la cáscara en una servilleta de papel, porque no quería arriesgarse a atascar el triturador de basura.

–Pasé por allí para buscar un vestido que le había prestado, encendí la televisión para verla un rato y me quedé completamente dormida.

–¡Ah! –Presley bostezó y se dejó caer en una silla–.

Pues me has dado un buen susto. Te estuve buscando por todas partes.

Afortunadamente, no le preguntó por el vestido que, en realidad, colgaba ya del armario de Cheyenne.

—No molestarías a Sophia, ¿verdad? —añadió sal al huevo—. Salía muy temprano para Hawái.

—Como no te encontraba, he llamado a su casa, pero no ha contestado. Así que he ido en coche hasta allí, pero no he visto tu coche aparcado en la puerta. Tampoco estaba en casa de Riley.

Cheyenne alzó la mirada.

—¿Has dejado a mamá sola?

—No me ha quedado otro remedio. Tenía miedo de que te hubiera pasado algo.

Suspirando de alivio porque Presley no había conseguido encontrarla, Cheyenne se sentó a la mesa. Solo había otra cosa que la preocupaba.

—No se te ocurriría llamar a la policía ni nada parecido, ¿verdad?

—No —Presley frunció el ceño mientras la observaba comer—. No me gusta meter a la policía en nuestras cosas, así que he decidido esperar un poco más. Al final, he empezado a preguntarme si habrías huido —se rio incómoda—. Te aseguro que a mí muchas veces me han entrado ganas.

—Yo nunca te dejaría, Pres.

—¿De verdad?

Sorprendida por su inseguridad, Cheyenne alargó la mano para estrechar la de Presley.

—Claro que no. Somos hermanas, ¿verdad? Tenemos que estar juntas.

—Sí, hermanas.

Cheyenne apenas pudo oírla. Se inclinó hacia ella.

—¿Ocurre algo malo?

—No, pero no me vuelvas a dar un susto como este, ¿de acuerdo? Estaba muy preocupada por ti.

Cheyenne le dirigió una significativa mirada.

–Ahora ya sabes cómo me siento cuando no vienes a casa.

–Pero en mí es normal. Trabajo por las noches y salgo a menudo. Lo raro es que lo hagas tú.

–Eso no es excusa para ser tan desconsiderada.

–Lo sé, y lo siento –se apartó el pelo de los ojos y se levantó para sacar algo de beber del frigorífico–. Por cierto, Joe DeMarco se pasó ayer por aquí.

Cheyenne se volvió para mirarla.

–¿De verdad?

–Sí.

–¿Y qué quería?

–Preguntó por ti.

–Y le dijiste...

–Que seguramente estabas en casa de Sophia.

Se le hizo un nudo en el estómago, pero, aun así, se obligó a tragar lo que tenía en la boca.

–¿A qué hora fue eso?

–Cerca de las nueve.

A esa hora, Cheyenne todavía estaba en casa de Sophia, gracias a Dios.

–¿Te dijo lo que quería?

Presley volvió a la mesa con un vaso de leche.

–No, pero pareció decepcionado al ver que no estabas –sonrió con expresión de sospecha–. No estarás saliendo con el hermano de Gail, ¿verdad?

–No –Cheyenne negó con la cabeza–. Eve ha tenido una cita con él. Nosotros solo somos amigos.

Presley sonrió.

–Qué suerte tiene Eve. Es muy guapo.

Cheyenne no quería que se lo recordara.

–Y también es un buen hombre.

–Me dijo que tenías que llamarle.

–Lo haré. ¿Cómo ha pasado mamá la noche?

Cheyenne tomó aire. Esperaba que Presley mordiera el

anzuelo y volvió a sentir una oleada de alivio al ver que su hermana se prestaba a cambiar de tema.

–Muy bien. Se despertó un momento y estuvimos hablando, pero ha pasado la mayor parte de la noche dormida.

Ninguna novedad en ese terreno. Cheyenne estaba a punto de tirar la servilleta que había utilizado antes de ir a ducharse para acercarse después al hostal, cuando vio que había un trozo de cristal en el suelo.

–¿Se ha roto algo?

–¡Ay! –Presley la miró avergonzada–. Estaba a punto de decírtelo.

–¿El qué?

–¿Te acuerdas de esa fotografía en la que sales con Eve y con Gail y otros amigos vuestros en Tahoe? ¿La que estaba en la repisa de la chimenea?

–Sí...

–Se me cayó al suelo. Pero no te preocupes. Te compraré otro marco.

Cheyenne miró hacia la chimenea. Sí, efectivamente, faltaba la fotografía. Pero todo lo demás estaba allí, incluso algunos adornos de Navidad que eran bastante más frágiles.

–¿Y por qué se te ocurrió agarrar la foto?

–Yo... estaba quitando el polvo, ¿por qué iba a ser, si no?

Cheyenne se inclinó hacia atrás y parpadeó varias veces.

–¡Dios mío! ¿Qué te pasó? –preguntó riéndose.

–Yo también quito el polvo. A veces.

–No, no es verdad –Cheyenne continuó riéndose–. Y tampoco te quedas nunca con mamá.

Presley bajó la mirada hacia sus propias manos mientras se quitaba nerviosa las cutículas de las uñas.

–Supongo que me he dado cuenta de lo mucho que significas para mí, y también de que no te he ayudado todo lo que debería. Quiero hacer más. Quiero darte motivos para que me quieras.

Al parecer, Presley estaba mucho más seria que ella.

—No hace falta que te esfuerces tanto. Te quiero y siempre te querré.

Presley sonrió, pero, por alguna razón, la sonrisa no alcanzó su mirada.

Capítulo 14

El cuarto comenzaba a llenarse de vapor, pero Cheyenne dejó que el agua continuara cayendo mientras ella permanecía frente al espejo. Hacía mucho tiempo que no inspeccionaba su cuerpo. No tenía sentido. Ella era la única que lo veía. Pero en ese momento, quería meterse en la piel de Dylan, decidir si realmente era tan atractiva como él la hacía sentirse.

No la impresionó demasiado. Ella veía mucho más guapas a algunas de sus amigas. Pero no estaba mal. Medía cerca de un metro ochenta, era bastante alta y estilizada. Justo lo contrario que Anita, de modo que siempre había pensado que la altura se la debía a su padre, fuera este quien fuera. Tenía una copa C en el sujetador, una talla que muchas mujeres parecían desear, o que no querían superar. Y muchas veces le habían dicho que tenía las piernas bonitas.

No le sentaría mal un poco de bronceado, pero en mitad del invierno, ningún hombre se haría muchas expectativas en ese sentido.

A lo mejor debería cortarse el pelo. O empezar a levantar pesas. Desde luego, Dylan tenía los músculos bien tonificados.

También podría hacerse un tatuaje.

De pronto, le apetecía cambiar drásticamente, le apetecía romper las restricciones que la reprimían, probar cosas nuevas, asumir riesgos. Pero no estaba segura de cómo hacerlo. Tenía que preocuparse por su madre y su hermana, y, cuando su madre muriera, tendría que ayudar a Presley. Cheyenne no ganaba mucho dinero, vivía en un pueblo pequeño y no podía imaginarse dejando a sus amigos. Y no solo eso, sino que para ella, su reputación siempre había sido muy importante. ¿Cómo iba a dejar nunca de ser una persona cumplidora, responsable y.... aburrida?

Al parecer, una parte de ella quería salir ya del capullo, pero otra parte temía emerger siendo algo diferente a lo que hasta entonces había sido.

–¿Chey?

Presley la estaba llamando.

Cheyenne agarró una toalla, se envolvió en ella y abrió la puerta. Su hermana estaba al otro lado.

–¿Sí?

–Mamá y yo ya sabemos lo que quería ese detective.

–¿De verdad?

A causa de su repentina relación con Dylan, se había olvidado completamente de aquel hombre que se había acercado a Presley buscando a Anita.

–¿Te acuerdas de ese chico al que atropelló mamá en Nuevo México?

–¿Cómo iba a olvidarme? –respondió esbozando una mueca.

Tenía once años cuando su madre había atropellado a aquel ciclista, edad más que suficiente como para comprender las terribles consecuencias que podía tener la acción de Anita, pero no como para hacer nada al respecto. Después de aquel día, había tenido pesadillas y todavía recordaba el sonido del coche contra el metal de la bicicleta. Pero nunca habían hablado de ello. Y tampoco quería hacerlo en aquel momento.

–Quieren cambiar la acusación y denunciarla por homicidio por imprudencia.

Cheyenne se apoyó inmediatamente contra la puerta.

–¿Murió?

–Eso parece. Han estado buscándola desde entonces.

–Deberíamos entregarla.

Presley la miró boquiabierta.

–¿Qué?

–Lo digo en serio.

Su madre había salido siempre impune de todos sus errores. Huía, señalaba a otros o manipulaba la situación. Se había pasado la vida estafando a los demás, causando estragos y sin responder nunca por lo que había hecho. Y Cheyenne ya estaba harta. De hecho, estaba harta desde que podía recordar.

–¿Y eso de qué servirá?

–Les proporcionará a las víctimas una forma de cerrar ese episodio. Aquel día, deberíamos haber llamado a la policía.

–¡Estaba borracha! ¡La habrían metido en la cárcel! ¿Y después qué? ¿Qué habría sido de nosotras?

Cheyenne no tenía respuesta. Anita era la única familia que habían conocido. Hasta los pocos amigos que Anita había hecho habían pasado rápidamente por sus vidas. Era una mujer sin raíces. Lo único que tenía eran justificaciones para no hacer nunca las cosas bien y para explicar por qué tenía que hacer siempre lo contrario de lo que debía.

–Se está muriendo, Chey –le recordó Presley.

–Exactamente –Cheyenne se aferró a la toalla–. Tenemos que darnos prisa.

–¡No puedo creer lo que estás diciendo! Eso nos afectaría a nosotras más que a ella. ¿De verdad quieres enfrentarte a algo tan terrible? ¿Quieres vivir bajo esa sombra? Nosotras no tenemos nada que ver con lo que pasó. Y, en cualquier caso, los últimos días de mamá ya están siendo suficientemente duros. Por si no lo has notado, está soportando unos dolores terribles. Si lo que quieres es que sufra, ten la seguridad de que ya lo está haciendo.

¿Querer que sufriera? Cheyenne no quería que nadie sufriera. Pero a veces, anhelaba justicia, como seguramente le ocurriría a la madre de aquella víctima.

Apoyó la frente contra la pared mientras su hermana se alejaba. ¿Por qué Anita no podía ser una persona de la que sentirse orgullosa?

Presley permanecía en el dormitorio de Anita, oyendo ducharse a Cheyenne. Debería haber dejado en paz aquel asunto de Eugene Crouch. Ya se lo había quitado de encima y esperaba que nunca volviera. ¿Por qué habría decidido pasarse de lista y aliviar también la curiosidad de Cheyenne?

—¿Qué... qué estás haciendo?

Se volvió al oír que Anita estaba despierta.

—Desear abofetearme.

—¿Por qué?

Porque había ido demasiado lejos.

—He cometido un error de cálculo con Cheyenne.

Se hizo un largo silencio, pero, cuando alzó la mirada, vio que Anita continuaba observándola.

—¿Eso... qué significa?

—Significa que está más enfadada de lo que pensaba, y algún día... —se secó las palmas de las manos en el pantalón.

—¿Algún día?

—Tengo miedo de adónde puede llevarle su enfado.

Anita cerró los ojos, pero los abrió un segundo después.

—Ella no sabe... nada de Crouch.

—No.

Presley no quería contarle a su madre lo que acababa de decirle a Cheyenne. Nunca había hablado con ella de aquel accidente. Era algo que prefería olvidar, y se arrepentía de habérselo recordado a su hermana.

—Es mejor que nunca se entere.

–Ocurriera lo que ocurriera en el pasado, ya está olvidado –insistió Presley, y rezó para que fuera cierto.

Antes de marcar el teléfono de Joe, Cheyenne cerró la puerta del despacho. Oía a Riley y a Jacob trabajando en el piso de arriba. No creía que fueran a bajar, pero, en el caso de que lo hicieran, no quería que la interrumpieran. Necesitaba unos minutos de intimidad para decirle al hombre del que había estado enamorada desde los catorce años que no podía volver a verle, ni siquiera mientras Eve estaba fuera del pueblo.

O, menos todavía, estando Eve fuera.

El teléfono de Joe sonó tres veces antes de que contestara.

–Por fin –bromeó–. Pensaba que no me ibas a dejar disculparme.

El sonido de fondo era el de la gasolinera. Evidentemente, Joe estaba en el trabajo.

–No tienes por qué disculparte. Entiendo que te afectara ver a ese hombre. No pasa nada.

–Me pilló por sorpresa, pero eso no es ninguna excusa.

–Teniendo en cuenta lo que me contaste en el mensaje, no sé cómo tuvo el valor de esperar que le saludaras como a un amigo.

–En otra época, fuimos amigos. Por eso me resulta todo tan difícil. Pero han pasado muchos años desde entonces. No debería haber dejado que me afectara.

–Supongo que verle te causó un gran impacto.

–Gracias por ser tan comprensiva –tapó el teléfono para decirle a alguien que esperara un momento y continuó con voz más profunda–. ¿Eso significa que me darás otra oportunidad?

Cheyenne tomó aire.

–Me gustaría, Joe, yo... He estado enamorada de ti durante años –dijo con una ligera risa–. Supongo que eres consciente de ello.

–No, no tenía ni idea –respondió asombrado.

–En ese caso, supongo que guardo los secretos mejor de lo que pensaba.

–Desde luego, mucho mejor que Eve.

Estaba bromeando otra vez, intentando aliviar la tensión y aquello le dio la oportunidad perfecta para sacar el tema que ella quería.

–Hablando de Eve, es encantadora.

Se hizo un silencio.

–Sí, lo es.

–Y también es mi mejor amiga –continuó diciendo Cheyenne–. Y ahora que le gustas, estoy atada de pies y manos. No quiero... No quiero verla sufrir.

–Admiro tu lealtad, es algo raro en estos días, pero...

–Y, definitivamente, no quiero ser la persona que la haga sufrir –le interrumpió.

Se produjo otra larga pausa.

–Lo que me estás diciendo es que, incluso en el caso de que yo no tenga ningún interés en Eve, no quieres tener una relación conmigo.

No le quedaba otra opción, aun a sabiendas de que le resultaría mucho más fácil olvidar a su misterioso y sensual vecino si se embarcaba en una relación con su verdadero príncipe azul.

Era una pena que no fuera posible. Cuando Joe se había presentado en su casa con una botella de vino, se había sentido insegura y abrumada, lo suficiente al menos como para permitirle entrar. Pero, desde entonces, había aprendido mucho. Gracias a Dylan, había comprendido la rapidez con la que podía encenderse la atracción.

Su sinceridad pareció pillar a Joe desprevenido. Seguramente, esperaba encontrarse con un «no pasa nada» y el compromiso de salir a cenar con él. En cambio, le había dicho que llevaba años suspirando por recibir sus atenciones y, aun así, se negaba a salir con él.

–Lamento oírte decir eso.

–Y yo lamento decírtelo –respondió–. Eres uno entre un millón.

Con un gesto de dolor, colgó el teléfono. Permaneció sentada en la silla, con la mirada fija en la fotografía que se habían hecho Eve y ella cuando habían ido a ver a Baxter a San Francisco a principios del año anterior.

–Lo más importante es la amistad –se recordó.

Decidida a ignorar la tristeza que sentía por lo perdido, terminó de cerrar las reservas que habían llegado por Internet durante los últimos dos días.

Después de su divorcio, Joe no había mostrado ningún entusiasmo a la hora de arrojarse a la piscina de las citas. Encontrarse con el hombre que sospechaba podía ser el padre de su hija pequeña justo cuando comenzaba a tener la sensación de que su secreto estaba a salvo no le había servido de gran ayuda. Para empezar, le había recordado la razón por la que había decidido mantenerse al margen de las mujeres y lo complicadas y dolorosas que podían llegar a ser las relaciones sentimentales, sobre todo cuando había niños de por medio.

Pero pasar el resto de su vida solo tampoco le parecía mucho mejor. Y Cheyenne le había parecido una mujer en la que podía confiar. La conversación telefónica que acababa de mantener con ella se lo había confirmado. Suzie habría pasado por encima de cualquiera de sus amigas sin pensárselo dos veces. No tenía la menor duda. Suzie creía que era la única persona del mundo que tenía derecho a ser feliz.

–¡Eh!

Joe se volvió y vio a su padre sosteniendo la puerta que separaba la tienda, donde Martin había estado ocupándose de la máquina registradora, del taller.

–Vamos a tomarnos un descanso –dijo Martin–. ¿Puedes echarle un vistazo al almacén mientras voy a por un sándwich al Stacked?

–Claro.

–¿Tú de qué lo quieres?

–Yo quiero un sándwich caliente de pastrami.

–Hecho.

Agradeciendo el poder disponer de unos segundos para sí mismo sin tener que preocuparse de que lo interrumpieran o de que su padre pudiera oírle, Joe llamó a su hermana, que estaba en Los Ángeles. Como estaba interesado en una de sus amigas, se imaginaba que debería pedirle permiso para salir con ella y quizá también algún consejo.

–No me digas que es mi hermano mayor, del que rara vez sé nada, a no ser que se me ocurra a mí llamarle –dijo Gail cuando descolgó el teléfono.

Ligeramente avergonzado, Joe se dirigió al almacén. Su hermana tenía razón. Era ella la que hacía todo lo posible para que no perdieran el contacto.

–Espero que no me guardes rencor.

–Y espero que algún día comiences a cumplir con lo que te toca. ¿Qué ha pasado? Nunca me has llamado en medio de la jornada, así que no puedo evitar que me parezca un poco sospechoso.

–Seguro que quiero algo, ¿eh?

–Exactamente. ¿Todo va bien? ¿Le ha pasado algo a papá? ¿Os lleváis bien?

–Todo va estupendamente. ¿Cómo está Simon?

–Bueno, Simon es un hombre complicado, pero ya lo sabía cuando me casé con él.

Parecía contenta y eso hizo que Joe se sintiera optimista al pensar que algunos matrimonios, incluso matrimonios de alto riesgo, podían llegar a funcionar.

–Apuesto a que está muy ocupado.

–En realidad, está tan emocionado con lo del bebé que apenas se separa de mi lado.

Joe reorganizó los dulces que había al lado de la máquina registradora y tiró una caja vacía.

–¿Qué noticias tienes?

–Todavía no sabemos si será niño o niña y no queremos saberlo hasta que nazca.

–Solo tendréis que esperar un par de meses. ¿Y qué piensa Ty de tener un hermanito?

–Está tan emocionado como su padre. Dice que quiere que se llame Elmo.

–¡Dios mío!

–No se le podía haber ocurrido un nombre peor.

–Me parce increíble que estéis pensando ya en el nombre. Casi no se te notaba la última vez que te vi.

Gail se echó a reír.

–Pues te aseguro que ahora se nota.

Joe le preguntó por la agencia y ella le dijo que estaba boyante.

Le preguntó después por la última película de Simon. Gail le explicó que Simon había decidido interrumpirla hasta que terminaran las clases de preparación al parto. Quiso saber luego cuándo pensaban ir a Whiskey Creek y Gail le contestó que esperaban poder ir pronto. Después fue decayendo la conversación y Gail adoptó un tono travieso.

–Muy bien, ya basta de cháchara. Tenías un motivo para llamarme, ¿cuál es?

Dexter Jones, un cerrajero que vivía en el pueblo, paró para repostar gasolina. Joe estuvo pendiente de él por si necesitaba ayuda, pero Dexter estaba pagando ya en el surtidor.

–Hay una mujer –dijo.

–Una mujer –repitió Gail.

–Sí.

–¿Una mujer que te gusta?

–Creo que sí.

–Llevo mucho tiempo esperando oír esta noticia –confesó Gail con alegría–. ¿Dónde la has conocido?

–Aquí mismo, en Whiskey Creek –comenzó a limpiar la zona del café–. Tú también la conoces, y bastante bien.

–Conozco a casi todo el mundo en Whiskey Creek, ¿quién es?

Joe dejó de limpiar.

–Una de tus mejores amigas.

El silencio de su hermana parecía deberse a la sorpresa más que a cualquier otra cosa.

–¿Cuál? Tú nunca has mostrado mucho interés por mis amigas, por lo menos en el plano sentimental.

–Porque eran demasiado jóvenes para mí.

–Y os seguís llevando los mismos años que antes –respondió Gail, riéndose.

–Ya sabes cómo son esas cosas. Ahora que somos mayores, los años no importan tanto como antes.

–Sí, lo entiendo –parecía emocionada–. Entonces, ¿vas a decirme quién es?

Estaba a punto, pero Gail le interrumpió antes de que pudiera hacerlo.

–Espera... déjame adivinar. Te gusta Eve, ¿verdad? Callie me comentó que últimamente hablaba mucho de ti...

–No, no es Eve, pero te has acercado.

–¿Callie? –preguntó Gail con incredulidad.

Joe vio a Dexter jugueteando con el móvil mientras esperaba a que se llenara el depósito.

–Cheyenne.

–¡Es maravilloso! No hay nadie mejor que Cheyenne. Pero es más reservada que las demás, por eso no he pensado inmediatamente en ella. Desde luego, no se parece en nada a tu ex.

–A lo mejor por eso me atrae –contestó Joe secamente.

–Lo apruebo. De todo corazón.

–¿No te importa?

–En absoluto.

Joe saludó a Dexter con la mano, él le devolvió el saludo y se marchó.

–Entonces, a lo mejor puedes convencerla de que salga conmigo.

–¿Por qué voy a tener que convencerla? ¿Le has pedido que salga contigo y te ha rechazado?

–Es un poco más complicado.

Le explicó la invitación de Eve y le habló también de la frecuencia con la que pasaba por la gasolinera.

–Cheyenne es una persona muy leal, Joe. Si cree que puede hacerle daño a Eve, no cederá.

–Pero yo no tengo ningún interés en Eve, y nunca la he hecho creer otra cosa. Acepté la invitación a cenar, pero inmediatamente me di cuenta de que no era mi tipo. Ni la besé ni la acaricié. No me parece justo que se interponga en mi camino.

–Lo entiendo, pero... –Gail chasqueó la lengua–. Es una situación complicada. No puedes pedirle a Cheyenne que se arriesgue a perder a una amiga. No hace falta que te diga lo difícil que ha sido su vida ni por qué se siente tan unida a Eve.

–No, pero Eve va a estar fuera una semana más y no entiendo por qué no puedo intentar conocerla mejor. A lo mejor la atracción desaparece antes de que vuelva Eve. Lo único que quiero es explorar las posibilidades. Comprobar si podría haber algo entre nosotros.

–Muy bien –Gail se interrumpió un momento, como si estuviera pensándoselo, y después dijo–: Haré lo que pueda para ayudarte.

En ese momento sonó la campanilla de la puerta. Shelley Brown, una niña de doce años que vivía a una manzana de la gasolinera y pasaba por allí prácticamente a diario, entró en la tienda y se dirigió al expositor de los dulces.

Joe le dirigió una sonrisa de bienvenida antes de bajar la voz.

–¿Y eso qué quiere decir? ¿Que vas a llamarla?

–Lo que voy a hacer es llamar a Eve y contar con su aprobación.

–Eve está en un crucero, no vas a poder localizarla.

–Podré, si llamo al barco.

Joe sonrió, aunque su hermana no podía verle.

–Creo que el poder del señor Simon O'Neal se te está subiendo a la cabeza.

–No puedo decir que no disfrute de los beneficios de tener un marido influyente.

–Te están malcriando.

–Por lo menos, puedo servirle de algo a mi hermano mayor. Dame un par de días.

Dylan no podía pensar en nada que no fuera Cheyenne. El taller estaba más solicitado que nunca. El número de accidentes se multiplicaba en invierno por culpa de la lluvia, pero él no paraba de mirar el reloj, deseando que el tiempo pasara más rápido. Quería verla otra vez, aunque no estaba seguro de que ella tuviera el mismo interés en verle a él.

Había admitido abiertamente que su corazón le pertenecía a Joe y Dylan comprendía que se sintiera atraída por él. Aunque no tenía una relación personal con Joe, le trataba a menudo debido a su negocio. Muchas veces trabajaban con los mismos coches, Joe ocupándose de los mecanismos del motor y Dylan o alguno de sus hermanos del trabajo de carrocería. Joe le parecía un tipo decente, un candidato respetable.

–Pero ¿qué te pasa hoy?

Aaron llevaba la máscara para protegerse de la pintura colgando del cuello cuando entró en el despacho que había en la parte trasera de la nave.

Dylan alzó la mirada del ordenador. Estaba poniendo precios a las piezas de tres coches que la grúa había llevado aquella mañana para poder hacer alguna oferta. O, por lo menos, eso era lo que hacía cuando conseguía concentrarse. Porque llevaba varios segundos con la mirada fija en la pantalla del ordenador.

–¿Qué quieres decir?

–Llevo un rato hablándote en la puerta.

Dylan no había oído nada. Estaba completamente absorto en sus pensamientos.

–Estoy cansado –contestó a modo de excusa.

–Te acostaste antes que nosotros.

Pero, seguramente, había dormido mucho menos.

–Me he pasado la noche dando vueltas en la cama –«entre otras cosas», añadió en silencio, y se tapó la boca para bostezar–. ¿Qué necesitas?

–Tenemos un problema con la pintura del coche de Hal.

–¿Qué clase de problema?

–Está granulosa y no sabemos lo que le pasa.

–Supongo que no habréis limpiado y lijado la superficie antes de empezar.

–Mack hizo el trabajo de reparación, y se supone que es el mejor a la hora de reparar golpes. ¿No es eso lo que dices siempre?

–Sí, es bueno.

–Y también es tu preferido, con lo cual, es difícil que le juzgues con objetividad, pero en este caso, tienes razón. Él no tiene la culpa.

A Dylan no se le pasó por alto la pulla que le estaba lanzando su hermano con aquellas palabras. Aaron siempre había estado celoso de Mack, pero Dylan no quiso darle importancia. Ya habían discutido aquella mañana porque le había hecho repetir un trabajo que no consideraba suficientemente bueno.

–Si no es eso, es que habrá polvo en la cabina de pintura. ¿Cuál estáis usando?

–La grande, pero ayer también la utilizamos y los resultados fueron perfectos.

–¿Habéis revisado el pulverizador?

–A nadie se le ocurriría utilizar un producto que pudiera manchar el pulverizador. Yo creo que nos han traído una remesa de pintura en mal estado.

Dylan se apretó las sienes. Aquello era lo último que necesitaba en un momento de tanto trabajo.

–De acuerdo, llamaré al suministrador.

–Y también deberías llamar a Hal. No le va a hacer ninguna gracia enterarse de que tenemos un problema. Necesita el coche.

Dylan ya sabía que estaban bajo presión, intentado que todo el mundo tuviera sus vehículos arreglados antes de Navidad.

–Eso me recuerda... ¿Cómo vamos con el Cadillac de Murphy? Si no lo tenemos a tiempo, tendremos que rebajar el precio y el margen ya es muy ajustado.

Aquello había sido culpa de Dylan. Con los años que llevaba trabajando en aquel taller, rara vez presupuestaba un trabajo por debajo del valor real. Pero había recibido una información errónea sobre las piezas que necesitaba para arreglar el Cadillac y la política del taller le obligaba a no cargar ese desfase al cliente.

–Rod se está ocupando del coche de Murphy. Deberías echarle un vistazo.

Metió unas monedas en la máquina de refrescos, sacó una cola y se marchó.

En cuanto se fue, Dylan se levantó y se acercó a la puerta. A través de la ventana, vio a Aaron hablando con Grady, que estaba en la zona de lijado. Aaron no tenía muy buen aspecto últimamente. Parecía estar perdiendo peso. Se pasaba toda la noche en pie y llegaba colocado al trabajo. Dylan sospechaba que esa era la razón por la que había echado a perder otro trabajo.

Él ya había amenazado a Carl Inera, el tipo que sospechaba suministraba drogas a Aaron. De hecho, Carl le tenía tanto miedo que se sobresaltaba cada vez que le veía. Y también le había jurado y perjurado que él no le había vendido a Aaron mucho más que diez dólares de marihuana.

Pero Aaron estaba consiguiendo la droga de alguna otra parte.

Y Dylan se temía que era Presley la que se la proporcionaba.

Sonó el teléfono y Dylan contestó al cuarto timbrazo.

–Amos Auto Body.

–¿Dylan? Soy Joe, de la gasolinera.

Dylan se tensó, aunque jamás había reaccionado de esa manera al oírle.

–¿Qué pasa?

–Hemos terminado de sustituir el cableado del BMW de Beverly Hansen. ¿Cómo te lo paso? ¿Quieres que te lo lleve con la grúa o vendrás a buscarlo tú con la plataforma?

–Enviaré a Rod con la plataforma –le dijo.

–Perfecto.

Dylan quería preguntarle que si estaba saliendo con alguien. No podía evitar esperar que la presencia de otra mujer en su vida hiciera que Cheyenne se olvidara de él. Pero no eran tan amigos como para hacerle una pregunta de carácter tan personal. Además, en el fondo sabía que incluso en el caso de que Joe estuviera saliendo con alguien, eso no supondría ninguna diferencia. Cheyenne continuaría pensando que Joe era el hombre del que estaba enamorada y jamás contemplaría otras opciones. Dylan no se la imaginaba dándole una oportunidad. Joe y él eran muy distintos.

–Te devolveré el favor.

–Lo sé.

Después de colgar, Dylan estuvo a punto de llamar a Cheyenne. Llevaba todo el día luchando contra la tentación de marcar su teléfono. Quería oír su voz y preguntarle que si le apetecería salir a cenar con él.

Pero, si ella no quería que su hermana o sus hermanos supieran que habían estado juntos, dudaba seriamente que estuviera dispuesta a presentarse en público con él. De modo que ignoró aquel impulso y volvió al trabajo.

Capítulo 15

–¿Mamá?

Cheyenne se acercó a la cama de su madre.

Anita abrió los ojos. Los analgésicos que Cheyenne le había suministrado minutos antes habían hecho efecto, pero no la habían sumido todavía en el sopor del sueño. De momento, podía hablar y pensar casi con normalidad.

Cheyenne quería aprovechar aquella oportunidad.

–¿Podemos hablar? –le preguntó.

–No me gusta tu tono –respondió Anita, pero parecía más fuerte que desde hacía días.

–¿Por qué?

–Porque sé que vas a darme la lata con lo mismo de siempre. Ya está empezando a cansarme, Chey. No puedo decirte nada más.

–No te creo, mamá. Quiero que intentes, una vez más, recordar dónde nací. No te estoy pidiendo demasiado. Sabes que Presley nació en San Diego, ¿verdad? Ella podría encontrar su partida de nacimiento.

La frente de Anita se llenó de arrugas provocadas por la impaciencia.

–¿Dónde está Presley?

–Son las doce, está trabajando y lo sabes. No volverá a casa hasta mañana.

–¿Y me ha dejado sola contigo?

–Siempre te deja sola conmigo, así que no lo preguntes como si no fuera normal. En cualquier caso, lo que te estoy pidiendo no es tan difícil. Solo quiero que contestes a una pregunta.

–Tus amigos ya se han ido de crucero, ya es demasiado tarde para que te unas a ellos. No entiendo por qué vuelves a preguntarme otra vez por esa maldita partida de nacimiento.

Cheyenne examinó el rostro de la mujer que la había criado, buscando algún signo de debilidad en medio de su determinación o alguna prueba de que le estaba ocultando algo.

–¡Porque quiero saberlo antes de que sea demasiado tarde para preguntarlo!

Su madre cerró los ojos. Fingir que dormía era la mejor manera que tenía de evitar una confrontación. Cheyenne había intentado hablar con ella sobre aquel tema una y otra vez, sobre todo desde que Anita había vuelto a enfermar. Pero el intento de aquella noche iba a ser tan inútil como todos los demás. Se sabía vencida incluso antes de haber empezado. Pero estaba comenzando a terminarse el tiempo. No podía continuar permitiendo que Anita le diera largas porque corría el peligro de quedarse para siempre sin respuestas.

El problema era que no podía forzar a Anita a hablar. Sobre todo porque los recuerdos que tenía de aquella mujer rubia, de la cama con dosel y las muñecas bonitas podían ser solamente producto de la imaginación de una niña desesperada por escapar de una realidad mucho más dura. A lo mejor se había inventado aquel lugar en el que tenía ropa bonita y montones de comida, un hogar en el que se sentía querida y feliz. Era posible. Anita la había acusado de hacerlo en más de una ocasión. Y Presley no recordaba a nadie como aquella mujer que describía.

–¡Mamá, estás despierta! ¡Puedes contestar perfectamente!

–¡Ya te he contestado! –abrió los ojos–. Te lo he repetido una y otra vez. Naciste en Wyoming. ¿De dónde crees que saqué tu nombre?

Podía haber sacado su nombre de Wyoming, pero Cheyenne no había nacido allí. Había escrito a todos y cada uno de los condados del estado. Y todos ellos habían contestado con una carta en la que decían que no había ninguna mujer que respondiera a su descripción y tuviera su edad con el nombre de Cheyenne Christensen en los registros.

–No fue en Wyoming. Eso ya lo comprobé.

Anita no llevaba la dentadura postiza aquel día. A no ser que fuera a comer, no se la ponía nunca. El dentista que había construido aquella dentadura había hecho un trabajo decente, era un hombre que donaba una tarde de trabajo gratuito a la semana para personas sin recursos, pero Anita la había utilizado durante mucho tiempo y no la había cuidado mejor que a sus verdaderos dientes. Aquella boca desdentada y los estragos causados por el cáncer hacían que los cincuenta y cinco años que tenía aparentaran ser setenta y cinco.

–¿Quién puede saber más que una madre?

–En los registros de Wyoming no aparece mi nacimiento.

–Entonces es que están mal. A veces pasa.

–O a lo mejor estabas demasiado borracha como para darte cuenta del momento en el que te pusiste de parto.

Eso también pasaba. De hecho, muchas de las cosas más importantes de su vida habían ocurrido en momentos en los que su madre no estaba en condiciones de recordarlas.

–Jamás he presumido de ser una santa –Anita se encogió de hombros–. Si quieres acusarme de algo, adelante. Estoy demasiado enferma como para defenderme.

Cheyenne se clavó las uñas en las palmas de las manos.

–No empieces a hacerte la mártir. Lo único que quiero es saber la verdad. Por favor, dímela.

–Te la diría si pudiera, pero no puedo, así que deberías aceptarlo. No sé qué más puedo decirte, excepto que no siempre conseguimos lo que queremos.

Cheyenne se acercó a los pies de la cama.

–Lo menos que me merezco es saber algo sobre mi propia vida. No creo que el querer saber dónde nací me convierta en una persona egoísta.

–¿Ah, no? ¿Y qué me dices de tu hermana?

–¿Qué pasa con mi hermana? –prácticamente, estaba gritando, pero Cheyenne ya no era capaz de contenerse.

–No sabes hablar de otra cosa que de una mujer rubia y una casa lujosa en la que tenías un dormitorio precioso y toda clase de juguetes. Ella nunca aparece en ese mundo. Ni yo. Es como si te hubieras imaginado un lugar en el que nosotras no existimos. ¿Cómo crees que nos sentimos? Sé que yo no te importo, pero ¿qué me dices de ella?

Su madre siempre intentaba golpear allí donde la sabía más vulnerable para desarmarla. Y así era como conseguía ganar aquellas discusiones. Haciendo que Cheyenne se sintiera egoísta, o ilusa, o injusta con su hermana.

A lo mejor Anita tenía razón. A lo mejor era todas esas cosas e incluso más. Había pasado las dos noches anteriores acostándose con Dylan Amos, ¿no? Sabía que no era la clase de hombre que quería, que jamás viviría junto a alguien que le recordara todas aquellas cosas que preferiría olvidar. Pero estaba deseando volver con él y demostrarse que la felicidad no era algo tan inmaterial como a veces pensaba.

–No importa –respondió, y salió a grandes zancadas de la habitación.

No debería dejar sola en casa a su madre. Pero era incapaz de quedarse encerrada en casa. Dylan la había hecho saborear la libertad, le había proporcionado una manera de enfrentarse al dolor y al enfado. Estaba deseando verle otra vez.

Tras prometer a la parte más responsable de su personalidad que aquella relación no duraría mucho, agarró el abrigo y salió de casa.

Afortunadamente, Dylan vivía justo al final de la calle.

Tras recibir la llamada de Cheyenne, Dylan salió a buscarla a la puerta de su casa. Lo hizo en silencio, sin hacer ruido, porque sus hermanos estaban dormidos. Estaban en mitad de la semana. Cheyenne se sentía mal por haberle despertado. Sabía que él madrugaba y tenía un trabajo duro, y, por culpa de ella, llevaba tres noches sin dormir bien. Pero cuando Cheyenne le susurró que podía volver a casa si estaba demasiado cansado para verla, le pasó el brazo por el cuello y la condujo al dormitorio. Y hasta que no hubieron hecho el amor de una forma desesperada y frenética, no le preguntó que si le pasaba algo.

–No, nada.

Estaba tumbada de espaldas, intentando recuperar la respiración, al igual que él. En lo último en lo que le apetecía pensar era en lo que Dylan acababa de ayudarla a olvidar.

Dylan tomó aire y Cheyenne le oyó soltarlo lentamente.

–Hoy estabas diferente.

–Estaba un poco enfadada, eso es todo.

–Sí, ya lo he notado. ¿Y por qué?

El desahogo físico que Dylan había hecho posible la había ayudado a superar la mayor parte de su enfado.

–Por nada de lo que tengas que preocuparte.

–¿Es por tu madre?

Cheyenne posó la cabeza en el pecho de Dylan para poder oír los latidos de su corazón. Sonaba más rápido de lo normal. Cheyenne había estado más agresiva aquella noche, había exigido más intensidad, más energía que las veces anteriores, y Dylan se las había proporcionado sin decir una sola palabra.

–¿Tenemos que hablar de ello?

Dylan hundió las manos en su melena.

–No, si no quieres.

–Yo... lo único que quiero es sentirte –le besó en el pecho–. Nada más.

–Y aquí me tienes.

Sólido, cálido, receptivo. No podía quejarse de la forma en la que Dylan hacía el amor. No podía imaginarse a nadie haciéndolo mejor. La acariciaba con la confianza y la familiaridad justas, era especialmente sensible a la hora de dar y recibir, de manera que la recompensa fuera compartida, y estaba dispuesto a proporcionarle cualquier placer que no tuviera únicamente un carácter sexual. La ternura parecía algo mucho más natural en él de lo que Cheyenne habría creído posible. Además, le gustaba su olor, el sonido de su voz, y el hecho de que la hiciera sentirse tan satisfecha.

–¿Dónde has aparcado? –le preguntó Dylan.

–Delante de tu casa.

–¿Por qué no has dejado el coche detrás del establo?

–Porque no puedo quedarme mucho tiempo. Presley está trabajando.

–Debería haber ido yo a tu casa.

–No, necesitaba salir.

–Pero... ¿puedes salir estando tan mal tu madre?

–No tiene por qué pasar nada si no estoy demasiado tiempo fuera.

Permaneció tumbada junto a Dylan algunos minutos más. Después, cuando se levantó, él la imitó. Cheyenne dio por sentado que era porque iba a utilizar el cuarto de baño, pero Dylan sacó algo del bolsillo de los vaqueros y se lo tendió.

La habitación estaba demasiado a oscuras como para poder ver lo que era con claridad. No habían encendido ninguna luz.

–¿Qué es eso? –susurró Cheyenne.

–Una llave –se la puso en la mano–. Para que puedas venir cuando quieras.

Cheyenne negó con la cabeza y se la devolvió.

–No, lo siento, no puedo aceptarla.

Dylan permaneció donde estaba, en absoluto preocupado por su desnudez. Pero la verdad era que no tenía ningún motivo para avergonzarse. Cheyenne acababa de abandonar su cama y estaba deseando tocarle otra vez, deslizarse entre las sábanas y dormir a su lado. No quería regresar a la realidad de su vida.

–¿Por qué no? –le preguntó.

Le había ofendido. Cheyenne detectó el orgullo herido en su voz.

–Yo no suelo hacer ese tipo de cosas –respondió Cheyenne.

–¿Qué tipo de cosas?

–Salir corriendo en medio de la noche para ir a acostarme con.... –intentó buscar un final para la frase que no fuera desagradable–, con un hombre con el que nunca he salido.

–Eso podemos solucionarlo. Puedo invitarte a cenar.

Cheyenne pensó en todas las personas que podrían verlos juntos y en la rapidez con la que correría el rumor. Se trataba de Dylan. Todo el mundo daría por sentado que se estaba acostando con él. Y no se equivocarían.

Todavía no estaba preparada para enfrentarse a las reacciones adversas que podría provocar su relación. No, ya soportaba demasiadas cargas. Todas y cada una de las personas que conocía, excepto Presley, quizá, que por fin se sentiría justificada, dirían que había hecho una locura al involucrarse con un hombre como él, un hombre que la engañaría, le destrozaría el corazón y no podría ofrecerle la seguridad y la estabilidad que había estado buscando durante toda su vida.

Cuando volvieran, sus amigos pensarían que había perdido el juicio.

–Ahora mismo... me resulta difícil salir con nadie estando mi madre enferma.

Dylan no respondió. Era obvio que sabía que su respuesta era una excusa. Así que Cheyenne añadió un débil:

–Pero te llamaré si tengo alguna oportunidad.

No hubo respuesta. Cheyenne había ido vistiéndose mientras hablaban. Dylan la observó en silencio mientras ella se ponía la sudadera y los zapatos y no intentó detenerla cuando pasó corriendo delante de él sin darle siquiera un beso de despedida.

Se había acabado, decidió Dylan. Era una estupidez dejar que Cheyenne continuara buscándole. ¡Y había estado dispuesto incluso a darle la llave de su casa!

Siempre había sido demasiado impetuoso. Pero su corazón siempre había sido difícil de domesticar. Además, no estaba seguro de qué parte de la conducta de Cheyenne debía atribuir al infierno que estaba atravesando. Él continuaba pensando que Cheyenne necesitaba más tiempo para averiguar qué era lo que verdaderamente pensaba y sentía y para darse cuenta de que podía darle lo mismo que Joe.

Incluso en el caso de que nunca llegara a tener tan buena opinión sobre él, Cheyenne tenía que reconocer que había química entre ellos. Él nunca había experimentado nada parecido con ninguna mujer. Cuando hacían el amor era... Ni siquiera sabía cómo describirlo.

Y Cheyenne sentía lo mismo que él. La sentía estremecerse cuando la acariciaba, la oía gemir y suspirar. El sexo sin sentimientos no era así. Dylan tenía experiencia más que suficiente como para saberlo, pero ella no. A lo mejor, Cheyenne pensaba que hacer el amor siempre era lo mismo, con independencia de la pareja. Él mismo le había dicho que otros hombres podrían proporcionarle la misma emoción, pero solo porque quería que le eligiera a él por otro motivo que no fuera el sexo.

–Dylan, ¿qué haces en la sección de las flores?

Dylan parpadeó y desvió la mirada de las rosas para

mirar a su hermano, que había ido a comprar una hamburguesa. Dylan le había dicho que iría a buscar el pan y algunos productos a la zona de delicatessen y que se encontrarían en la caja registradora, pero se había fijado de pronto en la sección de floristería.

Jamás se había detenido allí y no sabía por qué lo había hecho en aquel momento. A lo mejor porque quería comprar unas flores a Cheyenne. Pero no estaba dispuesto a hacer el ridículo hasta ese punto. Cheyenne no esperaba aquella clase de gestos por parte de él. Esas cosas las esperaba de Joe.

–Nada –avergonzado por el impulso, se apartó de allí.

Su hermano le estaba mirando como si se hubiera vuelto loco

–¿Dónde está el pan?

Dylan se frotó la cara.

–Ahora iba a buscarlo.

–Últimamente estás muy raro –se quejó Mack–, ¿qué te pasa?

–¿Qué quieres decir? –preguntó Dylan mientras iban juntos a por el pan.

Mack le miró preocupado.

–Estás muy callado y pareces inquieto.

Dylan suponía que era cierto. Por fin había encontrado una mujer que quería que formara parte de su vida. Y estaba seguro de que, al igual que la madre por la que tanto había rezado porque no quería perderla y del padre al que tan duramente había querido rescatar de las garras del alcohol, estaba destinado a perderla también a ella.

Cheyenne no se permitió regresar a casa de Dylan la noche siguiente, ni tampoco la otra. Estuvo trabajando en el hostal el miércoles y el jueves durante todo el día, cuidando a su madre e intentando mantenerse ocupada con vídeos y juegos de ordenador. Tenía miedo de que la llamara porque sabía que iría a verle sin dudarlo. Pero el teléfono no sonó. Quizá fuera esa la razón por la que el viernes, después de que Riley y Jacob se marcharan, terminó cediendo y llamándole desde su despacho.

Durante el tiempo que tardó Dylan en responder, estuvo con el corazón en la garganta. Sus sentimientos eran una mezcla de vergüenza y tristeza por su propia conducta, por la decepción de descubrir que no era la mujer que siempre había creído ser, y un deseo de volver a la cama de Dylan que no le permitía comportarse como lo había hecho hasta entonces. Se sentía desarbolada, inquieta. Y, sobre todo, quería salir de aquel torbellino sabiendo que continuaban siendo amigos, que Dylan no la odiaba. A pesar de su fama, Dylan le gustaba, eso no podía negarlo.

Dylan descolgó el teléfono, pero no le dio oportunidad de hablar.

—Maldita sea, ¿es que necesito decírtelo todo?

—¿Perdón? —contestó Cheyenne sorprendida.

—Son solo las ocho. Se supone que mis servicios empiezan más tarde. Si no, corres el peligro de que alguien se entere de que has rebajado tus pretensiones y te has acostado conmigo.

Encogiéndose por dentro, Cheyenne abrió la boca para responder, pero Dylan ya había colgado. Debería haberle llamado antes. Debería haberle explicado que estaba intentando recuperar a la Cheyenne Christensen que hasta entonces había conocido, que la conducta de la última semana tenía muy poco que ver con ella. Seguramente, Dylan había estado preguntándose qué demonios le pasaba. Después de pasar tres noches seguidas con él, había rechazado la llave que le había ofrecido y después no había vuelto a dar señales de vida.

Pero también podía haber llamado él.

Intentó justificar de esa manera su conducta, pero, teniendo en cuenta las distancias que ella misma había marcado, no era a él a quien le correspondía llamar y ella lo sabía.

–Mierda –musitó para sí, y se dio con el teléfono en la frente.

¿Qué le estaba pasando? ¿Había estado alguna vez en su vida tan confusa y perdida?

No, por lo menos, desde que había llegado a Whiskey Creek.

Se dijo a sí misma que no debería volver a llamarle. Pero sabía que no sería capaz de tranquilizarse hasta que no hubiera hecho al menos otro intento de aliviar el dolor que podía haber causado, así que volvió a intentarlo.

–¿Qué quieres? –preguntó.

Dylan había contestado en el último segundo, justo antes de que saltara el buzón de voz.

–Lo siento, Dylan, lo siento de verdad –dijo.

Y colgó el teléfono para que no pudiera contestarle.

A lo mejor, si no se comportaba como si esperara su perdón ni ninguna otra cosa, Dylan dejaría de tener tan mala opinión sobre ella y ambos podrían continuar tranquilamente con sus vidas.

Después de asegurarse de que Presley se quedaría en casa con Anita durante una hora más, dejó el coche en el hostal y fue paseando al Just Like Mom's para comer algo. No tenía hambre. El enfado de Dylan parecía continuar retumbando en su cabeza. Se sentía enferma. Pero pidió una sopa de pollo con fideos y un café. No le importaba que fuera demasiado tarde para tomar café. En cualquier caso, no iba a ser capaz de dormir. Por irónico que pareciera, le había resultado más difícil conciliar el sueño las noches que había estado separada de Dylan que las noches que había estado con él. Había necesitado hacer un gran esfuerzo para resistirse a las ganas de volver con él.

Dylan se había convertido en una adicción, esa era la única forma de describir lo que le pasaba. Se estaba comportando igual que Presley, siempre a la espera de la siguiente dosis.

Pero, cuando Dylan le había tendido la llave como si

pensara que continuarían viéndose, se había asustado. No podía salir con alguien como Dylan de forma regular. En cuanto Anita muriera, Cheyenne dejaría aquella zona del río, se alejaría de los Amos y de su propio pasado. Alquilaría una casa en el pueblo, quizá incluso una casa rodeada por una cerca pintada de blanco, y se olvidaría de todo. De la mujer rubia con la que soñaba, de la pesadilla de haber sido criada por una mujer como Anita y de la fantasía de Dylan.

Pero el destino parecía dispuesto a mostrar su rostro más cruel, porque justo en ese momento, entraron Dylan y sus hermanos en el restaurante. Y aquella crueldad se hizo del todo manifiesta cuando vio que Dylan tenía que mirar dos veces para asegurarse de que era ella la que estaba sola sentada en un rincón.

Capítulo 16

Después de la sorpresa inicial, Dylan la ignoró. Aquello hizo que Cheyenne se sintiera incluso peor, pero no estaba segura de cómo esperaba que reaccionara. Había sido ella la que le había dejado claro que no quería que se hiciera pública su relación. La estaba tratando como le había tratado a él, como si fueran unos meros desconocidos.

Pero eso no contribuyó a que le resultara más fácil continuar sentada esperando a que le llevaran la comida, sabiendo que Dylan estaba sentado justo en el otro extremo del restaurante. Se decía a sí misma que no debía mirar, pero, cada pocos segundos, sus ojos gravitaban hacia él.

Con la cicatriz en el rostro, la nariz ligeramente torcida, consecuencia seguramente de alguna pelea, y aquel aire receloso que llevaba como escudo protector, sabía que la mayoría de la gente le consideraría el menos atractivo de los hermanos Amos. Todos eran altos, de pelo oscuro, facciones marcadas y bocas expresivas, aunque no tuvieran una dentadura perfecta. Pero también eran nerviosos, impredecibles e indisciplinados. Por lo que a ella se refería, eso los convertía en personas poco de fiar a un nivel emocional también.

Aquella noche, Dylan llevaba unos vaqueros con agujeros y una vieja cazadora de cuero, que se quitó en el interior del restaurante. En ese momento, Cheyenne no pudo evitar admirar cómo se ajustaba la camiseta con la publicidad del taller a su pecho. Y aquella imagen la hizo recordar la perfección del resto de su cuerpo. A lo mejor otras personas no le encontraban tan atractivo como sus hermanos, pero a ella le parecía incluso más. Había algo en su sonrisa, en la manera en la que parecían estar pasándole toda clase de cosas por la cabeza, muchas más de las que expresaban sus labios...

Quizá fuera incluso su actitud lo que la atraía. Dylan se comportaba como si por él, todo el mundo pudiera irse al infierno, como si estuviera dispuesto a hacer siempre exactamente lo que le apetecía. A veces, también a Cheyenne le habría gustado ignorar la opinión de los demás. Pero siempre había tenido miedo de acabar sola, sin amigos, y peor de lo que estaba en aquel momento de su vida.

La camarera le llevó un cestito con galletas saladas y le aseguró que no tardaría en servirle la sopa. Pero Cheyenne no le prestaba atención. Le bastaba con mirar a Dylan para que se le secara la garganta, porque sabía lo que era sentir de cerca aquella boca, aquellas manos. Y continuaba deseando mucho más.

Bebió un sorbo de agua e intentó concentrarse en la música que sonaba en el restaurante. Pero oír a Elvis cantando *Blue Christmas* no la ayudó a mejorar su humor. Se puso entonces a jugar con uno de los videojuegos del teléfono. Como tampoco así conseguía distraerse, se levantó y se fue al cuarto de baño, donde permaneció durante el tiempo que consideró prudente para que no pareciera que había abandonado la mesa por no estar en la misma habitación que Dylan.

Cuando regresó a la mesa, Dylan alzó la mirada hacia ella. Sus ojos se encontraron y Cheyenne sintió un deseo tan intenso que comprendió que no podía continuar allí. Dejó un billete de veinte dólares en la mesa, abandonó el café y la sopa que le había llevado la camarera mientras estaba en el cuarto de baño y salió del restaurante sin esperar a que le llevaran el cambio.

Dylan no podía hacer nada más que permanecer allí sentado. Quería salir detrás de Cheyenne. Había vuelto a sentir compasión por ella. Se cuestionaba si no habría esperado demasiado de su relación, si no le habría exigido demasiado. Cheyenne estaba pasando por un auténtico infierno en aquel momento de su vida y no era capaz de manejar una relación, sobre todo una relación que había explotado de una forma tan rápida e inesperada. Era el primer hombre con el que se había acostado. Probablemente, la situación la abrumada.

Podría haber mostrado más empatía, ¿no?

Podía, y lo hacía. De hecho, se sentía preso de aquellos sentimientos. Pero con empatía o sin ella, no podía seguirla. Sus hermanos harían demasiadas preguntas y todavía no estaba seguro de cómo iba a continuar su relación ni de si quería que sus hermanos supieran lo que sentía.

De modo que continuó sentado y cenó, aunque apenas podía saborear la comida. Después, en cuanto llegó a casa, se montó en la moto y salió a buscar a Cheyenne sin decirle a nadie a dónde iba.

Sabía que no estaba en su casa. Al pasar por allí, había visto que no estaba su coche. De modo que se dirigió al pueblo. Y no tardó mucho en localizarlo. El Oldsmobile estaba aparcado frente al hostal en el que trabajaba.

Dejó la moto junto a la cerca del cementerio en vez de en el aparcamiento, avanzó a grandes zancadas hasta las escaleras de la puerta e intentó abrir. Estaba cerrada con llave. Pero podía ver luz en el interior.

—¿Chey? —la llamó mientras golpeaba la puerta.

No hubo respuesta.

—Sé que estás ahí.

Como seguía sin abrir, fue a la puerta de atrás. La luz

que había visto desde fuera procedía de una habitación que había junto a la cocina.

—¡Cheyenne!

Se encendió otra luz y apareció Cheyenne, pero permanecía lejos de la puerta, como si no se atreviera a acercarse.

—¿Vas a dejarme entrar? —preguntó Dylan.

Cheyenne se tapó los ojos con las manos, después, las dejó caer y dio un paso adelante. Dylan la oyó correr los cerrojos antes de que asomara la cabeza.

—¿Qué quieres?

Dylan no se movió de donde estaba, pero confesó la verdad.

—Te quiero a ti, y creo que lo sabes.

Y lo sentía a un nivel mucho más profundo de lo que Cheyenne podía llegar a comprender. Pero, cuando vio que se le llenaban los ojos de lágrimas, se dijo que, si Cheyenne se lo hubiera pedido, le habría dado más tiempo. Lo único que él quería era un gesto que le permitiera creer que algún día podría llegar a pensar en él como pensaba en Joe.

—¿Qué quieres tú, Chey?

—No lo sé, pero sea lo que sea, no puedo seguir viéndote.

No era esa la respuesta que quería, pero era la única que podía esperar.

—Ahora mismo no puedo asumir los riesgos de empezar una relación —añadió Cheyenne.

Dylan había pensado lo mismo que ella cuando estaba en el restaurante, que aquel era un mal momento para empezar una relación. Y, aun así, sabía que su amistad, sus atenciones e incluso su amor, podrían ayudarla más que nunca.

¿Cómo podía negarse Cheyenne a experimentar la perfección de la que disfrutaban estando juntos? Sabía que Cheyenne sentía algo especial cuando estaba con él.

Estaba luchando contra aquella atracción. Pero era ella la que tenía que tomar una decisión.

—Muy bien, de acuerdo —dijo Dylan.

Dio un paso adelante y le enmarcó el rostro con las manos. Lo único que pretendía era darle un beso, tener un momento de ternura que recordar. Quería que aquello fuera una especie de despedida. Pero el roce de sus labios provocó un cambio repentino en ambos e inmediatamente se abrazaron. Dylan dudaba de que hubiera podido separarse de ella aunque lo hubiera intentado.

Afortunadamente, Cheyenne no parecía más dispuesta que él a separarse. Le rodeó el cuello con los brazos y, cuando Dylan la levantó, la cintura con las piernas. Dylan la condujo entonces al interior del hostal y ella apenas consiguió cerrar la puerta con el pie antes de comenzar a desabrocharle los pantalones.

En cuestión de segundos, Dylan estaba dentro de ella, sin preservativo, sin nada. Llevaban la mayor parte de la ropa encima. Dylan era presa de una necesidad desesperada de convencerla, de hacerla reconocer que tenían la oportunidad de disfrutar de algo muy especial.

Era imposible que aquello no les condujera a algo más. Cheyenne le afectaba como no lo había hecho ninguna otra mujer en su vida. Quería cuidarla, protegerla.

Pero sabía que no iba a cambiar de opinión. Había tomado una decisión incluso antes de que la hubiera acariciado la primera vez. Así que le provocó un rápido e intenso orgasmo con la satisfacción de saber que podía hacerlo casi sin esfuerzo y decidió que aquella sería su despedida. Se abrochó los pantalones, se marchó sin decir una sola palabra y se prometió a sí mismo que no volvería a darle la oportunidad de rechazarle.

Cuando Cheyenne vio el número de Eve en el teléfono el sábado por la mañana, no se lo podía creer. Eve le había dicho que no podría volver a llamarla hasta que regresaran a los Estados Unidos y todavía quedaban cuatro días de crucero.

Aunque se sintió aliviada y emocionada porque aquella había sido una semana difícil para pasarla sin el apoyo de su mejor amiga, también estaba un poco preocupada. ¿Habría pasado algo?

Decidida a olvidarse de los motivos por los que había estado hasta tan tarde dando vueltas en la cama, presionó el botón para hablar.

–¿Chey?

–¡Eve! ¿Dónde estás?

–En la Martinica.

Era una de las islas del Caribe que iban a visitar.

–¿Y cómo es posible que puedas utilizar tu teléfono?

Eve tenía que estar utilizando su teléfono. En caso contrario, no habría aparecido el número en la pantalla de Cheyenne.

–Al final he decidido contratar un plan para llamadas internacionales.

–Pero ¿por qué? ¡Si dentro de unos días estarás aquí!

–Porque quería hablar contigo.

Cheyenne se sentó.

–¿Va todo bien?

Se produjo un breve silencio.

–Aquí, sí.

–Y aquí también –lo que no iba tan bien, podría esperar. No podía arruinarle las vacaciones a Eve–. Mi madre continúa aguantando.

–Sí, eso me han dicho.

–¿Quién? –preguntó Cheyenne sorprendida.

–Gail llamó ayer al barco desde Los Ángeles. ¿No te parece increíble? Es capaz de seguirle la pista a cualquiera.

–Pero... ¿por qué te llamó? ¿No podía haber esperado a que volvieras?

–No, necesitaba ponerse en contacto conmigo.

–¿Por qué?

–Porque necesitaba decirme algo sobre Joe.

Cheyenne se aferró con fuerza al teléfono.

–¡Eso es genial! Seguro que Joe estuvo hablándole de ti.

–Sí, pero no le dijo lo que yo esperaba que dijera.

–¿Qué quieres decir? –Cheyenne advertía la inseguridad de su propia voz.

–Chey, deja de fingir –le pidió Eve–. Lo sé, ¿de acuerdo? Sé que quiere salir contigo y que tú le has rechazado por mí.

Aturdida al sentirse tan repentinamente expuesta, intentó inventar algo que pudiera suavizar el rechazo de Joe.

–Lo que pasa es que no sabe lo maravillosa que eres.

–Pero se ha dado cuenta de lo maravillosa que eres tú. Y, si tú también tienes algún interés en él, no quiero interponerme en tu camino.

¿Cómo debería reaccionar? ¿Debería continuar negando sus sentimientos o decir la verdad? Ella no quería hacerle daño a Eve.

–Lo siento.

–¿Qué es lo que sientes?

–No habértelo dicho hace mucho tiempo.

Se produjo un breve silencio.

–Entonces, ¿es verdad? ¿Te gusta?

Cheyenne se dejó caer contra la almohada.

–Me gustaría que no lo fuera.

–No me puedo creer que hayas estado animándome a salir con él, ¡incluso me dejaste tu mejor vestido para la cita!

–Joe nunca había mostrado el menor interés por mí. Me imaginé que tú tendrías más posibilidades.

–¿Por qué? ¡Esto es una locura! Es evidente que no tienes la menor idea de tu propio atractivo.

–No quiero que perdamos nuestra amistad.

–¡Tonta! No vamos a perder nuestra amistad. No vas a

perder nada. Sal con él. No tenemos por qué privarnos las dos de Joe.

Eve intentó reírse, pero Cheyenne advirtió la tensión de su voz y se sintió mal. Sabía que para Eve no iba a ser fácil.

–Eres muy generosa, pero no creo que...

–¡Sal con él, Chey! –la interrumpió Eve con voz más enérgica–. No pierdas la oportunidad de comprobar si alguien tan maravilloso como Joe podría ser el hombre de tu vida.

–Sería demasiado raro –replicó–. Tú y yo... No podríamos hablar sobre él. Y yo me sentiría un ser despreciable si alguna vez nos encontráramos contigo.

–Estoy segura de que podremos superarlo.

–¿Y si no lo superamos? ¿Y si eso cambia nuestra relación?

–Si crees que para mí Joe es más importante que tú, es que no tienes la menor idea de lo que significas para mí.

Aquella frase hizo que a Cheyenne se le llenaran los ojos de lágrimas.

–La verdad es que me ayuda oírte decir eso.

–Pues es verdad.

Cheyenne tragó el nudo que tenía en la garganta.

–Tengo algo que decirte.

–¿Qué es?

El recuerdo de Dylan Amos estrechándola contra la pared la noche anterior volvió a su cerebro y Cheyenne se acurrucó en la cama.

–He estado quedando con Dylan Amos.

La respuesta de Eve fue inmediata.

–No puedes estar hablando en serio.

Cheyenne se cubrió la cabeza con la sábana.

–Me temo que sí.

–¿Y qué significa eso de que has estado quedando con él?

–La verdad es que... –bajó la voz para evitar que Presley pudiera oírla en el caso de que estuviera despierta–, me he estado acostando con él.

Aquella confesión fue recibida con un sorprendido silencio.

–¡Y eso que solo llevo fuera una semana! –exclamó Eve cuando por fin respondió–. ¿Y eso cuándo ha sido?

–¿Te refieres a la primera vez?

Eve soltó otra exclamación.

–¿Cuántas veces te has acostado con él?

–De seis días, he estado cuatro noches con él.

–¡Dios mío, eso sí que me da miedo! ¿Estás utilizando algún tipo de protección?

–Sí.

Excepto en una ocasión, pero no lo dijo. Había hecho cuentas y sabía que no corría peligro de quedarse embarazada.

–No me lo puedo creer.

Cheyenne esperaba la estupefacción de Eve. La había oído quejarse muchas veces de que su hermana pasaba demasiado tiempo con los Amos, así que no podía esperar otra reacción. Pero tras conocer a Dylan, sabía que debía salir en su defensa.

–Dylan no es tan terrible como piensas.

–Cheyenne, Dylan no es la clase de hombre que estás buscando. ¿No te acuerdas de que se pasaba el día peleándose en el instituto? Muchas veces tenían que expulsarle. Y le arrestaron por conducir de forma imprudente y por tirar fuegos artificiales sin permiso.

–Sí, lo sé, pero era muy joven. Tengo la impresión de que ha sentado la cabeza desde entonces.

–Es curioso, porque yo no tengo la misma impresión. Tiene pinta de formar parte de una banda de moteros.

A Cheyenne le gustaba su aspecto, los tatuajes, la cicatriz y todo lo demás. Suponía que esa era parte de la razón por la que no parecía capaz de rechazarle.

–¿No te parece atractivo?

–Lo que me parece es peligroso. ¿Cómo es que has terminado con él, por cierto?

Cheyenne se hundió en la cama y se colocó un cojín en el pecho.

–El domingo me encontré con él en el parque.

Se oían voces de fondo. Al parecer, Baxter y Noah le estaban pidiendo detalles de la conversación.

–¡Esperad a que cuelgue! –les pidió Eve.

–¡No se lo cuentes a nadie! –le suplicó Cheyenne–. Lo que ha pasado con Dylan tiene que quedar entre nosotras.

–Por supuesto, ya me inventaré algo. Pero ahora estoy más convencida que antes de que tienes que salir con Joe. Es la clase de hombre que necesitas y no –bajó la voz–, Dylan. Dylan te utilizará y luego te dejará tirada.

Cheyenne no podía recordar si había visto a Dylan alguna vez con una mujer. Pero hasta el fin de semana anterior, tampoco le había prestado demasiada atención, como no fuera porque lo asociaba con Aaron, que tan mala influencia era para Presley.

–En realidad, Dylan parece un hombre... sensible –admitió.

–Vamos, Chey, intenta no tener demasiada relación con él. Nunca has querido que tu hermana fuera a su casa y tenías motivos para ello. A lo mejor Joe puede ayudarte a superar esto.

Eve parecía aliviada por aquella posibilidad. Pero ¿y si la reputación de Dylan no correspondía al hombre que verdaderamente era? ¿Y si había cambiado?

Cheyenne se frotó la frente, pensando en su propia impotencia frente al deseo que había despertado en ella el día que habían hecho el amor en el hostal.

–Pero me sentiré muy desleal si salgo con Joe sabiendo que a ti también te gusta. No, no puedo hacerlo.

–Cheyenne, jamás en tu vida has tenido a nadie a quien mereciera la pena aferrarse. Quiero que aproveches esta oportunidad.

–Te tengo a ti –respondió suavemente.

–Y eso no cambiará –le aseguró Eve–. Quiero que me prometas algo.

Cheyenne sabía lo que le iba a decir, pero, aun así, preguntó:

–¿Qué quieres que te prometa?

–Mantente alejada de Dylan. No vuelvas a verle.

–Por favor, dime que Baxter y los demás no te han oído.

–No, no me han oído. Están regateando con un vendedor de la calle.

–Mejor. En cualquier caso, no creo que Dylan se drogue ni haga nada particularmente malo. De hecho, estoy empezando a cuestionarme si no tendrá esa fama por todo lo que han hecho sus hermanos.

–No puedes ser tan generosa, Chey. Todo tu futuro podría depender de esta decisión. Por favor, ¿olvidarás a Dylan y empezarás a salir con Joe? ¿Harás eso por mí?

Cheyenne no estaba tan emocionada ante la posibilidad de salir con Joe como en un principio había pensado. Aquello la sorprendió. ¿Qué había sido de todas aquellas tardes llenas de angustia, cuando se cruzaba con él en la calle y esperaba que se detuviera a decirle algo? ¿O de lo que sentía poco más de una semana atrás, cuando había estado espiándolos delante de casa de Eve?

Joe seguía siendo el mismo hombre. Era ella la que había cambiado.

–¿Cuento con tu bendición? –preguntó.

–Claro que cuentas con mi bendición –respondió Eve.

Debería estar entusiasmada. Pero ¿por qué se le aparecía el rostro de Dylan en la cabeza cada vez que se imaginaba en brazos de un hombre? ¿Cómo era posible que Dylan hubiera sustituido tan rápidamente a Joe en sus fantasías?

–¿Chey? –continuó Eve–. Vas a mantenerte alejada de los Amos, ¿verdad?

–Sí.

Se mostró de acuerdo porque ella había llegado a la misma conclusión que su amiga. Tenía que ser inteligente, tomar decisiones sensatas, o su vida jamás mejoraría.

–¿Y saldrás con Joe? –insistió Eve.

–Si es eso lo que quieres...

–Eso es lo que quiero. Gail va a llamarle para aconsejarle que te invite a la feria mañana por la noche.

–Muy bien –se sentó y desvió la mirada hacia el armario–. ¿Qué puedo ponerme?

–Hará frío, así que… yo diría que el chaquetón marinero, las botas de piel y el gorro de lana. Te queda muy bien.

–Buena idea –Cheyenne suspiró–. Me gustaría que estuvieras aquí.

–A mí también. No me puedo creer que al final hayas perdido la virginidad y yo no haya estado cerca para oírlo todo.

Cheyenne no estaba segura de qué hubiera pasado si Eve hubiera estado en Whiskey Creek. El estar sola la había hecho vulnerable.

–Entonces, ¿qué te parece? ¿Te ha gustado? –preguntó Eve en un tono más positivo.

Cheyenne sonrió.

–Es posible que Dylan tenga algunos defectos, pero, definitivamente, tiene un gran talento en la cama.

Eve se echó a reír.

–No lo dudo. Por lo que he visto, tiene un buen cuerpo y una boca muy sensual. Pero un hombre atractivo no es necesariamente un buen marido. Y tú quieres una relación que te ofrezca algo a lo que merezca la pena aferrarse, ¿verdad? ¿Tú quieres formar una familia, Chey?

Lo que no quería era que le rompieran el corazón.

–A la larga, sí.

–En ese caso, ve a la feria con Joe y veremos a dónde os lleva todo eso.

Teniendo en cuenta lo que había hecho, probablemente, no la llevaría a ninguna parte.

–¿No crees que debería esperar al menos unas cuantas semanas? Acabo de estar con Dylan y...

–¿Dylan y tú estáis juntos?

–No.

–Entonces, olvídalo. Para los Amos, el sexo no significa nada.

Cheyenne no estaba segura de que fuera del todo cierto. Eve no los conocía. Pero no tenía sentido discutir con ella estando tan lejos. Consciente de que no podían prolongar la conversación, Cheyenne se sintió presionada a colgar. No quería que Eve tuviera que pagar una enorme factura de teléfono.

–¿Y qué me dices de Joe? Si supiera que me he acostado con Dylan, seguramente no querría salir conmigo.

–Joe todavía no puede reclamarte nada. No veas a Dylan mientras estés saliendo con él y todos contentos.

Cheyenne no se sentía cómoda en aquella situación. Le parecía que el domingo estaba demasiado cerca. Pero se suponía que tenía que aprovechar la oportunidad que le estaban brindando. A lo mejor Joe la ayudaba a olvidar a Dylan. Al parecer, necesitaba que ocurriera algo especial, porque ella no estaba teniendo mucho éxito a la hora de olvidarle por sus propios medios.

–De acuerdo, pero voy a decírselo. Tengo que ser sincera con él.

–¿Piensas contarle lo de Dylan?

–¡Sí! Me parece justo.

–¡De ningún modo! No puedes contarle a nadie lo de Dylan. Lo que has hecho es asunto tuyo. Olvídale y continúa con tu vida. Has tenido una relación sexual, sí, pero la mayor parte de las mujeres han tenido varias para cuando llegan a los treinta y un años. Olvídalo. A lo mejor te ha pillado en un mal momento, pero ha sido una aventura, nada más.

Cheyenne jugueteó con el borde de la sábana.

–Él quería dejarme la llave de su casa.

–Eso no es un compromiso.

Sí, de alguna manera lo era o, al menos, apuntaba en esa dirección. Le decía que Dylan quería continuar viéndola. Y que no tenía miedo de que pudiera descubrirle con otra de sus amantes en la cama.

–Tengo que colgar –se lamentó Eve.

–Lo sé. Diviértete. Me encantaría estar allí con vosotros.

–Y a mí que estuvieras, aunque parece que te estás divirtiendo.

–¡Ya basta! –le pidió Cheyenne entre risas.

–¡Es que estoy muy impresionada!

–No me hagas arrepentirme de habértelo contado.

Estaba bromeando y sabía que Eve era consciente de ello, porque continuaba riéndose.

–No lo haré.

Chey se despidió de ella. Estaba a punto de colgar, cuando oyó que Eve todavía la estaba animando.

–Joe es dos veces más hombre que Dylan, ya lo verás.

Desde luego, encajaba en el perfil del candidato perfecto. Era todo lo que Cheyenne siempre había deseado.

Pero tenía miedo de que el estar con Dylan la hubiera cambiado de alguna manera. De que después de Dylan, nadie pudiera satisfacerla.

Capítulo 17

Cheyenne pensaba pasarse solo un par de horas por el trabajo. Aunque no tenía ayuda, porque Jacob iba a pasar el fin de semana en casa de un amigo, Riley pensaba ir al hostal. Pero Cheyenne se había quedado dormida aquella mañana y por eso había decidido reestructurar el día. En realidad, no tenía por qué pasarse por el hostal. Había tiempo más que de sobra para preparar la gran reinauguración. Y estaban de vacaciones. Con la Navidad ya a las puertas, tenía que dedicar algún tiempo a comprar y envolver regalos.

Estaba terminando de desayunar antes de dirigirse al centro comercial más cercano, que era el de Sacramento, cuando su hermana entró en la cocina.

–Me ha parecido oírte.

–Lo siento, ¿he hecho mucho ruido?

–No, quería hablar contigo antes de que te fueras –miró el reloj de la cocina con los ojos entrecerrados–. ¡Vaya! ¿Son más de las doce?

Cheyenne tragó la última cucharada de cereales.

–Sí, hoy no voy a ir a trabajar. Tengo que hacer algunos recados antes de Navidad.

Presley la miró con una expresión extraña. Se cruzó de brazos y se apoyó contra la pared.

–¿Por qué me miras así?

Sintiéndose un poco violenta y repentinamente consciente del secreto que guardaba, secreto conocido también como «Dylan», Cheyenne dejó la cuchara sobre la mesa.

–¿Qué te pasa últimamente? –quiso saber Presley.

Cheyenne frunció el ceño para dar más credibilidad a su actuación.

–Nada, ¿por qué lo preguntas?

–Estás distinta desde que se fueron tus amigos. Estás bien, ¿verdad?

Cheyenne suspiró aliviada, se levantó y metió el cuenco y la cucharilla en el lavavajillas. Por un instante, había temido que su hermana fuera a reprocharle su relación con su atractivo vecino.

–Sí.

–Porque Aaron me comentó algo anoche que me tiene un poco confundida.

Volvieron entonces los nervios.

–¿Anoche? Pensé que anoche habías ido a trabajar.

–Y fui, pero me pasé por su casa antes de volver aquí.

–¿Y qué te comentó?

En realidad, no quería ni preguntarlo. Tenía miedo de que Dylan les hubiera hablado a sus hermanos de su relación con ella. Desde luego, sería la venganza perfecta.

–Dice que vio la moto de Dylan en casa este fin de semana.

–¿En casa? –repitió Cheyenne.

No sabía qué decir. Pero al menos Dylan no la había delatado.

–En el camino de entrada a la casa.

Cheyenne fingió concentrarse en ponerse el brillo de labios. Dylan solo había estado allí un par de horas, pero al parecer, había sido tiempo más que suficiente como para que alguien se fijara en su moto. Era un milagro que nadie hubiera visto su coche el lunes detrás del establo, aunque los Amos vivieran en las afueras del pueblo.

–¿Sabes por qué? –le preguntó Presley.

Cheyenne la miró a los ojos.

–A lo mejor vino a verte.

Presley arqueó las cejas.

–¿En medio de la noche?

–A veces, estás en casa.

–Los domingos no –Presley se apartó de la pared para acercarse a su hermana–. No estarás saliendo con Dylan Amos, ¿eh, Chey?

A Cheyenne se le tensó el estómago de tal manera que se arrepintió inmediatamente de haber desayunado. No podía contarle a nadie, salvo a Eve, que había estado con Dylan. Y menos todavía a Presley. Sabía que su hermana nunca le haría ningún daño de forma intencionada, pero podía emborracharse y contarlo. O podía utilizar aquella relación para justificar su propia elección de amigos. Cheyenne tenía miedo de que, si Presley no se distanciaba de la gente con la que estaba saliendo y dejaba de consumir drogas, pudiera encontrar un trágico final.

Pensaba mentir, pero no podía hacerlo con el descaro que la situación merecía.

–Vino aquí y estuvimos hablando.

–Estuvisteis hablando.

Sacó las llaves del bolso.

–Exacto.

Presley se acercó todavía más a su hermana.

–¿Y vais a volver a... hablar otra vez?

–No creo.

–¿No te interesa Dylan?

Aquella vez no calibró la respuesta, tan desesperada estaba por que fuera verdad lo que iba a decir.

–No, no me interesa nada en absoluto –comenzó a salir por la puerta de atrás, pero vaciló un instante–. ¿Cómo se hizo esa cicatriz en la sien? ¿Lo sabes?

Presley abrió el armario y sacó los cereales.

–Un grupo de hombres se abalanzó sobre Aaron en un bar por un comentario que había hecho, o les debía dinero... algo así. No lo recuerdo exactamente.

–¿Y Dylan se metió en la pelea?

–No puedes meterte con ninguno de sus hermanos sin que él salga en su defensa –resonaron los cubiertos cuando abrió el cajón–. Dos de esos tipos terminaron en el hospital, pero él acabó con un cristal de botella en la sien. Aaron me contó que, si el cristal se hubiera desviado unos milímetros más, Dylan habría terminado ciego.

–Así que es tan bueno peleando como siempre se ha dicho.

El instituto se había convertido en un hervidero de rumores cuando Dylan lo había dejado. Y se había hecho más famoso todavía cuando se había convertido en luchador de MMA poco después.

–Por lo visto, sí. Ganó muchos combates –se echó leche en los cereales–. Por lo que Aaron dice, después de que encarcelaran a su padre, esa era la única manera que tenía Dylan de mantenerlos.

–También tenía un taller.

Presley sostuvo la caja de cereales frente a ella para poder leer la parte de atrás mientras hablaba con la boca llena.

–Sí, pero después de la muerte de su madre, su padre cambió y dejó el negocio en un estado ruinoso. Dylan tardó varios años en convertirlo en lo que es ahora.

Así que Dylan tenía el mérito de haber levantado el taller.

–Es un superviviente –musitó.

Hablaba más para sí que para Presley, pero su hermana alzó la mirada.

–También puede ser muy amable. Sobre todo con Mack. Aaron siempre se queja de lo mucho que le mima.

Cheyenne se enderezó. Tenía miedo de oír la respuesta, pero tenía que preguntarlo.

–¿Consume drogas?

–Le gustaba la fiesta, pero ahora ya no. Puede llegar a beber un par de cervezas, eso es todo. Nosotros nos metemos con él, le decimos que está envejeciendo –Presley dejó de sonreír y miró a su hermana con los ojos entrecerrados–. ¡Te gusta! ¿A que sí?

–No –Cheyenne negó con la cabeza.

–¡Sí, sí te gusta! ¡Lo sé! Y creo que deberías salir con él. No es tan malo como dice todo el mundo.

El mero hecho de que se lo recomendara su hermana bastaba para desanimarla. Sabía que Presley encontraría desternillante que su hermana terminara enamorándose de uno de los hombres contra los que siempre la había advertido. Pero Presley parecía sinceramente emocionada con la idea. Y Cheyenne podía comprenderlo. Eso significaría que por fin le gustaba algo que tenía relación con ella.

–No es mi tipo, Pres.

–¿Cómo lo sabes?

–Sencillamente, lo sé.

–No, no lo sabes. Nunca has estado cerca de él –detuvo la cuchara que se estaba llevando a la boca como si de pronto se hubiera olvidado de comer–. Tengo la noche libre. Deberíamos ir juntas a su casa.

Cheyenne sostenía las llaves del coche con tanta fuerza que estaban comenzando a hacerle herida.

–Porque así te darías cuenta de cómo es. Por lo menos, verías lo suficiente como para saber lo que te estás perdiendo.

–Ya sé cómo es.

–No, no lo sabes. Porque, si le conocieras, no estarías preguntándome por él. Intenta conocerle, no te dejes influir por los cotilleos. Tú también odias que la gente te juzgue por lo que somos mamá y yo.

En eso tenía razón. Pero ¿qué pensaría Dylan si se presentaba de pronto con su hermana en su casa?

–No creo que quiera verme por allí –contestó.

Por lo menos, después de lo que le había dicho la noche anterior. Había sentido su determinación, su decisión de que aquel fuera el final de su relación cuando había salido del hostal.

–¿Estás de broma? Estoy segura de que le encantaría. Y si no, siempre puede decirte que te vayas.

–¿Y quién cuidará a mamá?

–¿Qué te parece si llamamos a Marcy?

–Hace semanas que no viene. Mamá está mucho peor desde la última vez que estuvo aquí.

–Es enfermera, Cheyenne. Seguro que sabrá cómo manejarlo.

–¡Pero está de vacaciones!

–No perdemos nada por preguntarlo. Seguro que estará deseándolo. Me dijo que podía llamarla cuando necesitáramos un descanso. Sabes que realmente quiere ayudar. O podemos llamar al hospital por si nos sugieren algo.

–No sé...

–Por el amor de Dios, ¡arriésgate por una vez en tu vida! Siempre tienes que moverte en un terreno seguro.

¡Porque tenía que compensar los riesgos que corría el resto de la familia! La conducta de su madre y su hermana la obligaba a situarse en el otro extremo.

Pero Presley tenía razón. Si Marcy se quedaba cuidando a Anita, quizá pudiera llegar a conocer suficientemente bien a Dylan como para tomar una decisión estando bien informada. Si no, ¿cómo podría estar segura de que Joe era la mejor opción?

–Muy bien.

Presley parpadeó sorprendida.

–¿De verdad?

Cheyenne podía imaginarse lo que dirían sus amigos. Le aconsejarían que se mantuviera alejada de Dylan. Eve ya lo había hecho.

Pero sería ella la que tendría que soportar las consecuencias de su decisión.

Dylan estaba de un humor terrible. Lo atribuía a la discusión que había tenido con Aaron en el taller y al hecho de que el sábado era el día de la semana en el que se acumulaba más trabajo y, por lo tanto, era también el más estresante. Pero normalmente, conseguían superarlo sin problemas a pesar del desafío que representaba. Y, probablemente no habría discutido con Aaron si hubiera tenido un poco más de paciencia.

El problema era Cheyenne. Aquella mujer le estaba volviendo loco. Se había dicho a sí mismo que no podía volver a hablar con ella ni a tocarla nunca más. Pero no quería hacer otra cosa. Pensaba en ella, la veía con los labios entreabiertos mientras le besaba, o arqueándose hacia él mientras le acariciaba los senos, oía sus jadeos cuando la acariciaba de aquella manera que tanto le gustaba. Se entrometía en sus pensamientos por más que intentara distraerse. A veces, incluso tenía la sensación de poder oler su perfume.

No le ayudaba el saber que no habían utilizado ningún tipo de protección la noche anterior. Cheyenne podía llevar un hijo suyo en su vientre. Se preguntó cómo reaccionaría Cheyenne ante una noticia así.

Y cómo reaccionaría él.

A lo mejor le servía de algo todo lo que le estaba pasando. Era una suerte de justicia poética. Nunca había estado enamorado. Se había reído de otros tipos porque dejaban que las mujeres les anularan de tal manera que ni siquiera eran capaces de pensar correctamente. Porque estaban dispuestos a sacrificar su orgullo, a comportarse como idiotas, a babear por mujeres que no les querían.

Se había prometido a sí mismo que jamás sería como ellos. Y hasta ese momento, le había resultado fácil. Todavía no estaba seguro de dónde estaba el problema. Estaba disfrutando de una vida cómoda y tranquila tras haber superado los problemas de la década anterior, y le había bastado con encontrarse con Cheyenne en el parque para que el mundo pareciera haberse desplomado bajo sus pies.

Pero no iba a ceder, no iba a volver a verla, no iba a

permitir que manipulara sus sentimientos. No le importaba que aquella negativa le hiciera sufrir. Por lo menos, era él el que ponía las condiciones de su sufrimiento.

–Mierda, Dylan, tienes cara de querer darle un puñetazo a alguien –comentó Mack mientras se montaba en el todoterreno de Dylan para regresar a casa.

Sí, Dylan tenía ganas de dar un puñetazo, de liberar la tensión que le atenazaba. Pero hasta que Mack no lo señaló, no se dio cuenta de que estaba visiblemente furioso y aferrado al volante con todas sus fuerzas. Se obligó a sonreír.

–Ha sido un día duro.

Mack se encogió de hombros.

–¿Tú crees? A mí me ha parecido igual que cualquier otro.

–Aaron y yo hemos vuelto a discutir.

Intentó atribuir su mal humor a aquella discusión, pero Mack reclamaba sinceridad.

–Aaron y tú discutís constantemente.

Dylan paró el motor mientras esperaba a que Aaron, Grady y Rod, que iban en el coche de Grady, cruzaran la puerta del taller antes que ellos. Él siempre salía el último para cerrar la puerta. Era como un ritual.

–Estoy preocupado por él.

Mack suspiró.

–¿De dónde la saca? –le preguntó Dylan.

Dylan cruzó la puerta y se detuvo para cerrar el candado. Pero esperó la respuesta de Mack antes de salir.

Mack se quedó mirando fijamente a su hermano con el ceño fruncido. Dylan no necesitó explicarle a qué se refería.

–No tengo ni idea.

–No se la vende Carl.

–Creo que no.

Dylan sabía que Mack se sentía dividido. No quería delatar a su hermano. Pero Dylan tampoco quería asumir el papel de padre. El problema era que no le quedaba otra opción. Se había puesto a sí mismo en esa posición y, como quería a sus hermanos, no podía permitirse el lujo de abandonarla. Había intentado mantener una actitud fría y dejar que Aaron solucionara solo sus problemas. Pero no había funcionado.

—Me lo dirías si lo supieras, ¿verdad?

Mack se apretó el puente de la nariz. Después, dejó caer la mano y se volvió hacia Dylan.

—Sí, te lo diría.

—¿Y qué me dices de Presley?

—Es posible que la traiga ella.

—¿Y qué puedo hacer al respecto?

—Supongo que tendrás que hablar con Presley.

—Sí, supongo que hablaré con ella —contestó Dylan.

Pero ambos sabían que eso implicaba ciertos riesgos. En cuanto Aaron se enterara de que Dylan se había entrometido en sus asuntos, volverían a enfrentarse. Y, probablemente, Aaron terminara marchándose de casa. Ya había estado a punto de hacerlo en otra ocasión.

Si eso ocurriera, perderían el poco control que tenían sobre él y podrían perder a Aaron para siempre.

Cheyenne estaba tan nerviosa que estuvo a punto de dar marcha atrás.

—Vamos, Cheyenne, has dicho que irías —susurró Presley.

Estaban en el cuarto de baño y Cheyenne acababa de terminar de maquillarse. Marcy ya había llegado para hacerse cargo de Anita y podía oírlas desde la cocina, así que procuraban no elevar la voz.

—Dylan no sabe que voy a ir.

—Y no tiene por qué saberlo. Haremos que parezca algo completamente improvisado. Sencillamente, pasamos a saludar y a ver qué es lo que están haciendo.

–Hemos contratado a una enfermera, ¿cómo quieres que parezca algo improvisado?

–A lo mejor queríamos salir juntas para variar.

Aquello sacaba a la luz un tema que Cheyenne no quería abordar, el hecho de que rara vez hicieran nada juntas. Vivían en dos mundos completamente separados, salvo cuando estaban en casa. De modo que prefirió no señalar la excepcionalidad de la situación.

–Será muy violento presentarse allí de repente.

–No pasará nada, de verdad.

Cheyenne se miró por última vez en el espejo y suspiró. Se había comprometido. E incluso se había comprado unos vaqueros nuevos y unas botas. Presley no le permitiría dar marcha atrás.

–Me alegro de que podamos salir como hermanas –dijo, intentando reafirmarse en su decisión–. Hace mucho que no hacemos nada juntas.

Presley sonrió.

–Exactamente. ¿Lo ves? Ahí lo tienes. Si los Amos están ocupados, nos iremos a Sacramento a ver una película. A lo mejor ni siquiera tienes que ver a Dylan.

Una película. Sí, cualquier película le parecía una opción más relajante en comparación. Y, aun así, sabía que sufriría una gran decepción si tenían que recurrir al plan B. Llevaba todo el día pensando en Dylan. Muchos de los recuerdos que tenía de él eran extraordinariamente eróticos, pero no quería volver a intimar físicamente con él. Aquella vez, quería empezar desde cero, averiguar quién era realmente aquel hombre.

–Voy a buscar el abrigo.

No había vuelto a nevar desde hacía una semana, pero los pronósticos del tiempo anunciaban la llegada de una nueva tormenta, así que fueron en el coche de Presley, en vez de andando.

–¿Estás bien? –le preguntó Presley, y le apretó la mano para darle ánimos antes de salir del coche.

Cheyenne vio un gran número de vehículos en el garaje, en el camino de entrada y en el jardín. Al parecer, todo el mundo estaba en casa, Dylan incluido. Tenía el coche y la moto aparcados en los lugares habituales.

–¿Estás segura de que no quieres que vayamos directamente a ver la película?

Presley se echó a reír.

–Buen intento.

Tras dedicar varios segundos a armarse de valor, Cheyenne cruzó detrás de su hermana el césped que había delante de la casa. Permaneció después tras ella, mordiéndose el labio e intentando apaciguar su ansiedad.

Mack abrió la puerta en medio de los ladridos de los perros.

–Hola, Presley.

Desvió la mirada hacia Cheyenne. Esta creyó advertir cierta sorpresa en sus ojos, pero Mack la disimuló rápidamente saludándola con un asentimiento de cabeza.

–¿Está Aaron en casa? –preguntó Presley.

–Sí –Mack se apartó de la puerta–. Adelante, pasad.

Las condujo al interior de aquella casa que Cheyenne solo había visto a oscuras. Pero la impresión que había tenido había sido bastante acertada. No había muchos adornos, solo algunas fotografías y recuerdos. Los Amos disponían de lo que la mayor parte de los hombres considerarían imprescindible en un cuarto de estar: una pantalla enorme de televisión, todo tipo de aparatos electrónicos, un sofá cómodo y varias butacas. Había incluso un árbol de Navidad en una esquina que parecía haber sido cortado recientemente, aunque no tenía ni adornos ni regalos.

Alguien había encendido la chimenea, de modo que la casa estaba más caldeada que la de ellas. Cheyenne lo agradeció porque tenía las manos como dos bloques de hielo. También le gustó el olor a leña. Era un olor que asociaba con la Navidad.

Los perros parecían acordarse de ella. La siguieron moviendo la cola para lamerle la mano. Ella se inclinó para acariciarlos, agarrándose a cualquier cosa que le permitiera distraerse, puesto que los tres Amos que estaban en el cuarto de estar, Mack, Grady y Rod, habían dejado de mirar lo que quiera que estuvieran viendo en la pantalla del televisor para observarla detenidamente.

Dylan no estaba en la habitación. Cheyenne lo supo inmediatamente, aunque la única luz que había procedía del resplandor de la chimenea, la televisión y el pasillo que conducía a la cocina.

Aaron estaba sacando una cerveza del frigorífico.

—¡Eh! —las saludó cuando las vio—. Presley, has traído a tu hermana,

Presley la obligó a adelantarse.

—Le he dicho que no os importaría un poco de compañía —sonrió— Y también le he dicho que con vosotros una siempre se lo pasa bien.

Aaron curvó los labios, aquellos labios que tanto se parecían a los de Dylan, en una sonrisa. Hablaba con Presley, pero sin apartar la mirada de Cheyenne.

—¿Y qué clase de diversión busca tu hermana?

Cheyenne se aclaró la garganta y habló para no parecer tan cohibida como en realidad se sentía.

—Me conformo con poder salir de casa. La verdad es que no necesito mucho.

Mack señaló hacia el televisor.

—Mejor, porque la película que hemos alquilado no promete gran cosa.

—¿Cuál es?

—Esa película de terror que han estrenado, *The Haunting*. Si os apetece verla, acabamos de ponerla.

Una mirada por encima del hombro le bastó a Cheyenne para comprender que los Amos no se habían tomado su aparición con tanta tranquilidad como Presley había predicho. Permanecían sentados, pero uno de ellos se había levantado para parar la película y la miraban boquiabiertos, como si fuera un asteroide que acabara de impactar contra su casa.

–Claro, le daremos una oportunidad.

–¿Dónde está Dylan? –preguntó Presley.

–Aquí mismo.

Cheyenne se volvió y vio a Dylan entrando en el cuarto de estar. Tenía el pelo mojado. Seguramente, acababa de salir de la ducha. Pero no parecía que fuera a marcharse. Llevaba una camiseta negra, unos vaqueros y unas zapatillas.

–¡Genial! –Presley sonrió de oreja a oreja–. Mi hermana esperaba que estuvieras en casa.

Cheyenne sintió un rubor que le subía desde el cuello cuando se miraron a los ojos. Presley acababa de anunciar a toda la familia que Dylan era la razón por la que había decidido acercarse allí aquella noche. Cheyenne no estaba acostumbrada a ser tan transparente.

–Conoces a Cheyenne, ¿verdad?

Se tensó un músculo en la mejilla de Dylan, traicionando la presencia de un sentimiento intenso, pero Cheyenne no sabía cuál. Probablemente pensaba que hacía falta un gran descaro para presentarse allí después de lo que había pasado la noche anterior.

–Sí, hemos coincidido en un par de ocasiones.

Presley se sirvió una cerveza.

–Quiere ver la película contigo –dijo.

Se sentaron todos en el cuarto de estar y comenzaron a ver la película desde el principio. Pero Aaron no tardó en llevarse a Presley a uno de los dormitorios, dejando a Cheyenne sola con Dylan y el resto de sus hermanos.

Capítulo 18

Cheyenne no podía concentrarse en la película. Tenía la sensación de estar sintiendo hasta la última respiración de Dylan, a pesar de que se había sentado lo más lejos posible de él. Tampoco Dylan la había invitado a sentarse más cerca. En realidad, no había dicho gran cosa. Cheyenne tenía la impresión de que contemplaba con escepticismo su presencia y no terminaba de entender qué estaba haciendo allí.

Se alegraba de que no hubiera dado por sentado que había cambiado de opinión, porque la verdad era que no estaba segura de si el hecho de estar allí implicaba que lo hubiera hecho. Como le había dicho a Presley, lo que quería era conocerle. No iba a hacer promesas ni a asumir compromisos, no estaba pensando en nada que pudiera ir más allá de una mera amistad.

Por una parte, ya había decidido que saldría con Joe en el caso de que este la invitara a hacerlo. Y, por otra, se sentía como si estuviera en una encrucijada, a punto de entrar en una nueva fase de su vida, y las decisiones que tomara en aquel momento pudieran determinar su felicidad futura. Dejar que Presley la convenciera de que fuera a casa de los Amos había sido una forma de asegurarse de que, en el caso de que decidiera distanciarse de Dylan, no se arrepentiría en un futuro. Eso era todo.

La película terminó, pero Presley no había vuelto todavía al cuarto de estar, lo que hizo que Cheyenne se sintiera más violenta incluso. No podía levantarse y marcharse porque su hermana tenía las llaves del coche.

Estaba considerando la posibilidad de hacer una salida elegante, como decir que tenía que irse y volver caminando a su casa a pesar del frío, cuando Mack sugirió que fueran al Sexy Sadie's.

–Puedes venir con nosotros –la invitó Grady.

El primer impulso de Cheyenne fue negarse. Pero Dylan la estaba mirando arqueando las cejas con una expresión de abierto desafío y ella comprendió que pensaba que no quería que la vieran con ellos en público.

Así que aceptó.

–Genial –Grady sonrió y le dio un codazo a Mack–. Ve a buscar a Aaron y a Presley. Pero diles que iremos en coches separados. De todas formas, hay que llevar dos coches. Yo iré en mi Explorer.

Mack corrió a avisarles y Rod y Grady fueron a buscar los abrigos. Dylan continuó en el cuarto de estar, mirándola con los ojos entrecerrados. Pero de pronto, curvó los labios en una sonrisa triunfal y Cheyenne tuvo la sensación de que acababa de caer en una trampa.

Las cosas estaban mejorando. A Dylan le sorprendía que la situación hubiera cambiado tan rápidamente, pero se alegraba de saber que no había perdido la capacidad de adivinar cuándo una mujer estaba interesada en él. A lo mejor Cheyenne estaba intentando jugar en un terreno seguro, pero todavía no le había rechazado del todo. Eso significaba que tenía una oportunidad.

Pero tenía que tener cuidado, dejar que fuera ella la que se acercara.

La música estaba a todo volumen y el bar a rebosar, pero Dylan iba allí tan a menudo que se sentía como en su propia casa. Pidieron las bebidas y él pagó la primera ronda. Después, se retiraron a una esquina para jugar a los dardos. Aquel no era la clase de local que Cheyenne frecuentaba. Sospechaba que el grupo de amigos con el que se reunía se divertiría en los locales más modernos de Sacramento, en el caso de que tuvieran tiempo de abandonar sus importantes obligaciones durante el tiempo suficiente como para trasladarse hasta allí. Sexy Sadie's era un garito de mala muerte.

Dylan había oído al grupo que estaba tocando. Un grupo que interpretaba todo tipo de música, country, pop, incluso blues.

Encontraron sitio en una de las esquinas del local. Después, estuvo mirando a Cheyenne, que perdió una partida a los dardos contra Mack. Aunque la había descubierto mirándole cuando no se sabía observada, parecía tener puesta toda su atención en su hermano pequeño. Se imaginaba que se sentía más segura con el benjamín de la familia que con él.

—Te echo una partida —le propuso a Mack.

Normalmente, no jugaba a los dardos y, cuando lo hacía, no le importaba ganar o perder. El billar representaba para él un desafío mayor. Pero aquella noche se concentró en ganar porque quería controlar el juego.

Mack sabía lo que su hermano tenía en mente. En cuanto perdió, retiró los dardos y se fue a la barra a por otra bebida.

Dylan jugó con Rod y con Grady y evitó hacerlo con Aaron, porque él siempre era más difícil de ganar que los otros y no quería arriesgarse a perder antes de haber competido contra Cheyenne. Por educación, le preguntó antes a Presley si quería aceptar el desafío, pero ella señaló a su hermana.

—Juega con Cheyenne. Al fin y al cabo, eso es lo que estás buscando. Aaron y yo vamos a bailar un rato. Pero antes... —sacó un billete de veinte dólares—, apuesto esto a que gana mi hermana.

—Pero ¿tú la has visto jugar con Mack? —preguntó Dylan.

Indignada, Cheyenne le dio un codazo en las costillas.

–¡Esa ha sido una mala partida! Normalmente juego mucho mejor.

–Sí, claro. Lo único que estoy diciendo es que a lo mejor tu hermana haría bien en no apostar.

–Puedo ganarte perfectamente –insistió.

Dylan dio un paso hacia ella y sonrió al ver que no se retractaba.

–¿Lo dices en serio?

Cheyenne alzó la barbilla.

–Estoy completamente convencida.

–¿Hasta qué punto?

Cheyenne agarró el bolso y puso otro billete de veinte dólares sobre la mesa.

–Hasta el punto de estar dispuesta a apostar mi propio dinero.

Inclinándose hacia ella de tal modo que podía oler su perfume, Dylan bajó la voz.

–Esperaba que apostaras algo que tuviera más interés en ganar.

–¿Como por ejemplo?

–Una cena. Mañana por la noche.

–Me gusta –le alabó Presley–. Es directo. Me gustan los hombres que saben lo que quieren. Ahora apuesto por él.

Cheyenne también apreciaba que un hombre no tuviera miedo de perseguir aquello que quería, que no fingiera ni jugara a despistar. Dylan parecía muy valiente en ese sentido, lo cual, de alguna manera, le daba a ella seguridad. Si Dylan sabía lo que estaba haciendo, quizá sentirse atraída por él no era tan arriesgado.

Pero entonces se recordó a sí misma que estaban hablando de uno de los Amos, el cabecilla, ni más ni menos, y tenía todo un historial con las mujeres. El hecho de que la hiciera sentirse especial en ese momento no significaba que su atención no fuera a declinar en los próximos días o semanas. Quizá ella solo fuera la última de la larga lista de mujeres en las que se había fijado, a lo mejor le gustaba el desafío que representaba.

—¿Qué te parece? —preguntó Dylan.

Cheyenne apretó los labios.

—Eso depende.

—¿De qué depende?

—De lo que estés dispuesto a apostar.

—¿Qué quieres que apueste?

Cheyenne estudió su rostro mientras consideraba su respuesta. Había hecho una apuesta parecida con Joe cuando estaban jugando a las cartas. Joe le había ofrecido los servicios del taller. Seguramente, Dylan podía ofrecerle algo parecido. Pero ella quería algo más significativo para una posible relación.

—Veinte respuestas sinceras.

Aquello pareció confundirle.

—¿A qué tipo de preguntas?

—A las que yo quiera preguntar —respondió sonriendo.

Dylan se terminó la cerveza.

—Pon un ejemplo.

Cheyenne sonrió ante su repentina renuencia.

—Serán preguntas difíciles.

—¿Personales?

—Muy personales.

—¿Dolorosas?

—Posiblemente.

Dylan agarró los dardos haciendo una mueca.

—Es una suerte que no piense perder.

Cheyenne tampoco estaba dispuesta a perder. Y no lo hizo.

—¡Me has engañado! —se quejó Dylan cuando Cheyenne ganó al clavar el último dardo en el centro de la diana.

—Mi madre estuvo dirigiendo unos billares.

—¿Qué?

–Fue uno de los pocos trabajos en los que duró más de una semana. Estuvimos allí todo un verano. Fue justo antes de que nos viniéramos a vivir aquí.

–¿Cuántos años tenías entonces? ¿Quince? ¿Dieciséis? A esa edad no se puede estar en un billar si sirven alcohol.

–Tenía catorce años y Presley dieciséis, y, definitivamente, servían bebidas alcohólicas en el billar. Vivíamos en un apartamento de una habitación en el segundo piso. Mi madre dormía de día, cuando los billares estaban cerrados. No nos dejaba encender la televisión porque el ruido podía despertarla y tampoco podíamos salir porque no quería tener que preocuparse de que nos pasara algo. Así que dejábamos pasar a los chicos que vivían en la casa de al lado y nos pasábamos el día jugando al billar y a los dardos –bebió un sorbo de cerveza–. Ya te he dicho que era buena, pero tú te has dejado engañar por lo que has visto.

–Entonces, ¿por qué has perdido con Mack?

–Sabía que nos estabas mirando –se encogió de hombros–. Afortunadamente, Mack es lo suficientemente bueno como para que haya parecido creíble.

–No volveré a fiarme de ti jamás en mi vida –le advirtió Dylan, fingiéndose indignado.

–Pronto conoceré tus más oscuros y profundos secretos. Es aterrador, ¿verdad?

Dylan la miró a los ojos, poniéndose serio.

–¿Qué quieres saber?

Cheyenne desvió la mirada y advirtió que los demás estaban ocupados, ya nadie les estaba oyendo.

–Lo necesario como para decidir si quiero volver a acostarme contigo o no.

Dylan se terminó la cerveza.

–Estás deseando volver a la cama conmigo –dijo con una sensual sonrisa.

Bailaron y rieron. Y se quedaron allí hasta muy tarde.

Para cuando Dylan la llevó a casa, Cheyenne estaba un poco achispada. Dylan había dejado de beber después de la primera cerveza. Apenas había dado unos sorbos de la de Cheyenne. Y aunque no había dicho nada al respecto y ni siquiera lo había mencionado, ella estaba segura de que no había bebido más porque había asumido la responsabilidad de ser él el que los llevara de vuelta a casa.

Estaba acostumbrado a cuidar a los demás, comprendió. Y se le daba bien porque lo había hecho durante la mayor parte de su vida. Cheyenne se preguntó si sus hermanos sabrían la suerte que tenían de tener un hermano que había sido capaz de llenar el vacío dejado por sus padres. Ella comprendía mejor que nadie el valor de lo que había hecho porque nunca había tenido a nadie que le brindara ese tipo de cuidado y protección.

Le habría gustado que Presley estuviera en casa para poder hablar con ella, pero su hermana seguía con Aaron. No les habían encontrado cuando había llegado el momento de volver a casa.

Cheyenne estaba preocupada por lo que podían estar haciendo, temía que hubieran salido a drogarse. Pero no quería pensar en ello en aquel momento. Continuaba envuelta en el resplandor de aquella noche tan maravillosa.

—¿Cómo está? —le preguntó a Marcy cuando entró en su casa.

Marcy, una mujer de unos cincuenta años, estaba sentada en el cuarto de estar, leyendo un libro. Lo cerró y se lo guardó en el bolso.

—Está bien. He apuntado todas las veces que se ha despertado, ha comido y ha recibido la medicación.

—Muchas gracias, Marcy.

Cheyenne metió la mano en el bolso para sacar la cartera y pagarle a Marcy y descubrió una nota. Presley le había escrito un mensaje en una servilleta del bar.

No la leyó en aquel momento. Antes quería que Marcy pudiera irse a su casa.

–Estaré disponible durante el resto de las fiestas si me necesitáis –se ofreció Marcy.

–No queremos molestarte más en una época en la que deberías estar con tu familia.

–Estoy encantada de poder ayudar. Y vosotras también necesitáis descansar de vez en cuando.

–Gracias por el ofrecimiento, lo tendré en cuenta.

Cheyenne la acompañó a la puerta, echó el cerrojo y volvió al cuarto de estar. Una vez allí, se sentó en el sofá y leyó el breve mensaje de su hermana.

Me encanta verte divertirte. Y ver que se divierte Dylan. Está loco por ti. Lo veo en su cara.
P.

Sonriendo, Cheyenne echó la cabeza hacia atrás y recordó diferentes momentos de la noche. Aunque la había acompañado hasta la puerta de casa, Dylan no le había dado un beso de buenas noches. Ella estaba deseando que lo hiciera, pero se alegraba de que Dylan se hubiera dado cuenta de que era preferible no retomar la relación en el plano físico. A Cheyenne le gustaba la amistad que comenzaba a forjarse entre ellos. Le parecía un terreno más seguro para iniciar una relación, una forma mucho menos aterradora de incluirle en su vida, como amigo o como algo más.

Sonó en ese momento el teléfono. Miró el identificador de llamadas y se echó a reír.

–¿Diga?

–Estoy preparado para la primera pregunta –dijo Dylan.

–¿Solo una?

Durante el trayecto, cuando Cheyenne había sugerido que comenzara a contestar el cuestionario, Dylan la había mirado con el ceño fruncido y le había dado largas.

–Prefiero que vayamos haciéndolo poco a poco –contestó.

Era lo mismo que le había dicho en el coche.

–¿Y si empiezo con la más fácil?

–Entonces, puedes hacerme dos.

Cheyenne se tapó con la manta que había en el sofá y subió los pies.

–¿Has estado enamorado alguna vez?

–¿No se suponía que iba a ser una pregunta fácil?

–¿No lo es?

Desde luego, era una pregunta cuya respuesta se moría por conocer. A Dylan se le había relacionado con muchas mujeres, pero de ninguna de ellas había oído decir que fuera su novia. Eso no significaba que no hubiera tenido ninguna relación estable. La verdad era que Cheyenne no le había prestado demasiada atención, y menos todavía desde que Joe había vuelto al pueblo.

–¿Tú crees que es una pregunta fácil?

–Solo tienes que contestar con un «sí» o con un «no».

–Pero no estoy seguro de cómo se interpretará mi respuesta.

Cheyenne se le imaginó apoyado contra la puerta de su casa, como la primera noche. Ya no contemplaba su cicatriz como un defecto. Era un rasgo de Dylan que añadía carácter a su rostro.

–Arriésgate. Y yo te diré lo que dice de ti o, por lo menos, cómo lo interpreto yo.

–Nunca he estado enamorado –admitió–. Hasta hace relativamente poco, mi vida ha estado completamente entregada a la supervivencia –vaciló un instante–. ¿Qué te parece? ¿Ahora vas a dar por sentado que no puedo enamorarme?

–Lo que estoy dando por sentado es que, hasta ahora, las personas a las que más has querido son tus hermanos.

–No está mal –dijo Dylan, confirmando su interpretación.

–No está nada mal.

–Muy bien, te dejo que me preguntes algo más.

Cheyenne planificó cuidadosamente la pregunta. Eran

muchas las cosas que quería saber de Dylan Amos y él no era un hombre fácil de conocer. Cheyenne estaba empezando a pensar que por eso era un incomprendido.

–¿Qué es lo que más aprecias de la vida?

Dylan tardó varios segundos en responder.

–No estoy seguro –dijo cuando al fin contestó–. Supongo que el éxito. No, algo más que eso, encontrar el equilibrio. ¿Y tú?

–La libertad.

–¿Qué clase de libertad?

–La libertad que me permita desprenderme de mi pasado, de todas las preguntas y sospechas.

–¿Qué preguntas y sospechas?

Cheyenne tomó aire. Jamás le había hablado a nadie, excepto a su madre y a Presley, de aquellos recuerdos que no parecían encajar con la única vida que había conocido. Pero había algo en Dylan que la invitaba a confiar en él. A lo mejor era porque se habían acostado juntos. Ya había compartido más intimidad con él que con ninguna otra persona, y él lo había mantenido en secreto escondiendo su coche tras el establo para que no pudieran verlo sus hermanos y tratándola aquella noche sin demasiada familiaridad.

O a lo mejor confiaba en él porque sabía que había sufrido lo suficiente como para comprender ciertos matices que Eve, Callie, Gail o cualquiera de los amigos con los que habitualmente salía pasarían por alto. Aunque también sus amigos habían tenido que superar tragedias y dificultades, algunos más que otros, siempre habían sido personas populares, atractivas, apreciadas y seguras. No tenían que preguntarse quiénes eran en realidad o de dónde procedían. Tampoco Dylan había tenido que hacerlo, pero Cheyenne habría apostado cualquier cosa a que podía comprender su dolor y su confusión mejor que nadie.

–Tengo unos recuerdos...

Le habló del vacío que sentía cada vez que nevaba, de

la mujer rubia, de la fiesta de cumpleaños y de aquella habitación con una cama con dosel.

—No sé quién es esa mujer, pero es importante para mí, ¿sabes? Es algo que siento en lo más profundo de mí. Es casi como... como si la echara de menos.

—¿Le has preguntado a tu madre por ella?

—Por supuesto.

—¿Y?

—Dice que nunca ha conocido a nadie que se parezca a la persona que describo. Me acusa de estar inventándomelo todo. Dice que me creo demasiado buena para Presley y para ella y que por eso me he inventado esa fantasía.

—¿Hay alguna prueba de que Anita no sea tu madre?

—Ninguna, salvo que no es capaz de decirme dónde nací.

—¿Y qué figura en tu partida de nacimiento?

—No tengo partida de nacimiento.

—¿No?

—Mi hermana tampoco. Mi madre no perdía el tiempo con cosas de ese tipo. Y, cuando teníamos algún tipo de documentación, terminaba tirándola.

—Pero ¿cómo pudisteis matricularos en el colegio?

—Uno de los hombres con los que estuvo saliendo mi madre durante una temporada sabía falsificar ese tipo de documentación. Nos hizo unas partidas de nacimiento falsas. Las utilizábamos cuando teníamos que matricularnos en algún colegio, que no era a menudo. Pero lo cierto es que aquel tipo no era un gran falsificador. Es un milagro que las aceptaran.

—Probablemente no las examinaban con demasiada atención.

—No. Mi madre les entregaba una fotocopia de mala calidad y atribuían las imperfecciones a eso, supongo. Después les decía que nuestra religión estaba en contra de las vacunaciones y así no tenía que entregar más documentación.

–¿Dónde naciste?

–Mi madre dice que en Wyoming y que por eso me llamo Cheyenne. Pero no nací allí, ya lo he comprobado.

–Entonces, ¿crees que puede haberte robado a alguna otra familia?

Al oírlas en voz alta, sus propias sospechas le parecieron una locura. Inmediatamente se arrepintió de haberlas compartido. El alcohol le había soltado la lengua. Pero tras haber revelado sus dudas, se imaginaba que no le quedaba más remedio que admitir la verdad.

–Siempre me lo he preguntado.

–Eso explicaría por qué no te pareces nada a tu hermana.

–Mi madre, si es que es mi madre, dice que somos hijas de padres diferentes.

–Evidentemente. El padre de Presley era un hombre latino, ¿verdad? Pero tú dices que es posible que ni siquiera seáis hermanas.

Sintiéndose culpable por haber sugerido algo tan impactante, Cheyenne se frotó la cara.

–O a lo mejor mi madre tiene razón y todo esto es un extraño intento por mi parte de pertenecer a otro lugar, a un lugar mejor. Olvídate de lo que te he dicho.

Se rio sin humor, pero Dylan no parecía dispuesto a dejar el tema tan fácilmente.

–¿Qué sabes de tu padre?

–Nada.

–¿Ni siquiera su nombre?

–Mi madre dice que le conoció en un bar y que fueron juntos a un hotel. Menos de una hora después, él ya se había ido. Estoy segura de que estaba borracha –se subió ligeramente la manta–. Un encuentro conmovedor, ¿no te parece? Ahora entenderás por qué es posible que haya intentado inventar un pasado mejor.

–Roban niños todos los días. Algunos aparecen y otros no. Los que no aparecen, en el caso de que estén vivos, tienen que estar en alguna parte, sobreviven de alguna manera. Teniendo en cuenta cómo es tu madre y todas las cosas de las que ha sido capaz, es bastante probable que no se trate de una invención.

A Cheyenne le gustó poder contar con su apoyo, que alguien sugiriera que podría no estar loca por sospechar lo peor, sobre todo porque Presley había despreciado aquellos recuerdos tanto como Anita.

—¿Alguna vez has ido a la policía? —le preguntó Dylan.

—Una vez.

—¿Y?

—Si me secuestraron, a mi caso no se le dio tanta publicidad como al de Jaycee Dugard, de eso puedes estar seguro. No pudieron relacionarme con ninguna persona desaparecida.

—Puede haber muchos motivos para ello.

—Lo sé. Viajábamos muchos, siempre estábamos yendo de un lugar a otro. Esa puede ser una de las razones. Cuando empecé a investigar, habían pasado ya diez años, que son mucho tiempo. Así que eso tampoco ayuda.

—No todos los departamentos de policía están tan bien comunicados como deberían. O a lo mejor no lo estaban entonces. Y hay miles de niños desaparecidos.

—Exacto. Por eso me parecía inútil buscar.

—Pero a lo mejor no lo es.

—En cualquier caso, lo que más me gustaría en esta vida es o poder olvidarme de esa mujer rubia, o poder averiguar quién es.

—No creo que puedas olvidarla.

—¿Me estás diciendo que mi única opción es averiguarlo?

—Sí, eso es lo que estoy diciendo.

—¿Aunque no tenga ninguna manera de saber cuál era mi nombre original, ni el día de mi cumpleaños?

—Podrías volver a la policía, seguir intentándolo.

—No me gustaría hacerlo aquí. No quiero que todo el

pueblo se entere de que creo que me secuestraron. Ya han oído hablar suficientemente de mi familia. Ahora soy una mujer adulta. Quizá sea preferible dejarlo.

Porque no tenía la menor idea de lo que podía encontrar y de si la verdad era preferible a no saber nada. ¿Y si aquella infancia tan perfecta que recordaba no lo había sido tanto? ¿Y si su verdadera familia había permitido que se la llevara Anita, una mujer que no tenía la menor idea de cómo criar a un hijo?

Siempre se había preguntado si no podía ser esa la razón por la que la policía no había encontrado ninguna denuncia que pudiera relacionarse con ella. Quizá, su verdadera familia nunca había denunciado su desaparición.

—Podrías ir a Sacramento. Allí hay un departamento de policía mayor y podrían estar en condiciones de informarte.

Sacramento era la ciudad más cercana. Tendría sentido.

—A lo mejor lo hago, algún día. De todas formas, ya está bien de hablar sobre mí. Creo que deberías contestar una pregunta más.

—Ya me has hecho dos preguntas —le recordó.

—Pero soy yo la que está revelando cosas más comprometidas. Nunca le había contado a nadie nada de lo que te he dicho, y te agradecería que no dijeras nada. Por obvias razones, la posibilidad de que eso sea cierto podría afectarle mucho a Presley.

—Lo que suceda entre nosotros, queda entre nosotros, sea lo que sea.

Parecía tan firme en su compromiso que Cheyenne se sintió un poco mejor en cuanto a lo que había pasado entre ellos.

—Gracias. Y ahora... una pregunta más para terminar la noche. ¿Qué son esos tatuajes que llevas en el pecho? Siempre hemos estado tan a oscuras que no he podido ver lo que eran.

—Esa respuesta me la voy a ahorrar.

–¿Por qué?

Dylan bajó la voz.

–Porque espero que algún día puedas verlo por ti misma.

¿Le parecería demasiado pronto si le pedía que se los enseñara en ese momento? Porque, de repente, Cheyenne quería estar con él. Ansiaba el placer que Dylan podía darle. Y sentía cómo se elevaba la temperatura de su propio cuerpo. Pero aquella noche quería algo más que una reacción física. Anhelaba también la compañía y el apoyo que Dylan le ofrecía. Y eso la asustaba. Porque significaba que hacer el amor con él sería algo diferente, algo más profundo, más rico, e implicaría el compromiso de establecer una relación.

–Me asustas –confesó.

–¿En qué sentido?

–En todos los sentidos.

–¿Y Joe no?

Joe no tenía la misma fama que él. Excepto durante la época en la que había estado casado y viviendo fuera del pueblo, Cheyenne había podido observarle de cerca durante diecisiete años. Era un hombre predecible, cercano. Y su relación con Gail añadía una seguridad que Cheyenne no tenía con Dylan. Gail adoraba a su hermano y ella sabía mejor que nadie si era una persona capaz de mantener una relación y en la que se pudiera confiar en el aspecto sentimental.

–A Joe nunca le han detenido.

–Y a mí hace años que no me detienen.

–¿Eso quiere decir que eres una persona en la que se puede confiar?

–Lo que quiere decir es que tuve problemas, pero los he superado.

–Supongo que tendré que fiarme de ti.

–Cariño, tú tampoco eres de fiar. Yo también asumo algún riesgo.

–¿Qué quieres decir?

–Estás enamorada de otro hombre. ¿Voy a tener que seguir preocupándome de Joe cada vez que estemos juntos? ¿Piensas en él cuando hacemos el amor?

–¡No!

No había vuelto a pensar en él desde que Dylan había comenzado a formar parte de su vida. Y era extraño, teniendo en cuenta la cantidad de veces que había fantaseado con el hermano de Gail.

–Incluso ahora, cuando cierro los ojos y me imagino a un hombre acariciándome, pienso solamente en ti.

–Estoy deseando comprobarlo por mí mismo.

Parecía contento de tener esa oportunidad y eso la hizo sonreír. Eran muchas más las cosas que podía decirle, como lo difícil que le había resultado aquella noche apartar los ojos de él, o que cada roce accidental le había provocado una respuesta, o que le ardían las manos por las ganas de acariciarle. Pero sabía que sus defensas se habían derrumbado a demasiada velocidad.

–¿Eso significa que por fin vas a salir conmigo a cenar?

Desde luego, nadie podía acusarle de no ser insistente. Cheyenne se echó a reír.

–Muy bien, ¿cuándo?

–Mañana por la noche.

La noche que se suponía que tenía que salir con Joe. Pero Joe no la había llamado.

–Así que quieres lo que no has conseguido ganar.

–¿Ganar?

–A los dardos, ¿no te acuerdas?

–Quiero mucho más que eso –gruñó.

Cheyenne contuvo la respiración ante aquella admisión. Dylan tenía un efecto especial sobre ella. Le aceleraba el corazón y ponía todos sus nervios en tensión. Tenía miedo de no ser capaz de resistirse incluso en el caso de que se diera cuenta de que estaba cometiendo un error.

–Nunca he conocido a nadie como tú. Tan... sincero.

–No quiero perderte por no haber tenido el valor de dejar claras mis intenciones.

Y Cheyenne lo apreciaba. Pero también le daba miedo que Dylan fuera un hombre que se enamorara a tal velocidad.

Si al final decidía arriesgarse, ¿cómo podría explicar a sus amigos que estaba saliendo con Dylan Amos? Para Cheyenne, sus amigos eran la familia que nunca había tenido, las personas que la habían ayudado durante los últimos diecisiete años. ¿Sería una locura ignorar su consejo y su preocupación?

Regresarían del crucero y se quedarían de piedra cuando se enteraran. Pero Dylan era como una droga que había conocido en su ausencia. Lo único que quería era probarla una vez más, revivir la euforia que solo él era capaz de proporcionarle.

Cuando sus amigos volvieran a verla, ella ya no sería la misma. ¿Sería capaz de compaginar esa nueva relación con las que ya tenía?

No quería perder tan pronto la esperanza, pero sabía que sus amigos, y, sobre todo, Eve, jamás aceptarían a un hombre como Dylan. Y, desde luego, si querían evitar que le rompiera el corazón, formarían un frente común contra él.

Afortunadamente, todavía disponía de unos días antes de enfrentarse a su reacción. Y los aprovecharía para ver cómo iba todo.

–Dejaré que me invites a cenar, pero después, no nos acostaremos. Quiero tomarme esto en serio. Quiero llegar a conocerte desde el principio.

–Todavía te quedan diecisiete preguntas –contestó Dylan–. Procura aprovecharlas.

Capítulo 19

–Entonces, ¿qué te parece?

Cheyenne se incorporó sobre un codo y miró con los ojos entrecerrados para ver la figura borrosa que había junto a su cama: era Presley.

–¿Qué hora es? –farfulló.

Tenía la voz ronca y tuvo que aclararse la garganta para poder hablar.

–¿De verdad importa?

–A lo mejor a ti no –se volvió hacia la mesilla–. ¡Las cinco! ¡Es prontísimo! Sobre todo para ser domingo, que normalmente es el día de la semana que aprovecho para dormir. ¿Qué estás haciendo en mi dormitorio?

–Quiero que me cuentes cómo te ha ido con Dylan.

Con un gemido, Cheyenne volvió a apoyar la cabeza en la almohada.

–¿Acabas de llegar a casa?

–Hace unos minutos.

–¿Dónde estabas?

–Con Aaron.

No parecía dispuesta a darle mucha información. Cheyenne quería relajarse, por lo menos, su hermana estaba en casa sana y salva, pero no pudo evitar darse cuenta de que Presley se había drogado. En cuanto comenzó a salir del sueño, pudo darse cuenta de que su hermana hablaba demasiado alto.

–¿Qué has tomado?

Presley contestó con un gesto de irritación.

–No te preocupes por eso.

–¡Claro que me preocupo por eso! Y continuamente.

–¡Estoy bien!

–Tienes que dejar las drogas, Pres. Y, si no puedes hacerlo sola, recurre otra vez a la rehabilitación.

Presley se levantó de la cama.

–Hablas igual que Dylan.

–¿Dylan te ha dicho algo?

–Esta noche me ha estado diciendo que Aaron y yo vamos por el camino equivocado. Me ha pedido que no lleve drogas a su casa, dice que Aaron ya no es capaz de controlarse. Pero no entiendo por qué me echa las culpas a mí. Aaron tiene muchas formas de conseguir lo que quiere. Yo no soy su camello. Lo único que hago es compartir lo que tengo con él, y él lo comparte conmigo. Eso es todo.

–¿Así que es en eso en lo que inviertes tu dinero?

–No, él me paga su parte y, cuando me paga, le entrego lo que me ha pedido.

Así que Dylan tenía razón.

–¡Eso tiene que acabar!

–Y lo hará, pronto.

Cuando Anita muriera. O cuando encontrara las fuerzas para enfrentarse a su problema. Pero Cheyenne tenía miedo de que la adicción a lo que estaba tomando fuera demasiado fuerte para entonces. Evidentemente, Dylan también estaba preocupado por Aaron. Pero las cinco de la mañana no era la mejor hora para hablar de algo tan serio.

Cheyenne tomó aire.

–¿Has ido a ver a mamá?

–No, no he ido. A veces... me da miedo entrar allí.

–Iré yo.

Cheyenne se sentó en la cama, pero Presley la detuvo.

–¿Cómo ha terminado la noche con Dylan?

–Me ha traído a casa alrededor de la una.

—¿Y ya está?

—Ya está.

—¿No ha habido caricias, ni besos húmedos, ni orgasmos?

Cheyenne se alegró de que estuvieran a oscuras, porque la culpabilidad la hizo sonrojarse.

—No.

—¡Qué decepción!

Cheyenne elevó los ojos al cielo.

—Pero va a invitarme a cenar mañana por la noche, si puedes quedarte con mamá.

—Tengo que ir a trabajar, pero puedo pedirle a Carolyn que se haga cargo de mi turno. Quiere trabajar más horas para poder afrontar los gastos de Navidad.

—¿Estás segura?

—Estoy segura. Me pidió que si le podía pasar algún turno.

—Entonces, ¿lo harás?

—Por supuesto.

Cheyenne estudió el rostro de su hermana, al menos, lo que le permitía aquella oscuridad.

—¿Hasta qué punto conoces a Dylan?

—Somos amigos desde hace mucho tiempo.

—Pero no amigos íntimos.

—No, pero he estado muchas veces con él.

—¿Y crees que es alguien en quien puedo confiar?

—Creo que es alguien que debe de ser muy bueno en la cama. ¿Por qué tienes que tomártelo todo tan en serio?

—¡Porque no quiero echar mi vida a perder!

Presley se puso repentinamente seria y la fulminó con la mirada.

—¡Eres una aguafiestas!

—Las decisiones que tomamos tienen consecuencias, y eso es algo que no decido yo.

Presley se llevó la mano al vientre.

—Tengo que decirte algo.

Un escalofrío recorrió la espalda de Cheyenne.

–¿Qué pasa?

–Es posible que esté embarazada.

La inquietud de Cheyenne se transformó inmediatamente en una náusea.

–¿Qué? ¿Y aun así sigues consumiendo drogas?

–No estoy segura. Solo tengo un retraso, eso es todo.

–¿Y de quién es el niño?

–¿De quién crees tú que es?

Parecía ofendida por la pregunta, pero Cheyenne tenía que preguntarlo. A veces, Presley llegaba a casa con hombres que había conocido en el casino.

–¿Es de Aaron?

–Por supuesto. Es el único hombre con el que he estado últimamente. Por lo menos, sin utilizar ninguna clase de protección –añadió en un susurro.

Cheyenne no sabía qué decir. Permanecía boquiabierta, intentando asimilar la noticia.

–No importa –Presley esbozó una mueca–. No es tu problema. Ya me encargaré yo de todo. Al fin y al cabo, no es el fin del mundo, ¿sabes?

–¿Qué quieres decir?

–Que abortaré.

En aquel momento, Cheyenne no estaba preparada para pensar en poner fin a un embarazo, tanto si era suyo como de su hermana. Se pasó la mano por el pelo.

–¿Aaron lo sabe?

–No, no hay ningún motivo para decírselo. Estoy segura de que no lo querrá. No está más preparado que yo para tener un hijo.

Cheyenne tragó saliva.

–Tienes que decírselo.

–No.

–Pero a lo mejor te equivocas y sí quiere tener un hijo. A lo mejor...

–Confía en mí, los Amos no son hombres hechos para

el matrimonio. Así que, si te gusta Dylan, ten cuidado. Hagas lo que hagas, no esperes un compromiso por su parte –dijo, y se fue.

Cheyenne sintió de pronto tal debilidad en las rodillas que fue incapaz de ir a la habitación de Anita. Se tumbó de nuevo en la cama. Se había acostado con Dylan sin utilizar ningún tipo de protección. Todo había pasado tan rápido que apenas había pensado en ello, salvo para asegurarse de que en aquel momento no estaba ovulando.

Pero, aun así, siempre había alguna posibilidad...

¿Se estaría dejando arrastrar por el mismo torrente turbulento que su hermana?

El miedo que crecía en su interior le decía que sí. ¿En qué estaba pensando cuando le había dicho a Dylan que quedaría con él? Su relación con Dylan jamás terminaría como ella quería. Presley se lo había advertido tan claramente como Eve. Y, a diferencia de su amiga, Presley conocía muy bien a los Amos.

Y esa fue la razón por la que, cuando Joe la llamó a media mañana para pedirle que fuera a su casa a ayudarle a decorar el árbol de Navidad, aceptó.

Y también fue la razón por la que llamó a Dylan inmediatamente después para anular su cita.

Eve había escatimado y ahorrado para aquellas vacaciones durante meses. Pensaba que disfrutaría más de lo que estaba disfrutando. Pero había llegado a la conclusión de que dos semanas eran demasiado tiempo. Estaba deseando volver a casa.

–¿Qué te pasa?

Desviando la mirada del azul celeste del mar, Eve se volvió hacia Callie, que estaba tomando el sol a su lado en una tumbona. Habían salido del puerto y estaban pasando la mañana en una de las piscinas del crucero.

–¿Qué quieres decir?

–Llevas varios días muy callada.

Eve se subió el elástico del bikini para asegurarse de no acabar con dos tonos de bronceado distintos.

–Estoy preocupada por Cheyenne.

–La llamaste, ¿verdad?

–Sí.

–¿Y te pareció que no estaba bien? Dijiste que su madre continuaba viva.

–Sí, es cierto.

Para variar, la preocupación de Eve no estaba relacionada con Anita.

Callie se bajó las gafas de sol.

–No sabes cuánto me alegro. Tenía miedo de que muriera estando nosotros fuera. Deberíamos estar allí cuando eso ocurra.

–Lo sé.

Eve tenía dos hermanos, pero los dos eran mucho mayores que ella y vivían fuera de Whiskey Creek. Cheyenne era como la hermana que nunca había tenido. Si no fuera por lo mucho que la quería, seguramente le habría molestado que Joe la prefiriera a ella. Pero siendo la situación la que era, se alegraba de que Cheyenne por fin pudiera encontrar un hombre que la amara y la valorara como se merecía.

–Entonces... ¿estás así por Joe? –quiso saber Callie.

Eve se colocó el pelo detrás de la oreja para evitar que el viento se lo arrojara al rostro.

–No, aunque me gustaría no haber anunciado a los cuatro vientos que me gustaba. Así no tendría que continuar diciéndole a todo el mundo que estoy bien. Ya sabes lo que siento por Chey. Ella nunca ha tenido nada. Puedo aguantar esto por ella.

–Eres una auténtica amiga –Callie le apretó el brazo con cariño–. Sabía que te sentirías así.

–Más que dolida, estoy decepcionada –le dijo–. Joe y yo solo hemos salido a cenar una vez, y fui yo la que se lo propuse. No puede decirse que estuviéramos comprometidos.

Callie esbozó una mueca.

—A este ritmo, me pregunto si alguna de nosotras lo estará nunca.

—Supongo que somos de los que florecemos un poco más tarde. Kyle es el único que ha estado casado. Y Gail, que se llevó el premio gordo.

—Y Sophia.

Eve desvió la mirada de nuevo hacia la piscina, donde estaban sus amigos bañándose y refrescándose con los pies en el agua. Una vez más, Eve volvió a preguntarse por la relación que existía entre Callie y Kyle, pero sabía que era preferible no preguntar.

—Sophia también está casada, sí, pero a ella no le tocó ningún premio.

—Es cierto, Skip es un canalla.

—Pero es rico.

—Eso es lo de menos. La pobre es muy desgraciada.

Eve movió los dedos de los pies, admirando su nueva pedicura.

—Y, de todas formas, ella no cuenta.

—¿Por qué no?

—Porque, cuando estábamos en el instituto, no formaba parte del grupo. Tenía su propia pandilla, y hacía buen uso de ella, ¿te acuerdas? Eran las típicas chicas mezquinas.

—Creo que ha cambiado.

—A lo mejor. En cualquier caso, me alegro de que no haya venido. Ted no soporta tenerla cerca.

Desde allí podían ver el chapoteo del agua mientras Ted nadaba.

—¿Crees que es porque todavía siente algo por ella?

—Nos mataría si nos atreviéramos a sugerirlo siquiera, pero no me sorprendería. Es verdad que aquí ha tenido muchas aventuras, al fin y al cabo, este es un ambiente muy romántico. Pero es posible que siga enamorado de ella.

–¿Y Kyle y tú? –preguntó Eve sin poder contenerse.

Callie bostezó y se estiró en la tumbona.

–¿Qué pasa con Kyle y conmigo?

–Parece que últimamente estáis muy unidos.

–Y lo estamos. Le he ayudado durante todo el proceso de divorcio de la bruja con la que estaba casado.

–Pero no os estáis acostando juntos...

Callie frunció el ceño y le tiró una toalla.

–¡No!

Eve la esquivó.

–¿Estás segura?

–¡Completamente! Tenemos una relación estrictamente platónica. En cualquier caso, no querría estar con él cuando todavía está en período de recuperación.

Aquella respuesta bastó para que Eve continuara haciéndose preguntas, pero prefirió no presionar. Por la reacción de Callie, sabía que no tendría sentido. Seguiría asegurando que lo suyo era solamente una simple amistad.

–Pero hay cierta tensión romántica en el grupo –añadió Callie, tumbándose de nuevo.

–¿A qué te refieres?

Callie se levantó las gafas de sol.

–A Baxter.

Eve subió la tumbona para poder enderezarse un poco. Callie no podía haber nombrado a nadie que la sorprendiera más.

–¿Baxter con quién?

–Eso da igual.

Agarró la cámara de fotos que había dejado en la mesita que había entre ellas y comenzó a fotografiar a sus amigos.

–¡No hagas eso! –protestó Eve.

–¿No puedo hacer fotos?

–Tirar la piedra y esconder la mano. Dime en quién estás pensando.

–No debería –se oía el zumbido de la máquina mientras iba disparando.

–Pero estás deseando decirlo.

Callie retiró la Nikon.

–Lo que quiero es que alguien me diga que estoy equivocada.

–Prueba conmigo.

Se giró hacia ella, de manera que sus amigos no pudieran ver ni el movimiento de su boca.

–Creo que está enamorado.

Eve parpadeó sorprendida.

–¿De quién?

Se produjo otra larga pausa.

–Callie... –dijo Eve, en tono de advertencia.

Callie se tapó la boca, por si las medidas de precaución que había tomado hasta entonces no fueran suficientes.

–De Noah.

–No –Eve negó con la cabeza–. No estarás insinuando...

Callie frunció el ceño.

–Estoy diciendo que a lo mejor, eso es todo. ¿No has visto cómo le mira? Es casi como... ¡como si le idolatrara!

Baxter estaba muy melancólico últimamente, pero Eve jamás lo había achacado a que estuviera enamorado. Se preguntó de pronto si Callie tendría razón. En el caso de que fuera así, lo lamentaba, porque no era capaz de imaginarse a Noah con ningún chico, ni siquiera con él.

–Pero, si es gay, ¿por qué nos lo ha ocultado? Sabe que para nosotros eso no tiene ninguna importancia.

Callie arqueó una ceja.

–Para nosotros no, pero Whiskey Creek es un pueblo muy conservador y sus padres podrían sentirse avergonzados. ¿Y qué me dices de Noah? Saliendo del armario, Baxter se arriesga a perder al mismo tiempo al hombre del que está enamorado y a su mejor amigo.

Eve entrecerró los ojos y observó la expresión preocupada de su amiga.

–Qué situación tan triste.

—Y si eso pasara, ¿cuál de los dos se quedaría en el grupo?

—Nosotros no tendríamos que elegir.

—Pero, aun así, les resultaría difícil continuar juntos en la cafetería. O en cualquier otra parte, por cierto. No se sentirían cómodos.

Eve recogió la toalla que había tirado al suelo.

—No me lo puedo creer. Te estás dejando llevar por los estereotipos, eso es todo.

Callie palideció ante aquella acusación.

—¿Ah, sí?

—¡Sí! Baxter es delicado, viste bien y tiene mejor gusto que cualquiera de nosotros. Además, también es una persona muy sensible. Pero eso no significa que sea gay.

—Muy bien.

Aquella cesión solo sirvió para que la semilla de la duda que Callie había sembrado creciera más rápidamente.

—Lo que quiero decir —continuó Eve mientras se echaba protector solar en el muslo—, es que Noah y Baxter han crecido puerta con puerta. Son amigos íntimos, casi hermanos, como Chey y yo.

—No —la interrumpió Callie—. Su relación no es como la vuestra. A medida que pasan los años, más fricciones hay entre ellos.

Eve suponía que Callie sabía de lo que estaba hablando. A través de la cámara, era capaz de captar expresiones y matices que a los demás les pasaban desapercibidos y había estado haciendo fotografías del viaje desde que habían salido de Sacramento.

Protegiéndose con la mano del sol, Eve desvió la mirada hacia lo que estaba ocurriendo en la piscina. Mientras Ted nadaba, Kyle flotaba de espaldas en la esquina más alejada y hablaba con Noah, que estaba sentado al borde de la piscina con los pies en el agua.

Tenía que admitir que Noah era un hombre atractivo. Hombros anchos, piernas y brazos largos, y una piel bronceada que se tensaba sobre los músculos. Pero Eve no estuvo convencida de que hubiera siquiera una posibilidad de que Baxter estuviera enamorado de Noah hasta que vio su expresión. Aunque no era algo concluyente, la forma que tenía de mirar a Noah la hizo sentirse incómoda.

—¿De verdad lo crees?

—No lo sé —respondió Callie—. Lo siento por Baxter, eso es todo.

—Y por Noah. Debe de estar sufriendo. A lo mejor no quiere acostarse con Baxter, pero le quiere.

—Los dos van a salir perdiendo.

—Pero Baxter ha salido con muchas mujeres —señaló Eve, esperando que aquello disolviera sus sospechas.

—Eso no quiere decir nada. Muchos hombres gays salen y se acuestan con mujeres en alguna etapa de su vida.

Eve sentía cómo iba creciendo su incomodidad.

—Espero que te equivoques. Baxter no tiene ninguna oportunidad con Noah. Noah es todo lo heterosexual que se puede llegar a ser.

Callie se inclinó para beber un sorbo de su zumo.

—Ya ves todo lo que está en juego.

—¡Dios mío! —Eve dejó escapar una bocanada de aire—. Supongo que eso explica por qué Baxter nunca ha salido con nadie en serio.

—O por qué sigue viviendo en Whiskey Creek aunque trabaje en San Francisco.

—A lo mejor, Noah es la razón por la que está de tan mal humor en el crucero.

—Noah no ha parado. Ha ido saltando de una mujer a otra.

—Mientras Baxter estaba a su lado viéndolo todo.

Seguramente, no se habrían dado cuenta de lo que estaba ocurriendo si no hubieran pasado toda una semana juntos en un espacio tan pequeño. En Whiskey Creek, estaban demasiado centrados en sus propias vidas como para ser conscientes de algo que Baxter mantenía tan en secreto.

Pero en un crucero, había pocos espacios para mantenerse al margen de la vida de los demás.

–Tengo la impresión de que Noah siente que las cosas no están yendo como deberían –reflexionó Callie–. Lo digo por su forma de comportarse con las mujeres... él normalmente es más selectivo. De hecho, siempre ha sido demasiado exigente.

–A lo mejor están los dos enamorados, pero luchan contra ese sentimiento –Eve estaba decidida a considerar todas las opciones–. Si Baxter es gay, es posible que también Noah lo sea. A lo mejor no es tan heterosexual como pensamos. ¿Cómo vamos a saberlo?

–No lo sabremos hasta que estén preparados para confesarlo. Lo único que podemos hacer es rezar para que, pase lo que pase, no se interponga en nuestra amistad.

–Desde luego –Eve pensó entonces que ver a Joe salir con su mejor amiga también iba a ser duro para ella–. En lo que se refiere al amor, estamos todos gafados.

–Excepto Gail –le recordó Callie.

–Sí, pero ¿cuántos pueden tener su suerte?

Callie se encogió de hombros.

–A lo mejor, la suerte vuelve a llamar a nuestra puerta.

Sencillamente, no era lo mismo. Cheyenne estaba arrodillada en el cuarto de estar de Joe, entre los adornos que Joe había bajado del desván. Quería ver los adornos de Navidad que tenía para saber cómo combinarlos con los que habían comprado en la ferretería de camino hacia allí. El proceso estaba yendo bien. Estaba convencida de que para cuando terminaran, Joe tendría un hermoso árbol de Navidad, a pesar del desafío que había planteado Cheyenne al elegir aquel árbol en particular. Pero, definitivamente, podía asegurar que la emoción que sentía solo una semana atrás al estar cerca de Joe, como la noche que habían estado jugando a las cartas, había desaparecido.

Sus temores se habían confirmado. Había cambiado al acostarse con Dylan. Quizá aquella experiencia había arruinado su vida para siempre.

—¿Quieres decorarlo todo de blanco y dorado?

—¿Qué?

Cheyenne se volvió y alzó la mirada hacia Joe. Estaba tan atractivo como siempre, con los vaqueros gastados y la sudadera. Podía admirar sus atributos físicos, pero no tenían en ella el mismo efecto que antes. Lo cual, era una locura. Joe tenía el cuerpo de un deportista. No tenía el pelo largo, no soportaba ninguna carga emocional, salvo, quizá, la dejada por su divorcio. Y no transmitía la peligrosidad que parecía emanar de Dylan. Y no solo tenía todas esas cosas a su favor, sino que Cheyenne había deseado tener una relación con Joe durante la mitad de su vida.

¿Cómo era posible entonces que cuando por fin le pedía una cita ella hubiera perdido el interés?

No podía ser. No podía permitirlo. Sabía que Joe era un hombre de buen corazón y en el que podía confiar. Tendría que confiar en su propia cabeza, y no en su corazón, o en cualquiera que fuera la parte de su cuerpo que en aquel momento estuviera definiendo sus deseos.

—¿Vas a decorarlo todo de dorado y blanco? —repitió Joe—. O a lo mejor vale esto.

Sacó una tira de color rojo y blanco que desentonaba terriblemente con los adornos que Cheyenne había seleccionado.

—Me gustaría ser educada y decir que puede quedar bien, pero... —sacudió la cabeza—. Lo siento.

Joe se echó a reír ante aquella muestra de sinceridad.

—Ahora ya entiendes por qué necesitaba tu ayuda.

—Podrían haberte ayudado tus hijas. A lo mejor hasta habrían preferido hacerlo ellas.

—Estoy intentando impresionarlas. La última Navidad me llamaron Scrooge. Me dijeron que, si no tenía espíritu navideño, ellas se encargarían de sacar los adornos y decorar la casa por mí.

–¿Y así pretendes demostrarles que estaban equivocadas?

–Eso espero. Y también espero demostrarles mi buen gusto.

Cheyenne dirigió una significativa mirada al adorno que había sacado Joe de entre un montón de adornos mucho más adecuados y los dos se echaron a reír.

–Por lo menos puedo poner el ángel en la punta –sacó un taburete. El árbol era tan alto que ni siquiera subida al taburete Cheyenne la habría alcanzado–. Por lo menos valgo para algo.

–Vales para muchas otras cosas.

Cuando Joe sonrió, Cheyenne comenzó a sentirse un poco mejor. Joe le recordaba mucho a Gail. ¿Cómo era posible que no disfrutara de cada minuto de su compañía?

Podía hacerlo y lo haría. Quizá no fuera el hombre con el que quería casarse, pero era el tipo de hombre que le gustaba. Y, si no salía con el tipo de hombre que debía, a lo mejor terminaba casándose con alguien que no le convenía.

Gracias a Dios, se había detenido justo antes de abocarse al desastre. Porque no cabía ninguna duda de que estar con Dylan habría sido su perdición.

Se llevó la mano al estómago durante un breve instante, esperando no haberse buscado ya un serio problema.

–Muy bonito –dijo Joe cuando terminaron y encendió las luces del árbol.

Cheyenne retrocedió unos pasos para admirar su trabajo.

–No está mal.

–Sobre todo teniendo en cuenta cómo estaba cuando hemos empezado.

Por algún motivo, Cheyenne pensó en el árbol de Dylan. También habría que decorarlo. Estaba completamente

desnudo. No tenía ni el ángel, ni adornos, ni luces ni espu-
millón. Por un instante, se preguntó por qué se habría molestado en ponerlo siquiera.

A lo mejor había sido cosa de alguno de sus hermanos.

Pero lo dudaba. Era bastante probable que hubiera sido
Dylan el que lo había llevado a casa para ellos. Ya eran demasiado mayores para preocuparse por ese tipo de cosas,
pero, seguramente, celebrar la Navidad se había convertido
en un hábito para él, que probablemente había sido el único Santa Claus que habían tenido sus hermanos durante los
últimos quince años.

–¿Lista para ir a la feria? –preguntó Joe.

–Lista.

Regañándose a sí misma por estar pensando en Dylan
otra vez, Cheyenne terminó de recoger los adornos que sobraban y aceptó la mano que Joe le tendía.

Capítulo 20

El árbol del parque estaba iluminado por miles de bombillas diminutas y el coro se había colocado a su lado, todos ellos vestidos con indumentarias victorianas y velas en las manos. Contra el fondo de aquel temprano anochecer invernal, las luces de las velas creaban una hermosa imagen mientras el coro cantaba villancicos tradicionales.

Hasta aquel día, cuando escuchaba una versión a capella de *God Rest Ye Merry, Gentelmen*, Cheyenne no solía pensar en el significado de la Navidad. Se limitaba a reproducir lo que todo el mundo hacía. Ponía los adornos porque eso era lo que se esperaba, especialmente en un hostal. Pero aquella noche, sentía el espíritu navideño.

Eran muchas las cosas que tenía que agradecer, comprendió mientras contemplaba los rostros de todas las personas que se habían reunido para celebrar la Navidad. Había encontrado un hogar y una gente a la que amar en Whiskey Creek. Joe formaba parte de la comunidad y de su círculo de amigos. Tenía muchos buenos recuerdos de Joe de los años del instituto, no solo de las veces que la había defendido de los ataques de otros. Le recordaba jugando al rugby, y las muchas veces que ella le había espiado con Gail hasta que las descubría y escapaban muertas de risa. Joe había sido el hermano mayor perfecto y el amor ideal de una adolescente. Eso significaba que le había proporcionado horas y horas de agradables fantasías. Pero, de alguna manera, el elemento sexual de aquellos sueños se había perdido. En aquel momento, no sentía por Joe nada más que amistad.

Pero la amistad podía ser un buen principio, se dijo a sí misma. A lo mejor podían crear algo a partir de esos cimientos. Desde luego, no quería renunciar tan pronto. Cualquier mujer debería considerarse afortunada al poder salir con un hombre como él. No era una persona que nadie se tomara a la ligera.

El director del coro, con chistera y levita, pidió a los espectadores que se unieran al villancico final. Cheyenne cantó *Silent Night* junto a los demás, pero su mente comenzó a vagar por su cuenta. Y, por supuesto, fue allí donde ella no quería que fuera, y terminó pensando en Dylan.

Cheyenne no tenía recuerdos de Dylan de la época del instituto. En aquella época, no tenía mucha relación con él. Hasta cierto punto, mantenía intencionadamente las distancias. Dylan era un adolescente problemático. La verdad era que había comenzado a tener problemas de comportamiento cuando, tras la muerte de su madre, su padre se había refugiado en el alcohol. Eso debería haberla hecho más comprensiva. Y probablemente se hubiera acercado a él si Dylan no hubiera sido tan condenadamente hostil. Rechazaba la compasión y la ayuda de todo el mundo. Vivía enfadado con todos los que le rodeaban.

Después, su padre había apuñalado a un hombre y la vida de Dylan había ido de mal en peor. Pero, de alguna manera, había conseguido superarlo. A lo mejor no había tenido una conducta impecable y tampoco les había pedido a sus hermanos que la tuvieran, pero había asumido una tarea monumental. Pocos habrían intentado a tan corta edad sacar adelante a cuatro hermanos. Y, si Dylan no hubiera asumido esa responsabilidad, sus hermanos habrían terminado repartidos en diferentes casas de acogida.

Cheyenne admiraba a Dylan por haber sido capaz de

mantener unida a su familia. Se preguntaba por qué los demás no podían ver en su actitud los síntomas típicos de la rebelión, por qué no eran capaces de entender que solo una persona muy especial podía haber sacado adelante semejante tarea.

A lo mejor, los vecinos de Whiskey Creek continuaban temiendo a los Amos porque no habían sido suficientemente domesticados.

—¿Te apetece un poco de sidra? —le preguntó Joe.

—Sí, claro.

Joe la agarró del codo para apartarla de una adolescente que salía huyendo de su amigo. La gente que había estado oyendo los villancicos comenzaba a desplazarse hacia los puestos de comida y artesanía. Mientras los seguían, Cheyenne se ajustó el gorro de lana para apartarse el pelo de los ojos y se sopló las manos. Aquellos mitones podían estar muy de moda, pero ella estaba empezando a desear que fueran más prácticos que bonitos. La temperatura parecía estar bajando a toda velocidad. El pronóstico del tiempo anunciaba nuevas nevadas antes de Navidad. No sería ninguna sorpresa que empezara a nevar esa misma noche.

—¿Tienes frío?

Joe se detuvo para frotarle las manos. Fue un gesto muy caballeroso, pero, cuando le besó los nudillos, a Cheyenne le pareció un gesto excesivamente íntimo. Sobre todo estando en público.

Estaba intentando decidir cómo apartarse de manera que pareciera natural, cuando un parche de cuero le llamó la atención. Sorprendida al darse cuenta de que conocía tanto aquella cazadora como al hombre que la llevaba, se volvió, y vio un par de ojos oscuros en un rostro que parecía de pronto tallado en piedra.

Por un instante, Dylan no fue capaz de respirar. No le había hecho mucha gracia que Cheyenne anulara la cita, pero se había dicho que estaba exagerando. Cheyenne se asustaba con facilidad. Esperaba poder ganársela con un poco de tiempo y esfuerzo. Por culpa de su pasado, Cheyenne necesitaba tener más seguridad en el futuro que los demás, así que se había prometido ganarse su confianza.

Había estado pensando en comprarle un regalo de Navidad. No creía que recibiera muchos. Presley les había contado historias sobre las Navidades de su infancia que le habían desgarrado el corazón al pensar en lo terrible que había sido su vida. Les había hablado de los hombres que entraban y salían de la vida de su madre cuando eran niñas, de la falta de hogar. De la vergüenza de tener una madre como Anita, del hambre y la desesperación. Por no mencionar cómo las trataba, como si fueran una carga para ella. Quería regalarle a Cheyenne algo que no se esperara, un gran regalo, algo que jamás se hubiera atrevido a desear. Así que, para irritación de su hermano, se había acercado a todos los puestos en los que había algo que podría gustarle a una mujer. Y había estado a punto de comprarle unos pendientes de esmeraldas.

Pero al verla con Joe, comprendió que la llamada para anular la cena tenía una razón más profunda. No, Cheyenne no se había asustado. Había probado lo que él le ofrecía, había considerado que no era suficiente y había elegido a Joe, el único hombre con el que Dylan no tenía ninguna posibilidad de competir.

Cuando se miraron a los ojos, Cheyenne entreabrió los labios. Evidentemente, no esperaba encontrarse con él. Pero justo en ese momento, sus hermanos se dieron cuenta de que Cheyenne estaba con otro hombre y le rodearon y le alejaron de allí como si temieran que pudiera pelearse con Joe. O a lo mejor estaban intentando evitarle una situación embarazosa. En cualquier caso, Joe no pareció notar nada extraño. Saludó a Dylan en cuanto le vio, como hacía siempre.

Dylan tragó saliva. No fue capaz de devolverle la sonrisa. No podía fingir hasta el punto que la situación requería. Pero consiguió inclinar la cabeza antes de que sus hermanos se lo llevaran de allí.

Aaron estaba deseando decir algo, Dylan lo sabía. Continuaba mirando hacia Cheyenne, pero, afortunadamente, permaneció en silencio. Debió de comprender que era preferible no decir lo que estaba pensando. Todos lo sabían. Dylan no quería la compasión de nadie, y menos la de sus hermanos. Nunca había sido capaz de mostrar ninguna debilidad ante ellos. Eso les habría asustado, les habría hecho temer que pudiera intentar aliviar el dolor como lo había hecho su padre.

—Vamos a beber algo —sugirió Aaron, con expresión de querer mandar a Cheyenne al infierno.

—En el Sexy Sadie's hay muchas mujeres —añadió Mack, solo para oídos de Dylan.

Aquello fue lo más cerca que estuvo nadie de decirle que la olvidara. Mack siempre había sido capaz de hablar más abiertamente con Dylan que los demás. Cuando eran pequeños y querían algo que pensaban que Dylan les iba a negar, le pedían a Mack que lo pidiera.

Y Mack tenía razón. Había muchas mujeres. Lo que no entendía era por qué no había hecho caso de su propia intuición, que durante todo aquel tiempo le había estado diciendo que intentar salir con Cheyenne era apostar por algo que estaba fuera de su alcance. Hasta hacía muy poco tiempo, Cheyenne le había tratado como si fuera alguien en quien ni siquiera merecía la pena pensar.

Cheyenne sintió cierto alivio cuando Joe la dejó en casa. El espíritu navideño había desaparecido en el instante en el que se había encontrado con Dylan. Durante el resto de la noche, la había perseguido su rostro, impidiéndole disfrutar y convirtiendo en embarazoso el momento en el que le había dado las buenas noches a Joe. Joe la había acompañado a la puerta y se había inclinado como si quisiera besarla, pero ella le había dirigido una sonrisa fugaz, le había dado las gracias y había volado al interior de la casa.

Gracias a Dios, Joe se había marchado. Así que por fin dispondría de unos minutos para intentar averiguar por qué se sentía tan mal. Si Joe era de verdad la mejor opción, ¿por qué se rebelaba su corazón? ¿Y por qué cuando la había invitado a cenar con él el día de Navidad le había dicho que no estaba segura de que pudiera ir?

Con un suspiro, dejó el bolso en la mesa de la cocina y se sentó en una silla. La casa estaba a oscuras y en silencio. Normalmente, Presley no se acostaba tan pronto, pero Cheyenne dio por sentado que se había ido a dormir... hasta que se dio cuenta de que no había visto el coche de su hermana en el camino de la entrada.

Una rápida mirada al exterior se lo confirmó. El Mustang no estaba.

¿Se había ido Presley? Pero... ¿por qué iba a hacer una cosa así después de haberle asegurado a Cheyenne que se quedaría en casa cuidando a Anita?

Temiendo que se hubiera marchado, y más que un poco asustada por los motivos que podían haberla impulsado a ello, Cheyenne asomó la cabeza en la habitación de su hermana.

—¿Presley? —musitó con la esperanza de encontrarla en la cama a pesar de que el coche no estuviera.

No sería la primera vez que dejaba el coche en alguna parte y hacía autostop para evitar que la multaran por conducir bajo los efectos del alcohol.

No hubo respuesta. Dejando la puerta abierta para que la luz del pasillo le permitiera distinguir el contorno de los muebles y cualquier otro obstáculo, Cheyenne se abrió camino entre las prendas de ropa tiradas en el suelo para llegar a la cama.

–¿Presley? –palmeó la sábana, buscando algo cálido y sólido.

La cama estaba vacía. Tras encender la luz, vio el edredón de su hermana hecho una bola en medio del colchón. No había nada dentro.

Cruzando de nuevo la desordenada habitación, corrió al dormitorio de su madre.

La habitación de Anita estaba tranquila, en completo silencio. Pero el olor era terrible. Mucho peor de lo habitual.

Un escalofrío recorrió la espalda de Cheyenne cuando llamó a su madre y no obtuvo respuesta. Debido a los potentes opiáceos que le estaban administrando para que pudiera soportar el dolor, Anita dormía tan profundamente que a veces le resultaba imposible despertarla. Cheyenne no estaba segura de por qué aquella noche la inquietaba tanto su silencio, excepto que... aquel olor no era normal.

Conteniendo el aliento, intentó escuchar la respiración de Anita.

Solo oyó silencio.

–¿Mamá? –susurró.

Continuaba sin tener respuesta.

Permaneció en medio de la oscuridad durante largos segundos, esperando, escuchando, reuniendo valor. Oyó corretear a un animal por el tejado, probablemente una ardilla o un mapache, pero aquel fue el único sonido de la habitación.

Anita había muerto. Cheyenne lo supo antes de acercarse. No era capaz de entender lo que sentía. La muerte de su madre no supuso la inmediata sensación de liberación que esperaba.

El desasosiego que se había instalado en su estómago desde que había visto a Dylan creció junto a una sensación general de repugnancia. ¿Dónde estaba Presley? ¿Por qué no la había llamado su hermana? Cheyenne había tenido el teléfono encendido durante toda la noche por si pasaba algo.

La respuesta se hizo evidente cuando encendió la luz.

La voz que le había despertado era muy débil.
–¿Qué? –ladró Dylan al teléfono.
Impaciente e irritado porque le habían despertado, no se molestó en ocultarlo, de modo que no le sorprendió que colgaran el teléfono inmediatamente. Y puesto que era eso precisamente lo que pretendía, se dijo a sí mismo que no importaba. Sabía quién estaba intentando localizarle y no tenía ningún motivo para devolver aquella llamada.
Excepto que... Cheyenne parecía muy alterada. ¿Le habría ocurrido algo?
–No me importa. Ese no es mi problema –gruñó, y lanzó el teléfono al suelo.
Permaneció tumbado durante varios minutos con la mirada fija en el techo y negándose a devolver la llamada. Cheyenne había elegido. Y había elegido a Joe. Aunque lo que había pasado entre ellos parecía haber sido algo serio, algo muy especial, ella nunca lo había interpretado de esa forma.
Pero el recuerdo de su voz se le había metido bajo la piel y le hizo preguntarse por qué parecía tan asustada, tan alterada, tan débil...
Con una maldición, se levantó de la cama y recuperó el teléfono. Por mucho que luchara contra aquel impulso, no era capaz de evitarlo.
Esperaba que Cheyenne tuviera un buen motivo para haberle molestado, pensó mientras marcaba su teléfono. Pero, si lo tenía, Dylan no llegó a enterarse de cuál era.
Cheyenne no contestó al teléfono. Al cabo de varios timbrazos, saltó el buzón de voz.
–*Lo siento, ahora no puedo atenderte...*
Pero... ¿qué demonios estaba pasando?
Colgó el teléfono e intentó llamar varias veces más, pero no hubo suerte. Y no podía dejar pasar lo que había

oído como si no tuviera importancia. ¿Y si le había pasado algo horrible?

Por enfadado y decepcionado que estuviera, sabía que la madre de Cheyenne se estaba muriendo de cáncer. Así que olvidándose del sueño, se puso unos pantalones de chándal, un jersey grueso, una cazadora y unas deportivas y salió corriendo.

Gracias a la moto, en cuestión de minutos estaba en casa de Cheyenne.

El Oldsmobile se hallaba en el camino de la entrada, pero eso no significaba nada. Cheyenne había salido con Joe. ¿Estaría en casa? Si le había llamado, tenía que estar allí. Pero, cuando llamó a la puerta, no abrió. Y, cuando volvió a llamarla por teléfono, tampoco consiguió nada. El buzón de voz saltaba una y otra vez.

–¿Cheyenne? –aporreó la puerta–. ¿Estás ahí? ¡Soy Dylan! ¡Abre!

Presionó la oreja contra la puerta, intentando oír los sonidos del interior de la casa, pero no oyó nada.

–¿Cheyenne? ¿Dónde estás?

Podría haber llamado también a Presley, pero su coche no estaba en el camino de la entrada. Se imaginó que estaría trabajando.

Avanzó hasta llegar a la ventana del cuarto de estar, miró hacia el interior y se quedó paralizado al ver a Cheyenne. Estaba sentada a la mesa de la cocina con la cabeza entre las manos.

Dylan dio varios golpecitos en la ventana, pero Cheyenne no se movió, no se volvió, no contestó.

Con el corazón latiéndole a toda velocidad, Dylan rodeó la casa corriendo. Sabía que la puerta de atrás era más endeble que la de la entrada principal. Estaba cerrada, pero no esperaba que Cheyenne la abriera. La abrió de una patada. Y solo entonces Cheyenne alzó la cabeza durante el tiempo suficiente como para verle a través de las lágrimas que empapaban su rostro.

* * *

Uno de los empleados del hospital le había dicho a Cheyenne que llamara al médico de Anita en cuanto esta muriera para que pudieran ocuparse juntos de todo el proceso. Habían hablado de cómo saber si realmente había fallecido, como si necesitara que nadie le dijera que cuando desaparecía el pulso era porque el corazón había dejado de bombear.

Pero la realidad distaba mucho de todo lo que Cheyenne había anticipado. En ese momento, la única persona en la que sentía que podía confiar era Dylan. Por mucho que hubiera intentado convencerse de que Joe era un hombre que le ofrecía más confianza, ni siquiera había considerado la posibilidad de llamarle.

–Lo siento –musitó–. Sé... sé que no debería haberte llamado. Y sé lo que piensas de mí después de esta noche. Y es muy tarde. Lo siento...

Dylan la agarró de la barbilla y la miró a la cara.

–Shh, cuéntame lo que ha pasado.

Cheyenne cerró los ojos con fuerza. Recordar lo que había visto en la habitación de su madre la revolvía por dentro.

–¿Ha muerto tu madre? –preguntó Dylan con delicadeza.

Cheyenne asintió. Anita había muerto, sí. Dos días antes de Navidad, cuando todos sus amigos estaban o en un crucero en el Caribe o pasando las vacaciones en alguna otra parte.

–Pero tú ya lo esperabas –la voz de Dylan continuaba llegando hasta ella–. En algún momento tenía que pasar. Y estaba sufriendo mucho. Ahora estará en un lugar mucho mejor. Ya ha dejado de sufrir.

Cheyenne se preguntó si Dylan realmente se creería lo que le estaba diciendo. ¿De verdad había un lugar mejor? ¿De verdad estaban allí sus madres? Anita siempre había evitado la religión, insistía en que era una mentira que había inventado el ser humano para controlar la vida de los demás.

Sin embargo, Cheyenne asistía de vez en cuando a la iglesia con los Harmon. Le gustaba la paz y la tranquilidad que aquel espacio le proporcionaba. Pero por terrible que fuera pensarlo siquiera, no podía imaginarse a un coro de ángeles dándole la bienvenida a Anita al llegar al cielo. Porque como no tuvieran cuidado, Anita les dejaría sin blanca.

—¿Me estás oyendo? —preguntó Dylan al ver que Cheyenne no reaccionaba—. ¿Quieres que llame al hospital? ¿Quieres que llame a su médico?

Cheyenne se concentró por fin en él.

—No.

—¿Por qué no? ¿Quieres pasar más tiempo con ella? Si quieres, puedes quedarte un rato con tu madre para despedirte.

A Cheyenne la sorprendió aquella propuesta. Dylan sabía lo tensa que era su relación con Anita. A lo mejor, lo había sugerido precisamente por eso. Porque comprendía que la tensión que había entre ellas hacía que la situación fuera mucho más complicada.

—No, no es eso —su voz sonaba ronca, como si llevara mucho tiempo sin hablar.

Ni siquiera la reconocía la propia Cheyenne.

—Entonces, ¿qué pasa? —frunció el ceño mientras esperaba la respuesta.

Cheyenne comenzó a mecerse hacia delante y hacia atrás.

—Tengo que tomar una decisión.

—¿Sobre?

—Sobre lo que debería hacer.

Dylan la abrazó y susurró contra su pelo:

—Deberías ponerte en contacto con el hospital, como te he dicho. O llamar al forense.

–No –presionó la cabeza contra su hombro.

–¿Por qué no? –preguntó Dylan, apartándose para poder verle la cara.

–No podemos llamar a nadie. Todavía no. Tengo que pensar.

–Pero… ¿qué tienes que pensar? Ya me has dicho que ha muerto, Chey.

Cheyenne clavó la mirada en sus ojos.

–Pero es que parece que… ¡parece que Presley la ha matado!

Capítulo 21

Dylan entró en el dormitorio de Anita y encendió la luz. Se imaginó que Cheyenne la había apagado para ocultar lo que había encontrado, o quizá había sido una forma inconsciente de negar la realidad.

La pestilencia le hizo arrugar el rostro. Olía como si los intestinos de Anita se hubieran vaciado tras su muerte. Pero no era eso lo que le preocupaba. La lámpara caída de la mesilla sugería alguna clase de forcejeo. Y también la postura de Anita, muy poco natural. Tenía sangre en la cara y en la nariz, y también la almohada estaba cubierta de sangre.

Oyó que Cheyenne aparecía tras él.

–¿Qué te parece? –susurró.

Dylan pensaba lo mismo que ella, pero no quería decirlo en voz alta.

–¿Has intentado localizar a Presley?

–La he llamado varias veces, antes que a ti. Pero no contesta.

–¿Qué puede habérsele pasado por la cabeza? –musitó Dylan, recorriendo la habitación con la mirada.

–No lo sé. A lo mejor estaba drogada, no podía pensar con claridad. A veces, discutían. Es posible que todo haya sido culpa de una discusión. O a lo mejor no es lo que parece. Presley estaba muy cansada de verla sufrir.

–Pero hay muchas posibilidades de que la denuncien por homicidio. Matar a alguien, aunque sea por compasión, sigue siendo considerado un asesinato. Podrían incluso intentar que este caso sirviera de ejemplo. Si llamamos a la policía, quién sabe lo que puede pasar.

–Mi hermana necesita ir a un centro de rehabilitación, no a la cárcel.

Incapaz de seguir soportando aquella imagen y aquel olor, Dylan salió al pasillo y llamó a su hermano Aaron.

Aaron parecía medio dormido cuando contestó.

–¿Qué quieres, Dylan? ¿Por qué me despiertas a estas horas? ¡Todavía no tengo que levantarme para ir a trabajar! Estamos... en medio de la noche.

Dylan no se disculpó, estaba demasiado afectado por lo que había ocurrido.

–Cheyenne está buscando a su hermana. ¿Has visto o has sabido algo de Presley?

–¿Te refieres a la misma Cheyenne que ahora está saliendo con Joe?

Aunque Dylan tensó la mandíbula, ignoró aquella pulla. Aquello no tenía nada que ver con quién había estado o dejado de estar Cheyenne. Eran unas circunstancias particularmente trágicas y graves que nadie se merecía afrontar en soledad.

–Contesta a lo que te he preguntado.

–Antes hemos hablado un poco –su tono contrito implicaba que sabía que se había excedido al hacer aquel comentario sobre Joe y probablemente se arrepentía–. Hemos discutido por teléfono –añadió–. Y no he vuelto a saber nada de ella desde entonces.

Así que había sido una mala noche para los dos.

–¿Por qué habéis discutido?

–¿Eso importa?

–Podría importar.

–No pienso contarte nada. Esto no es asunto tuyo.

Dylan intentó apaciguar su genio. No había nadie capaz

de enfurecerle más rápido que Aaron con su maldita beligerancia.

—Aaron...

—¿Qué? —gritó—. ¡No me hables como si fueras mi padre porque no lo eres! Solo nos llevamos tres años.

—Entonces, empieza a comportarte como un adulto —le espetó Dylan—. ¿Cuándo piensas empezar a tomarte la vida en serio?

Se produjo un silencio.

—Si me has llamado para decirme eso, adiós.

—No, no cuelgues.

Hubo un nuevo silencio. Pero, por lo menos, Aaron no colgó. Sabía que Dylan no le aguantaría una falta de respeto como aquella después de todo lo que había hecho por su familia.

Dylan se pasó la mano por el pelo mientras intentaba dejar de lado sus diferencias personales.

—Escucha, no quiero que nuestros problemas interfieran en esto. Podemos discutir cualquier otro día. Ahora, lo que quiero es encontrar a Presley. Y es posible que tú puedas ayudarnos.

Aaron no respondió inmediatamente, pero al cabo de unos segundos, Dylan oyó que su hermano tomaba aire.

—Quería que fuera a su casa. Estaba pasando un mal rato con su madre. Decía que Anita hacía ruido al respirar y estaba asustada.

Dylan esbozó una mueca ante la imagen que aquellas palabras evocaban.

—¿Y?

—Y no fui. ¿Por qué demonios iba a tener que ir a soportar eso?

Había enfado y rabia en aquellas palabras, pero Dylan sabía que se debía a que se sentía culpable por no haber sido capaz de apoyarla. Aaron podía comportarse como un auténtico canalla, pero no era tan malo como la imagen que de sí mismo proyectaba. Él no era capaz de enfrentarse a lo que Presley le había pedido. Aaron había sido el que había encontrado a su madre muerta cuando se había quitado la vida. Desde entonces, se había negado a acercarse a la muerte. No era capaz de entrar en un cementerio ni de asistir a un funeral.

–¿Y qué ha pasado después? ¿Ha colgado?

–Sí. La he vuelto a llamar, pero no me ha devuelto la llamada –vaciló un instante, como si hubiera algo que le estuviera remordiendo la conciencia–. ¿Por qué lo preguntas? ¿Le ha pasado algo?

–Todavía no lo sabemos.

–Entonces, ¿a qué viene tanto alboroto?

–Su madre ha muerto.

–Ya era hora.

Dylan tensó la mano alrededor del teléfono.

–¿Eso es lo único que tienes que decir?

–¿Qué otra cosa se supone que tengo que decir? Esa mujer tenía un cáncer terminal.

–¡Podrías mostrar un poco de compasión, por el amor de Dios!

–¿Preferirías que siguiera sufriendo?

–Deja de dar la vuelta a mis palabras.

–Hay muchas otras cosas a las que debería darles la vuelta, pero a lo mejor yo soy el único que puede verlas. En cualquier caso, tienes razón. No me importa –dijo fríamente–. Hace años que dejó de importarme nada, y me alegro.

Y sin más, colgó el teléfono.

–¿Qué ha dicho?

Dylan no había oído acercarse a Cheyenne. Estiró el cuello, intentando enfrentarse a sus propios sentimientos.

–Básicamente, que necesita más ayuda de la que yo le he podido dar.

–¿En qué sentido?

Pero la carga que llevaba Cheyenne sobre los hombros ya era suficientemente pesada. Haciendo todo lo que estaba en su mano para controlar la desilusión y la preocupación que tan a menudo le embargaban cuando pensaba en Aaron, imprimió más energía a su voz.

–En el mismo sentido que tu hermana. Están enfadados y enfrentados al mundo, y el mundo les paga con la misma moneda.

–¿Y no hay forma de ayudarles? –preguntó Cheyenne.

–No, hasta que decidan ayudarse ellos mismos.

Aquella realidad, aquella impotencia, le volvía loco de desesperación.

Cheyenne se retorcía las manos nerviosa.

–¿Qué ha dicho de Presley?

–No gran cosa. Antes le ha llamado para pedirle que viniera, pero... –se interrumpió.

Dylan no era capaz de repetir lo que le había dicho su hermano. No quería dar una imagen tan miserable de Aaron. Sabía que nadie entendería por qué había reaccionado como lo había hecho.

–Era tarde y ya estaba en la cama –terminó explicando.

–¿Tiene alguna idea de dónde podemos buscarla?

Dylan tenía varias ideas.

–Le gusta el Sexy Sadie's –la miró–. Y también suele ir mucho a casa de Carl Inera.

–A comprar drogas.

Dylan asintió.

Cheyenne se frotó la cara como si estuviera tan cansada que apenas pudiera pensar. Después, pareció recuperar de pronto las fuerzas, porque se dirigió con energía hacia el cuarto de estar.

–Voy a buscarla.

Dylan corrió tras ella.

–No, tú quédate aquí.

Cheyenne desvió la mirada hacia el dormitorio de su madre.

–No quiero estar aquí.

–No te culpo. Pero Presley podría volver y tiene que haber alguien en casa. No sé si llegará en un estado que le permita ocuparse de todo lo que hay que hacer ahora que tu madre ha muerto.

Aunque Cheyenne parpadeó rápidamente, Dylan vio las lágrimas que asomaron a sus ojos.

—De acuerdo.

—Encontraré a Presley y la traeré a casa. Después, cuando sepamos lo que ha pasado, decidiremos lo que tenemos que hacer.

—Entonces, te espero aquí.

—Eso es. Ahora mismo no puedes hacer otra cosa.

Cuando salió, estaban comenzando a caer copos de nieve. Como no hacía viento, caían delicadamente sobre su rostro y su cazadora. Algunos se posaron en sus pestañas. No nevaba con mucha frecuencia en Whiskey Creek y siempre que lo hacía era todo un acontecimiento. Dylan alzó la mirada hacia el cielo.

—Está nevando —musitó.

Cheyenne no parecía en absoluto complacida cuando contestó:

—Me lo imaginaba.

En cuanto Dylan se fue, la casa se quedó en completo silencio. Cheyenne permaneció frente a la ventana, observando cómo desaparecían las luces traseras de la moto mientras Dylan se alejaba. No había nada que ver, salvo los copos blancos que caían lentamente hasta el suelo.

Se frotó los brazos, intentando compensar el frío terrible que había invadido la casa. Nunca se había sentido tan sola. A lo mejor, porque nunca lo había estado. Cuando tenía diez años, su madre la había dejado en una esquina de una transitada calle con un cartel en el que decía que tenía hambre y que su madre se había quedado sin trabajo. Aunque estaba en una zona llena de gente, cerca del mayor centro comercial de Walnut Creek, jamás se había sentido tan sola.

Cuando un hombre la había agarrado por la muñeca para ponerle unas monedas en la mano, se había dado un susto de muerte. Y se había sentido profundamente humillada por las miradas especulativas de aquellos menos compasivos.

Irónicamente, tenían derecho al escepticismo. Su madre no compraba comida con ese dinero. Lo que quería era una botella de vodka para sumirse en el sopor del alcohol y dormir en el coche mientras Presley y ella rebuscaban comida en los contenedores de un McDonald.

Apretó los labios ante aquel recuerdo y se apartó de la ventana.

—Te has ido —le dijo a Anita, aunque sabía que ya no podía oírla.

Le parecía tan extraño que su madre no fuera a llamarla en cualquier momento... Anita no podría manipularla nunca más con la culpabilidad, el deseo de amor o aquel optimismo natural que le permitía esperar a Cheyenne que su madre cambiara.

Tampoco podría revelarle nunca el lugar en el que había nacido. Se había llevado su secreto, en el caso de que lo hubiera, a la tumba.

Cheyenne regresó a la cocina y miró el calendario. Veintidós de diciembre. No, ya era más de la medianoche. Era veintitrés de diciembre. Aquella sería la fecha que aparecería en el certificado de defunción de Anita. Al cabo de unos días, su madre sería enterrada en el mismo cementerio en el que habían enterrado a Mary, el mismo lugar en el que Anita había obligado a Cheyenne a pasar toda una larga noche atada a un árbol.

Resultaba irónico, de una forma macabra, pero Anita le había hecho prometer a Cheyenne que no la incineraran. Anita siempre había tenido pánico al fuego. Decía que no podría soportarlo ni siquiera de muerta.

Cheyenne deseó que durante los días que se avecinaban no tuviera que preocuparse por nada que no fueran los detalles del funeral y el entierro. No le importaba perderse la

Navidad. Para ella no tenía ninguna importancia verse privada de la alegría navideña que había aprendido a esperar desde que habían ido a vivir a Whiskey Creek. Lo único que le preocupaba era su hermana.

¿Habría matado Presley a Anita? ¿Qué podía haber pasado para que hiciera una cosa así?

Cheyenne no se podía imaginar un castigo peor que el peaje que tendría que pagar la propia conciencia de Presley. Su hermana, a pesar de la confusión emocional que le generaba la dependencia de las drogas, quería a Anita. Pero eso no le iba a servir para defenderse.

Tras mirar una vez más el teléfono móvil que había dejado en la mesa de la cocina, Cheyenne revisó las llamadas y los mensajes de texto. No tenía ninguna llamada de Presley, a pesar de que había intentado localizarla varias veces.

–Vamos, Pres.

Cerró los ojos y se llevó las manos a los labios. No estaba segura de hasta cuándo podría seguir retrasando el momento de llamar al hospital.

Con todos los nervios en tensión, comenzó a caminar. Pero la ansiedad era cada vez mayor. Tenía que hacer algo. Tenía que sacar a Anita de aquella casa.

Sonó el timbre.

Sorprendida y un poco asustada, se llevó la mano al pecho. No podía ser Dylan. Hacía menos de un cuarto de hora que había salido. Tenía miedo de qué fuera la policía la que estuviera al otro lado de la puerta, quizá con Presley. ¿Se habría entregado ella misma o la habría descubierto alguien y la habría hecho confesar?

Cruzó corriendo el cuarto de estar y miró por la mirilla.

Era Aaron. Tenía el pelo revuelto, como si acabara de levantarse de la cama, y estaba sin afeitar. Era el más guapo de los hermanos, tenía un rostro que podría haber servido de modelo para Armani o Calvin Klein, un rostro de facciones clásicas y perfectamente esculpidas, pero también era el más difícil de la familia. La gente intentaba no cruzarse con él. Ni siquiera se había protegido del frío. Temblaba en la puerta mientras esperaba con las manos en los bolsillos, vestido con una camiseta y unos vaqueros.

Cheyenne le abrió.

–¿Sí?

–¿Dónde está Dylan?

–Ha ido a buscar a Presley.

–Entonces, ¿por qué no contesta el maldito teléfono?

A lo mejor porque no quería hablar con él. Su última conversación no parecía haber terminado muy bien.

–No lo sé.

Aaron miró temeroso hacia la casa.

–¿Todavía no la habéis encontrado?

–No, todavía no.

–¿Dónde ha ido a buscarla?

–A casa de Carl Inera y al Sexy Sadie's. Eso es todo lo que sé.

Aaron dio una patada a un guijarro que había en el porche.

–Muy bien. Iré a un par de sitios más.

–Antes deberías ponerte una cazadora.

–Sobreviviré.

Estaba ya a medio camino de la camioneta cuando Cheyenne le llamó.

–¿Aaron?

Con evidente desgana, Aaron se volvió.

–¿Tú quieres a mi hermana?

Cheyenne no podía olvidar la voz de su hermana cuando le había dicho que podía estar embarazada. A lo mejor se había hecho una prueba y había confirmado sus sospechas. A lo mejor era así como había comenzado una noche que había terminado de una forma tan dramática.

–No sé si soy capaz de querer a nadie –admitió Aaron, y se marchó.

Cheyenne estaba completamente segura de que Presley le quería. De que podía incluso estar enamorada de él. Su pobre hermana nunca había tenido nada. No había tenido la suerte de contar con un grupo de amigos como el de Cheyenne, había vivido sin la estabilidad que ello le proporcionaba. Presley se había aferrado a Anita porque no tenía a nadie a quien agarrarse. Y a las drogas. Y a un hombre en el que no podía confiar.

Rezando en silencio al Dios al que Eve y su familia reverenciaban, Cheyenne pidió perdón por lo que estaba a punto de hacer. A lo mejor aquel Dios lo encontraba terrible, pero se enderezó y cerró la puerta.

Acababa de tomar una decisión, una decisión de la que podría arrepentirse durante el resto de su vida. Pero al igual que todo el mundo, solo podía seguir los dictados de su propia conciencia.

Para cuando decidió regresar a casa de Cheyenne, Dylan estaba agotado. Había buscado en todos los rincones que se le habían ocurrido. Había ido incluso a sitios a los que dudaba que Presley hubiera ido alguna vez. Se había acercado al casino en el que trabajaba y a otro que estaba bastante lejos de allí. Había recorrido la estrecha carretera que llevaba a la mina en la que celebraban fiestas cuando estaban en el instituto a pesar de que estaba tan resbaladiza que podía ser peligroso. Había levantado a Carl Inera de la cama y le había acusado de haberle vendido droga a Presley, algo que él había negado. Y se había encontrado con Aaron, que estaba haciendo el mismo recorrido que él. Pero no habían encontrado una sola pista de Presley.

En un último esfuerzo, habían recorrido las calles de Whiskey Creek durante una hora, emprendiendo la búsqueda desde los diferentes puntos del pueblo y yendo lo más lentamente posible, revisando todos los aparcamientos, todos los callejones y las carreteras secundarias, por si veían su coche.

Odiaba volver a casa de Cheyenne sin tener la menor idea de lo que le había pasado a su hermana, pero no podía hacer nada más, aparte de llamar a la policía. Y, dada la situación, prefería evitarlo.

Había llamado a Cheyenne tres veces en la última media hora por si sabía algo, pero ni siquiera había contestado al teléfono. Esperaba que eso significara que se había quedado dormida. Necesitaba descansar. Prefería imaginársela dormida a pensar que había estado sufriendo cada minuto de los que él había pasado fuera. A lo mejor Presley había vuelto y estaban las dos en casa.

Pero cuando llegó a casa de Cheyenne, no vio el coche de Presley. Vio la furgoneta del forense, un coche patrulla y otro vehículo, un Acura.

—¡Oh, mierda! —musitó, y aparcó fuera del camino para no bloquear el paso a nadie.

Aaron, que le había seguido, aparcó al lado de Dylan.

—¿Vas a quedarte aquí? —le preguntó a través de la ventanilla.

—Sí, voy a quedarme aquí.

Aaron sacudió la cabeza.

—A veces me gustaría ser tú. Siempre sabes lo que quieres y cómo conseguirlo.

No era cierto. A Dylan le habían negado muchas cosas. Seguramente, incluso más que a su hermano, pero Aaron no le dio la oportunidad de responder. Puso el coche en marcha y salió disparado, como si estuviera deseando huir de casa de Cheyenne.

—Si tú supieras… —Dylan sacudió la cabeza.

La puerta de la calle se abrió antes de que hubiera llegado a ella y salieron dos tipos a los que no reconoció llevándose el cadáver de Anita en una camilla. Iba cubierta por una sábana, pero Dylan desvió la mirada. No quería verle ni un dedo del pie. Aun así, la imagen de lo que había visto en el dormitorio le perseguiría durante toda su vida.

Los hombres, sobresaltados por aquella inesperada aparición, alzaron la mirada hacia él cuando Dylan se apartó de su camino.

–¿Es usted un familiar? –preguntó uno de ellos.

–Soy amigo de Cheyenne.

–Me alegro de que haya venido alguien. Está en casa.

A Dylan se le revolvió el estómago al pensar en lo que había tenido que soportar en su ausencia. ¿Habrían hecho fotografías para documentar la escena del crimen? ¿Estaría la policía buscando a Presley?

Sabía cómo se sentiría él si hubiera sido Aaron el que…

En cuanto puso un pie en el interior de la casa, oyó las voces que salían del dormitorio de Anita, pero, cuando llegó al pasillo, disminuyó el ritmo de sus pasos. No quería acercarse al lugar en el que Anita había muerto, o había sido asesinada. Aaron no era el único que tenía problemas para enfrentarse a la muerte. También Dylan había visto a su madre antes de que se la llevara la ambulancia.

–¿Cree que puede quedarse sola? –oyó preguntar al sheriff.

Desde el exterior de la habitación, Dylan vio a Cheyenne limpiando. Las sábanas manchadas ya habían desaparecido de la cama.

–Sí, puedo quedarme sola –contestó.

–¿A qué hora llega tu hermana a casa? –aquella pregunta la formuló una mujer morena de mediana edad.

–A veces se queda a pasar la noche en casa de alguna amiga.

A Dylan le pareció una respuesta extraña. Y todavía más el que se aceptara como normal.

–Me gustaría que pudieras ponerte en contacto con ella –dijo la mujer–. Sería mucho mejor para tu hermana poder despedirse definitivamente de su madre. Será muy duro para ella llegar y encontrarse con una habitación vacía.

Cheyenne enrolló varios camisones del hospital, formando un ovillo.

–Sabía que podía ocurrir en cualquier momento.

–Por supuesto, pero, aun así, sería preferible.

–Debe de haberse quedado sin batería –le explicó Cheyenne–. O a lo mejor está tan dormida que no oye el teléfono. Hablaré con ella lo antes posible.

La mujer suspiró.

–Supongo que no puedes hacer nada más, salvo salir a buscarla, y esta noche las carreteras están en muy mal estado. No se te ocurra salir con este tiempo.

–No.

–Estoy segura de que Presley aparecerá mañana.

Se acercó a Cheyenne y le dio un abrazo.

–Siento todo por lo que habéis pasado. Ha sido desgarrador, pero espero haber podido ayudar, aunque sea un poco. Ese es el objetivo del hospital.

Cheyenne parecía muy frágil, como si pudiera quebrarse ante el más ligero contacto. Pero Dylan se imaginó que encontraban normal su palidez. Al fin y al cabo, acababa de perder a su madre.

–Por supuesto. Te has portado muy bien con nosotras. No sé qué habríamos hecho sin tu ayuda.

–Me alegro –la enfermera posó la mano en su brazo–. Ahora tu madre está en un lugar mucho mejor.

Cheyenne inclinó la cabeza.

–Sí, lo sé.

El tono de Cheyenne era respetuoso, pero Dylan sabía que estaba deseando que se marchara todo el mundo. El Departamento de Policía de Whiskey Creek contrataba al sheriff para que se ocupara de todos aquellos avisos que ellos no podían atender, de modo que aquellos eran funcionarios del condado, no de Whiskey Creek. No tenían la menor idea de la clase de persona que había sido Anita ni de los sentimientos encontrados que seguramente Cheyenne estaba experimentando.

–Te sugiero que solicites la ayuda de un psicólogo que os ayude a tu hermana y a ti a pasar el duelo –añadió la mujer, con un deje ligeramente aleccionador–. Lo que habéis pasado ha sido muy traumático y continuará siendo difícil durante algunos meses, quizá más.

Dylan se permitió esbozar una sonrisa irónica. Era un consejo fácil de dar, pero ese tipo de ayuda no era gratuita y él lo sabía. Su familia no había recibido ninguna ayuda de ese tipo.

—Agradezco tu preocupación —contestó Cheyenne—. Y haremos lo que podamos.

El sheriff miró significativamente su reloj.

—Son casi las seis, ¿cree que podrá dormir? Puedo quedarme en el salón viendo la televisión hasta que llegue su hermana. No quiero dejarla aquí sola.

Cheyenne continuó apretando los camisones y añadió al ovillo una sábana limpia y perfectamente doblada.

—Se lo agradezco, pero no hace falta. Gracias, de todas formas.

—No puedo dejarla aquí...

Dylan se aclaró la garganta, atrayendo la atención de las autoridades sobre su presencia. Si le habían oído entrar, no habían reaccionado. O bien porque estaban demasiado concentrados en lo que estaba pasando o bien porque habían asumido que era uno de los hombres que habían ido a retirar el cadáver y pensaban que había regresado por alguna razón, quizá para pedir un vaso de agua.

—Yo cuidaré de ella —les aseguró.

—¿Es... amigo suyo? —la enfermera arqueó las cejas casi hasta la raíz del cabello.

Cheyenne pareció tan aliviada al verle que Dylan estuvo a punto de acercarse a ella a pesar de que la habitación ya estaba llena.

—Es mi vecino —explicó Cheyenne—. Estaré en buenas manos.

Lo dijo con tal convicción que dejó a Dylan confundido. Él acababa de llegar a la conclusión de que había elegido a Joe. Pero entonces, ¿por qué no estaba Joe allí? ¿Porque vivía más lejos? ¿Porque Cheyenne se sentía más cómoda con alguien que consideraba inferior a ella y prefería que Joe no participara de aquel terrible proceso?

El sheriff le miró con los ojos entrecerrados, como si el pelo largo y la cazadora de cuero implicaran que no podía confiar en él, pero había arrugas de cansancio en su severo rostro. Era obvio que estaba deseando irse de allí para poder volver a casa con su familia. Seguramente su turno estaba a punto de terminar.

–Llámeme si necesita cualquier cosa –le dijo a Cheyenne.

Cheyenne asintió y pasó por todos los agradecimientos y los tópicos que se repetían en ese tipo de situaciones antes de acompañarlos a la puerta.

Cuando por fin se marcharon, Cheyenne cerró la puerta y se volvió hacia él.

–¿Podrías encender la chimenea? –le pidió.

–Por supuesto.

No le preguntó por qué. Se imaginó cuáles eran sus intenciones y la apoyaba de manera incondicional. También se imaginó lo que había hecho antes de que él llegara y supo que él habría hecho lo mismo.

Mientras las llamas comenzaban a lamer los troncos que llevó del porche, Cheyenne fue a buscar un montón de ropa de cama que había dejado fuera.

–¿Dónde lo habías escondido?

–En el cobertizo.

Llevaba en una bolsa de plástico la almohada manchada de sangre y parte de la ropa de cama que había visto Dylan horas antes y que había desaparecido de la habitación de Anita cuando había vuelto.

Cheyenne la echó al fuego. Después, apiló los camisones del hospital, las toallas, las esponjas, los catéteres que sobraban e incluso la ropa normal de su madre.

–¿Estás segura de que quieres deshacerte de todo eso? –le preguntó Dylan cuando la vio tirar los cepillos del pelo, los productos de maquillaje y la bisutería.

–Sí –contestó ella con firmeza, y permaneció frente a la chimenea mientras todo ardía.

Capítulo 22

–Tienes que dormir algo –le aconsejó Dylan–. Yo me quedaré esperando hasta que venga Presley.

A Cheyenne le parecía imposible que estuviera dispuesto a quedarse después de haberla visto con Joe aquella noche. Sabía que aquello le había afectado. Aunque había sido muy amable con ella, no la había tocado desde que se habían llevado el cadáver, y estaba segura de que no pretendía hacerlo.

–¿Y qué pasará con el taller?

–Llamaré a Grady para que lo abra él.

–¿Podrán arreglárselas tus hermanos sin ti?

–Estarán perfectamente, solo será cosa de un día.

Cheyenne se retorció las manos nerviosa. Era como si de pronto no supiera qué hacer con ellas.

–¿No has sabido nada de Presley?

–Nada.

Se lo imaginaba, pero tenía que preguntarlo. ¿Adónde habría ido su hermana? ¿Se habría salido de la autopista y habría terminado despeñándose con aquel coche tan viejo que llevaba?

Cheyenne temía que pudiera ser ese el caso. Incluso temía que su hermana pudiera haberse tirado intencionadamente. Las drogas podían inducirle a hacer cosas que en condiciones normales jamás haría. La posibilidad de un embarazo podría haberla superado, sobre todo combinada con la agonía de Anita y...

Negándose a terminar de formular aquel pensamiento, cambió de tema.

—Mientras estabas buscando a mi hermana, ha venido Aaron. ¿Has estado con él?

—Sí, ha hecho todo lo posible por ayudarme.

—Creo que Presley está enamorada de él.

—Yo también tengo esa impresión.

Cheyenne se preguntó si debería hablarle del posible embarazo. Dylan no había hablado muy bien de Presley la primera vez que se habían encontrado en el parque, así que, al final, decidió no contar el secreto de su hermana. Habría sido un abuso de confianza. Dylan ya sabía más de lo que probablemente debería saber sobre la muerte de Anita.

El recuerdo de lo que había visto en la habitación de su madre le revolvió el cuerpo.

—¿Crees que soy horrible por haber ocultado lo que hizo Presley?

Dylan no apartó la mirada de su rostro.

—No.

—Es que no... no quería que tuviera más problemas cuando, en realidad, Anita estaba a punto de morir. Sé que no es una excusa, pero...

Pero no sabía de qué otra manera podía manejar la situación, cómo podía continuar aferrada a su moral y, al mismo tiempo, seguir cuidando a aquella familia tan poco ejemplar.

—Estoy segura de que le ha pasado algo, o a lo mejor han sido las drogas, pero mi hermana quería a Anita.

—No sabemos lo que ha pasado, tenías que concederle el beneficio de la duda. En caso contrario, tendrías que haberla entregado a la policía y no creo que se pueda confiar más en ellos que en tu hermana.

Era cierto, pero el hecho de que Presley no hubiera llamado no auguraba nada bueno. Cheyenne temía haber perdido a su hermana y a su madre la misma noche.

–Espero que esté bien.

La empatía que reflejaban los ojos de Dylan la hizo desear sentir sus brazos a su alrededor. Tenía tanto frío y se sentía muy lejos de su mundo de siempre. Sabía que Dylan podía ser el ancla que necesitaba. Lo había sido desde el primer momento, aunque no hubiera querido reconocer el efecto tan profundo que había tenido en su vida. Deseaba poder pedirle una vez más aquel consuelo físico, pero se había abierto una brecha entre ellos que no estaba allí días atrás. Y ella era la única culpable. Le había hecho cuestionarse a Dylan todo lo que había sentido cuando estaban juntos. De pronto, Dylan desconfiaba tanto de ella como ella había desconfiado de él.

–Estoy seguro de que está bien.

Cheyenne fijó la mirada en el teléfono. ¿Cómo podían haber pasado tantas cosas desde que Eve se había ido? Las fiestas de Navidad nunca eran fáciles para ella. Tenía demasiados recuerdos de las Navidades del pasado, de lo pronto que había aprendido que Santa Claus no existía. Pero aquella Navidad estaba siendo mucho más dura que la de cualquier otro año.

–Intenta descansar un poco –repitió Dylan, y se sentó.

Cheyenne tragó saliva.

–Sobre lo que ha pasado antes, en la feria...

–No hablemos ahora de eso, ¿de acuerdo?

–Deberíamos hablar.

Quería hablar, quería decirle cómo se sentía, pero la esperanza que había visto otras veces en su rostro, como el día que habían ido al Sexy Sadie's, había desaparecido.

–No hay nada que decir. Los dos hemos pasado por muchas cosas en esta vida. Si al final empezamos a tener alguna relación con alguien, tiene que ser con una persona de confianza, una persona sólida y consistente que no haya hecho locuras en el pasado. Joe es perfecto para ti.

Cheyenne apenas podía respirar. Aquella noche había vivido un verdadero infierno, pero, de alguna manera, aquel dolor era más profundo. En el momento en el que había pensado que Joe estaba a punto de besarla, lo había visto todo perfectamente claro, había comprendido que lo que sentía por Dylan era algo especial, no una simple atracción. Joe era un hombre más atractivo. Siempre había sido un hombre de familia y, además, le ofrecía un futuro mucho más estable. Cheyenne debería haberse emocionado al saber que estaba interesado en ella, sobre todo teniendo en cuenta la cantidad de años que había estado enamorada de él.

Pero, cuando estaba entre los brazos de Dylan, se sentía como si hubiera encontrado un hogar. A lo mejor Dylan estaba tan marcado por la vida como ella, pero la comprendía y comprendía su pasado. Cheyenne jamás había alcanzado tal grado de afinidad con nadie.

Abrió la boca para decírselo, pero se imaginó que a él no le importaba. Ella había hecho todo lo posible por asfixiar lo que había surgido entre ellos de forma tan inesperada.

–Claro, por supuesto. Lo siento –contestó, y se dirigió a su dormitorio.

Presley estaba ya a medio camino de Los Ángeles cuando se dio cuenta de hasta dónde había llegado. Pero el único motivo por el que paró fue que se había quedado sin gasolina. El coche había comenzado a traquetear varios minutos atrás, cuando el sol comenzaba a asomar por el horizonte, poniendo fin a la que había sido la noche más larga de su vida. Y, en aquel momento, el Mustang se negaba a moverse.

Había tomado la carretera interestatal número cinco, una enorme autopista que atravesaba las principales ciudades de California. A diferencia de lo que ocurría con la autopista que conectaba Sacramento y Los Ángeles, las gasolineras eran pocas y dispersas. Y tampoco estaba cerca de ninguna salida. Había pasado por delante de la última gasolinera con la música sonando a todo volumen y sin pensar siquiera en la gasolina que le quedaba y no sabía dónde podría estar la siguiente. Tampoco le importaba. No tenía ningún lugar al que ir. Lo único que tenía que hacer era seguir moviéndose como cuando era niña y viajaban de área de descanso en área de descanso, suplicándoles a otros viajeros que les dieran algunas monedas para comprar algo de comer.

Cuando salió del coche, oyó el bocinazo de un camión y retrocedió tambaleante. El golpe repentino de aire que lo acompañó le levantó el pelo y la ropa. Había estado a punto de morir atropellada.

Aturdida, fijó la mirada en aquel enorme tráiler y observó girar las ruedas preguntándose qué habría sentido si la hubiera golpeado aquel camión. Probablemente, habría escapado al dolor en un abrir y cerrar de ojos.

¿Qué iba a hacer? ¿Adónde podría ir?

No tenía la menor idea. Pero el efecto del cristal que había fumado horas antes estaba desapareciendo. Tenía que encontrar la manera de conseguir más. Eso era en lo único en lo que estaba pensando cuando, minutos después, otro camionero la vio caminar por la cuneta y paró para ver si necesitaba que la llevara a alguna parte.

A Cheyenne la despertó el teléfono. Lo tenía en modo vibrador, pero estaba tan inquieta que bastó para arrancarla del sueño. Parpadeando, dio media vuelta en la cama y lo agarró. Quería creer que era Presley la que llamaba. Pero antes de poder ver claramente la pantalla del teléfono supo que no era su hermana. El nombre empezaba por *R*.

Riley. Probablemente, estaba en el hostal.

—¿Diga?

Estaba haciendo todo lo posible por despertarse del todo, pero se sentía como si estuviera enterrada bajo toneladas de arena. Y a ella misma le sonó así su voz.

–Eh, ¿qué pasa? No te he despertado, ¿verdad?

Debía de estar preguntándose por qué no se había pasado por el hostal en todo el fin de semana.

Cheyenne se dejó caer contra la almohada.

–¿Qué hora es?

–Casi las dos. Pensaba que te ibas a pasar por aquí. Quiero que veas cómo está quedando la pintura del vestíbulo principal. No sé si es lo que Eve y tú teníais en mente.

–Eh...

Cheyenne se pasó la mano por el pelo. Le resultaba imposible dejar de pensar en sus problemas y concentrarse en el trabajo. Todo se había desplomado sobre ella. La muerte de Anita, la posible culpabilidad de su hermana, su consiguiente desaparición y el haberse encontrado con Dylan estando con Joe.

–Al final, fue anoche –se limitó a decir.

–¿El qué?

–Murió mi madre.

Riley suspiró al cabo de varios segundos de silencio.

–Eve se va a sentir muy mal por no haber estado aquí.

–Lo sé.

–Lo siento, no puedo sustituir a Eve, pero ahora mismo voy hacia allí.

La puerta se abrió en ese momento y apareció Dylan. Evidentemente, la había oído.

–Tengo que irme –susurró–. Ha surgido un problema en el taller.

Cheyenne no quería que se marchara, pero ya le había pedido mucho más de lo que tenía derecho a pedirle. Tapó el teléfono.

–¿Se ha sabido algo de Presley?

–No.

–Gracias por haberte quedado conmigo.

Dylan asintió y cerró la puerta.

—¿Con quién hablabas? —le preguntó Riley.

—Con mi vecino.

—¿Con cuál?

—Con Dylan Amos.

—¿De verdad?

Cheyenne no pudo evitar enfadarse ante la inflexión que advirtió en la voz de Riley.

—Sí, vive al final de la carretera y se ha quedado toda la noche en mi casa después de que se llevaran a mi madre. ¿Por qué te sorprende tanto?

—Me resulta difícil imaginarme a Dylan Amos mostrándose tan compasivo.

A ella no le costaba nada. A lo mejor a Dylan no se le consideraba un hombre respetable, pero siempre había protegido a todos aquellos que le importaban.

—En realidad... Dylan no es como todo el mundo piensa.

—Entonces, ¿cómo es?

Cheyenne todavía no lo había decidido, pero sabía que era mucho mejor de lo que la gente pensaba.

—Es una buena persona.

—Tendré que creer en ti. Si alguna vez te lo pregunta, dile que yo también creo que es una buena persona.

Estaba bromeando.

—Déjalo ya —le advirtió Cheyenne, riéndose a su pesar.

—No pienso interponerme en su camino.

Cheyenne sonrió ante el tono asustado que empleó Riley.

—Te aseguro que jamás te haría ningún daño.

—No, si no me cruzo con él. En cualquier caso, voy para allá.

—No, no vengas —aunque se sentía como si estuviera medio drogada, se obligó a sentarse en la cama—. Mi hermana ha desaparecido, tengo que ir a buscarla.

—¡Mierda!

—Exactamente.

–No se ha tomado bien la noticia, ¿eh?

Cheyenne no le sacó de su error.

–Supongo que no.

–Te ayudaré a buscarla.

–¿Y el trabajo?

–¿Qué trabajo? Da la casualidad de que tengo muy buena relación con el jefe. En diez minutos estoy en tu casa.

–¿Puedes ir antes en esta dirección? –le pidió Cheyenne.

Riley la miró de reojo. Después de dar una importancia desmesurada a sus ojeras, Riley había insistido en conducir.

–¿Quieres salir del pueblo? ¿Por qué? ¿Qué hay ahí, además de un callejón sin salida?

Para empezar, los Amos. Cheyenne quería creer que, en el caso de que Presley se hubiera puesto en contacto con Aaron, este se lo habría dicho a su hermano, pero la verdad era que no se fiaba de él. Teniendo en cuenta la relación que tenía con las drogas, no era una persona que le inspirara demasiada confianza.

Suponía que tampoco confiaba del todo en Dylan, porque estaba deseando saber si de verdad había ido al taller como le había dicho o si, sencillamente, estaba deseando escapar de su casa.

–Mi hermana tiene amigos por esta zona.

–¿Qué clase de amigos? –musitó Riley, como si en aquella zona del río solo viviera gente despreciable.

Normalmente, Cheyenne no hubiera puesto ninguna objeción a aquel tipo de comentario. Básicamente, estaba de acuerdo con él. Sin embargo, aquel día, la actitud de Riley la irritaba.

–No todo el que vive aquí es escoria. Yo también vivo aquí, ¿no?

Y también había vivido allí Anita, que encajaba perfectamente con aquel estereotipo, pero no lo señaló.

–Por supuesto que no. Lo siento.

Cheyenne no contestó. Estaba demasiado ocupada escudriñando la casa de Dylan. En realidad, nunca la había mirado con tanta atención a la luz del día, y menos con los ojos con los que la estaba mirando en aquel momento. Era una casa cuidada por dentro y por fuera, decidió. Era cierto que no tenía demasiadas florituras, ni lechos de flores, ni adornos navideños o felpudos dando la bienvenida a la casa. Pero tampoco había coches rotos, o neumáticos viejos y baterías, objetos habituales en otras casas de la zona. Alguien había arreglado la cerca y la casa parecía haber sido pintada como muy tarde, ese mismo verano.

El todoterreno de Dylan no estaba. Aquello la hizo sentirse ligeramente mejor, aunque prefería no pensar por qué. Pero no había ni rastro del Mustang de su hermana.

Le pidió a Riley que se detuviera para poder dar una vuelta. Quería mirar detrás del establo, donde Dylan había escondido su coche aquella noche. En realidad, no sabía por qué podía estar Presley en aquel lugar, pero por alguna parte había que empezar.

Pero no había ni coches escondidos ni rastro alguno de Presley. Solo algunas pesas y un saco de boxeo. A juzgar por la radio, la jarra de agua y la sudadera, alguien utilizaba regularmente aquel espacio. Quizá más de una persona.

Cheyenne intentó imaginarse lo que estaba sintiendo su hermana, pero rápidamente bloqueó aquel pensamiento. No quería considerar siquiera las implicaciones de lo que había encontrado en la habitación de su madre, sobre todo porque había sido ella la que había hecho desaparecer las pruebas y eso la situaba también a ella en el lado oscuro de la ley.

Los perros de Dylan ladraban contra la puerta de cristal. Sabían que Cheyenne no debería estar allí. Cheyenne se detuvo a mirarlos. Cuando era pequeña, le suplicaba a su madre que le consiguiera un cachorro. En una ocasión, Anita le había permitido quedarse con un perro abandonado, más por tácita aprobación que por estar verdaderamente de acuerdo. Pero después se había alejado con sus hijas de Albuquerque y la había obligado a dejar el perro.

Cheyenne había pensado muchas veces en tener un perro siendo ya adulta, pero cuidar de su madre se había convertido en su principal ocupación. Y no estaba segura de que sus futuros arrendadores le permitieran tener un perro, por lo menos, sin obligarla a depositar una cuantiosa fianza.

A lo mejor algún día, se dijo a sí misma, y golpeó el cristal.

—¡Eh, chicos! —no tenía la menor idea de si los dos eran machos, pero eran enormes.

—¿Estás bien?

Cheyenne se volvió y vio que Riley la había seguido.

—Sí, estoy bien. Presley no está aquí. No hay nadie en la casa.

—¿Es aquí donde viven los Amos?

Cheyenne asintió.

—Sí.

—No está nada mal. Mucho mejor que donde vivo yo en este momento —regresaron juntos a su camioneta—. ¿Dónde vamos ahora?

—Supongo que a casa de Carl Inera.

Sabía que estaba siguiendo los pasos que había dado Dylan la noche anterior, pero a lo mejor había cambiado algo desde entonces.

Riley la agarró de la mano.

—¿Le has contado a Eve lo de tu madre?

Cheyenne se llenó de aire los pulmones.

—No, todavía no. No quiero arruinarle las vacaciones.

—Ella preferiría saberlo.

—Ya no puede hacer nada. Prefiero esperar a que vuelva.

Riley la hizo detenerse.

—¿Estás segura?

Cheyenne asintió.

–Ahora, lo único que quiero es encontrar a Presley.

–Y la encontraremos.

Parecía confiado, pero Cheyenne tenía muy serias dudas. No sabía si Presley sería capaz de continuar viviendo después de lo que había hecho. Y tampoco sabía si sería capaz de hacerlo ella sabiendo lo que había hecho su hermana. Y sabiendo que había ocultado su delito.

Capítulo 23

Joe estaba en la gasolinera hablando con un cliente sobre un cambio de aceite cuando su padre se asomó desde la tienda

—Pásate por aquí cuando termines, ¿quieres?

Martin le llamaba continuamente. A veces, porque se le ocurría una idea para mejorar la gasolinera. Otras, porque pensaba que deberían contratar o despedir a alguno de sus empleados, como cuando dos años atrás habían tenido que despedir a Mindy por cleptómana. Por eso no le preocupó aquella llamada. En cuanto pusieron una fecha para el cambio de aceite, se acercó a ver a su padre.

—¿Qué pasa?

Joyce Weatherby, una de las maestras del pueblo, estaba en la caja registradora pagando un paquete de chicles. Martin le deseó buenos días y esperó a que se fuera para contestar.

—¿Te has enterado de la noticia?

—¿Qué noticia?

—Ha muerto la madre de Cheyenne.

Joe no lo sabía. Todavía no la había llamado. Había estado ocupado haciendo planes con sus hijas. Se suponía que tenía que ir a buscarlas al cabo de hora y media y que se quedaría con ellas varios días.

—¿Quién te lo ha dicho?

–Una enfermera del hospital ha pasado por aquí hace varios minutos. Iba de camino a casa de Cheyenne y Presley para llevarles algo de comida caliente. Me ha pedido que se lo cuente a todos sus amigos para que las apoyen en un momento tan difícil.

–¿Has llamado a Gail?

–No, pero la llamaré.

Joe hundió las manos en los bolsillos.

–Así que por fin ha muerto Anita.

Su padre le dirigió una mirada severa.

–No tiene sentido fingir –replicó Joe, y miró la hora.

Su ex le esperaba a las siete. A lo mejor podía convencer a Cheyenne de que le acompañara a Sacramento. Podía invitarla a cenar con las niñas cuando llegaran. Seguramente no le apetecería salir una noche después de que hubiera muerto su madre, pero estando sus amigos en el Caribe, la perspectiva de quedarse en casa sola si Presley tenía que ir a trabajar no tenía que resultarle mucho más apetecible.

Además, tenía curiosidad por verla interactuar con sus hijas. Porque no podía cancelar los planes que había hecho con las niñas, que habían tenido que pedirle a una de sus amigas que cambiara la fecha de celebración de su fiesta de Navidad para poder ir a Whiskey Creek. El juez le había asignado a Joe la Nochevieja y a Suzie el día de Navidad.

–Llamaré a Chey.

Su padre no le quitaba los ojos de encima.

–¿Qué pasa? –le preguntó Joe.

–Te gusta, ¿verdad?

Le gustaba. Le gustaba mucho.

–Deja de ser tan engreído –le advirtió a su padre.

Y Martin se echó a reír mientras él se alejaba.

Cuando Joe la llamó, Cheyenne silenció el teléfono. Sabía que era de mala educación no contestar. Tenía la sensación de haber estado evitándole durante toda una semana. Gail intentó hablar con ella a continuación. Pero Cheyenne no era capaz de hablar con nadie en aquel momento. Tras haber pasado varias horas buscando a su hermana sin ningún éxito, había comenzado a entrar en estado de pánico. Quería agarrar una linterna y peinar los bosques que bordeaban el río. A Presley le encantaba estar por allí. En verano, se sentaba en la orilla con los pies en el agua a fumar cigarrillo tras cigarrillo.

Aunque en Navidad el tiempo era demasiado frío como para hacer algo así, Cheyenne decidió ir hasta allí de todas formas. Pero antes esperaba poder contar con el apoyo de la policía local. Riley y ella se habían puesto en contacto con todos los amigos y compañeros de trabajo de Presley. Cheyenne ya no sabía qué más podía hacer. Conducir por el pueblo preguntando a todo el mundo que si habían visto a su hermana no estaba dando ningún resultado. Presley se había marchado en medio de la noche. No había muchos vecinos de Whiskey Creek que estuvieran levantados a esas horas.

Riley esperó dentro de su camioneta mientras ella llamaba a la puerta de Tim Stacy. Tim llevaba pocos años siendo el jefe del departamento, pero llevaba trabajando como policía desde antes de que Cheyenne llegara a Whiskey Creek. En una ocasión, había obligado a Eve a detenerse yendo Cheyenne en el coche con ella porque se había saltado un semáforo en rojo.

Cuando le abrió la puerta. Cheyenne supo que le había interrumpido en medio de la cena.

—Siento molestarle —le dijo.

—Tranquila, no pasa nada.

Se limpió la boca con la servilleta que llevaba en la mano y miró disimuladamente a Riley.

—¿Qué puedo hacer por ti?

Escuchó con atención mientras le explicaba la situación, pero en cuanto mencionó el nombre de Presley, Cheyenne supo que solo la escuchaba por educación. Para cuando comenzó a explicarle que su hermana había desaparecido y que no la había visto en todo el día, él ya le había quitado importancia a la preocupación de Cheyenne.

–Todavía no son ni las ocho.

–Pero mi hermana se fue en medio de la noche. Eso significa que lleva fuera más de quince horas.

–¿Horas? Vamos, sabes que tu hermana nunca ha sido tan... formal como tú.

–Sí, eso es cierto, pero...

–Estoy seguro de que solo está intentando superar su tristeza –la interrumpió–. Las dos habéis sufrido mucho. La pérdida de nuestros padres nos afecta a cada uno de nosotros de forma muy diferente.

–Mi hermana nunca había desaparecido de esta forma –repuso Cheyenne.

Pero era su propia desesperación la que hablaba. En el segundo en el que pronunció aquella frase, supo que había perdido toda su credibilidad. Presley había desaparecido durante días en una ocasión. Y otra vez se había marchado durante semanas.

La situación era diferente aquella vez, pero solo ella sabía por qué.

A falta del uniforme, Tim Stacy se ajustó la cintura de los vaqueros.

–Se ha llevado el coche, ¿verdad? Pues volverá en cuanto esté preparada para enfrentarse a lo ocurrido.

–¿Y si no vuelve?

–Si dentro de un día o dos todavía no ha vuelto, veremos lo que podemos hacer.

–¿Un día o dos? –repitió Cheyenne estupefacta.

–No podemos disponer de los recursos del pueblo de una forma tan rápida. No sería justo para los contribuyentes. ¿Qué pasaría si pusiéramos a todo el mundo a buscar y termináramos encontrándola borracha en un bar de Sacramento?

A Cheyenne se le cayó el alma a los pies. Una vez más, la reputación de su hermana se estaba volviendo en su contra. Cheyenne había tenido que batallar contra la irresponsabilidad de Anita durante toda su vida y de pronto, se descubría haciendo lo mismo por su hermana.

Aun así, hizo un último esfuerzo para convencerle. Riley incluso salió del coche e intervino diciendo que también él pensaba que en aquella ocasión podía haberle pasado algo. Pero estar fuera de casa menos de veinticuatro horas no se consideraba una conducta extraña, sobre todo en una consumidora de drogas.

—Lo siento —le dijo Riley cuando volvieron a la camioneta.

Cheyenne estaba demasiado enfadada como para responder.

Riley le abrió la puerta.

—¿Qué vas a hacer ahora?

—No pienso renunciar —contestó—. Tú puedes volver a tu casa si quieres, pero yo pienso seguir buscándola.

—No quiero volver a casa, Chey, pero... —esbozó una mueca—, he dejado a Jacob en casa de unos amigos y tengo que ir a buscarle. Aunque puedo llevarle a casa de mi madre y volver un poco más tarde. Sí, eso es lo que voy a hacer, ¿te parece bien?

Las lágrimas comenzaron a rodar por las mejillas de Cheyenne. Riley la había acompañado durante toda la tarde y la mayor parte de la noche, pero no podía recurrir a nadie más.

—No, no hace falta, quédate con Jacob. Está de vacaciones y ahora no tiene que salir a entrenar ni hacer deberes. Estamos casi en Navidad. No me importa hacerlo sola.

Aaron estaba sentado en una de las sillas del despacho tomando un refresco de cola. Normalmente, cuando iba allí a por algo, lo agarraba y volvía directamente al taller.

También solía marcharse con los demás a las cinco de la tarde, algo que no había hecho aquel día. Dylan tenía la impresión de que estaba retrasando el momento de irse porque tenía algo que decirle.

–Así que Cheyenne te gusta de verdad, ¿eh?

¿Era eso? ¿Quería restregarle lo que había pasado la noche anterior?

Dylan se terminó el último bocado del sándwich que se había comprado para cenar Se había quedado en el taller porque tenía trabajo que terminar. Y porque pensaba que eso le ayudaría a olvidar a Cheyenne. De momento.

–¿Qué demonios tienes en la cabeza? –le preguntó.

Después de terminar media botella de refresco, Aaron eructó.

–¿No acabo de decírtelo?

–Mi vida amorosa no es asunto tuyo, ¿de acuerdo? Así que dime, ¿hay algo más de lo que quieras hablar?

Una extraña expresión cruzó el rostro de su hermano. Aaron parecía estar luchando por encontrar las palabras adecuadas, pero al final musitó:

–¡Qué demonios! Olvídalo –y se levantó.

En su voz había un sentimiento que iba más allá de su petulancia habitual. Aquello consiguió llamar la atención de Dylan, que se levantó al instante.

–¡Aaron!

Aaron se volvió en la puerta y le miró con los ojos vacíos, como si no pudiera soportar el dolor que le estaba devorando por dentro.

–¿Qué pasa? –preguntó Dylan, suavizando la voz.

Aaron tragó saliva. Parecía desesperado por hablar, y reacio a hacerlo al mismo tiempo.

–Dímelo –le urgió Dylan.

Aaron se frotó la cara y susurró:

–Odio a papá.

No era ninguna novedad. Aquella frase solo era el calentamiento.

–¿Solo a papá?

Aaron dejó caer la mano.

–No, a mamá también.

Como hijo mayor que era, Dylan había conocido bien a su madre. Se sentía obligado a defenderla, pero, aun así, ¿qué podía decir? Él se había sentido tan traicionado como su hermano. De todas formas, salió en su defensa.

–Tenía una enfermedad mental.

Aaron alzó la mano.

–No me vengas con las mismas tonterías que has estado contándonos desde que pasó lo que pasó. Para mí, lo que hizo fue tomar el camino fácil y abandonarnos –como Dylan no reaccionaba, Aaron movió la mano para dar más énfasis a sus palabras–. ¡Vamos! Tú también tienes que estar enfadado con ella. ¡Mira cómo cambió nuestra vida por su culpa!

Si Aaron supiera lo furioso que había llegado a estar Dylan... ¿Qué pensaba que le había espoleado cuando tenía dieciocho años? ¿De verdad pensaba que le gustaba participar en todos aquellos combates? ¿Que no tenía miedo de enfrentarse a todos aquellos expertos en artes marciales contra los que tenía que luchar?

Pero lo hacía porque era la única manera de pagar las cuentas cuando el taller no daba para cubrirlo todo.

La rabia le había salvado, le había convertido en un luchador indomable. Le ayudaba el saber que él se jugaba mucho más que sus contrarios. Pero la mayor parte de la rabia que le había alimentado entonces había desaparecido. De vez en cuando, volvía a experimentarla, lo suficiente como para recordarle el estado emocional en el que había llegado a encontrarse, pero había aprendido a ignorarla. Había aprendido que tenía que superar el pasado si no quería que el pasado terminara devorándole a él.

Aaron apretó la mandíbula.

–¿Cómo lo superaste?

Dylan tenía dificultades para expresar sus sentimientos,

sobre todo delante de sus hermanos. Siempre había intentado demostrárselos con sus actos, pero no estaba seguro de haberles dicho nunca cuánto los quería. Había conseguido mantener un techo sobre sus cabezas y llevar comida a la mesa. Además, había hecho todo lo posible para controlarlos. Aquello ya era más de lo que había conseguido hacer su padre desde que había empezado a beber. Pero Dylan no había sido capaz de sustituir a su madre. Todos echaban de menos el cariño y los cuidados que podría haberles brindado su madre. Así que Dylan se obligó a sí mismo a hablar, aunque los sentimientos que se ocultaban tras sus palabras le resultaban incómodos, especialmente delante de Aaron.

—Sabía que, si me dejaba llevar por la rabia, podrían separarnos.

Su hermano frunció el ceño.

—Supongo que te refieres a Mack.

—Me refiero a todos vosotros. ¿Crees que hice todo lo que hice solo por él? Porque, si hubiera sido así, te aseguro que dos bocas son más fáciles de alimentar que cinco.

A aquella hora, el taller se sumía en una tranquilidad que resultaba extraña después del frenesí y el ruido de las horas del trabajo. Aquel día, el silencio parecía incluso más profundo.

—Me siento mal por Presley —dijo Aaron al cabo de unos segundos.

Así que era aquello lo que había motivado aquella conversación de corazón a corazón. A Dylan le alivió el saber que su hermano era capaz de reaccionar ante lo que había pasado con algo más que su habitual «y a mí qué me importa».

—Yo también.

Y también se sentía mal por Cheyenne, pero no quería complicarse la vida con una mujer que siempre estaría buscando algo mejor que él. Sabía que debería mantenerse lejos de aquel desastre emocional mientras pudiera. El cielo sabía que no había sido capaz de evitar otros muchos obstáculos.

–¿Dónde crees que puede estar? –Aaron inclinó la lata de refresco que tenía en la mano–. ¿Tú crees que...? –se interrumpió en el instante en el que se le quebró la voz.

Dylan sintió una nueva oleada de preocupación.

–Estás realmente preocupado por ella, ¿por qué?

–¡Porque se ha largado!

–Pero no lleva fuera ni veinticuatro horas, y tú ya conoces a Presley. No podemos decir que sea raro que se haya ido. Es posible que no aparezca durante días.

Lo que había visto en la habitación de Anita complicaba las cosas, pero Aaron no era consciente de ello y Dylan no pensaba revelarlo. Sobre todo porque todavía había alguna posibilidad de que todo terminara bien. Todavía no sabían nada de ella, así que no podían estar seguros de lo que había pasado.

Aaron sacudió la cabeza.

–No debería haber dejado que se marchara –se lamentó.

–Espera un momento...

¡Dios! Dylan se moría por un cigarrillo. No había fumado un solo cigarro en todo el día. Pero continuaba intentando dejar de fumar para demostrarse a sí mismo, ya que no a Cheyenne, que valía tanto como Joe.

–Ayer me dijiste que no la habías visto.

Aaron volvió a reafirmarse en su actitud rebelde.

–Fue solo un momento.

–¡Pero, aun así me dijiste que no la habías visto!

–Evidentemente, no te dije toda la verdad.

Hijo de perra...

–¿Os peleasteis?

–No.

–¿Y no estás ocultando ninguna otra información que pueda ayudarnos a encontrarla?

–Por supuesto que no.

–Entonces, ¿qué pasa?

Aaron agachó la cabeza y a Dylan comenzó a latirle violentamente el corazón.

–¿Aaron?

–Como no quise ir a su casa, me colgó el teléfono. Aunque se pasó después por casa. Le pregunté por su madre, pero no me contestó directamente. Estaba demasiado afectada. Quería entrar, y empezó a besarme en los escalones del porche.

–¿Y?

Aunque más lentamente, Aaron continuó.

–Me sentí mal, no quería saber nada de ella. Me preguntó que si tenía pastillas. Le di lo que tenía y la envié a su casa.

La posibilidad de una sobredosis volvió a cruzar la mente de Dylan. Y tras recibir aquella información, también le preocupaba que Aaron pudiera ser el responsable de ella.

–No volvió a su casa –le dijo a su hermano.

–No –Aaron le miró a los ojos–. Pero, si tuviera la menor idea de dónde está, te aseguro que te lo diría.

Disgustado y preocupado, Dylan rodeó la mesa del despacho.

–¿Qué clase de pastillas le diste?

Claramente incómodo, Aaron estiró el cuello.

–No tenía pastillas. Le di cristal.

–¿Y de dónde lo habías sacado? –preguntó Dylan furioso.

–Vamos, Dylan, ahora mismo se puede conseguir en cualquier parte. No puedes acabar a puñetazos con todos los camellos que conozco. Eso es cosa mía.

–Espero que no te lo vendiera Carl.

–No, claro que no fue Carl. Le tienes aterrorizado. Tiembla cada vez que me acerco a él.

–Mejor.

Pero Aaron tenía razón. No podía amenazar a todos los

camellos de California Norte. Si Aaron quería consumir droga, encontraría la manera de hacerlo.

–¿Presley estaba ya colocada cuando fue a buscarte?

–¡Y yo qué sé! Estaba medio dormido, no le hice una prueba.

Dylan recordó lo que había visto en la habitación de Anita antes de que se llevaran el cadáver. Se imaginaba que Presley estaba bajo la influencia de alguna droga y que había salido inmediatamente después de que Anita muriera sintiendo quizá cómo empezaba a disminuir el efecto. Por eso había pasado por su casa.

–¿Cuánto le diste?

–Estaba muy asustada y alterada y quería que me dejara en paz, así que le di unos cuantos cristales, todo lo que tenía –parecía a punto de llorar cuando añadió–: Dylan, necesito ayuda.

Aquella admisión asustó a Dylan más que todo lo que le había dicho hasta ese momento. Los demonios contra los que estaba luchando su hermano en aquel momento no eran de aquellos a los que podía combatir, así que no estaba seguro de cómo podía ayudarle. Por eso había terminado amenazando a Carl. Por lo menos de ese modo sentía que hacía algo.

–Para dejar de consumir necesitas ir a un centro de rehabilitación y tú eres el único que puede asumir ese compromiso. Solo tú puedes cambiar tu vida.

–Lo sé –Aaron dejó escapar un suspiro–. Llevas mucho tiempo intentando decírmelo. Si te hubiera hecho caso, a lo mejor... Presley estaría todavía aquí.

Dylan rezó en silencio para que aquello fuera un punto de partida, para no perder a otro miembro de su familia. Y rezó también para que no fuera demasiado tarde para salvar a Presley.

–Te ayudaré en todo lo que necesites.

Su hermano esbozó una sonrisa irónica.

–Ya contaba con eso.

Aaron comenzó a levantarse, pero Dylan le detuvo.

–Eso es lo que se hace por la gente a la que se quiere, ¿no?

Joe no había podido localizar a Cheyenne en toda la noche, pero había disfrutado mucho con sus hijas. El árbol les había encantado, tal y como él esperaba. Habían encargado una pizza y habían estado viendo una película y hablando sobre la Navidad, el colegio y sus amigos. Joe estaba decidido a demostrarles lo bien que se lo podían pasar en Whiskey Creek. Era poco el tiempo que podía pasar con sus hijas y echaba de menos el ser un padre a tiempo completo. Pero había estado todo el día preocupado por Cheyenne. ¿Cómo se estaría tomando la muerte de su madre? ¿Habría alguien a su lado para apoyarla estando todos sus amigos en un crucero?

Sabía que Presley no le sería de gran ayuda en un momento como aquel. Y Gail tampoco había podido localizarla.

En cuanto Josephine y Summer se acostaron y llegó su padre a casa, decidió pasarse por casa de Cheyenne para ver si podía ayudar en algo.

Las tiendas estaban cerradas después de las diez, así que decidió parar en la gasolinera para recoger una rosa blanca de tallo largo y una tarjeta.

Sandra Morton estaba allí trabajando. Como a aquella hora de la noche apenas había clientes, bien podría haber estado sentada tras la caja registradora leyendo un libro. Pero Joe la encontró limpiando. Era una de las mejores empleadas que habían tenido nunca. Su hijo, Robbie, también trabajaba para ellos. Solo tenía dieciocho años, pero tenía ya un hijo al que alimentar.

–¡Hola! –le saludó Sandra al verle entrar.

Joe sonrió.

–¿Estás ya con ganas de cerrar para ir a cuidar a tu nieto?

–¡Qué va! Estoy encantada de quedarme aquí hasta las doce. El niño está acatarrado así que, mientras esté yo aquí, es su madre la que tiene que pasearle y no yo.

Robbie y su mujer, que era todavía más joven que él, vivían en casa de Sandra. Era la única manera que tenían de llegar a fin de mes, puesto que Robbie estaba estudiando en Sacramento y su mujer todavía no había terminado el instituto.

–¿Tu nuera no se ocupa de él?

Sandra elevó los ojos al cielo.

–No, si puede evitarlo.

–¿Ni siquiera cuando está de vacaciones?

–No, ni siquiera de vacaciones.

Joe no envidiaba la situación de Sandra. Ningún padre quería que sus hijas se quedaran embarazadas a una edad tan temprana.

–Es una suerte que quieras tanto al bebé.

–Desde luego, vivo completamente entregada a él.

Joe eligió una tarjeta y una rosa y sacó la cartera. Aunque era copropietario de la tienda, pagaba todo lo que compraba allí como todo el mundo.

–¿Estás saliendo con alguien? –le preguntó Sandra mirando la flor.

–La madre de Cheyenne Christensen ha muerto –le explicó él.

La sonrisa de Sandra desapareció.

–Sí, ya me he enterado. Y lo siento mucho. Por cierto, antes pasó por aquí y te dejó una nota. No esperaba verte hoy, así que te la dejé encima de la mesa. Si no la hubieras mencionado, me habría olvidado por completo. Te juro que mi cabeza no es la misma desde que Robbie tuvo a Dodge. No pienso en nada más que en ese niño.

Sandra continuaba hablando, pero para Joe, sus palabras habían pasado a ser un mero sonido de fondo. ¿Por qué no le habría devuelto Cheyenne las llamadas?

–Voy a buscar la nota y me marcho.

No estaba seguro de si había interrumpido bruscamente a Sandra, pero no le importaba demasiado. Sandra no paraba de hablar en todo el día. Después de recuperar el cambio, se dirigió al despacho, donde languidecía su mesa de trabajo bajo un montón de pedidos y documentos.

Las bombillas de bajo consumo tardaron varios minutos en alumbrar. Cuando lo hicieron, Joe encontró rápidamente una hoja de papel con su nombre pulcramente doblada y pinchada en el tablero en el que tenía las fotografías de sus hijas, el calendario, las facturas pendientes y algunas notas para recordarse tareas que no debía olvidar.

Agarró la nota y se sentó a leer lo que Cheyenne le había escrito.

Gracias por todos los mensajes que me has enviado hoy, Joe. Significa mucho para mí que te preocupes por mí. He estado a punto de llamarte varias veces, pero no soy capaz de reunir el valor que necesito para decirte lo que tengo que decirte, así que espero que me perdones por hacerlo de esta forma.

En primer lugar, mi vida es un auténtico caos en este momento y necesito aclararme las ideas antes de comenzar a salir con nadie. Lo último que querría sería confundirte o decepcionarte. Siempre te he admirado y jamás olvidaré lo maravilloso que fuiste conmigo cuando vinimos a vivir al pueblo.

Joe no recordaba que hubiera sido «maravilloso». De lo único que él se acordaba era de que le enfadaba cómo la trataba su madre y el hecho de que su padre le recomendara mantenerse alejado de ella, pero eso era todo.

Así que tengo que ser franca contigo. ¿Te acuerdas de que te dije que era virgen? Lo era, al menos en ese momento. Sé que no fue hace mucho (aquí puedes añadir unas risas incómodas), pero justo después, me acosté con Dylan (sí, Dylan Amos). Dylan y yo no teníamos ningún tipo de relación, fue algo que sucedió de la forma más inesperada. La verdad es que ni siquiera yo sé cómo ocurrió, después de haber esperado durante treinta y un años. Sé que probablemente esto es algo que no te apetece oír, pero también sé que tú ya has sufrido bastante, así que, antes de que empieces a quererme o a crearte expectativas basadas en lo que te dije, creo que es justo que sea lo más sincera posible contigo.

Pase lo que pase, para mí siempre serás mi héroe.
Cheyenne

–Vaya...

Soltó el aire como si acabaran de darle un puñetazo. Aquello era lo último que se esperaba.

–¿Qué pasa? –preguntó Sandra–. ¿Va todo bien?

Joe estaba tan concentrado en lo que estaba leyendo que no se había dado cuenta de que Sandra se había asomado al garaje. Se levantó, intentando salir de su estupefacción.

–Sí, no pasa nada. Es solo que su coche necesita una reparación.

–¿Me ha pedido que te entregara una nota solo para decirte eso?

Joe no contestó, pero eso no impidió que Sandra continuara hablando. Sandra no se detenía ante nada, pero Joe sabía que su intención era buena.

–Me pregunto si habrá encontrado a su hermana.

–¿A su hermana? –preguntó Joe, alzando la mirada.

–Por eso vino a la gasolinera. Estaba buscando a Presley, me dijo que no la había visto en todo el día. Conociendo a Presley, yo no estaría muy preocupada. No se puede pasar uno la vida vigilando a alguien que está decidido a destrozarse la vida. Pero le dije que estaría pendiente. A los pocos minutos, volvió con esa nota.

Joe necesitaba pensar en lo que Cheyenne le había confesado y averiguar de qué manera afectaba a sus sentimientos hacia ella. Pero aquel no era el momento. Y Sandra estaba hablando en exceso.

—Me pasaré por su casa para ver si Presley ha vuelto.

—Sería un gesto muy amable. Presley es muy problemática, pero Cheyenne es muy buena persona.

Capítulo 24

El coche de Cheyenne no estaba, pero, aun así, Dylan llamó a la puerta. No contestó nadie, confirmándole sus primeras sospechas. No había encontrado a Presley. Continuaba buscando a su hermana.

Se preguntó si estaría haciéndolo sola.

A lo mejor Joe, su caballero andante, había ido a ayudarla.

A pesar de su propio sarcasmo, Dylan esperaba que así fuera. Odiaba imaginársela enfrentándose sola a aquella búsqueda, frenética, vulnerable y con el corazón roto.

Alzó la mano para llamar de nuevo a la puerta, por si acaso estuviera equivocado y Cheyenne estuviera dormida. Eran las once, suficientemente tarde como para que se hubiera acostado. Podía haber dejado el coche en cualquier otro sitio y haberle pedido a alguien que la llevara a casa.

El sonido de un motor le hizo volverse. Pero el coche que se acercaba a casa de Cheyenne no era ni un Oldsmobile ni un Mustang. No era capaz de distinguir desde allí ni la marca ni el modelo, pero los faros estaban demasiado altos como para que fuera cualquiera de ellos.

Era una camioneta, y, cuando pudo verla con más claridad, supo inmediatamente de quién.

De pronto, Dylan deseó estar en cualquier otra parte,

pero se obligó a sí mismo a permanecer en los escalones de la entrada y esperar a que Joe apagara el motor y saliera del coche. Si Joe estaba llevando a Cheyenne a casa, por lo menos tendría la tranquilidad de saber que estaba bien.

Pero Cheyenne no salió de la camioneta. Joe caminó en solitario hacia él.

–¿No está en casa? –le preguntó con voz fría.

Había desaparecido el tono abierto y amistoso de la feria de Navidad.

Dylan pensó que el cambio se debía al hecho de haberle encontrado allí a aquellas horas de la noche. Negó con la cabeza.

–¿No está contigo?

–No.

Se miraron el uno al otro durante varios segundos, convertidos por primera vez en rivales, un cambio sutil, pero inconfundible. Joe hundió las manos en los bolsillos de los vaqueros y suspiró.

–Me ha hablado de ti.

Dylan le miró con los ojos entrecerrados, inmediatamente receloso.

–¿Qué te ha dicho?

–Que estuvisteis... –se encogió de hombros, buscando las palabras adecuadas–, que estuvisteis juntos –terminó con un gesto de desagrado.

Dylan frunció el ceño.

–Supongo que corrió un gran riesgo al contártelo. Pero no me sorprende.

Joe dio un paso hacia él como si quisiera ver de cerca el rostro de Dylan.

–¿Por qué no?

–Ha estado enamorada de ti desde que tenía catorce años. Cree que eres un santo, ¿eso no te lo ha contado?

Los celos se filtraban en su voz, pero no podía evitarlo. Sentía tal presión en el pecho que apenas podía respirar, y menos todavía hablar.

Joe se detuvo a unos treinta centímetros de él y dio una patada a la tierra que había bajo la hierba seca.

–No me dijo eso precisamente.

–Pues te quiere desde hace mucho tiempo, así que... –le miró a los ojos–, espero que no dejes que lo que ha pasado entre nosotros se interponga en tu camino.

Joe le miró confundido.

–Algo así es difícil de olvidar.

Sobre todo cuando ya le había engañado una esposa. Y el pasado de Dylan lo hacía más difícil todavía.

–Lo único que pretendo decirte es que sería un error –siguió diciendo Dylan–. Lo que hicimos no significó nada para ella. Fue un acto de desesperación. Coincidí con ella en un momento en el que era muy vulnerable.

–Lo que te hace más culpable a ti que a ella.

–Desde luego.

Sabía que le resultaría fácil creérselo. La gente de Whiskey Creek estaba acostumbrada a culparle de todo lo malo que ocurría. Cuando estaba en el instituto, muchas veces era merecedor de aquella culpa. En una ocasión, había entrado en el colegio a hacer destrozos, otra vez había robado un coche, se había ido a dar una vuelta con él y había terminado encendiendo una hoguera en un edificio abandonado para poder hacer perritos calientes. Al final, había tenido más problemas por encender el fuego que por el robo del coche. De modo que, con el tiempo, echarle la culpa de todo se había convertido en una costumbre.

–Me parece un gesto muy generoso por tu parte el que asumas toda la responsabilidad.

Dylan esbozó una sonrisa irónica.

–No me gustaría interponerme en el camino del verdadero amor.

Joe señaló la casa con la cabeza.

–¿Y qué estás haciendo aquí ahora? ¿Probar suerte otra vez?

Un cigarro. Dylan necesitaba fumar. Se palpó los bolsillos vacíos. Se había comprado un paquete, puesto que sus hermanos, siguiendo su consejo, habían tirado el tabaco que él mismo había comprado, pero al final lo había tirado también.

–Solo he venido para ver cómo está.

–Sí, claro.

–No te debo nada, Joe. Si Cheyenne está dispuesta a volver conmigo, voy a aceptar todo lo que quiera darme.

Joe bajó la voz.

–Mantente alejado de ella.

–Sería un error intentar obligarme –respondió Dylan.

Y se alejó de allí antes de que le venciera la tentación de tumbar a Joe de un puñetazo.

Cheyenne nunca había tenido tanto frío, pero se negaba a regresar a una casa vacía. Antes tenía que encontrar a su hermana. No había llegado hasta allí para dejar que le destrozaran la vida justo cuando Anita ya no podía hacerla sufrir.

–¡Presley!

Advirtió un movimiento en el río. Giró la linterna en aquella dirección, pero era solo un ciervo asustado. El animal salió corriendo, quebrando a su paso las ramas más finas.

Cheyenne tardó varios segundos en asimilar aquella nueva decepción. Había ido hasta casa de Carl Inera en su camino a lo largo del río, pero la oscuridad, la vegetación y las rocas afiladas y resbaladizas le dificultaban la marcha. Había pasado ya por la poza que más le gustaba a Presley. Pero tenía que seguir buscando. Se imaginaba a su hermana vagando sin rumbo bajo el efecto de las drogas hasta caer en el río y morir congelada.

Eso no explicaba la desaparición de su coche, pero Cheyenne no podía dejar de recorrer el bosque hasta estar segura.

–¡Presley!

Se estaba acercando cada vez más a casa de Dylan, pero no le importaba que pudieran oírla. No le importaba nada, salvo encontrar a la única familia que tenía.

–¡Presley, contesta!

Olió el humo del tabaco antes de darse cuenta de que no estaba sola. Se detuvo cerca del establo de Dylan e inhaló con fuerza. Aquel olor le recordaba a su hermana, pero sabía que no era Presley la que estaba fumando en medio de la noche. Enfocó con la linterna hacia delante, hasta que vio a Dylan apoyado en un árbol en los lindes de su propiedad.

–¿No ha habido suerte? –preguntó Dylan, apartándose de la luz.

Cheyenne se preguntó cuánto tiempo llevaría allí, oyendo sus gritos. Ni siquiera llevaba una cazadora encima.

–No.

Cuando Dylan se apartó del árbol y comenzó a avanzar, Cheyenne se dio cuenta de que llevaba una botella en una mano y un cigarrillo en la otra.

–Joe ha ido a tu casa esta noche. Supongo que te gustará saberlo. Si le llamas, es posible que le alcances antes de que se haya acostado y esté dispuesto a ir a tu casa.

Consciente de que sería una grosería hacer cualquier otra cosa, Cheyenne enfocó con la linterna hacia el suelo, pero eso le impedía ver su expresión. Dylan aparecía convertido en una larga y oscura sombra.

–¿Cómo sabes que ha ido a mi casa?

Dylan sonrió, mostrando la blancura de sus dientes, pero Cheyenne sospechaba que no había alegría en su sonrisa.

–Nos hemos encontrado en tu casa.

A Cheyenne le latía violentamente el corazón. Se decía a sí misma que era porque había estado andando a toda velocidad, pero sabía que había algo más. Era el efecto de estar viendo a Dylan.

–Le conté lo nuestro –le confesó.

Dylan bebió directamente de la botella y se secó la boca.

–Sí, ya me lo ha dicho.

Aquello le pilló a Cheyenne completamente por sorpresa.

–¿Te lo ha dicho?

–Y a bocajarro. Te gusta dejar las cosas claras, ¿verdad?

Cuando la vio abrazarse para protegerse del frío, Dylan le ofreció la botella.

Cheyenne percibió el aroma del whisky mientras la rechazaba.

–No quería sentirme como si le estuviera engañando.

–Un movimiento muy valiente. Y admirable, teniendo en cuenta lo mucho que le quieres.

¿Estaba siendo sarcástico? Cheyenne no estaba segura, pero de lo que sí tenía la certeza era de que estaba borracho.

–Tienes que meterte en casa, Dylan, aquí hace demasiado frío.

–¿Y lo dices tú?

–Ni siquiera llevas una cazadora encima.

–No la necesito –dio un largo trago a la botella–. No necesito nada.

–¿Y menos a mí?

Dylan no respondió.

–Vamos.

Cheyenne le tendió la mano para acompañarle a su casa, pero él la rechazó.

–Aaron vio a tu hermana, ¿sabes?

–¿Qué?

–Que Aaron vio anoche a Presley.

–Eso no fue lo que nos dijo.

Dylan continuó fumando en silencio.

–¿Dylan?

–Por lo visto, no fue del todo sincero –se encogió de hombros.

Con la boca seca, Cheyenne se apoyó en un árbol para sostenerse.

–¿Qué ocurrió?

–Se portó mal con ella. Justo como tú tienes miedo de que me porte yo contigo. Así que deberías alegrarte de no haberme dado la oportunidad de hacerte daño, ¿eh?

Cheyenne no podía permitir que sus problemas personales se interpusieran en su búsqueda. Tenía que encontrar a Presley.

–¿Aaron sabe dónde está?

–No, vino aquí cuando él ya se había dormido. Como no quería verla, la echó y ella le pidió drogas.

–Y...

–Él se las dio. ¿Lo ves? No se puede confiar en que los Amos hagan las cosas como es debido.

Pero Aaron no era peor que Presley. Cheyenne no podía juzgar a Dylan por lo que había hecho su hermano, de la misma forma que no quería que la juzgaran a ella por lo que hacía Presley.

Una vez más, se le desgarró el corazón al pensar que su hermana podía estar embarazada. Pero se negaba a contemplar la posibilidad de que también ella podía estarlo.

–¿No quiere a mi hermana?

–Lo irónico del caso es que –tiró el cigarrillo y pisoteó la colilla– cree que sí.

No intentó justificar la conducta de Aaron, pero Cheyenne podía imaginársela. Aaron había perdido a su madre y seguramente no había querido saber nada de la muerte de Anita.

–Ambos necesitan comenzar un proceso de desintoxicación.

–Aaron ya está dispuesto a hacerlo. Comenzará después de Navidad.

–Estupendo. Puede que esta sea su última oportunidad de encauzar su vida.

Esperaba que Presley también tuviera la oportunidad de hacerlo, esperaba que no fuera demasiado tarde para ella.

–Siento que mi hermano la tratara tan mal –se disculpó Dylan suavemente.

–Es él el que tiene que sentirlo. Vamos, pasemos dentro.

–¡Estoy bien!

–Por favor –le suplicó Cheyenne–. No quiero tener que sufrir también por ti.

Cuando se le quebró la voz, Dylan tiró la botella y se acercó a ella para enmarcarle el rostro con las manos.

Cheyenne le miró fijamente, deseando que la besara, esperando que lo hiciera. Lo que Dylan la hacía sentir cuando la abrazaba era lo único que podía ayudarla a superar el dolor. Pero Dylan no la besó.

–Sal conmigo –susurró en cambio–. Solo te pido una cena. Sé que no soy perfecto, sé que no soy tan bueno como Joe, pero puedo quererte dos veces más. Y, si no estás a gusto conmigo, te dejaré en paz.

Cheyenne deseaba abrazarle más que nada en el mundo. Se puso de puntillas e intentó besarle, pero él la detuvo.

–Solo una cita. Eso es lo único que te pido.

No, lo que él quería era legitimar su relación, hacerla pública. Pero Cheyenne comprendía lo que significaba aquella cena. La haría enfrentarse a todas las personas que conocía. Y también supondría un punto final para su incipiente relación con Joe, en el caso de que la nota que le había dejado no lo hubiera significado.

–Estoy obsesionada contigo –admitió.

–Entonces, dime que sí.

Cheyenne no podía ver su expresión, pero podía oír la súplica que reflejaba su voz, y fue incapaz de negarse.

–¿Si te digo que sí te meterás en casa?

–Quiero ayudarte a encontrar a tu hermana. Por eso he salido.

-No tiene sentido -iluminó los árboles con la linterna-. He buscado ya por todas partes.

Dylan le tomó la mano, le acarició los dedos helados y apoyó la barbilla en su cabeza.

-Estará bien.

Nada podía garantizarlo, pero Cheyenne prefería creerlo así. Desde luego, no quería enfrentarse a ninguna otra posibilidad.

-¿Cuándo quieres que vayamos a cenar?

-No tenemos ninguna prisa. Llámame cuando estés preparada. Lo único que quiero es que me des una oportunidad.

-No soy una apuesta segura, Dylan -susurró Cheyenne contra su pecho-. Lo sabes.

Dylan la besó en la sien.

-Creo que eso es precisamente lo que tienes contra mí.

Presley se despertó en la cama de la cabina de un camión. El hombre que la había recogido estaba conduciendo. Olía a gasolina y sentía el movimiento del camión. Pero estaba desnuda bajo una manta, así que se imaginaba que no llevaban mucho tiempo en la carretera.

Entrecerró los ojos en medio de la oscuridad y se sentó para ver dónde estaba. Cuando vio a un hombre de casi sesenta años, obeso y desagradable incluso en la oscuridad, estuvo a punto de gemir.

-¿Qué hora es? -preguntó con voz ronca.

-Son casi las dos.

Cheyenne se presionó las sienes con los dedos, intentando que dejaran de palpitarle.

-¿Dónde estamos?

El camionero la miró por el espejo retrovisor.

-Cerca de Fénix, ¿tienes hambre? Puedo parar en un café que conozco. Preparan comida para los camioneros, así que está abierto las veinticuatro horas del día.

No tenía hambre. Nunca tenía hambre. Lo que quería era cristal, marihuana, cualquier cosa que pudiera ayudarla a olvidar su conciencia.

–No conocerás a algún camello por esta zona, ¿verdad?

–No, jamás he consumido drogas. Mi mujer se divorciaría de mí si lo hiciera –le guiñó el ojo–. Pero, si te sirve de ayuda, tengo más whisky.

Presley se acordó entonces de que había estado bebiendo con él. Seguramente, esa era la razón de aquel dolor de cabeza.

–Creo que ya he bebido más que suficiente.

La sonrisa que el camionero le dirigió no contribuyó a mejorar el malestar que tenía Presley en el estómago.

–No serás un asesino en serie, ¿verdad?

El camionero abrió los ojos de par en par sin comprender el tono esperanzador con el que Presley lo había preguntado.

–¡Oh, no! No te preocupes. Fuiste tú la que quisiste... ya sabes. Yo jamás te haría ningún daño.

El camión se tambaleó y Presley se dejó caer sobre la almohada.

–Me lo imaginaba.

–Pareces desilusionada –dijo el camionero, riéndose con un punto de incomodidad.

–Y lo estoy. ¿Por qué tiene que ser tan difícil liberarme de tanto dolor? Podrías empujarme con el camión en marcha.

–Pero eso te mataría –parecía desconcertado–. No voy a hacerte ningún daño. Eres una mujer muy guapa, ¿por qué quieres morir?

Presley no contestó.

–A lo mejor estás un poco loca, pero en la cama eres una máquina. Hacía mucho tiempo que no disfrutaba tanto del sexo. Te debo una.

Presley pensó en Aaron y el dolor que sintió en la cabeza y en el pecho fue tan agudo que estuvo a punto de desmayarse. Aaron era el único hombre al que realmente quería, pero él no la quería a ella. Y llevaba en el vientre un hijo suyo. No estaba segura de qué hacer. Sabía que no debería beber ni drogarse en su situación. La prueba que se había hecho justo después de que Cheyenne saliera con Joe a la feria de Navidad había confirmado el embarazo. Pero si quería ponerle fin de todas formas...

—Tengo que salir.

—¿Qué?

—¡Déjame bajarme!

—No puedo dejarte aquí. Estamos en medio del desierto de Sonora.

—¿Y qué? —se cubrió los ojos con el brazo—. Iré andando.

—Hace mucho frío y tardarás horas en llegar a Fénix.

Presley no discutió. Nada le importaba tanto como para iniciar una pelea. Su madre estaba muerta. Su hermana en realidad no era su hermana. Estaba embarazada. Y al hombre al que consideraba su novio no le importaba nada.

—¿Presley?

¿Por qué le habría dicho su nombre? ¿Y él no se daba cuenta de que ni siquiera le apetecía verle?

—¿Qué?

—¿Te parece bien que vayamos hasta Fénix? Puedo dejarte allí.

Fénix le parecía tan bien como cualquier otra parte.

—Como tú quieras.

Cheyenne fue a ver la habitación de Presley en cuanto se levantó. Seguía vacía. Así que se acercó a la puerta de la calle con la esperanza de que pudiera estar su coche en el camino de la entrada.

Pero solo estaba su Oldsmobile. En realidad, y a pesar de sus deseos, no fue ninguna sorpresa. Sin embargo, encontró una rosa y una tarjeta en el mismo lugar en el que la enfermera le había dejado la comida la noche anterior, una comida que Cheyenne había metido en casa después de su infructuosa búsqueda, pero que no había probado.

A pesar del frío, recogió aquellos regalos y se sentó en la silla que normalmente ocupaba su hermana. Pero, cuando vio el cenicero en la barandilla, ni siquiera abrió la tarjeta, que se imaginó había dejado alguien por la muerte de Anita.

Sonó en aquel momento el teléfono, irrumpiendo en medio de la preocupación que la mantenía en un estado de permanente tensión. Llevaba el teléfono encima en todo momento desde que su hermana había desaparecido. Pero tampoco aquella vez era Presley. Llamaban del casino para saber si Presley iría o no a trabajar.

Aunque Cheyenne le explicó al jefe de Presley que su madre había muerto y su hermana estaba muy afectada, él no mostró compasión alguna. Se limitó a decirle que lo sentía y que Presley perdería el trabajo si no se presentaba aquella noche. Andaban cortos de personal y no era fácil encontrar a nadie en mitad de las vacaciones.

Esperando que Carolyn, la amiga de Presley, hubiera sabido algo de ella, o que pudiera cubrir su turno y darle así a su hermana algún tiempo más, Cheyenne la llamó.

—¿Has sabido algo de ella? —le preguntó en cuanto Carolyn descolgó el teléfono.

Dejó en su regazo la tarjeta, pero se llevó la flor a la nariz.

—No, nada, y la he llamado un millón de veces.

No había ninguna garantía de que Presley llevara el teléfono encima. Era capaz de haberlo tirado por la ventanilla, harta de recibir llamadas. Cuando estaba bajo los efectos de las drogas, era capaz de hacer cualquier cosa. Por eso había terminado tatuándose el brazo con unas bestias salvajes devorando a una inocente criatura. Aquel dibujo representaba la crueldad del mundo, le había explicado a Cheyenne cuando esta le había preguntado que por qué había elegido un motivo tan violento.

Cheyenne acababa de darle las gracias a Carolyn por aceptar cubrir el turno de su hermana, cuando entró una llamada de Eve. Sin duda alguna, Riley la había puesto al corriente de lo ocurrido. Cheyenne le había pedido que no lo hiciera. Al fin y al cabo, Eve no podía hacer nada desde el Caribe, pero tenía que admitir que se alegró al ver su nombre en la pantalla.

–Chey, ¿la has encontrado? –preguntó Eve sin preámbulo alguno.

–No.

–No me puedo creer que te esté haciendo una cosa así.

–¿No te lo puedes creer o no te lo quieres creer?

–Tienes razón, no me lo quiero creer. ¿Dónde crees que puede estar?

–Podría estar en cualquier parte.

–Y yo aquí, encerrada en este maldito barco –chasqueó la lengua con enfado–. Pregunté que si podía marcharme antes de lo previsto, pero es imposible. Así que no puedo moverme de aquí hasta que no atraquemos en Puerto Rico.

–Gracias por intentarlo.

–No debería haberme ido.

–Así que Riley te ha contado lo de mi madre, ¿no?

–Sí. Me llamó ayer por la noche. Estaba preocupado porque quería ayudarte a encontrar a Presley y no estabas en casa.

–Me estuvo ayudando toda la tarde. No hacía falta que hiciera nada más.

–Se siente mal. Todos nos sentimos mal.

Cheyenne miró la rosa que tenía en la mano.

–Supongo que ha sido él el que me ha comprado esta rosa.

–¿Qué rosa?

–La que he encontrado en la puerta de casa.

–¿No estás segura?

–Espera un momento.

Sujetó el teléfono con la oreja y el hombro mientras leía la tarjeta.

—No, no es suya.

—¿De quién es?

Cheyenne podía haber evitado mencionar que era del hombre del que su amiga estaba enamorada, pero a esas alturas, estaba demasiado aturdida por todo lo ocurrido como para mentir.

—De Joe.

A lo mejor Eve estaba fingiendo, pero se mostró entusiasmada.

—¡Qué gesto tan amable! ¿Cómo lo has sabido?

—Porque también me había dejado una tarjeta.

—¿Y qué dice?

—En realidad, es una tarjeta muy sencilla —respondió.

Pero era mucho más que eso. Joe le había escrito que se sentía mal por todo lo que estaba pasando y quería estar a su lado. También le decía que le gustaría hablarle sobre Dylan.

—¿Cómo van las cosas entre vosotros?

—Joe me cae bien, es una buena persona.

—¿Eso es todo?

Cheyenne apoyó la cabeza en el respaldo de la silla.

—Ahora mismo, no soy capaz de sentir nada más. Lo único que sé es que Dylan es el único hombre con el que me apetece acostarme —ya estaba, ya lo había dicho.

Tras un ligero silencio, Eve contestó:

—Chey, Dylan tiene cierto… magnetismo. Yo misma lo he sentido. Estoy convencida de que la mayoría de las mujeres lo siente. Pero piensa en lo difícil que sería mantener una relación con él después de la emoción inicial. Joe es un hombre de familia. Es un hombre estable y en el que se puede confiar.

Dylan había criado a sus hermanos. Había mantenido a la familia unida a pesar de las dificultades. ¿Cómo podía haber un hombre más estable o más de familia que él?

Aun así, sabía lo que Eve pretendía decirle y no podía

negarlo. La noche anterior se había sentido culpable por juzgar a Dylan por lo que hacía su hermano, pero el pasado de Dylan también decía muchas cosas en su contra.

–¿Crees que lo que siento es solo deseo?

–Dylan es el primer hombre con el que te acuestas y el sexo ha creado un vínculo muy fuerte entre vosotros. Eso es lo que creo. Pero no puedes dejar que la atracción física se interponga en el camino de lo que podría ser mejor para ti. ¿Quién crees que puede ayudarte de verdad a construir la vida que tú quieres?

–¿Cómo voy a saberlo? Ahora mismo soy incapaz de ver más allá del día a día.

–Pero, si no tienes cuidado, es posible que tomes una dirección equivocada y termines en un callejón sin salida.

–¿No es precisamente por eso por lo que debería confiar en lo que me dice mi intuición?

–Creo que, en este caso, sería más inteligente confiar en tus amigos.

Cheyenne vio el todoterreno de Dylan en la carretera y se levantó. Sabía que volvía a su casa para almorzar. Sus hermanos y él pasaban continuamente por su casa. Pero de pronto vio que el coche giraba.

–Está aquí –susurró al teléfono.

–Déjame hablar con él –le pidió Eve.

Cheyenne bajó la cabeza para que Dylan no pudiera verle la cara.

–No.

–Seré amable con él.

–No lo serás. Eres demasiado protectora conmigo. Crees que mi madre ya me hizo suficiente daño y no estás dispuesta a permitir que nadie más me haga sufrir.

–¡Claro que no!

–¿Lo ves? Ya hablaremos cuando salgas de ese barco –concluyó y colgó al ver que Dylan se acercaba.

–¿Sabes algo de Presley? –preguntó Dylan en cuanto llegó.

Cheyenne dejó el teléfono al lado del cenicero y negó con la cabeza.

–¿Qué estás haciendo en casa a esta hora? –le preguntó.

–Ya he terminado de trabajar.

–¿A las doce?

–La víspera de Navidad cerramos antes.

Cheyenne ni siquiera era consciente del día en el que estaban. Había perdido la cuenta.

–¡Ah, es cierto! ¿Y tus hermanos?

–Han ido a comer algo.

–¿Y tú no has ido con ellos?

Dylan no contestó. Era evidente que había preferido ir a verla. Y aquello hacía que le resultara más difícil todavía resistirse a lo que sentía por él.

Cuando subió los escalones de la entrada, Dylan vio la rosa y la tarjeta que Cheyenne había dejado encima de la mesa.

–¿Son de un admirador no tan secreto?

–Son de Joe.

–¡Ah! Así que mi competidor está haciendo un intenso trabajo.

–Quiere hablarme de ti.

–¿Y qué vas a decirle? –se sentó en los escalones y fijó la mirada frente a él–. Si has vuelto a cambiar de opinión, puedes echarme la culpa a mí.

Se refería a la promesa que le había hecho la noche anterior.

–No he cambiado de opinión. Le diré la verdad.

Dylan se volvió entonces para mirarla.

–¿Que es…?

–No puedo dejar de verte.

A los labios de Dylan asomó una lenta sonrisa.

–Estoy seguro de que agradecerá tu sinceridad.

–No estoy muy segura de lo que va a decir.

Dylan se palmeó el bolsillo como si le apeteciera fumar, pero no sacó ningún paquete de tabaco.

–¿Cuándo se supone que vas a hablar con él?

–No lo sé… Pero me ha invitado a pasar la Navidad en su casa.

La sonrisa de Dylan desapareció.

–¿Y piensas ir?

–Será difícil pasar la Navidad sin Presley –dijo Cheyenne mientras volvía a sentarse.

–Quedarte sola en casa no te servirá de nada.

–Tengo que empezar a pensar en el entierro de mi madre.

–Eso puede esperar, Chey. Presley está a punto de llegar.

Lo decía con tanta convicción que Cheyenne esperaba que tuviera razón.

–Entonces, ¿estás intentando convencerme para que vaya a casa de Joe?

Su expresión le dejó muy claro lo que pensaba al respecto.

–Preferiría que vinieras a nuestra casa. No es que ninguno de nosotros vaya a hacer un buen pavo, pero solemos comprar la cena de Navidad en el Nature's Way y –se encogió de hombros–, no está nada mal.

Cheyenne podía imaginarse lo poco convencional que era la cena de Navidad en casa de los Amos, pero estaba más que acostumbrada a las fiestas poco convencionales. Mientras pudiera estar junto a Dylan, lo demás no le importaba.

–Yo podría ocuparme de preparar algo. Me serviría de distracción.

–No me importaría que hicieras alguna tarta.

–¿De calabaza?

–Y nueces. Pero antes de que te pongas a cocinar, deberíamos ir a la policía.

La alegría que había sentido ante la perspectiva de compartir la Navidad con Dylan desapareció.

–Ya lo intenté ayer, pero no parece importarles que mi hermana haya desaparecido.

–En algún momento comenzará a importarles. Tenemos que presionar para que se lo tomen en serio. Necesitamos su ayuda.

«Necesitamos». Era un gran consuelo poder contar con el apoyo de alguien, sobre todo con el de Dylan.

–Muy bien. Voy a darme una ducha.

Dylan alzó la mirada cuando Cheyenne se levantó y la miró con los ojos entrecerrados.

–¿Sola?

Capítulo 25

Se estaba enamorando. Se estaba enamorando en medio de la peor semana de su vida. No tenía sentido haber perdido el corazón por aquel hombre en particular cuando se había creído enamorada durante tanto tiempo del hombre ideal. Pero era la sonrisa de Dylan la que le provocaba un revoloteo de mariposas en el estómago. Y era el olor de Dylan el que la hacía desear hundir el rostro en su cuello. Las caricias de Dylan las que la encendían. A lo mejor estaba yendo en contra de sus propios criterios, por no hablar del consejo de su mejor amiga, que jamás le había dado un mal consejo, pero su corazón se negaba a distanciarse de Dylan.

Y también su cuerpo.

Mientras Dylan la miraba desde los escalones del porche, esperando su respuesta, Cheyenne se obligó a preguntarse a sí misma: «¿De verdad vas a renunciar a Joe De-Marco por Dylan Amos?».

Pero ella ya conocía la respuesta.

—Parece que al final Santa Claus va a venir a mi casa —dijo riéndose, mientras tiraba de él para obligarle a levantarse.

—¿Por qué sonríes? —susurró Cheyenne por encima del sonido del agua.

Apenas habían hablado mientras se desnudaban y se metían en la ducha. Estaban demasiado ocupados disfrutando de las caricias sobre la piel mojada, pero, cuando Cheyenne le hizo aquella pregunta, Dylan se colocó de manera que el agua dejara de caerle a Cheyenne sobre la cara para que pudieran hablar.

–Nunca te había visto desnuda a la luz del día. La verdad es que me haces sentirme un hombre afortunado.

Cheyenne se sonrojó y Dylan estuvo a punto de estrecharla entre sus brazos. Le encantaba el sincero placer con el que Cheyenne se tomaba hasta el menor cumplido.

–¿Y tú por qué sonríes?

–Me estaba acordando del primer día en el parque –se estremeció cuando Dylan inclinó la cabeza y cayó una gota de agua sobre su seno–. No me puedo creer que me dijeras lo que me dijiste. «Si alguna vez quieres que te demuestre lo que es tener a un hombre en la cama, ya sabes dónde encontrarme». ¿No le parece un poco atrevido, señor Amos?

Dylan se echó a reír y comenzó a prestar atención al otro seno.

–Pero funcionó, ¿no?

–Me avergüenza decir que fue mucho más efectivo de lo que debería.

–No hay gloria sin valor –contestó Dylan.

Pero no era en eso en lo que estaba pensando en el parque. Él había dado por sentado que Cheyenne le rechazaría le dijera lo que le dijera. De forma que se había comportado como si no tuviera nada que perder.

Cheyenne se echó a reír y acarició el león que Dylan llevaba tatuado en el pecho.

–¿Qué representa?

–Mi madre era Leo –a él le decía que era su cachorro de león, porque él también lo era, pero no se lo contó.

–¿Y esto?

–Es la balanza de la justicia –intentó besarla, pero Cheyenne le apartó.

–Ya lo sé, lo que quiero saber es por qué las has elegido.

–No estoy del todo seguro. Sencillamente, me gustó. Cuando me la tatué, estaba decidido a hacer las cosas bien.

–Por…

–Por mí, por mis hermanos, por todos nosotros.

–Y lo conseguiste.

–Hice lo que pude.

Cheyenne le enmarcó el rostro entre las manos.

–Soy muy feliz en este momento. Estoy enferma de preocupación por mi hermana y aun así, cuando pienso en ti, soy inmensamente feliz. ¿Es una locura?

Dylan estaba demasiado distraído como para poder mantener una conversación seria. No podía esperar a hacer el amor con ella desde que sabía que sentía algo por él. Pero lo que Cheyenne estaba diciendo era suficientemente importante como para concentrarse en el presente, así que intentó reprimir el deseo que amenazaba con desbordarle.

–No del todo, porque tu hermana pronto volverá y estoy seguro de que estará perfectamente, de modo que la preocupación solo serviría para arruinarte el día –la besó en los labios–. Y estás a punto de acostarte con alguien y eso es algo que hace a todo el mundo muy feliz.

Cheyenne cerró los ojos y presionó la mejilla contra su pecho.

–No creo que mi felicidad tenga nada que ver con eso.

Dylan deslizó las manos por su espalda, las curvó sobre sus nalgas y la estrechó contra él.

–Es posible que te estés precipitando…

–Sé perfectamente lo que estoy diciendo. Lo que siento tiene que ver con el hecho de estar contigo, con independencia de lo que estemos haciendo. Cuando estábamos viendo una película en tu casa y yo estaba en el otro extremo de la habitación, no podía pensar en nada que no fuera en estar cerca de ti.

Dylan le apartó el pelo de la cara. ¿De verdad sabía Cheyenne lo que estaba haciendo al elegirle a él? Jamás habría soñado con que pudiera preferirle a Joe. ¿Qué ocurriría si la decepcionaba? ¿O si al día siguiente recobraba la cordura?

–Joe es un buen hombre, Chey. Él…

–Sí, claro que es un buen hombre. Se tomó la noticia de que me había acostado contigo con mucha elegancia, pero…

–¿Pero?

–No es tú.

Acercó la boca a sus labios y le besó con pasión.

La excitación, ardiente e intensa, palpitaba en la sangre de Dylan. Sintió el roce del vientre plano de Cheyenne y aquello le excitó todavía más.

–¡Cuánto entusiasmo por parte de mi pequeña virgen! –musitó contra sus labios.

–Y sé que puedo conseguir mucho más.

Intentó besarle otra vez. Aquellos preliminares estaban a punto de convertirse en algo inmensamente dulce, intenso y placentero. Pero antes de alargar la mano hacia el preservativo que se habían llevado al cuarto de baño, Dylan decidió experimentar.

–Dentro de un momento vas a quererme todavía más.

–¿Eso qué significa?

–Ya lo verás.

La presionó contra las baldosas de la ducha, se puso de rodillas y, si no hubiera tenido la boca ocupada en otra cosa, habría sonreído de oreja a oreja al sentir las manos de Cheyenne a ambos lados de su cabeza y al oírla pronunciar su nombre entre jadeos.

Dylan estaba delante del árbol de Navidad de Cheyenne cuando esta, que acababa de terminar de prepararse, entró en el cuarto de estar.

–No tienes ningún regalo –señaló Dylan.

–Tú tampoco –replicó ella–. De hecho, ni siquiera habíais decorado el árbol.

–Somos hombres –respondió Dylan, como si eso lo explicara todo–. Pero estoy seguro de que eso no es tan normal en una familia de tres mujeres.

Cheyenne pensó en los regalos que todavía tenía que envolver. Teniendo en cuenta lo mucho que Presley había retrasado las compras, seguramente no había comprado nada. Había muchas probabilidades de que ni siquiera tuviera dinero, pero eso era bastante normal. Cuanto más metida estaba en el mundo de las drogas, menos le importaba todo lo demás.

–Nosotras no somos mujeres normales, y este año tampoco ha sido muy normal. Aunque en realidad nunca nos hemos hecho grandes regalos. ¿Tus hermanos y tú intercambiáis regalos?

–Sí, ahora que somos adultos, no siempre son cosas que se puedan envolver. E incluso en el caso de que se pueda, muchas veces las dejamos en las bolsas.

Cheyenne sacudió la cabeza.

–Hace falta una mujer en esa casa.

–Por eso quiero que vengas –le dio una palmadita en el trasero–. Para que nos decores la casa, hagas una tarta y nos envuelvas los regalos.

–Yo creía que era porque querías acostarte conmigo.

–Eso también.

–Después de lo que has hecho en la ducha, me iría contigo a cualquier parte –sonrió con picardía–. Además, todavía me debes diecisiete preguntas.

Dylan sonrió, orgulloso de lo que había conseguido minutos antes. Pero Cheyenne no pudo deleitarse en lo mucho que le gustaba el contraste entre la imagen de hombre duro que daba Dylan y el corazón sensible que tan bien ocultaba. Acababa de ver la rosa y la tarjeta que le habían dejado en el porche aquella mañana.

–Pero antes tengo que llamar a Joe.

La risa de Dylan desapareció.

–¿Ahora mismo?

–Sí, antes de que nos vean en público. No me gustaría que nos lo encontráramos, o que pueda pensar que me he reído de él.

–Ayer me advirtió que no me acercara a ti.

–¿De verdad?

No sabía que la apreciaba tanto, sobre todo después de lo que le había confesado.

–Para serte sincero, a mí me entraron ganas de decirle lo mismo. Los hombres podemos llegar a ser muy territoriales.

Y también las mujeres. Ella se sentía muy territorial con él. Se puso de puntillas para darle un beso en los labios.

–Y, por supuesto, en cuanto comprendiste que te estabas interponiendo en su camino, decidiste apartarte.

Dylan se echó a reír ante su sarcasmo, la abrazó y frotó la mejilla contra su cuello.

–Yo sabía que no hacíais buena pareja.

–¿Qué teníamos de malo? –le preguntó Cheyenne cuando la soltó.

Dylan la miró entonces a los ojos.

–Sabía que tenías que estar conmigo.

A Cheyenne le parecía increíble que Dylan le hubiera parecido menos atractivo que Joe. En aquel momento, le pasaba justo lo contrario.

–Tengo que encontrar la manera de cortar con él sin hacerle daño.

La sonrisa de Dylan se hizo maliciosa.

–Estaría encantado de hacerlo por ti.

Cheyenne sabía que estaba de broma, pero le explicó por qué sentía que, a pesar de todo, era importante que no quedara ningún resentimiento entre ellos.

–Joe es una persona a la que siempre he admirado, es una persona que me cuidó en el pasado y, además, es el hermano de una de mis mejores amigas, así que tengo que hacer las cosas con cuidado.

Dylan asintió.

–¿Necesitas estar a solas?

–No por mí, pero, si yo estuviera en su lugar, me gustaría que esta fuera una conversación privada.

–Iré yendo a mi casa y sacaré a los perros. Llámame cuando acabes.

Cheyenne asintió, pero no fue capaz de dejarle marchar sin un largo beso final.

Incluso cuando Dylan se fue, a Cheyenne se le hizo difícil llamar a Joe. Estuvo a punto de marcar el teléfono de Gail antes de llamarle a él. Quería que su amiga supiera por qué estaba a punto de hacer lo que iba a hacer. Pero sabía que Gail vería las cosas de la misma forma que Eve. Ambas intentarían convencerla de que no cometiera el error que estaba cometiendo. Le dirían que no podía confiar en un hombre como Dylan.

Pero ninguna de ellas le conocía. Si le conocieran, se darían cuenta de sus muchas cualidades, ¿o no?

Demasiado nerviosa como para estar sentada, permanecía en el borde del sofá con la mirada fija en la chimenea, recordando el momento en el que Joe la había encendido. ¡Entonces le gustaba tanto! Pensaba que estaba enamorada, pero, en realidad, estaba más enamorada de todo lo que Joe representaba.

Con un suspiro, revisó los teléfonos. Había recibido varias llamadas el día anterior de personas que querían darle el pésame por la muerte de su madre. Pero había estado demasiado ocupada buscando a Presley como para hacer algo más que escuchar rápidamente los mensajes.

Sin embargo, su preocupación por Presley no era la única razón por la que había evitado a aquellas personas que le eran tan cercanas. Tenía miedo de lo que podía llegar a revelar si hablaba con ellas. Todavía no había llegado a asimilar el hecho de que su hermana había contribuido a la muerte de Anita.

Presley había añadido un esqueleto más al armario de la familia.

–¿Por qué? –preguntó en medio de una casa vacía.

Pero los porqués no importaban cuando se trataba de su madre y su hermana. Tenía que enfrentarse a la realidad y asumirla, porque no habría manera de cambiarla. Era algo que había aprendido muchos años atrás.

Presley podía estar en cualquier parte. Fue aquel pensamiento y la necesidad de ir a la policía para que emprendieran su búsqueda lo que la hizo dejar de retrasar la llamada y marcar el teléfono de Joe.

Joe contestó inmediatamente.

–¡Por fin! ¿Cómo van las cosas?

–Bien, gracias por preocuparte por mí. Y por la tarjeta y la flor. Ha sido un gesto muy considerado por tu parte.

–No ha sido nada. Estaba preocupado.

–Lo sé y lo siento. Debería haberte llamado antes.

–No te preocupes por eso. ¿Has encontrado a Presley?

Cheyenne levantó la tarjeta que había dejado encima de la repisa de la chimenea.

–No, todavía no.

–Estoy seguro de que volverá cuando esté preparada.

–A lo mejor.

Pero… ¿cómo iba a volver su hermana después de haber matado a Anita?

–Supongo que es terrible tener que pasar por una situación así en Navidad. Me cuesta creer que todo haya ocurrido en este momento. ¿Qué puedo hacer para ayudarte?

–Nada. He buscado por todas partes y espero que la policía se muestre dispuesta a ayudarme. En este momento, la policía es mi única esperanza.

–Es una situación complicada. Supongo que se te hace muy duro esperar –se interrumpió–. ¿Hay alguna posibilidad de que vengas a comer con nosotros mañana? Les he dicho a las niñas que a lo mejor venías y están deseando conocerte.

Así que les había hablado a Summer y a Josephine de ella.

—A mí también me encantaría conocerlas, pero… —enderezó la espalda–, voy a ir a casa de Dylan, Joe.

Se hizo el silencio.

—¿Eso significa lo que creo que significa? —preguntó al final Joe.

¿Sería un error tomar aquella decisión en un momento como aquel? Probablemente. Pero no podía negar lo que sentía.

—Sí.

—Así que estás saliendo con él de forma oficial.

—Me temo que sí.

Pensaba que Joe le daría toda una serie de razones por las que no debería hacerlo, pero no lo hizo.

—Dylan y yo hemos tenido una relación profesional desde hace años.

Ya estaba. Cheyenne se mordió el labio.

—¿Y?

—Siempre me ha caído bien.

—Eres muy generoso al decirme una cosa así. Espero… espero que no lo vayas a pasar mal.

—Tengo la sensación de que te he perdido, Chey, no voy a mentirte. Pero no voy a pasarlo mal.

Agotada de pronto después de tanto estrés, y preocupación por el secreto que guardaba, apoyó la cabeza en el sofá.

—Siempre he tenido una gran opinión de ti, Joe —sonrió mientras acariciaba la rosa que Joe le había regalado–. Me alegro de saber que eres todo lo que siempre he imaginado.

—Si necesitas cualquier cosa, aquí me tienes. Feliz Navidad, Cheyenne.

—No me puedo creer que estemos en medio del mar cuando se está desatando un infierno en Whiskey Creek

–Eve se golpeó la frente–. Sabía que no debería haberme ido.

Como todos los días, Callie y los demás se habían reunido a la hora del desayuno, pero habían comido tanto durante los últimos diez días que habían perdido todo el interés por la comida. Así que lo que estaban haciendo era alargar los cafés mientras hablaban, como hacían todos los viernes en Whiskey Creek cuando se reunían en la cafetería Black Gold. Pero faltaba Cheyenne. Eve sentía su ausencia más acusadamente que nunca.

–No puedes culparte por haber hecho un viaje que llevabas planeando desde hacía dos años –replicó Callie–. Es cierto que yo también me siento culpable, pero para cuando supimos que era probable que la madre de Cheyenne muriera estando nosotros fuera, ya no podían devolvernos el dinero.

–Anita ha aguantado tanto que supongo que pensé que aguantaría un poco más –dijo Noah–. O, incluso, que la enfermedad podría remitir.

Baxter se pasó la mano por el pelo.

–Tampoco sé qué podríamos haber hecho en el caso de que nos hubiéramos quedado. No sé qué podría haber hecho nadie.

Eve le fulminó con la mirada.

–Espero que estés bromeando.

–Me habría gustado tanto como a ti estar allí para apoyarla –extendió las manos–. Pero su madre habría muerto de todas formas.

–¡También ha desaparecido su hermana! –le espetó Eve.

Ted tomó la taza de café con las dos manos.

–Tampoco creo que pudiéramos haberlo impedido.

De alguna manera, aquello la hizo sentirse a Eve menos culpable. Ted siempre había sido el intelectual del grupo, la voz de la razón. Gail y él siempre eran los primeros de la clase. Eve podría haber sacado mejores notas. Si no hubiera estado tan centrada en su novio cuando estaba en el instituto, habría estudiado más.

–No creo que Eve esté hablando de Anita o de Presley –repuso Callie–. No, ellas siempre han sido muy problemáticas, así que, en ese terreno, no hay ninguna novedad. El verdadero problema es Dylan.

Ted se recostó en la silla.

–A lo mejor no es una relación seria. A lo mejor Cheyenne solo quería acostarse con alguien.

Eve se sintió entonces doblemente culpable. En un primer momento, le había guardado el secreto a Cheyenne. Pero, cuanto más preocupada estaba porque la relación de su amiga con Dylan iba consolidándose y el único que podía cuidar de Chey era Riley, menos partidaria era de mantener el secreto. De modo que, a pesar de lo que le había dicho a Cheyenne, había terminado compartiendo aquella información con sus amigos de la forma más natural, puesto que, en general, todos estaban al tanto de los detalles de las vidas de los demás.

–Te creería si solo hubieran estado juntos una vez. Pero la relación está evolucionando –insistió–. Llevan toda la semana juntos.

–Lo último que necesita Cheyenne es terminar con alguien que ha tenido una vida similar a la suya –añadió Kyle.

Aunque solo había estado casado durante un año, su matrimonio había sido muy doloroso desde el primer momento. Le habían manipulado hasta obligarle a dar el «sí, quiero», pero, en realidad,

–¿Crees que si Cheyenne comienza a salir con alguien como Dylan pude terminar de otra manera? ¿Que a Cheyenne no le importará que Dylan le rompa el brazo a alguien porque ha hecho un comentario poco afortunado sobre alguno de sus hermanos?

–Digámoslo de esta manera –Callie se dirigía sobre todo a los chicos–, ¿os gustaría que una hija vuestra saliera con alguien como Dylan?

Se miraron los unos a los otros como si la respuesta fuera obvia.

Eve empujó su taza.

–La hemos dejado sola en el momento en el que está más vulnerable.

Baxter esbozó una mueca.

–Cheyenne no es una niña, Eve –le recordó.

Pero no lo decía con mucha convicción. Eve estaba segura de que también él se sentía mal.

–Es posible que no sea una niña, pero está atravesando un infierno y se ha aferrado a lo primero que ha encontrado. Cualquiera haría lo mismo en su situación.

–Es una pena que no haya podido contar con Sophia mientras estábamos todos fuera –se lamentó Ted.

–Pero si tú ni siquiera quieres que Sophia venga al café de los viernes –señaló Callie.

–De acuerdo, pero ya que viene, que por lo menos haga algo por el grupo.

Eve bajó la voz cuando pasaron otros viajeros junto a su mesa.

–Sophia ya tiene bastantes problemas. ¿Visteis el moratón que tenía en el ojo antes de que nos fuéramos?

–¿Qué moratón? –preguntó Noah.

–El que intentaba disimular con una capa de maquillaje.

–Pues tuvo que hacer un buen trabajo, porque no lo noté –comentó Ted.

–Porque ni siquiera la miras. Y porque no quieres notarlo.

–Los moratones no siempre coinciden con la presencia de su marido en el pueblo –replicó Ted.

–¿Cómo lo sabes? Él no tiene ningún tipo de relación con nosotros y hay muchas cosas que Sophia no nos cuenta. Entre otras cosas, porque tampoco nos hemos portado muy bien con ella.

–No creo que seamos tan malos si sigue apareciendo todos los viernes –se defendió Ted.

Callie utilizó la servilleta para limpiar unas gotas de crema de encima de la mesa.

–Se siente muy sola.

–¿Y se supone que debo compadecerla después de lo que hizo? –le preguntó Ted.

–No entremos ahora en eso –le pidió Eve.

–Estoy de acuerdo –intervino Noah–. Llevamos mucho tiempo intentando averiguar si Skip la maltrata o no. Cuando pienso en ello, me entran ganas de darle un puñetazo en su petulante mandíbula. Pero a no ser que Sophia diga algo, no tenemos forma de saberlo. Y en lo que se refiere a Cheyenne, lamentarnos por lo que podríamos haber hecho no sirve de nada. Ella está en Whiskey Creek y nosotros estamos aquí. ¿Qué podemos hacer?

–Nada –contestó Eve–, por lo menos hasta que volvamos.

–¿Y después? –quiso saber Baxter.

Callie se inclinó hacia un lado para que el camarero pudiera retirarles las tazas vacías.

–Tenemos que planificar una manera de intervenir. Al principio es posible que se enfade, pero… tenemos que hacer todo lo que podamos para protegerla.

A Eve le gustó la idea. Por lo menos, era una iniciativa, en el caso de que no fuera ya demasiado tarde.

–A lo mejor podemos conseguir que Dylan se dé cuenta de que no tiene nada que ofrecerle. Si de verdad la quiere, eso debería bastar para que la dejara en paz.

Baxter inclinó la cabeza hacia un lado.

–Muy bien, ¿y quién va a jugarse la vida diciéndole que se aleje de ella?

–Yo –se ofreció Eve antes de que nadie dijera nada.

–Muy bien –la taza de Ted, que este se había negado a dejarse arrebatar, tintineó en el plato–. No creo que sea capaz de pegar a una mujer.

La sonrisa de Ted evidenciaba que estaba de broma, pero a Eve no le hizo ninguna gracia.

–Alguien tiene que hacer algo.

–Esperemos que sirva para algo y que no acabemos nosotros peor que ella –musitó Baxter.

–¿No crees que merece la pena intentarlo? –Eve parecía de pronto insegura.

–La verdad es que sí. No hay nada peor que enamorarse de quien no se debe.

Si Callie no hubiera comentado nada del posible interés de Baxter en Noah, Eve no le habría prestado especial atención a aquel comentario. Baxter podía ser tan negativo que a veces le llamaban cariñosamente Eeyore. Pero incluso estando tan preocupada por los problemas de Cheyenne, la nota de desesperación de su voz le pareció de lo más reveladora.

–¿Qué sabrás tú del amor? –se burló Noah–. ¡Ni siquiera has salido más de dos veces seguidas con la misma chica!

Eve tuvo la sensación de que Baxter palidecía al oír aquel comentario. Sentía en su pecho una intensa empatía que la impulsaba a alargar el brazo hacia él. Pero sabía que Baxter no agradecería un gesto de ese tipo, así que mantuvo las manos quietas mientras esbozaba una tensa sonrisa.

–A lo mejor es porque todavía no he encontrado a la mujer adecuada.

O a lo mejor era porque aquella mujer no existía.

Capítulo 26

Con frío y con viento, Fénix no era la misma ciudad que Presley recordaba de años atrás. Anita las había llevado allí en mitad del verano, cuando la temperatura alcanzaba los cuarenta y cinco grados. Metidas en el coche y sin aire acondicionado, sudaban incluso en medio de la noche. Presley jamás olvidaría cómo le costaba respirar. Y tampoco que Anita las había dejado solas al poco de llegar con la excusa de ir a comprar algo de comer. Cheyenne y ella le habían suplicado que les dejara acompañarlas, sabiendo que no podían confiar en la promesa de que regresaría pronto. Pero su madre las había dejado al borde de un desierto y les había pedido que la esperaran a la sombra de un viejo gallinero. Allí, con el estómago vacío, habían estado contando hormigas y observando a una araña tejiendo su tela entre dos tablas de aquel gallinero abandonado.

Y, al cabo de un rato, habían salido en busca de cualquier posible fruta silvestre, esperando tener la suerte de encontrar un granado, porque Anita les había dicho que había encontrado uno durante su primer viaje a Arizona. Pero aquel suelo estaba tan seco que parecía imposible que en él creciera algo más que algún arbusto. No se habían atrevido a acercarse a una casa que veían en la distancia. Sabían lo que podía hacerles Anita si causaban problemas llamando la atención de terceros.

Cuando Anita regresó más de siete horas después, no llevaba nada de comer. Sin embargo, apestaba a alcohol y amenazó con romperles los dientes si seguían pidiéndole comida.

Chey había sido lo único que había hecho aquel día, y otros muchos, soportable. Pero Presley no quería pensar en su hermana. La vida era como era y no se podía hacer nada para cambiarla.

El camionero, Axle le había dicho que se llamaba, aunque seguramente era un mote, le había dado comida y dinero para pagar un billete de autobús a Sunnyslope, donde habían vivido en una ocasión con un viejo gruñón en un tráiler. Presley distinguió en la distancia la señal descolorida por el sol que anunciaba el parque de caravanas Palo Verde. Era allí donde había probado por primera vez el cristal, y era esa la razón por la que había decidido llegar hasta ese lugar. Necesitaba droga y aquel era un lugar en el que probablemente la encontraría.

El problema era que la nostalgia de Whiskey Creek la estaba destrozando. Permaneció en una esquina, respirando el humo del autobús que se alejaba en la distancia y con la mirada fija en una calle que parecía sacada de una película de ciencia ficción, llena de clubs de striptease, sex shops y cines X, todos ellos desiertos a aquella hora del día.

Su familia había dejado todo aquello atrás al mudarse a California. Allí, su vida había cambiado drásticamente para mejor. Pero hasta ese momento, Presley había olvidado lo mucho que había mejorado su situación durante los años anteriores.

—¡Eh!

Sobresaltada por aquella intrusión en sus pensamientos, Presley parpadeó y fijó la mirada en un hombre alto y moreno que estaba a la entrada de un supermercado.

—¿Eres prostituta, cariño? ¿Estás esperando a alguien?

Presley apenas podía verle por el resplandor del sol.

Pero mientras vacilaba a la hora de responder, el hombre salió de entre las sombras. Con el pelo muy corto, el rostro afeitado y una alianza de boda en la mano izquierda, habría parecido sorprendentemente respetable para estar en aquella zona si no hubiera sido por su sonrisa lisonjera.

—Podría ayudarte a pasar un buen rato —le ofreció él.

Presley retrocedió y alzó la mirada hacia el letrero de la tienda. *Ultramarinos Mel's Quickie*, leyó. No la recordaba de cuando ella vivía allí, pero en aquella calle los negocios cambiaban constantemente.

—¿A qué te dedicas? ¿A esperar que pase alguna chica, como si fueras una araña esperando que una mosca quedara atrapada en su red?

El hombre se rio suavemente.

—No exactamente. Mi amigo es el propietario de esta tienda y me proporciona... ciertas mercancías de las que disfruto. Te he visto al salir y he pensado que parecías la clase de mujer a la que también podrían gustarle.

Aquello despertó el interés de Presley, como probablemente él esperaba.

—¿Qué clase de mercancías?

—¿Speed? ¿Crack? ¿Qué prefieres? Puedo conseguirte lo que quieras.

En ese momento, Presley habría aceptado cualquier cosa.

—No soy muy quisquillosa.

—Entonces, ni siquiera tendré que volver adentro.

Presley le miró con los ojos entrecerrados.

—¿Y qué tengo que hacer exactamente?

—Nada fuera de lo normal, por lo menos en esta época. Me gusta el sadomaso, ¿y a ti?

Sufrir dolor de manera voluntaria no era precisamente lo que más le apetecía a Presley. Pero aquel hombre le estaba ofreciendo aquello que había ido a buscar y no estaba segura de que pudiera encontrar una oportunidad mejor de conseguirlo.

—No me gusta sentirme demasiado dominada —contestó para ver cómo respondía.

El hombre cambió la sonrisa, en un claro intento de parecer más sincero.

—Muy bien, en ese caso, bastará con una sesión ligera de *bondage*.

A la mente de Presley acudió entonces la imagen de Aaron. Él nunca le haría ningún daño, al menos físicamente. Hacía el amor de una forma dulce y delicada que habría sorprendido a todos aquellos habitantes de Whiskey Creek que pensaban lo peor de él. Ya le echaba de menos, quería estar a su lado.

Pero una mujer no siempre conseguía lo que quería. Eso era algo que Presley había aprendido a muy corta edad.

—Necesito dinero. Acabo de llegar y tengo que encontrar un lugar en el que quedarme.

El hombre sacó un paquete de cigarrillos del bolsillo y le tendió uno.

—Es posible que también pueda ayudarte en eso. Mis chicas ganan mucho dinero y a cambio yo las protejo para que no les pase nada.

Así que se trataba de eso. Pero, siempre y cuando le dieran lo que ella quería, ¿realmente importaba?

—Entonces, ¿nuestro trato es para más de una sesión?

Su interlocutor le encendió el cigarrillo.

—En realidad, yo solo pretendía pasar un buen rato, pero nunca se sabe hasta dónde se puede llegar.

Presley se llevó la mano al estómago.

—Tengo que abortar.

—Riesgos laborales. Eso puedo arreglarlo —respondió él sin parpadear.

Pero aquel no era el tipo de embarazo que él pensaba. Presley quería al padre de su hijo. No le iba a resultar fácil abortar. Sintió cómo se le tensaba el vientre de forma protectora al pensar en ello.

Ojalá tuviera otra opción. Ojalá Aaron la quisiera, aunque solo fuera un poco. Tenía ya treinta y tres años. Si no tenía un hijo a esa edad, ¿cuándo iba a empezar?

Probablemente, nunca. Nadie sabía mejor que ella lo odiosa que era. Era demasiado esperar que alguien como Aaron quisiera ser el padre de su hijo.

El desconocido señaló un coche que parecía tan respetable como él.

—Vamos —la invitó.

—Si sospechas que es posible que no seas hija de Anita, ¿qué me dices de Presley? ¿Crees que Anita podría haber robado a Presley también?

Dylan tenía que admitir que la víspera de Navidad no era el mejor momento para abordar aquel tema, pero ardía de curiosidad desde la primera vez que Cheyenne le había expresado sus dudas. Y aquella noche disfrutaban de tiempo e intimidad. Como todos los restaurantes del pueblo estaban cerrados, se habían quedado en casa de Cheyenne y habían preparado una ensalada y un par de filetes a la plancha. En aquel momento estaban tomando una copa de vino, acurrucados los dos en el sofá. Él habría preferido llevar a Cheyenne a su casa, pensaba que la presencia de sus hermanos y su frenética actividad la ayudarían a olvidar sus problemas. Pero Cheyenne no podía dejar de pensar que Presley podía aparecer en cualquier momento, aliviarla de sus preocupaciones y, posiblemente, desmentir sus sospechas sobre el motivo de la muerte de Anita. Y aquella esperanza estaba anclada a su propia casa.

—Es más probable que ella sí sea hija biológica de Anita —contestó tras pensarlo durante algunos segundos.

—¿Y por qué lo crees? No se parece a ella más que tú.

Cheyenne deslizó la mano bajo su camisa, pero no fue un gesto motivado por el deseo, sino por la necesidad de disfrutar del consuelo que le proporcionaba su contacto.

–Siempre ha habido más afinidad entre ellas. Era un sentimiento que fluía de forma natural y que yo no lo tenía con mi madre.

Dylan le apartó el pelo de la cara.

–En otras palabras, Presley era la favorita de tu madre.

–Desde luego, y no la culpo. Presley era mucho más flexible e indulgente. No sé por qué, pero yo no podía ser igual que ella. A menudo me sentía culpable por mi propio resentimiento, pero… ni siquiera ahora he sido capaz de superarlo. Creo que es porque mi madre jamás se sintió mínimamente culpable de su conducta. Si no hubiera enfermado, nada habría cambiado.

–¿Sabes algo del padre de Presley?

Cheyenne se inclinó hacia delante, bebió un sorbo de vino y dejó la copa en la mesita de café.

–Lo mismo que del mío.

–¿Dónde solía conocer Anita a los hombres?

–¿Además de en los bares? Mendigando por las calles, en las lavanderías, en refugios para personas sin techo, alrededor de sexshops, en áreas de descanso, en las comisarías a las que la llevaban cuando la encontraban borracha en la calle…–volvió la cabeza y sonrió con pesar–. Todos aquellos lugares en los que la gente normalmente piensa encontrar el amor.

Dylan se echó a reír.

–¡Menuda vida! ¿En cuántos lugares llegasteis a vivir?

Cheyenne apoyó la cabeza en su pecho.

–En tantos que perdí la cuenta. Nunca nos quedábamos durante demasiado tiempo en el mismo lugar.

–¿Porque tu madre no encontraba trabajo?

–Encontraba trabajo de vez en cuando, pero nunca le duraba. No se llevaba bien con sus jefes durante más de unas cuantas semanas o unos meses como mucho. Abusaba de los permisos, fingía que estaba enferma, robaba dinero de la caja registradora o se ocupaba de sus asuntos personales durante las horas de trabajo. Pero, en general, ni siquiera solía buscar trabajo, le bastaba con mendigar o con alguna transacción rápida, por llamarlo de alguna manera, para conseguir dinero y continuar viajando.

¿Cómo podían haber soportado Presley y Cheyenne vivir con una mujer así? Dylan había oído rumores sobre Anita desde el momento en el que había llegado al pueblo, por supuesto. Pero no había sido consciente de lo duras que debían de ser sus vidas hasta que pocos años atrás, había comenzado a fijarse en la atractiva rubia que tenía como vecina y que no estaba dispuesta a darle ni la hora. Poco después, gracias a Presley y a las numerosas visitas que hacía a su casa, había comenzado a saber más cosas de Cheyenne.

—¿Qué buscaba tu madre exactamente?

—Ojalá lo supiera. Supongo que siempre pensaba que las cosas nos irían mejor en otra parte. Que la próxima vez sería más fácil. Dejé de preguntármelo en cuanto fui consciente de que ni siquiera ella sabía lo que buscaba.

—¿Y alguna vez mejoraron las cosas?

—No, hasta que llegamos aquí. Estuvimos en Nuevo México antes de venir y fue terrible. Después en Fénix durante un breve período de tiempo, y la situación fue incluso peor. Whiskey Creek fue un hogar para mí desde el primer momento, pero, si no hubiera sido porque le diagnosticaron el cáncer, también nos hubiéramos movido de aquí.

—Podría haber vuelto a marcharse cuando remitió la enfermedad.

—Presley y yo ya habíamos terminado el instituto para entonces y sabía que no queríamos irnos con ella. Las dos estábamos encantadas de haber podido echar raíces.

—¿Y no quería irse sin vosotras?

—Creo que el estar con nosotras la hacía sentirse arraigada, necesitada, conectada con el mundo. Para entonces, ya era más mayor y había perdido parte de la necesidad compulsiva de continuar moviéndose.

–¿Nunca tuvo a nadie, además de a vosotras dos?

–No. Tampoco ella tenía la mejor familia del mundo –alzó la mirada hacia él–. ¿Puedo preguntarte algo?

Dylan esbozó una sonrisa.

–¿Contará como una de las diecisiete preguntas? –le preguntó.

–Debería, porque es una pregunta difícil –contestó Cheyenne.

Ella había estado contestando a preguntas muy duras, de modo que a Dylan le pareció justo que le tocara a él.

–Dispara.

–¿Qué sentimientos tienes hacia tu padre?

Dylan sabía que aquello llegaría antes o después. Por supuesto, Cheyenne sentía curiosidad, como le habría pasado a cualquiera.

–Es una cuestión complicada.

–Creo que podría comprender por qué.

Por un breve instante, Dylan sintió la tentación de fumar, pero apartó aquel deseo y se terminó el vino.

–Todavía nos escribe regularmente.

–Me lo preguntaba. ¿Y qué os dice?

–Que siente habernos destrozado la vida y que nos quiere.

–¿Y le crees?

–Supongo que sí. Todo el mundo comete errores. Pero… mi padre saldrá de la cárcel en menos de dos años y no quiero restablecer la relación con él porque entonces vendría a mi casa nada más salir y no sé si puedo confiar en que no vuelva a beber.

–¿Él no es el propietario de la casa y el taller?

–Ya no. Me los vendió hace varios años. A cambio, yo he ido ingresándole dinero en sus cuentas, lo cual le ha hecho la vida mucho más fácil en prisión.

–Así que te escribías con él.

–Pero no muy a menudo. Y hace tiempo que no lo hago.

–¿Y crees que volverás a escribirle alguna vez?

–A veces lo pienso –la melena de Cheyenne se deslizó por su mano–. Lo quiera o no, hay algo entre nosotros. Y les debe a mis hermanos el intentar ser un buen padre. Ellos son responsabilidad suya, no mía.

Ya había hecho suficiente sacándolos adelante en ausencia de su padre.

La compasión suavizó la expresión de Cheyenne.

–Siento todo lo que os pasó. No me parece justo ni para ti ni para tus hermanos.

No eran las injusticias de la vida las que irritaban a Dylan. Había llegado a asumirlas. A esas alturas, lo único que deseaba era poder dejar el pasado donde estaba. Pero no, tendría que volver a tratar con su padre al cabo de un par de años.

–Supongo que tú has aprendido a superar los obstáculos.

Cheyenne sonrió.

–Sí, es una buena manera de decirlo. Desde luego, jamás pensé que mi vida con Anita y con Presley terminaría de esta manera. Anita parecía que no iba a morir nunca. Y Presley… siempre tuve la esperanza de que se diera cuenta de todas las cosas buenas que tenía e intentara aprovecharlas.

–¿Culpas a Aaron de la vida que lleva?

Lo había insinuado el día que habían coincidido en el parque. Y aquella era, en parte, una de las razones por las que estaba resentida con él. O, por lo menos, a él le había dado esa impresión.

–En realidad, no. Me gustaría que hubiera encontrado a alguien que tuviera la vida resuelta para que pudiera ayudarla. Pero después de haberla visto con Aaron, sé que él no es la razón de sus problemas, de la misma forma que tampoco Presley es la culpable de los problemas de Aaron. Se identifican el uno con el otro y por eso están juntos.

–Me dijiste que Presley estaba enamorada de Aaron.

–Y es posible que lo esté. Pero los dos están tan destrozados…

Volvió a quedarse pensativa. Bebió un sorbo de vino y cambió de actitud, anunciando así un cambio de tema.

–No crees que Stacy vaya a hacer mucho por Presley, ¿verdad?

–Ha dicho que emitiría una orden de búsqueda.

Dylan quería consolarla tanto como le fuera posible, pero no había sido fácil convencer al jefe de policía de que necesitaba organizar una patrulla para buscar a Presley. Stacy había dicho que una persona en estado de duelo era capaz de hacer cualquier cosa, incluso perderse una Navidad. Pero, al menos, ellos habían hecho todo lo posible para que la policía se implicara.

–¿Y eso será suficiente?

–Tendremos que esperar que lo sea.

Después de ir a ver al jefe de policía, habían salido de nuevo a buscar a Presley, esperando encontrar su coche en alguna parte, pero no había habido suerte.

Pasaron varios segundos y, de pronto, Cheyenne preguntó:

–¿Y si tengo una madre en algún otro lugar? ¿Y si todo esto no tuviera por qué haber formado parte de mi vida? –señaló con la mano la habitación.

Entonces no se habrían conocido, pero Dylan no lo dijo.

–No estaría mal que tuvieras otra madre.

–Y también podría llegar a ser decepcionante. ¿Y si Anita no me robó? ¿Y si fue mi verdadera madre la que me entregó? A lo mejor no es mejor que Anita. A lo mejor es incluso peor, porque intentó deshacerse de mí.

–No es muy probable. Eso no encaja con lo que recuerdas.

–Ni siquiera sé si mis recuerdos son auténticos.

El teléfono de Cheyenne sonó antes de que Dylan pudiera contestar. Dylan la observó agarrarlo esperanzada para desinflarse casi inmediatamente. Evidentemente, no era su hermana. Tras apretar un botón para rechazar la llamada, Cheyenne apartó el teléfono.

–¿Quién era? –preguntó Dylan.

–Eve.

–¿Y no quieres hablar con ella?

Cheyenne se acurrucó contra él.

–Ahora no.

–Es tu mejor amiga, y estamos en la víspera de Navidad.

–Ya la veré cuando vuelva a su casa.

–Es probable que esté preocupada por ti.

No hubo respuesta.

Eve llevaba más de una semana fuera del pueblo. ¿Por qué no se alegraba Cheyenne de tener noticias suyas?

–¿Chey?

–Ya tengo suficientes cosas a las que enfrentarme –le explicó Cheyenne.

Pero Dylan tenía la sensación de que había algo más. Eve y Cheyenne eran inseparables desde que estaban en el instituto.

–Hablar con ella podría ayudarte.

–Estoy bien, te tengo a ti.

Pero… ¿tenía que elegir entre los dos?

–No quieres que sepa que estás conmigo –aventuró.

Cheyenne se colocó un mechón de pelo tras la oreja e irguió la espalda.

–Ya lo sabe.

–Y no lo aprueba.

–Tiene que darse cuenta de cómo eres en realidad.

¿Y eso haría que cambiara de opinión? ¿Qué ocurriría si no conseguía ganársela? Los amigos de Cheyenne eran para ella una gran parte de su identidad. Habían sido su familia adoptiva. Dylan no se imaginaba a sí mismo apartándola de aquellos que tanto la habían apoyado. Estaba seguro de que si lo hacía, Cheyenne terminaría reprochándoselo.

Pero tampoco se imaginaba que aquella gente que siempre le había mirado con altivez le diera de pronto la bienvenida al grupo.

Cheyenne se despertó sola. Por un instante, se preguntó si las dos semanas anteriores no habrían sido un sueño. Esperaba la llamada de su madre pidiendo la medicación, o comida, o que la ayudara a colocarse en la cama. Y que su hermana volviera del trabajo.

Pero, cuando dio media vuelta en la cama, percibió la fragancia de la colonia de Dylan en la almohada y se recordó haciendo el amor con él la noche anterior. Desde que Eve y los demás se habían ido al Caribe, había vivido algunos de los peores momentos de su vida. Pero también algunos de los mejores, gracias a Dylan.

¿Dónde estaría?

Como era la mañana del día de Navidad, se imaginó que habría ido a ver a sus hermanos. Pero oyó entonces que se abría y se cerraba la puerta de la calle.

–¿Dylan?

Se estiró mientras le llamaba. Normalmente, la mañana del día de Navidad la dedicaba a cocinar un suculento desayuno para su madre y para su hermana y después intercambiaban regalos. Desde que habían llegado a Whiskey Creek, comía después con la familia de Eve. Presley se unía a ellos en algunas ocasiones, pero casi siempre se quedaba en casa con Anita o se reunía con sus propios amigos. El día anterior, los Harmon habían llamado para invitarla a su casa, pero ella les había explicado que ya tenía otro compromiso.

Dylan asomó la cabeza en la habitación. Llevaba los mismos vaqueros viejos y la misma sudadera que el día anterior, además de una sonrisa adorable. Se había puesto también una gorra de béisbol en la cabeza y, seguramente, se había vestido sin ducharse, pero a Cheyenne le encantaba cómo estaba, le gustaba el contraste entre sus dientes blancos y la barba.

—Feliz Navidad.

Cheyenne le dirigió una somnolienta sonrisa.

—Feliz Navidad, pero ¿no es un poco pronto para estar levantado?

Dylan la miró avergonzado.

—Lo siento, pero no puedo evitarlo. Siempre me despierto pronto. Y esta mañana me resultaba imposible volver a dormirme.

—Porque…

—Tengo muchas ganas de darte tu regalo.

—¿Me has comprado algo?

Cheyenne se incorporó apoyándose en los codos. No le hizo especial ilusión saber que tenía un regalo. Ella había estado demasiado ocupada buscando a Presley y haciendo los arreglos pertinentes para organizar el entierro como para pensar en comprarle un regalo a Dylan.

—¿Cuándo has sacado tiempo para comprarlo?

—Ayer, mientras estaba en el taller. Hice algunas búsquedas por Internet y unas cuantas llamadas y encontré justo lo que quería.

Cheyenne arqueó las cejas.

—¿De verdad?

—De verdad.

—Pero yo… Preferiría que hubieras esperado a que yo hubiera podido comprarte algo…

—No quiero nada —la interrumpió Dylan—. Con estar contigo tengo más que suficiente.

La sinceridad de aquella declaración, acompañada con la honestidad de su expresión, la conmovió profundamente. Dylan lo decía de verdad.

—¿Por qué yo? —preguntó con suavidad, devolviéndole una pregunta que él le había hecho otras veces.

Cuando Dylan contestó, Cheyenne supo que realmente la comprendía.

–Tú y yo encajamos perfectamente, y eso es algo que yo sabía desde hace mucho tiempo.

Cheyenne sintió una oleada de pura felicidad. En medio del dolor, la confusión y la crisis moral que estaba sufriendo, había encontrado a alguien que era capaz de aliviar su sufrimiento y de consolarla en cada instante, y lo hacía por ser precisamente quien era. Irónicamente, Dylan era la última persona de Whiskey Creek en la que ella se habría apoyado. ¿Le habría dado alguna oportunidad si no se hubieran encontrado aquel día en el parque?

Probablemente, no.

–Voy a ducharme.

Dylan hizo un sonido de impaciencia.

–¿Tienes que ducharte ahora? Ya no puedo esperar ni un segundo más.

¿Quién podría haberse imaginado que Dylan Amos podía llegar a recordarle tanto a un niño entusiasmado? Pero a Cheyenne le encantó descubrir aquella inesperada inocencia en su carácter.

–De acuerdo, ya voy –dijo entre risas, y comenzó a levantarse.

Pensaba que querría que se levantara y fuera al cuarto de estar, a mirar bajo el árbol, pero Dylan la detuvo.

–No, espérate aquí.

Cheyenne volvió a oír la puerta de la calle. Cuando regresó, Dylan no llevaba un paquete envuelto en papel de regalo, sino un bulto peludo blanco y negro, que inmediatamente le tendió.

–¿Un cachorro? ¿Me estás regalando un cachorro?

Cheyenne alargó inmediatamente las manos hacia el perrito, pero Dylan vaciló antes de entregárselo.

–Antes tengo que contarte algo.

Cheyenne alargó la mano para acariciar al perro entre las orejas, él le lamió la mano. Cheyenne estaba tan emocionada que no podía esperar ni un segundo más.

–¿Qué?

–En realidad, pensaba regalarte otro, así que, si quieres, podemos devolverlo. Es solo que…cuando la vi, no pude resistirme.

–¿Por qué iba a querer devolverla? ¡Es preciosa! Siempre he querido tener un perro. ¿De qué raza es?

–No estoy seguro. Un cruce entre una akita y a lo mejor un golden retriever.

Emocionada al tener por fin una verdadera mascota, Cheyenne volvió a alargar los brazos hacia ella, pero Dylan continuaba sin entregársela.

–¿Puedo agarrarla en brazos? –preguntó sorprendida.

Dylan se la entregó por fin, pero Cheyenne sabía que estaba vigilando muy de cerca su reacción.

–¿Qué pasa? ¿Por qué estás tan…?

Y entonces, cuando estrechó a la perrita contra su pecho, comprendió que le pasaba algo. La dejó en la cama y la miró de cerca. A la perra le faltaba una de las patas de atrás.

Dylan la miró con expresión interrogante.

–Es un defecto de nacimiento. Sabía que los otros perros no tendrían ningún problema para encontrar casa, pero la voluntaria del refugio me dijo que era muy probable que nadie quisiera quedarse con esta.

A Cheyenne se le llenaron los ojos de lágrimas al mirar a aquel desafortunado cachorro que intentaba moverse con las tres patas alrededor de la cama.

–Así que has decidido rescatarla.

De la misma forma que había rescatado a sus hermanos con solo dieciocho años. Y como la había rescatado a ella, sin ser consciente siquiera de lo mucho que necesitaba que lo hiciera.

Dylan hundió las manos en los bolsillos.

–Si no la quieres, puedo quedármela yo y buscarte otro perro.

–No –agarró a la perrita en brazos y apretó el rostro contra su pelo–. La quiero. Es exactamente la perra que yo habría elegido.

–¿En serio? –parecía inseguro.

–Has visto mi árbol de Navidad, ¿verdad?

–¿Tu árbol de Navidad? –preguntó Dylan confundido.

–No importa –respondió Cheyenne entre risas–. Para mí, es perfecta.

–Me alegro de oírlo –pareció desaparecer la tensión y comenzó a mostrarse tan feliz como la propia Cheyenne se sentía–. Le he comprado una cama, una correa, comida y juguetes. Para que tengas todo lo que pueda necesitar –se inclinó y le dio un beso en la sien–. Feliz Navidad.

Cheyenne alzó la mirada hacia él.

–No hay nadie como tú, Dylan Amos.

Dylan se echó a reír.

–En Whiskey Creek, muchos te dirían que afortunadamente.

El timbre de la puerta les interrumpió antes de que Cheyenne hubiera podido responder.

–¿Quién puede venir a mi casa a las diez de la mañana del día de Navidad?

Dylan se encogió de hombros, pero como estaba vestido y ella no, fue él a abrir. A los pocos segundos, la llamó:

–Chey, es Riley.

Capítulo 27

–¿Por qué no contestas las llamadas de Eve?

Riley permanecía en el porche de Cheyenne, mirando con evidente recelo a Dylan, que estaba tras ella en el cuarto de estar.

–¿Es un regalo de tu tía?

Cheyenne sostuvo a la perrita contra su pecho mientras con la otra mano señalaba el jersey nuevo de Riley.

–Sí. Me regala uno cada año –contestó él sin prestarle demasiada atención.

Cheyenne ya lo sabía. El día después de Navidad, llevaban los peores regalos a la cafetería. Ya era una tradición.

–¿Qué hiciste con el de color violeta que te regaló el año pasado?

Riley frunció el ceño todavía más.

–No has contestado a mi pregunta.

Cheyenne hundió la cabeza en la perrita.

–Eve solo me ha llamado un par de veces.

–Así que sabías que te estaba llamando.

Una punzada de culpabilidad minó gran parte de la alegría que Cheyenne estaba sintiendo hasta que había aparecido Riley.

–Sí, y pensaba devolverle las llamadas. Pero últimamente mi vida es bastante complicada. Tú deberías saber mejor que nadie hasta qué punto se me han complicado las cosas.

–¡Por eso está desesperada por hablar contigo! Me ha llamado para suplicarme que viniera a verte sabiendo que estaba abriendo los regalos con Jacob.

–Siento que te haya interrumpido en medio de la fiesta. La llamaré, no te preocupes.

–¿Cuándo?

–Hoy.

Pero no parecía satisfecho. Era evidente que le molestaba la presencia de Dylan en su casa. Ni siquiera había hecho un comentario sobre el cachorro.

–¿Por qué estás evitando hablar con ella?

¿Cómo podía explicarle que oír lo que Eve iba a decirle de Dylan la afectaba profundamente? ¿Que ya estaba demasiado inmersa en aquella relación como para dar marcha atrás? ¿Que no quería que sus amigos, que tanto significaban para ella, arruinaran lo que estaba viviendo? ¿Y que no quería que el hecho de que no siguiera sus consejos pusiera fin a su amistad?

–Está preocupada por cosas por las que no debería preocuparse.

–¿Cómo lo sabes? ¿Cómo sabes que tú misma no deberías preocuparte? Estás corriendo un gran riesgo, Cheyenne.

–¿Por empezar a salir con alguien? –le preguntó–. Creo que yo también tengo derecho, ¿no te parece?

–Claro que tienes derecho. Es solo que… –se pasó una mano por el pelo, dejándoselo de punta–, en este momento eres particularmente vulnerable. Quizá este no sea el mejor momento para elegir pareja.

–¿Eso es lo que te ha dicho Eve?

–Más o menos –admitió–. Aunque yo te habría dicho lo mismo. Ya has visto lo que le ha pasado a tu hermana por no elegir bien a sus amigos.

Dylan decidió intervenir.

–Puesto que estás hablando de los Amos, es posible que prefieras hablar conmigo.

A pesar de que Riley había bromeado sobre lo mucho que le intimidaba Dylan, en aquel momento, no se amedrantó. Parecía decidido, preparado, como si hubiera sabido de antemano que podría haber un enfrentamiento. Probablemente esa era la razón por la que no había llevado a Jacob. A no ser que estuviera en el instituto, Jacob iba con Riley a todas partes.

Al advertir el tono inflexible de Dylan, Cheyenne decidió que no podía permitir que aquello fuera más lejos.

—¡Ya basta! —dijo, intentando apartarle de la puerta—. No quiero que esto termine en una pelea.

—Ese es precisamente el problema —repuso Riley—, que no deberías preocuparte de que esto pudiera terminar en una pelea. ¿Estarías diciendo lo mismo si estuvieras saliendo con Joe?

—No habría tenido que hacerlo.

—Exactamente.

—Porque todos habríais aceptado a Joe. No os habríais enfrentado con él.

—Cheyenne ha tomado una decisión —intervino Dylan—, y tenéis que respetarla.

Pero Riley no le prestó atención. Continuaba mirando fijamente a Cheyenne.

—¿Eso es cierto? ¿No estás dispuesta a escucharnos?

Cheyenne vaciló un instante. Quería que Riley, que Eve y todos sus amigos la comprendieran, pero sabía que sus prejuicios eran demasiado fuertes. La fama de Dylan le precedía y aunque hubiera cambiado, no estarían dispuestos a reconocerlo.

—Sí, es cierto. Le quiero mucho —dijo por fin.

—Mierda —Riley dejó caer los hombros en un gesto de derrota mientras les miraba alternativamente.

—Por favor, intenta comprenderlo —susurró Cheyenne.

—¿Comprenderlo?

—Dylan me hace sentir cosas que no he sentido con nadie.

–Eso se llama sexo, Chey, y llevamos años hablándote de ello.

La frivolidad de aquel argumento la enfadó.

–No es de eso de lo que estoy hablando –le espetó–. A lo mejor me he aferrado a mi virginidad durante más tiempo que los demás, pero no soy ninguna ingenua. Me ha criado una mujer vulgar y mal hablada que se prostituía a menudo para ganarse la vida. He visto cosas que nunca os he contado, cosas que os harían estremeceros. ¡Así que no me hables como si fuera demasiado inocente como para saber algo de la vida!

Un músculo se tensó en la mejilla de Riley, pero no contestó inmediatamente. Cuando volvió a hablar, lo hizo con más suavidad, como si estuviera intentando hacerse cargo de todos los sentimientos que había en juego.

–¿Puedo hacer algo para convencerte de que estás cometiendo un error?

Cheyenne sacudió la cabeza. Era demasiado tarde. Ya había tomado una decisión.

–Entonces, no puedo ayudarte –dijo Riley, y volvió a su coche.

–Feliz Navidad, ¿eh? –musitó Dylan mientras Riley se alejaba.

Fingiendo que no le molestaba lo ocurrido, cerró la puerta.

–No he tenido una vida perfecta, yo soy el primero en admitirlo.

Jamás se había imaginado que se arrepentiría hasta tal punto de sus errores. Jamás se había imaginado que ganarse la aprobación de los amigos de Cheyenne significaría algún día tanto para él. Pero aunque lo hubiera sabido, no estaba seguro de que hubiera podido cambiar de conducta.

–Lo has hecho lo mejor que has podido.

Pero no había sido suficiente. A pesar de saber que los

amigos de Cheyenne le juzgarían hasta por ser un fumador, y, probablemente, utilizarían la adicción al tabaco como una prueba más de que no estaba a su altura, le apetecía un cigarro. Dejar de fumar estaba resultándole mucho más difícil de lo que pensaba.

A lo mejor no tenía lo que hacía falta para hacer feliz a una mujer como Cheyenne.

–¿En qué estás pensando? –le preguntó Cheyenne con los ojos entrecerrados.

Dylan la abrazó y la besó en el cuello. ¿Qué hubiera sido de ellos si hubieran tenido otras vidas?, se preguntó.

–Joe es mejor que yo.

Cheyenne retrocedió y le miró a los ojos.

–No lo creo.

Dylan la miró fijamente.

–Pero lo creías.

–Eso fue antes de conocerte.

–Hace solo un par de semanas lo pensabas. Es posible que estemos cometiendo un error. Es posible que termine haciéndote daño. O que me lo hagas tú a mí…

–Ese riesgo existe en cualquier relación. La gente cambia. Lo único que podemos juzgar es lo que sentimos ahora.

–¿Y crees que eso será suficiente?

–Sí, lo creo.

–¿Cómo es posible que estés tan segura? –le preguntó.

Sus amigos todavía no habían vuelto al pueblo. A lo mejor, cuando lo hicieran…

–Porque…

Como no terminó lo que había empezado a decir, Dylan inclinó la cabeza, instándola a continuar.

–Admiro a Joe, de verdad. Pero… –dejó a la perrita en el suelo. Su expresión se suavizó cuando le miró a los ojos–, estoy enamorada de ti.

Dylan jamás había esperado una admisión como aquella por parte de Cheyenne, jamás había esperado aquella clase de compromiso. Por lo menos tan pronto, cuando Cheyenne tenía tantos motivos para sentirse desgarrada. Pero eso le dio la confianza que necesitaba para creer que quizá, solo quizá, tenían derecho a estar juntos. Él nunca había sentido lo que estaba sintiendo en aquel momento. Las ganas de fumar desaparecieron. Y también las dificultades a las que se había enfrentado desde que había perdido a su madre. La confusión y el enfado que le inspiraba su padre, la pérdida, la traición y la rabia que de todo ello resultaba. Lo único que le importaba en aquel momento era que aquella mujer apreciaba sus besos, sus caricias y su corazón imperfecto.

Cheyenne pasó una mañana maravillosa con Dylan y sus perrita de tres patas.

Después de ducharse, agarraron a Lucky, que fue como decidieron llamarla, y se fueron paseando a casa de Dylan para ver a sus hermanos.

Había nevado durante la noche y todo estaba cubierto de un manto blanco. La ribera del río nunca había sido la parte más bonita del pueblo, pero estaba maravillosa después de la nevada, tan limpia como cualquier otro rincón.

Por un momento, mientras miraba hacia la carretera que terminaba girando hacia la derecha, Cheyenne lamentó que Anita no estuviera allí para contemplar los árboles adornados por el encaje blanco de la nieve. Era muy raro verlos así. Y el hecho de que aquella fuera la mañana de Navidad dotaba de una belleza particular a aquel paisaje.

Quizá, con el tiempo, también ella aprendería a apreciar los mejores rasgos de Anita. Esperaba que así fuera. Quería quedarse con algo más que con los recuerdos sombríos que tan a menudo había despertado en ella.

Excepto Mack, todos los demás estaban durmiendo, a pesar de que eran más de las doce. Sin lugar a dudas, los hermanos Amos habían estado de fiesta hasta muy tarde y estaban aprovechando la mañana para dormir, ya que no tenían que ir a trabajar. Ni siquiera salieron a recibirlos los perros de Dylan, así que Cheyenne dejó a Lucky en el suelo sin la menor preocupación.

Alegrándose al no tener que encontrarse directamente con Aaron, suspiró aliviada. No estaba segura de cómo reaccionaría al verle, teniendo en cuenta que le consideraba uno de los culpables de la huida de Presley.

–¡Por fin apareces!

Mack parecía un poco triste, solo, delante de la televisión, frente a un árbol de Navidad sin decorar y sin ningún regalo debajo.

Al igual que el resto de los hermanos, también él había tenido que crecer muy rápidamente. Pero con solo veintiún años, todavía era demasiado joven como para poder prescindir del apoyo de unos padres. Cheyenne se sintió culpable por haberle robado a Dylan durante tanto tiempo.

–¡Eh! ¿Estás listo para recibir tu regalo? –le preguntó Dylan,

Las reservas de Mack desaparecieron al instante.

–¿Estabas intentando hacerme creer que este año no ibas a regalarme nada?

Dylan se echó a reír.

–Hasta ahora, no te has quedado sin regalo ni un solo año, ¿verdad?

–Pero Santa Claus nunca ha estado tan ocupado como este año –respondió Mack, guiñándole el ojo a Cheyenne.

Cheyenne sonrió en respuesta.

–Afortunadamente, siempre se puede confiar en tu Santa Claus –esa era otra de las cosas que le gustaban de Dylan.

Dylan cruzó el pasillo aporreando puertas a su paso.

–¡Eh, dormilones, levantaos si queréis recibir vuestros regalos!

Cheyenne estuvo pendiente de que a Lucky no le pasara nada cuando salieron los perros de Dylan de los dormitorios, pero los perros se limitaron a olfatearla, miraron a Mack como si le estuvieran preguntando cómo deberían reaccionar ante aquella intrusa y movieron felices la cola. En cuanto Cheyenne estuvo segura de que no iban a hacerle ningún daño a Lucky, se metió en la cocina y comenzó a buscar en los armarios. Quería comenzar a hornear. Dylan le había asegurado que tendrían todo lo que podía necesitar, pero la verdad era que nunca había hecho una tarta.

–¿De dónde ha salido esa perra? –preguntó Mack.

Cheyenne se volvió y vio que el hermano de Dylan la había seguido a la cocina.

–Es mi regalo de Navidad.

–¿Una perra a la que le falta una pata? Espero que no haya sido el regalo de Dylan.

Cheyenne no pudo evitar una carcajada ante su expresión de horror.

–Pues la verdad es que sí.

–Vaya, ¿y no podía haberte comprado una perrita con las cuatro patas?

–Eligió la misma que habría elegido yo –se limitó a responder Cheyenne.

Y quería a Dylan todavía más porque era capaz de comprender lo que era realmente importante para ella, pero eso no lo dijo en voz alta.

–Ya entiendo –respondió Mack.

Pero terminó con un «supongo» que dejaba claro que no entendía nada, haciendo reír a Cheyenne. Después llamó su atención otra voz.

–¿Está Presley en casa?

La alegría que hasta entonces había estado sintiendo se desinfló como un globo cuando vio a Aaron con aspecto de acabar de levantarse de la cama.

–Me temo que todavía no –contestó.

–¿Has sabido algo de ella?

Con los ojos rojos y el pelo revuelto, parecía haber pasado una noche complicada.

–No.

Se extendió por el rostro de Aaron una expresión de dolor y confusión.

–¿Dónde puede estar? Nunca se había ido tanto tiempo.

Cheyenne negó con la cabeza. No tenía respuesta.

Presley miró con los ojos entrecerrados la bombilla desnuda que colgaba del techo. Estaba tan dolorida que apenas podía moverse. Aparentemente, la sesión ligera de *bondage* con su nuevo socio de negocios había implicado el uso de látigos, cuerdas y unos cuantos puñetazos. Pero por lo menos le había proporcionado la mejor droga que había probado en su vida. Había necesitado una aguja para inyectársela. Presley odiaba pensar que pudiera ser heroína, sabía lo adictiva que era aquella sustancia y se había prometido no probarla nunca, pero tenía la sensación de que había sido precisamente la heroína la que le había producido aquel magnífico viaje.

Con mucho cuidado, se pasó la lengua por el labio hinchado, y escuchó después atentamente, intentando averiguar si el hombre que había conocido en aquel supermercado destartalado había vuelto ya. Llevaba horas fuera, o, al menos, eso le parecía a ella. No podía decirlo con exactitud. Antes de irse, le había inyectado otra dosis y Presley había estado flotando, disfrutando de la sensación de euforia durante solo Dios sabía cuánto tiempo. Por culpa de la droga, ni siquiera era consciente de quién estaba en la casa con ella, o de cuánto tiempo había pasado. Ni siquiera era capaz de decir si era de día o de noche. Tenía un único marco de referencia: sabía que la habían llevado en coche a una casa de adobe situada en una pista de arena en medio del desierto. Las ventanas estaban oscurecidas, la casa olía a moho y había todo tipo de juguetes para realizar prácticas sadomasoquistas en el dormitorio, además de una cámara de vídeo.

–¿Dick?

Su voz sonaba como un graznido, pero no le importó. Estaba intentando acordarse de si realmente se llamaba así.

No hubo respuesta. Oyó el sonido del agua y al prestar más atención, tuvo la convicción de que lo que sonaba era la cisterna del cuarto de baño.

–¿Dick?

Alzó la cabeza, intentando ver si la cámara de vídeo continuaba grabando, pero era imposible decirlo. Dick había dejado la luz encendida, pero no veía ningún piloto rojo en la cámara.

Le llamó dos veces más, más alto, e intentó moverse, pero descubrió que estaba atada al cabecero de la cama. ¿Cómo se atrevía a dejarla en esas condiciones? ¿Cómo iba a poder liberarse?

Estaba empezando a tirar con fuerza a pesar del dolor que le causaba el más ligero movimiento, cuando vio una llave en la mesilla. Pero al lado de la llave había una jeringuilla que contenía un líquido marrón junto a una nota que inmediatamente leyó: *Disfruta mientras estoy fuera. Feliz Navidad.*

Capítulo 28

La comida que Dylan compró para Navidad resultó muy sabrosa, aunque no fuera casera. Después de volver a casa a buscar clavo y canela, Cheyenne había hecho un bizcocho de café y una tarta de manzana que a todo el mundo parecieron gustarle. Todo habría resultado idílico, todo lo idílico que podía esperarse en aquellas circunstancias, si no hubiera sido por el mal humor de Aaron. Su tristeza ensombreció la alegría provocada por los smartphones que Dylan había comprado para cada uno de sus hermanos. Mack y los demás mostraron un gran interés por sus teléfonos, pero Aaron apenas miró el suyo. Parecía preocupado y muy afectado, y Cheyenne no podía olvidar el motivo de su tristeza.

Cuando terminó la sobremesa, se fue a su casa. Dylan la acompañó hasta la puerta y prometió volver más tarde, pero regresó con sus hermanos. Cheyenne se alegró de que lo hiciera. Tenía la sensación de que Aaron y Mack necesitaban su atención. Además, quería llamar a Eve y prefería hacerlo estando sola.

Pero incluso minutos después de estar con Lucky en casa, no era capaz de reunir el valor que necesitaba para llamar a su amiga. Eran tantas las cosas que habían cambiado desde que Eve se había ido que no confiaba en ser capaz de explicarle lo que todos aquellos cambios significaban.

Intentó llamar a Presley, pero saltó inmediatamente el buzón de voz, lo que quería decir que o bien se le había agotado la batería, o el teléfono estaba apagado.

Le había ocurrido lo mismo las últimas cien veces que la había llamado. Con un suspiro, se obligó a marcar el teléfono de Eve.

–No me digas que me está llamando mi mejor amiga –dijo Eve sin preámbulo alguno.

Cheyenne esbozó una mueca al percibir su tono herido.

–Lo siento, Eve.

Hubo un silencio.

–¿Te ha contado Riley lo de esta mañana?

–Sí, yo no me lo podía creer.

Lucky le estaba olfateando los pies e intentando subir a su regazo. Cheyenne alargó el brazo para ayudarla.

–Necesito que confíes en mi criterio –le explicó–. Lo necesito de verdad.

–No quiero que te hagan daño, Chey.

–Y lo comprendo. El hecho de que estuvieras dispuesta a renunciar a Joe, al hombre que te gusta, para que yo dejara de salir con Dylan, me indica hasta qué punto eres sincera. Pero Dylan es una buena persona. Aunque no sea perfecto, yo tampoco lo soy. Y creo… creo que es el hombre perfecto para mí.

–¡Vaya! –Eve parecía impresionada–. Nunca te había oído hablar así.

Lucky se acurrucó en su regazo y posó la cabeza en su muslo.

–Porque nunca me he sentido así.

–Tengo que admitir que eso supone para mí una amenaza de naturaleza completamente distinta.

Más animada, porque Eve parecía estar cediendo, Cheyenne se apresuró a asegurarle:

–No tienes por qué sentirte amenazada.

–¿Ah, no? Empiezas a salir con Dylan y de pronto ni siquiera soy lo suficientemente importante como para que contestes a mis llamadas.

–Eso no es así en absoluto. Yo… –acarició a Lucky, encontrando consuelo en su compañía–. No podía soportar que me dijeras que no viera a Dylan.

–¿Tan importante es para ti? ¿Tan pronto?

Cheyenne sonrió, como hacía cada vez que pensaba en él.

–Estoy enamorada.

Eve tardó algunos segundos en asimilar la noticia.

–Dios mío –dijo cuando volvió a hablar–. Y nosotros estábamos organizando una intervención.

–No, por favor. Ni siquiera lo intentéis. Le necesito, sobre todo ahora. Mi vida es un desastre. Todavía estoy intentando recomponerla. Pero hay dos cosas esenciales para mí.

–Que son…

Cheyenne sintió la caricia áspera de la lengua de Lucky.

–Tú y… él.

Se oyó un sollozo que indicaba que Eve estaba llorando.

–¿No puedes apoyarme aunque… aunque me esté equivocando?

–Por supuesto que sí. Somos amigas –Eve volvió a sollozar–. Si al final la decisión ha sido acertada, estaré a tu lado para celebrarlo. Y si resulta que te equivocas…

–Siempre podrás decirme «te lo advertí».

–No, entonces me necesitarás todavía más.

–¿Lo dices en serio? –preguntó Cheyenne–. ¿No vas a volver a decirme que estoy cometiendo el error más grande de mi vida, que me estoy arriesgando de manera innecesaria y que habrá que intervenir?

–Riley dice que su intervención no ha servido de nada.

–Y tiene razón –intentó aligerar la conversación con una risa–. Ya nada puede salvarme.

Envalentonada, Lucky le lamió la cara. Cheyenne alzó el teléfono para que no pudiera alcanzarlo y la perrita ladró.

—¿Qué ha sido eso? —preguntó Eve.

Cheyenne urgió a Lucky a tumbarse.

—Mi regalo de Navidad de Dylan.

—¿Tienes un perro?

—Un cachorro.

Eve suspiró.

—De acuerdo. Él gana.

Cheyenne sonrió.

—Estoy segura de que te caerá bien. Ya lo verás. Lo único que tienes que hacer es darle una oportunidad.

—Tendrá una oportunidad siempre y cuando te trate bien.

—Me parece justo.

El teléfono de Cheyenne comenzó a pitar. Alguien estaba llamando. Se lo apartó del oído para ver la pantalla y estuvo a punto de desmayarse.

—¡Eve, me está llamando Presley! ¡Tengo que colgar! —dijo, y colgó al instante—. Presley, ¿dónde estás? —preguntó con el corazón latiéndole violentamente en el pecho.

—Soy el oficial Hauck, del servicio de control de autopistas de California.

A Cheyenne se le cayó el alma a los pies. «Por favor, no me diga que está muerta», suplicó en silencio.

—¿Qué…? ¿Por qué tiene el teléfono de Presley? —preguntó con la boca seca—. Presley está bien, ¿verdad?

—Me temo que no lo sabemos —contestó el policía—. Estamos intentando encontrar a alguien que pueda ayudarnos a localizarla.

Cheyenne dejó a Lucky a un lado y se levantó, intentando prepararse para cualquier noticia que pudieran darle.

—¿Por qué?

—Hemos encontrado el coche en la interestatal número

cinco. Ha dejado dentro el teléfono y el bolso. La única que falta es ella.

—¿Y si pudieras averiguar dónde naciste y el lugar al que realmente perteneces? ¿O si tienes otra madre? ¿No te gustaría saberlo?

Cheyenne estaba medio dormida cuando Dylan le hizo esa pregunta. Pero él parecía estar completamente despejado, de modo que era posible que llevara un buen rato pensando en ello.

Cheyenne cambió de postura y disimuló un bostezo.

—Desde luego.

—¿Aunque Anita haya muerto y estés satisfecha con tu vida?

Cheyenne agradeció que no mencionara que también Presley había desaparecido de su vida. Seguramente, la desaparición de su hermana no sería tan definitiva como la de Anita. Desde que la policía había encontrado el coche, Cheyenne había sentido resurgir la esperanza. Por lo menos, no había tenido un accidente. No habían encontrado su cadáver. Y el jefe de policía Stacy por fin había comenzado a hacer llamadas. Horas antes les había llamado después de haber tenido noticias del servicio de control de carreteras de California. El hecho de que Presley hubiera dejado allí el coche, podía significar que había ido haciendo autostop hasta Los Ángeles, algo que parecía bastante probable. Al día siguiente, Dylan pensaba llevar a Cheyenne a Los Banos para que pagaran la multa y recogieran el coche.

—Podría tener otra madre. Una madre mejor. Incluso también un padre y otra familia. ¿Por qué no iba a querer averiguar una cosa así?

—Porque tendrás que enfrentarte al resentimiento y al enfado de saber lo que Anita te hizo. En cuanto tengas la certeza, dejará de ser una sospecha.

Al oír el sonido de la lluvia sobre el tejado, Cheyenne se alegró de que Dylan estuviera con ella. De otro modo, aquel repiqueteo la habría hecho sentirse muy sola. A lo mejor, si Dylan continuaba formando parte de su vida, la nieve dejaba de parecerle tan triste.

–Lo sé, pero en cualquier caso, necesito cerrar ese episodio de mi vida. Creo que a todo el mundo le gusta estar seguro de dónde es, ¿no crees?

Aquellos detalles podían ser importantes para sus hijos algún día, pensó, pero no lo dijo. No quería que Dylan creyera que estaba considerando la posibilidad de tener hijos. No había vuelto a tener el período desde que había estado con él, pero todavía no le tocaba, de modo que había muchas posibilidades de que no estuviera embarazada. Y prefería no tener que enfrentarse a una complicación de ese tipo cuando apenas estaban comenzando su relación.

–Podemos contratar a alguien para que investigue –sugirió Dylan.

–¿Podemos? –se estrechó contra él y le dio un beso en la mejilla–. Yo no tengo dinero y no es tu problema.

–Me encantaría ayudarte.

–Aprecio tu generosidad, pero ahora que no voy a tener que estar encadenada a esta casa cada vez que termine de trabajar –y que no tendría que mantener a su madre–, voy a dedicar más esfuerzos a buscarla por mi cuenta.

–¿Y por dónde piensas empezar?

Cheyenne se inclinó sobre él y le frotó la nariz con la suya.

–Si hace falta, iré estado por estado. Enviaré una carta a todos y cada uno de los condados pidiendo mi partida de nacimiento.

Dylan le echó el pelo hacia atrás.

–¿Y si Anita te cambió el nombre?

Era una posibilidad, y bastante desalentadora.

–Lo sabré si no aparece ningún documento con el nombre de Cheyenne Rose Christensen que certifique que nací el día de mi cumpleaños.

–Si es que ese es de verdad el día de tu cumpleaños.

–Si ese es de verdad el día de mi cumpleaños, claro.

–¿Y después?

Cheyenne jugueteó con el vello que descendía hasta el ombligo de Dylan.

–Después llamaré a todos y cada uno de los departamentos de policía de los Estados Unidos. Empezaré por la Costa Oeste, y preguntaré por todos los casos de niñas desaparecidas.

Dylan deslizó las manos por su espalda desnuda, moviéndolas en una delicada caricia.

–A lo mejor hay una forma menos aburrida de hacerlo.

La lluvia caía con más fuerza y comenzaba a levantarse el viento.

–¿Cómo?

–Si te secuestraron de niña, es muy posible que Presley lo sepa.

Cheyenne se sentó en la cama.

–No, me lo habría dicho.

Dylan se colocó las manos detrás de la cabeza. Cheyenne no podía distinguir claramente su expresión bajo la tenue luz que se filtraba por la ventana.

–¿Cuántos años tenías cuando llevabas ese vestido de fiesta? –le preguntó.

Cheyenne sabía adónde quería ir a parar y no le gustaba lo que eso la hacía sentir. Dudar de Anita era una cosa. Siempre había dudado de ella. Pero Presley era otra historia. Presley había sido su aliada, su confidente, la única persona en la que confiaba, en cierto sentido, más incluso que en Eve, y sabía que siempre había querido lo mejor para ella. Habían hecho sacrificios increíbles la una por la otra a lo largo de los años, se habían quedado con hambre para que la otra pudiera comer, habían aceptado palizas para ahorrarle los golpes a su hermana, habían mentido para evitar que pudieran castigarlas. Había algunas líneas que nunca cruzarían, y Cheyenne pensaba que aquella era una de ellas.

–Unos cuatro años –contestó a regañadientes.

–Eso significa que ella tenía…

–Seis.

–Edad más que suficiente para acordarse de algo.

Cheyenne percibía el enfado en su voz.

–No necesariamente –le cuestionó–. Anita puede haberle dicho que yo era su hermana, pero que estaba con otra familia. De esa forma, le habría parecido menos extraño que fueran a buscarme. Seguro que Anita tuvo que inventar alguna excusa. O, a lo mejor, fue algo que sucedió de forma muy natural y Presley no tuvo ningún motivo para pensar que estaba ocurriendo algo fuera de lo normal.

–¿Lo dices en serio? No tenía una hermana y de pronto apareces tú. ¿No te parece algo poco habitual?

–Tendrías que comprender cómo fue nuestra infancia, Dylan. La gente entraba y salía de nuestras vidas. No era nada raro que llamáramos a un hombre «papá», aunque le conociéramos desde hacía menos de una semana. Y al siguiente que aparecía, volvíamos a llamarle «papá» y el hecho de que el anterior hubiera desaparecido no tenía la menor importancia. Una mujer a la que habíamos conocido cinco minutos antes, podía convertirse en tía lo que fuera. Así que no estoy segura de que Presley, a los seis años, pudiera encontrarlo extraño.

Dylan eligió sus palabras con mucho cuidado antes de decir:

–¿Le has preguntado por ello alguna vez? ¿Le has preguntado qué recuerda ella?

–Cientos de veces.

–¿Y siempre te responde lo mismo?

Por alguna razón, Cheyenne recordó la noche que había sacado a los Amos a colación tras haberse encontrado con Dylan en el parque. En algún momento de la conversación,

Presley había dicho «Deberías haber nacido en otra época. O en una familia de cuáqueros. A veces me pregunto de dónde demonios has salido». Su forma de comportarse después de haber pronunciado aquella frase la hizo sentirse más incómoda en aquel preciso momento de lo que se había sentido entonces. Pero no estaba dispuesta a admitir que dudaba de Presley. Por lo menos en una cuestión como aquella. Presley debía de saber lo importante que era para ella.

–Sí.

–Entonces, confías plenamente en ella.

–Sí.

Dylan se pasó la mano por el pelo.

–Odio decirte esto, pero es posible que descubrir la verdad termine rompiéndote el corazón.

–¿No quieres que empiece a investigar? ¿Preferirías que dejara las cosas como están?

–No quiero que te hagan daño –él también se levantó. Reacio, pero decidido, añadió–: Escucha, Chey, esta tarde he tenido una larga conversación con Aaron.

–¿Sobre Presley?

–Ella estaba en el primer lugar de la lista. Le he sometido a un auténtico interrogatorio sobre si había dicho o hecho algo raro durante las últimas dos semanas. Estaba buscando detalles que mi hermano podría haber olvidado o considerado sin importancia a la hora de mencionarlos.

–¿Y?

–Al principio, ha negado que se hubiera comportado de manera extraña. Pero después, se ha acordado de algo relacionado con un detective privado.

–Crouch.

–Exacto, Eugene Crouch.

Cheyenne se aferró a la cama.

–¿Qué te ha dicho de él?

–Me ha dicho que Presley le tenía miedo, que tenía miedo de lo que pudiera hacer.

–¿Por qué?

–No lo tenía claro, pero una noche, estaba tan nerviosa que no podía hablar de otra cosa. Y cuanto más bebía, más preocupada estaba.

Cheyenne creía conocer la respuesta.

–Porque mi madre siempre estaba haciendo cosas que podían causarnos problemas. Yo también oí a Presley hablar de ese detective. Se había acercado a ella buscando a mi madre, pero no le dijo exactamente por qué.

–¿Y no te parece extraño?

–No necesariamente.

Le habló del accidente del que había huido su madre y que las había perseguido desde entonces y le contó que sospechaban que aquel detective podía estar relacionado con él.

–Pero no lo sabes, tú nunca has hablado con él.

–No.

–A lo mejor deberías.

De pronto, Cheyenne se acordó de lo reservada que se había mostrado Presley la primera vez que Cheyenne había oído que estaba hablando del detective con Anita. Al principio ni siquiera había admitido que fuera un detective. Cuando Cheyenne le había preguntado que quién era Crouch, Presley había contestado que alguien que había conocido en el trabajo.

¿Y por qué al imaginarse que se trataba de algo relacionado con el accidente no había ido a decírselo directamente a ella en vez de contárselo a Anita?

–Fuera lo que fuera, seguro que no quería saber nada de mí –respondió en un intento de recomponer su quebrada confianza.

–¿Por qué no? –insistió Dylan.

–No le habría contado a Aaron nada de ese detective por miedo a que la información pudiera llegarme a mí.

–Hasta hace muy poco, tú y yo vivíamos en mundos completamente separados. Seguro que jamás se le pasó por la cabeza la posibilidad de que pudieras llegar a enterarte.

Cheyenne sintió un nudo en el estómago al pensar en lo que todo aquello podía suponer. ¿De verdad podía confiar en Presley tanto como decía? ¿Y tendría Eugene Crouch, un hombre del que no habría vuelto a acordarse si no hubiera sido por su relación con Dylan, las respuestas que anhelaba sobre aquella niña con vestido de fiesta y zapatos de charol?

Capítulo 29

La mayor parte del día siguiente la dedicaron a ir a buscar el coche de Presley. Los gastos por haber mantenido el coche bajo custodia y las multas fueron como echar sal en la herida después de todo lo que Cheyenne había pasado. Su cuenta bancaria estaba en las últimas. Todavía no sabía cómo iba a poder pagar el entierro de su madre. Tendría que preguntar en la funeraria si podía pagarlo a plazos mensuales y cargarlo a la Visa. Esa sería la única forma de afrontarlo. Le había prometido a Anita que no la incinerarían, aunque eso habría resultado mucho más barato.

Por lo menos habían recuperado el Mustang. Lucky y ella siguieron a Dylan hasta Whiskey Creek montadas en él.

A Cheyenne se le hacía extraño estar respirando el olor a tabaco que impregnaba el coche de su hermana y estar preguntándose al mismo tiempo si volvería a verla alguna vez. Y más extraño aún tener el bolso y el teléfono móvil de Presley en el asiento del pasajero. Aunque al recibir la llamada de la policía había recobrado el optimismo, empezaba a perder de nuevo la esperanza. No podía imaginarse que nadie dejara intencionadamente su teléfono y su bolso. ¿Cómo se las estaría arreglando Presley sin ellos?

La policía había registrado el contenido del bolso y había revisado el teléfono tras conseguir un cargador adecuado, puesto que el móvil de Presley estaba sin batería. La habían informado de que no habían encontrado nada que indicara a dónde podía haber ido su hermana. Habían llamado a todos los teléfonos que aparecían en la agenda, incluso a Aaron, pero nadie había sabido decir nada. No había billetes de avión, ni de autobús, ni folletos de viaje, ni recibos en el coche o en el correo que pudieran proporcionar alguna pista. Las últimas páginas webs que había consultado desde el teléfono móvil tampoco guardaban relación con su ausencia.

Seguramente se había marchado haciendo autostop. La pregunta era con quién. Y si estaría a salvo.

Cheyenne condujo hasta que encontró un lugar en el que detenerse. Todavía no había examinado el bolso de su hermana porque no quería derrumbarse delante de los policías que se lo habían entregado. Había decidido esperar hasta encontrarse en la intimidad de su propia casa.

Pero no podía esperar tanto tiempo. Eran tantas las ganas que tenía de que volviera su hermana que tenía que revisar el bolso inmediatamente por si encontraba algo que la policía hubiera pasado por alto. Ellos no conocían a Presley tan bien como ella.

Después de detenerse en la cuneta de la autopista, paró el motor. Vio que Dylan iba delante de ella. No estaba segura de si había notado que iba a parar, pero no le importaba. Ya le alcanzaría más adelante.

—Presley, esta vez sí que la has hecho buena —musitó mientras apartaba a Lucky del asiento y alargaba la mano hacia el bolso.

El carné de identidad de su hermana estaba en el bolso. Las lágrimas comenzaron a rodar por sus mejillas cuando lo vio. Deseó que todos los esfuerzos que había hecho por su hermana, por estar a su lado, hubieran servido realmente de algo.

Había monedas en el fondo del bolso, pero ningún billete. Presley nunca llevaba mucho dinero encima. Gastaba siempre todo lo que tenía, o en los amigos o en ella misma.

Además de las monedas, Cheyenne encontró algunos artículos de maquillaje mezclados con envoltorios de barritas de chocolate y recibos de la gasolinera. Presley no tenía el bolso más limpio que el coche...

Oyó que una puerta se cerraba tras ella, se volvió y vio que Dylan había dado la vuelta. En ese momento, caminaba hacia su coche por la izquierda.

Con un sollozo, Cheyenne se secó las lágrimas y bajó la ventanilla.

—¿Estás bien? —le preguntó Dylan.

Cheyenne consiguió esbozar una sonrisa llorosa ante la comprensión que reflejaba su voz. Asintió en silencio.

Dylan hundió las manos en los bolsillos y se inclinó para protegerse del viento. La lluvia de la noche anterior había cesado, pero el viento arreciaba con fuerza.

—¿Qué te pasa?

—Nada, es solo... —señaló los objetos que tenía en el regazo.

—¿La policía tenía razón?

Sabía que la respuesta era afirmativa, por supuesto. Pero parecía comprender la necesidad de Cheyenne de comprobarlo por sí misma.

—Sí.

Estaba volviendo a guardar todo en el bolso cuando de entre un puñado de papeles sobresalió una tarjeta. Cheyenne estuvo a punto de guardarla sin prestarle atención. No esperaba que la basura que guardaba Presley en el bolso le proporcionara ninguna información. Pero un nombre le llamó la atención. Era la tarjeta de Eugene Crouch, el detective privado.

Presley le había dicho que la había tirado. Pero entonces, ¿qué estaba haciendo en el bolso? ¿Y cómo era posible que la policía no le hubiera prestado atención o la hubiera encontrado irrelevante?

Se volvió hacia Dylan y le miró con los ojos entrecerrados.

–Parece que encontrar a Crouch va a ser más fácil de lo que pensábamos.

Dylan quería ponerse en contacto con aquel detective en cuanto dejaran el Mustang, para saber si podía confirmar las sospechas de Cheyenne sobre su pasado, pero Cheyenne le pidió que esperaran a que hubieran enterrado a su madre. Le dijo que la semana siguiente ya sería suficientemente dura, sobre todo si Presley todavía no había regresado, y Dylan comprendía que tenía razón. Había que darle tiempo para acostumbrarse a los cambios que se habían producido en su vida con tanta dureza y a tanta velocidad.

Mientras tanto, él también tenía desafíos a los que enfrentarse, como el de preparar a Aaron para ingresar en un centro de rehabilitación. Y al hecho de que Eve hubiera vuelto del crucero. Había llamado a Chey en cuanto habían llegado para decirle que pasaría a verla.

Cuando Cheyenne sacó un paquete envuelto en papel de regalo, Dylan fingió un bostezo y se levantó.

–Vaya, ¿ya es tan tarde? Será mejor que me vaya a casa para ver cómo está todo el mundo.

Cheyenne elevó los ojos al cielo ante la falsedad de su tono.

–Déjame adivinar. No quieres estar aquí cuando llegue Eve.

–¿Por qué iba a importarme? –se llevó la mano al pecho fingiendo inocencia–. El enfrentamiento con Riley fue de lo más divertido. Cada vez que me acuerdo de lo que pasó, me echo a reír.

Cheyenne sonrió por su sentido del humor y Dylan la abrazó.

–Volveré más tarde –le dijo, hundiendo el rostro en su cuello.

Le encantaba cómo olía, le encantaba sentirla. Estaba absolutamente convencido de que la amaba. Tenía la sensación de que siempre la amaría, de que se había pasado la vida esperando que se fijara en él. Pero no le asustaba reconocer la fuerza de sus sentimientos.

—Me gustaría que te quedaras a conocer a Eve —le dijo Cheyenne.

—Eve y yo ya nos conocemos.

—Eso no es cierto.

—Está convencida de que soy escoria, Chey. Creo que sería más inteligente esperar, dejar que antes se haga a la idea de que tienes novio. Ya nos ocuparemos del asunto de que es un novio al que odia más adelante.

—¿Que te odia? —Cheyenne retrocedió ligeramente para mirarle a los ojos—. Estoy segura de que le caerás muy bien, aunque todavía no lo sepa.

—¿Por qué estás tan convencida?

Cheyenne le tomó la mano.

—Porque a mí me caes bien.

—Las cosas han cambiado mucho desde que tus amigos se marcharon. Hemos disfrutado de un breve período en el que no han estado. Ahora que han vuelto, a lo mejor cambias de opinión.

—Jamás.

Dylan la besó en los labios, las mejillas y la sien.

—¿Cómo puedes estar tan segura?

—Porque es posible que esté esperando un hijo tuyo y me parece bien.

Dylan alzó la cabeza bruscamente. ¿Estaba intentando decirle algo o...?

—¿Me estás poniendo a prueba?

—¿Poniéndote a prueba?

—Para ver si me enfado.

Cheyenne tomó aire.

—A lo mejor. Hubo una vez, en el hostal, que...

—Lo sé.

También a él le había preocupado la posibilidad de un embarazo después de aquel encuentro, pero se había convencido a sí mismo de que era imposible.

–Entonces, ¿te enfadarías?

Dylan se acariciaba el labio inferior con el pulgar mientras pensaba en ello.

–No.

–¿Y qué me dirías?

La imagen de Cheyenne con el vientre abultado llevando un hijo en su vientre le provocó emoción y un intenso sentimiento de posesión. ¿Era así como se sentía un hombre cuando conocía a la mujer de su vida? ¿Cuando le llegaba la hora de sentar la cabeza?

–Te preguntaría que si te quieres casar conmigo.

La sonrisa que iluminó el rostro de Cheyenne fue la más hermosa que le había ofrecido hasta ese momento.

–Entonces, ¿no tendrías miedo de asumir un compromiso como ese?

–Un poco –admitió él–. Pero eres la única persona con la que estaría dispuesto a asumirlo.

Cheyenne le besó con ternura.

–Me alegro de que te acercaras a mí en el parque.

–Y yo me alegro de haber reunido valor para presentarme en tu casa después de que me llamaras y no me dijeras prácticamente nada. Sabía que, si no lo hacía, probablemente no volvería a tener otra oportunidad. Pero llamar a tu puerta aquella noche no fue tan fácil como puede parecer. No me atrevía a soñar siquiera que me dejarías entrar.

–La verdad es que no entiendo cómo has podido convencer a todo el mundo de que eres un hombre duro –respondió Cheyenne–. Eres un osito de peluche, Dylan.

–Solo contigo.

Estaban besándose otra vez cuando llamaron a la puerta. Dylan fue el primero en apartarse.

–¡Maldita sea! No me he ido de tu casa con la suficiente rapidez.

Cheyenne se echó a reír.

–No va a pasar nada. Deja de comportarte como si te estuviera empujando delante del pelotón de fusilamiento.

Dylan la agarró del brazo cuando Cheyenne comenzó a alejarse.

–¿Puedes hacerme un favor?

–¿Qué favor?

–Dile que he dejado de fumar.

–¿Crees que eso puede ayudar a tu causa?

–Es lo único que puedo decir a mi favor.

A Eve no le hizo mucha gracia ver a Dylan en casa de Cheyenne. No porque pensara decirle nada sobre él, al menos negativo. El problema era que echaba de menos estar a solas con su mejor amiga después de tanto tiempo. Se moría de ganas de que se pusieran al día de todo lo ocurrido, y el hecho de que hubiera alguien delante le resultaba incómodo.

Intercambiaron regalos, Cheyenne le regaló el perfume Dolci por el que Eve había estado suspirando desde hacía meses y ella le llevó a Cheyenne una gargantilla de perlas que había comprado en la Martinica. Después, estuvieron jugando con Lucky, que era encantadora. Pero la conversación no fluía. Aunque Eve pudo hablar con Cheyenne sobre Anita y Presley para expresar sus condolencias y su preocupación, no podía decirle a Chey lo que Callie y ella sospechaban que podía estar pasándole a Baxter. No podía hablar de algo así delante de Dylan. Era una información demasiado personal.

Comprensiblemente, tampoco Dylan parecía sentirse muy cómodo en su presencia. Eve jamás le había considerado un hombre nervioso. Por lo que ella podía recordar, siempre tenía una actitud chulesca con la que parecía despreciar a todos aquellos que no le apreciaban. Pero era evidente que estaba haciendo un esfuerzo por caerle bien.

Hablaron de los lugares a los que Presley podía haber ido, de cómo Cheyenne estaba retrasando el entierro de su madre y de lo que tendría que pagar por él, de la posibilidad de mudarse de casa y buscar otra que estuviera fuera del pueblo. Y, de repente, Cheyenne anunció que Dylan había dejado de fumar.

Cuando Eve miró a Dylan, este consiguió esbozar una dolorosa sonrisa, como si comprendiera que la conversación no había fluido de forma natural, pero aquello fuera algo que quería que Eve supiera.

—Más vale tarde que nunca —añadió.

Eve reprimió las ganas de echarse a reír. Aquel era un asunto serio, aunque hubiera salido a colación de una forma tan poco espontánea.

—Me alegro de que les hayas dado un descanso a tus pulmones. Pero me preocupa más saber si consumes drogas.

¿Cómo había sido capaz de decir algo así? Se había prometido a sí misma que no se enfrentaría a él. Cheyenne le había suplicado su apoyo y ella había acudido a su casa con intención de ofrecérselo.

Afortunadamente, Dylan pareció agradecer aquella oportunidad de defenderse. Fingir que no había un trasfondo en aquella visita le estaba resultando difícil, comprendió Eve. Él no era un hombre dado a la falsa amabilidad y Eve lo agradecía.

—No consumo drogas. No puedo decir que no haya probado ciertas sustancias —admitió—. Lo hice en otra época, hace muchos años. Pero ahora me arrepiento.

Eve le miró con los ojos entrecerrados.

—Entonces, ¿los rumores son falsos?

—Los rumores no son cosa mía.

Independientemente de si aquellos rumores tenían alguna razón de ser, de si sus hermanos se los merecían o no, Dylan no quiso echarles la culpa a ellos. Eve tuvo la impresión de que era un hombre leal, lo que la predispuso a su favor mucho más que el hecho de que hubiera renunciado al tabaco. Demostraba que era un hombre que no estaba dispuesto a hacer daño a otros para protegerse a sí mismo.

–Tienes que juzgar a Dylan por sus propios méritos –añadió Cheyenne, evidentemente, intentando que le aceptara.

Eve se dijo a sí misma que debía dejar de lado su desaprobación, pero todavía tenía una pregunta que hacerle y se imaginaba que no le haría ningún daño formularla.

–¿Y tus problemas con la policía, Dylan?

–Todo eso pertenece al pasado –alzó las manos–. Te lo juro. No han vuelto a detenerme desde hace... por lo menos tres años. Se acabaron las peleas.

Lo decía con tanta vehemencia que Eve no pudo evitar una sonrisa.

–La quieres de verdad.

Dylan la miró a los ojos mientras asentía, pero Eve no necesitaba confirmación. Sus sentimientos eran más que evidentes por su forma de tocarla, por cómo la miraba, incluso por el hecho de haber sido capaz de permanecer allí sentado, soportando la actitud escéptica de su mejor amiga. Un hombre como Dylan no aguantaría una situación como aquella por cualquier mujer.

De alguna manera, aquella entrega compensaba todo lo que Eve había perdido. Quizá su relación con Cheyenne nunca volviera a ser la misma. Eve lo lamentaba y sabía que sufriría por ello durante algún tiempo. Pero sabía que Cheyenne era feliz y eso era más importante que ninguna otra cosa.

–Ella también te quiere a ti. Y creo que eso es lo que me asusta.

Dylan sonrió.

–No intentaré crear distancias entre vosotras si tú no lo haces conmigo –le prometió.

Y Eve no necesitó nada más para darle una oportunidad.

–¡Trato hecho! –exclamó, y chocaron las manos.

–¿Lo ves? –dijo Cheyenne mientras regresaba con Lucky tras haber acompañado a Eve a la puerta–. No ha sido tan duro.

—Para ti es fácil decirlo —gruñó Dylan.

Pero Cheyenne sabía que estaba bromeando. La visita de Eve había ido mucho mejor de lo que ninguno de ellos esperaba.

—Y con los demás pasará lo mismo —predijo—. Son buenas personas, igual que Eve.

El teléfono sonó antes de que Dylan pudiera decir nada más. Cheyenne miró el reloj, preguntándose quién podría estar llamando después de la diez de la noche. No reconoció el número. Comenzaba con un cuatrocientos ocho, un prefijo de la zona de Fénix, si no lo recordaba mal.

A lo mejor era la policía con noticias de su hermana. Pero, cuando descolgó, no obtuvo respuesta.

—¿Diga? ¿Diga? ¿Hay alguien ahí?

Solo se oía silencio.

—¿Podría ser Presley? —susurró Dylan.

—¿Presley? Pres, ¿eres tú? Si eres tú, dime algo. Estoy muy preocupada por ti.

Siguió sin oír nada.

—Por favor, ¡te echo mucho de menos! Dime dónde estás e iré a buscarte.

Por fin consiguió una respuesta.

—Si supieras la verdad, no querrías volver a verme.

Era su hermana, sí. ¿Se estaría refiriendo a su participación en la muerte de Anita? ¿O a Crouch?

—Ya sé la verdad —contestó Cheyenne, pero era demasiado tarde.

Presley ya había colgado el teléfono.

Cheyenne intentó devolver la llamada, pero le contestó una grabación:

—*Este número no acepta llamadas entrantes.*

Capítulo 30

Según la conversación que acababa de mantener con Stacy, el jefe de policía, la policía no podía hacer nada para obligar a Presley a volver a casa. Se había marchado por voluntad propia y era una persona adulta. Tenía derecho a irse. Pero Cheyenne sabía que su hermana no estaba bien. No tenía ni dinero, ni ropa, ni manera de sobrevivir. Cheyenne se estremecía al pensar lo que estaba soportando su hermana.

Pero al menos estaba viva. Y ojalá pudieran encontrarla y llevarla de vuelta a casa antes de que eso cambiara.

Sabía que postergar el entierro de Anita hasta el regreso de su hermana sería un problema. El director de la funeraria quería celebrar el servicio y enterrarla cuanto antes. Anita estaba ocupando espacio en el depósito de cadáveres, ya se lo había dicho en una ocasión. Las Christensen no le estaban proporcionando mucho dinero, así que el director de la funeraria no tenía ningún motivo para ser más comprensivo.

Pero Cheyenne ni siquiera podía pensar en la posibilidad de enterrar a Anita hasta que Presley regresara para despedirse definitivamente de ella. Consideraba la presencia de su hermana en el entierro como parte de su proceso de recuperación. Presley tenía que enfrentarse a lo que había ocurrido la noche de la muerte de Anita, aunque eso significara tener que ir a la policía para confesar que la había matado por compasión.

Cheyenne odiaba pensar en cómo reaccionaría todo el mundo cuando se conociera la noticia. Ella confesaría el papel que había jugado al encubrir a su hermana. Mantener aquel secreto, vivir bajo su sombra, sería muy difícil para ella.

–¿Cómo la encontraremos cuando lleguemos a Fénix? –preguntó Dylan.

Estaban delante del ordenador y acababan de confirmar que Presley había hecho la llamada desde Arizona. Eve iba a encargarse de cuidar a Lucky y Grady llevaría a Aaron a un centro de rehabilitación de Sacramento para que pudieran salir a primera hora de la mañana.

–Creo que ha vuelto a Sunnyslope, un lugar en el que estuvimos viviendo. Mira –señaló la pantalla del ordenador–. He encontrado el lugar en el que está la cabina desde la que me ha llamado.

–¿Qué tipo de barrio es?

Cheyenne acercó la imagen con el programa Google Earth.

–Me hago una idea –contestó Dylan frunciendo el ceño.

–No es muy bonito –comentó Cheyenne.

La silla de Dylan chirrió cuando este la echó hacia atrás.

–¿Puedo decirle a Aaron que Presley está bien?

Cheyenne le miró con el ceño fruncido.

–¿Acaso le importa?

–No quiere que le importe. Todavía no está preparado para comprometerse en una relación, pero está muy preocupado. Creo que esta noticia le ayudará a ir mañana al centro.

Cheyenne se preguntó una vez más si debería hablarle a Dylan de la posibilidad de que su hermana estuviera embarazada. Pero le resultaba imposible compartir aquella información. No tenía la menor idea de lo que podría hacer

Presley respecto a aquel embarazo. O de lo que podía haber hecho ya. Y, desde luego, no quería hacer más duro el regreso de su hermana.

–Por supuesto.

Mientras Dylan llamaba a su hermano, ella estuvo acariciando a Lucky, que le presionaba la pierna para que la levantara en brazos, y escuchando con atención.

–¿Por qué no me ha llamado a mí? –preguntó Aaron.

A Cheyenne le habría gustado contestarle que porque no le había dado ningún motivo para hacerlo, que no le había ofrecido nada para que se apoyara en él. Pero se mordió la lengua. Aaron tenía sus propios problemas.

–Tú no quisiste hablar con ella.

–No quise hablar con ella en ese momento, ¡pero eso no significaba que no quisiera volver a verla nunca más!

Dylan miró a Cheyenne a los ojos.

–No sabemos lo que le está pasando por la cabeza, Aaron.

Presley le había necesitado y él no había estado a su lado. Presley había sido despreciada tantas veces que no era extraño que no tuviera ninguna autoestima.

–A lo mejor debería retrasar lo del centro para ir a Arizona con vosotros.

–No... –comenzó a decir Dylan, pero Aaron le interrumpió.

–No voy a poder concentrarme si estoy pensando todo el tiempo en ella.

Cheyenne decidió intervenir en la conversación.

–Le serás de mucha más ayuda si consigues dejar de consumir drogas, Aaron. A lo mejor tenemos la suerte de que siga tus pasos. Presley va a necesitar amigos que estén fuera de ese mundo, y tú podrías ser uno de esos amigos.

–¿Crees que seré capaz?

Se estaba dirigiendo a ella, algo que la sorprendió.

–Creo que podrías ser un hombre tan maravilloso como tu hermano mayor. Pero ahora estás dejando que todo lo que te ocurrió se interponga en tu camino.

–Que Dylan y tú hayáis sido capaces de reconstruir vuestras vidas no quiere decir que los demás también seamos capaces de hacerlo.

–Claro que sí, por lo menos, si de verdad es eso lo que quieres. Y espero que así sea. Espero que, ocurra lo que ocurra con Presley, puedas desengancharte.

–No hables como si Presley fuera una causa perdida. Porque no lo es.

–Ojalá tengas razón.

Cheyenne dejó a la perrita en el suelo para poder hacer el equipaje. No sería fácil encontrar a Presley. El hecho de que hubiera llamado desde Sunnyslope no significaba que no fuera a moverse de aquellos quince kilómetros cuadrados.

El calendario que había colgado en la pared de la clínica tenía tachados los días hasta el veintiocho de diciembre. ¿Cómo podía haber pasado tanto tiempo? Presley tenía la sensación de haber caído en un agujero en el tiempo desde que se había ido de su casa. Hasta las horas que había pasado con el camionero que la había llevado a Fénix le parecían un sueño. Solo los moratones que cubrían su cuerpo y el labio hinchado le daban alguna sensación de realidad. Había visto lo que le había hecho Dick cuando se había metido en el cuarto de baño de la clínica, puesto que en la casa en la que estaba no había ningún espejo. Con el ojo morado y el labio hinchado, parecía haberse peleado con alguien.

–Todo saldrá bien.

Dick estaba sentado a su lado, con la ropa nueva que le habían regalado por Navidad, seguramente su esposa. Cuando no estaba excitado, se comportaba como un hombre bastante normal, aunque la había obligado a ponerse un collar de perro en el coche.

No, Presley pensó en ello y comprendió que aquel hombre no era en absoluto normal. Lo que le pasaba era que estaba demasiado asustada como para preocuparse por nada que no fuera lo que estaba a punto de suceder.

—¿Presley?

Presley parpadeó y fijó la mirada en él.

—¿Qué?

—¿Me has oído?

Presley asintió. No era consciente de que Dick esperaba una respuesta a su comentario. Hubiera preferido que no estuviera allí. Cuando habían llegado a la clínica, le había dicho que podía dejarla y que le llamaría cuando hubiera acabado. Él le había quitado el collar en ese momento, pero había insistido en entrar con ella. Le había dicho que necesitaría el apoyo de alguien.

A Presley le habría gustado que ese alguien fuera Cheyenne. Si tenía que abortar, quería tener a su hermana a su lado. Era la primera vez que se encontraba en esa situación. Pero no tenía derecho a pedirle nada a Cheyenne después de lo que había hecho, después de todas las mentiras que le había dicho.

Ni siquiera eran hermanas, de hecho.

—Ya estás mirando al vacío otra vez.

Presley desvió la mirada hacia su acompañante.

—¿Qué has dicho?

—Te he preguntado que si estabas asustada.

—Un poco —admitió.

—¿Un poco y qué más?

Presley le miró confundida hasta que él le susurró al oído:

—Señor.

—¡Ah, sí!

Había olvidado aquella parte. Por lo visto, Dick quería que continuara el juego. Pero habiendo solamente otras dos mujeres en la sala de espera, el ambiente era tan silencioso que Presley no quería hablar. La recepcionista alzaba la mirada cada vez que se interrumpía aquel silencio.

Ella habría preferido pasar inadvertida, pero las marcas de su rostro lo hacían imposible. Había sido testigo del impacto que le había producido a aquella mujer al entrar. Para justificarse, había comentado algo sobre un accidente, pero estaba segura de que la recepcionista no se lo había tragado.

—No creo que se haya creído que he tenido un accidente —le dijo a Dick, manteniendo la voz baja para que no la oyeran.

—No importa —respondió él—. Lo único que importa es lo que digas tú.

—Sí, ya me lo imagino.

Dick se inclinó hacia ella.

—Y, al fin y al cabo, no es asunto de ella. Yo soy tu dueño y puedo hacer lo que quiera.

Presley decidió ignorar aquel comentario, que le parecía ridículo, y cambió de tema.

—Parece que no hay muchas mujeres que aborten justo después de Navidad —miró las sillas vacías que tenía a su alrededor.

—La gente está de fiesta, prefiere enfrentarse a los problemas más tarde.

Una mujer con una chaqueta blanca asomó la cabeza por una puerta situada cerca de la zona de recepción.

—¿Señora Christensen? La doctora ya está preparada.

Dick se levantó para entrar con ella, incluso le dio la mano. Pero Presley la rechazó.

—Saldré cuando todo haya terminado —le dijo.

No quería estar delante de un extraño. No quería que un hombre tan retorcido la viera en el momento más vulnerable de su vida.

El enfado relampagueó en los ojos de Dick. No podía insistir delante de la enfermera y la recepcionista. Pero le enseñó disimuladamente la jeringuilla que tenía en el bolsillo.

—Te estará esperando esto —susurró, y la besó como si,

en realidad, eso fuera lo que había pretendido hacer en todo momento.

—¿Crees que Aaron se quedará en el centro?

Dylan desvió la mirada hacia Cheyenne, que llevaba varios kilómetros con la mirada fija en la tarjeta de Eugene Crouch. Aunque Fénix estaba a más de catorce horas de Sacramento, habían decidido ir en el todoterreno para no tener que alquilar un coche o preocuparse por reservar billetes de avión.

Además, Dylan prefería la libertad que le daba el tener el control de su propio coche.

—Me ha prometido que esta vez se quedará, pero no lo sé.

—¿Aaron se escribe con vuestro padre?

—Estás agotando las preguntas que te quedaban. Espero que no lo olvides —bromeó Dylan.

—¿Por qué número voy?

—Creo que te quedan tres.

—Entonces, esta puede ser una de ellas.

—De acuerdo. Creo que no.

—¿Nunca te ha comentado nada?

Dylan pensó en todos los comentarios que había hecho su hermano a lo largo de los años. El más recurrente había sido «Odio a papá».

—No con esas palabras.

—Entonces, ¿vuestro padre no sabe nada de sus hijos?

—Rod le escribió un par de veces, y Grady también.

—¿Y Mack?

Dylan apagó la radio.

—Mack no parece darle ninguna importancia.

—Porque para él, tú eres su verdadero padre.

—Era muy pequeño cuando pasó todo —se mostró de acuerdo Dylan mientras reducía la velocidad para entrar en Los Ángeles.

Con un poco de suerte, llegarían a Fénix a las diez de la noche.

En cualquier caso, Cheyenne tenía la sensación de que era a aquellas horas cuando más posibilidades tenían de localizar a su hermana.

–Ha llamado Eve cuando estabas echando gasolina –le comentó Cheyenne mientras Dylan cambiaba de carril.

–¿La última vez que he parado?

Cheyenne asintió.

–¿Y qué quería? ¿Lucky está bien?

–Sí, está bien, Eve se está haciendo cargo de ella. Solo quería decirme que está rezando por nosotros –sonrió–. Y saber si pensaba que podría ser divertido salir con alguno de tus hermanos.

–¿En serio? –preguntó Dylan riéndose.

–No debería haberle hablado de lo bueno que eras en la cama.

–¿Es que Eve cree que eso es cosa de familia?

–Con lo guapos que sois todos, seguro que está dispuesta a arriesgarse.

–Pues no pienso permitirlo.

Cheyenne se ajustó el cinturón de seguridad.

–Yo tampoco, por si no funciona. Pero la idea me gusta.

Bromas aparte, la pregunta de Eve le indicaba a Dylan que Eve estaba intentando aceptarle y olvidar sus prejuicios, algo que Dylan apreciaba.

–También ha dicho algo más, y eso me preocupa –dijo Cheyenne.

–¿Qué te ha dicho?

–¿Conoces a Baxter North?

–¿Ese amigo tuyo?

–Sí, el que lleva esos trajes tan caros.

–¿Qué pasa con Baxter?

Cheyenne se mordió el labio.

–Eve cree que podría ser gay.

–¿Cómo que podría? –repitió Dylan con ironía.

–¿Qué se supone que significa eso?

Dylan advirtió su sorpresa.

–Es gay. Es evidente, pero aunque no lo fuera, una vez le vi con un hombre.

Cheyenne le miró boquiabierta.

–¿Qué? ¿Cuándo?

–Hace un año aproximadamente.

–¿Dónde?

–Quedé con Manny, uno de los chicos del gimnasio, y con su hermana en el Devil's Lair a tomar una copa. Era una noche de entresemana y él estaba allí con un chico –le dijo él.

–¿Él te vio?

–Al principio no, por eso tengo tan claro lo que estaba pasando.

–¿Y qué dijo cuando se dio cuenta de que le habías visto?

–Fingimos no reconocernos. No quería ponerle en una situación embarazosa. Su vida sexual es asunto suyo. Después de aquello, no volvimos a vernos.

–Podría ser un amigo.

Dylan la miró de soslayo.

–Sé reconocer la diferencia. Y, en cualquier caso, ¿qué importancia tiene?

–Ninguna, salvo que no entiendo por qué no nos lo ha dicho. Eve cree que es porque está enamorado de Noah.

–¿De Noah Rackham? Umm, podría ser. Les he visto juntos, aunque no de ese modo. Rackham es heterosexual, ¿verdad?

–Sí.

–Si eso es verdad, no va a ser una confesión agradable para ninguno de ellos.

–Eso es precisamente lo que nos preocupa.

Dylan le acarició la mano con la que seguía sosteniendo la tarjeta de Crouch.

–¿Tienes la tentación de llamarle?
–Constantemente.

Cuando la doctora entró en el quirófano, Presley estaba temblando. La ropa que Dick le había comprado se hallaba pulcramente doblada en una silla y ella llevaba puesto un camisón de papel que la hacía sentirse completamente expuesta.

La doctora era una mujer mayor, de pelo gris. Parecía amable. Presley se dijo a sí misma que de esa forma todo sería más fácil. Aquella mujer tenía el aspecto de ser la abuela de alguien. Se apoyó contra el mostrador y se ajustó las gafas mientras leía los formularios que Presley había rellenado. Pero Presley era presa de sentimientos y pensamientos tan contradictorios que no era capaz de relajarse. Quería a Aaron, deseaba tener aquel bebé. Pero tenía miedo de no ser mejor madre de lo que Anita había sido para ellas. Pensaba en la jeringuilla que Dick tenía en el bolsillo. Si era capaz de soportar aquella media hora, podría escapar al miedo y al dolor y olvidarse de todos sus problemas. Por lo menos hasta que necesitara una nueva dosis. Pero siempre y cuando estuviera dispuesta a hacer lo que Dick le pedía, él parecía encantado de proporcionársela.

En aquel momento estaba esperándola con la jeringuilla. La huida definitiva estaba cerca.

¿O era la esclavitud lo que la esperaba? Tenía la horrible sensación de que jamás tendría hijos si llevaba a cabo aquel proceso, que se hundiría definitivamente en la oscuridad. Podía ver las marcas que tenía en el brazo y sentía suficiente vergüenza como para ocultárselas a la médica. ¿De verdad era eso lo que quería? ¿Convertirse en una drogadicta? ¿En alguien incapaz de hacer nada por lo demás? ¿En una persona incapaz de amar y de ser amada?

–¿Ese hombre que está ahí fuera es su novio? –le preguntó la doctora, interrumpiendo el curso de sus pensamientos.

Presley tuvo que aclararse la garganta para poder hablar. Tenía la sensación de haberse tragado una naranja.

–No.

–¿Es un amigo?

–Más o menos –contestó.

La doctora continuó estudiando el informe y después lo dejó a un lado.

–Parece que tiene algunas heridas –se acercó para examinar el ojo morado de Presley–. ¿Quiere contarme lo que ha pasado?

Presley desvió la mirada.

–Fue un accidente de coche.

Como la médica no respondió, la miró a los ojos. Los había abierto ligeramente detrás de sus gafas, y continuó mirando a Presley sin decir nada, hasta que le preguntó:

–¿Piensa seguir aferrándose a esa excusa?

Presley se mordió el labio.

–Es tan buena como cualquier otra.

La doctora la agarró del brazo en un intento de captar toda su atención.

–Si necesita ayuda, conozco un refugio para mujeres cerca de aquí –le dijo suavemente–. Cuando terminemos, puedo llevarla a escondidas. Él nunca sabrá dónde está.

Presley abrió la boca para negar que Dick le hubiera hecho ningún daño, pero ¿qué sentido tenía mentir?

–Yo... estoy bien.

En realidad, él no la había obligado a mentir. Y tenía esa jeringuilla en el bolsillo, ¿cómo iba a arreglárselas sin ella?

–Tiene unos minutos para decidir. Piense que se está haciendo un favor, que está dándose a sí misma la oportunidad de tener una vida mejor.

Presley intentó contener las lágrimas que de pronto anegaron sus ojos y no tardaron en rodar por sus mejillas.

La doctora se inclinó para mirarla a los ojos.

–¿Tiene algún familiar a quien podamos llamar?

Presley pensó en su hermana. Cheyenne siempre había estado a su lado. Pero… ¿cómo podía pedirle ayuda después de lo que había hecho?

—No —musitó.

—Muy bien —la doctora le palmeó con delicadeza—. Relájese, no le dolerá nada.

Animó a Presley a tumbarse y le colocó los pies en los estribos, pero Presley sintió una oleada de pánico. Tenía el corazón en la garganta y le latía con tal violencia que pensó que iba a desmayarse.

La doctora se interrumpió.

—Es una intervención relativamente simple.

Pero su hijo, el hijo de Aaron, habría desaparecido cuando todo aquello terminara. Eso significaba que podría regresar a la vida que hasta entonces conocía. Pero ¿merecía la pena el precio a pagar?

—¿Se está arrepintiendo? —le preguntó la doctora.

Presley pensó en Aaron. Aaron no la quería y, definitivamente, no estaba preparado para tener un hijo. Por lo que a él se refería, su relación consistía únicamente en divertirse, drogarse, y disfrutar del sexo. Se lo había repetido cada vez que ella pretendía tomarse las cosas más en serio.

La crianza de un hijo requería de un compromiso para toda la vida. Y ella ya tenía treinta y tres años. A lo mejor había llegado ya el momento de madurar.

—Señora Christensen, tengo la impresión de que realmente no quiere someterse a esta intervención.

—Si… si decido tener el bebé, ¿cree que estará sano?

—El embarazo es de muy pocas semanas, eso es bueno, ¿está consumiendo?

Presley le mostró los brazos.

—Debería dejarlo inmediatamente. Y dejar por completo el alcohol.

—Entonces, ¿cree que puedo tener un hijo sano?

—No lo puedo garantizar por completo, pero hay muchas posibilidades. Ciertas pruebas pueden darnos alguna indicación al respecto, de manera que pueda decidir estando mejor informada.

Había muchas posibilidades de que su hijo estuviera sano...

–Piense en ello. Siempre puede volver otro día.

Pero... ¿qué haría incluso en el caso de que su hijo fuera perfecto? No estaba en condiciones de criar un hijo. Cheyenne podría ayudarla si estuviera a su lado, pero ella no podría volver a Whiskey Creek durante un largo período de tiempo. En unos cuantos meses, comenzaría a notarse el embarazo.

–Yo... necesito ayuda –susurró.

–¿Se refiere a un centro de rehabilitación? –preguntó la doctora, puesto que ya había rechazado el refugio.

Necesitaba a su hermana. Necesitaba decirle lo que había hecho Anita. Necesitaba salir de allí y no volver a mirar atrás. Poner el corazón y el alma en amar a todos aquellos que la rodeaban, en querer a su hijo, y no en destrozarse a sí misma.

Y, sobre todo, necesitaba luchar contra la dependencia de lo que había dentro de esa maldita jeringuilla.

–¿Puedo usar el teléfono? –preguntó.

Capítulo 31

Cheyenne no estaba segura de lo que iba a encontrarse cuando llegaron a la dirección que Presley les había dado. Resultó ser una clínica para la interrupción del embarazo situada en Fénix. Como eran bien pasadas las diez, la clínica estaba cerrada, pero había luz en el interior.

Marcó el número que Presley le había dado cuando había llamado horas antes, justo cuando Dylan y Cheyenne estaban saliendo de Los Ángeles.

–¿Diga? –contestó una mujer con acento mexicano.

–Soy Cheyenne Christensen, vengo a buscar a mi hermana.

–¡Qué bien! La está esperando, voy a abrirle la puerta.

Cheyenne tomó aire, le dirigió a Dylan una mirada con la que le suplicaba paciencia, puesto que pensaba que debía entrar sola, y salió del coche.

La recibió una mujer de unos cuarenta años, piel oscura, largo pelo negro y ojos brillantes. Se presentó a sí misma como María Sánchez, recepcionista de la clínica, y le dio las gracias a Cheyenne por haber ido hasta allí.

–Le agradezco mucho que se haya quedado con mi hermana –le dijo Cheyenne.

A los labios de María asomó una sonrisa.

–No la habría dejado nunca en manos de ese hombre. Es un demonio.

–¿Qué hombre?

–El que la trajo a la clínica. Bastaba verle la cara para... Pero ahora está bien, no se preocupe. Las heridas sanarán, no es nada serio.

¿Heridas? Presley no había mencionado que tuviera heridas. Había hablado de la mujer rubia que aparecía en los recuerdos de Cheyenne, le había contado lo de Anita como si necesitara quitarse aquel peso de encima.

–¿Por eso se ha quedado con ella? ¿Para mantenerla a salvo? –le preguntó a María.

–Si no nos ayudamos los unos a los otros, ¿qué podemos esperar de esta vida? –preguntó María a su vez, encogiéndose de hombros.

Cheyenne se secó el sudor de las manos en los pantalones.

–Eso es cierto, pero de todas formas, ha sido muy amable.

–Por aquí.

Cheyenne siguió a María a través de la sala de espera a una de las consultas de la parte de atrás, donde encontró a Presley durmiendo acurrucada.

–Ha llegado su hermana –le dijo María, sacudiéndola con delicadeza.

Presley se despertó sobresaltada, y se sentó, pero no pudo moverse ni un milímetro más antes de que Cheyenne la envolviera en un abrazo.

–¡Gracias a Dios! –susurró cuando María se retiró para dejarlas a solas–. Pensaba que te había perdido.

–Lo siento, Chey. Debería habértelo dicho desde el principio. Debería haberte contado lo de Crouch.

Pero lo que Presley le había contado por teléfono no había supuesto para Cheyenne el impacto que su hermana se imaginaba.

–No pasa nada. Comprendo que estabas asustada.

–No quería perderte.

–Lo sé.

–Pero te lo compensaré, te lo prometo. Voy a dejar las drogas. Voy a cambiar mi vida.

–Me alegro de oírlo –se apartó ligeramente para examinar las heridas de su hermana–. ¿Quién te ha hecho eso?

–No quiero hablar de ello.

Cheyenne decidió dejarlo pasar. Presley estaba a salvo y eso era lo único que importaba.

–Muy bien, no quiero que te preocupes por nada. Ni siquiera por lo que pasó la noche que murió mamá.

Presley la miró confundida.

–¿A qué te refieres?

Cheyenne tragó saliva. No quería abordar aquel asunto tan pronto, pero quizá fuera mejor que lo superaran cuanto antes.

–Vi la almohada, Presley. Vi la sangre. Y entiendo las razones que pudieron llevarte a...

–Espera –Presley le agarró la mano–, ¿crees que yo maté a mamá?

–¿No fuiste tú?

–¡No! Me suplicó que lo hiciera, tenía muchos dolores. Me decía que, si la quisiera, pondría fin a su situación. Y lo intenté. Pero, como no fui capaz de sujetar la almohada sobre su rostro durante más de un par de segundos, se levantó dando gritos y tiró la lámpara. Después... –los ojos se le llenaron de lágrimas–, se cayó. Y ya está. Así murió.

Cheyenne sintió un inmenso alivio. ¿Sería cierto? Tenía que serlo. ¿Por qué iba a mentir Presley sobre lo que le había ocurrido a Anita después de haber contado la verdad sobre el detective privado? Tenía muchos más motivos para seguir mintiendo sobre Crouch.

–Entonces, ¿por qué huiste?

–Cuando fui a la gasolinera, Sandra Morton me contó que había ido un tal Crouch preguntando por ti. No podía soportar pensar que mamá había muerto y que por culpa de ese detective, también iba a perderte a ti. No quería que supieras por nada del mundo que yo era la razón por la que no tenías la familia que siempre habías deseado.

Y estaba también lo del bebé. Cheyenne se alisó la blusa mientras miraba a su alrededor.

–Ya entiendo. Y... supongo que, además, estabas embarazada.

Presley asintió.

–Pero... –Cheyenne se aclaró la garganta–, ¿ya te has hecho cargo de eso?

Era un tema muy delicado, algo en lo que Cheyenne ni siquiera quería pensar, así que no podía culpar a su hermana por no contestar.

–Voy a irme a vivir a Sacramento, Chey. Quiero empezar desde cero.

–¿Quieres irte de Whiskey Creek?

–Tengo que irme. No quiero volver a encontrarme con la misma gente. Sobre todo con Aaron. Tiene demasiada influencia sobre mí.

Cheyenne intentó imaginarse a su hermana viviendo en otro lugar. A lo mejor podía funcionar, si de verdad estaba dispuesta y tenía suficiente fuerza de voluntad como para renunciar a las drogas.

–Sacramento no está muy lejos, podremos vernos siempre que queramos. A lo mejor todo sale bien. Yo haré cuanto esté en mi mano para ayudarte.

–Pero antes, iré a un centro de rehabilitación –anunció Presley.

Cheyenne estaba completamente de acuerdo, pero se sintió obligada a hablarle de Aaron.

–Aaron ya está en un centro de rehabilitación. Acaba de entrar. Es un centro nuevo que han abierto al sur de Sacramento.

–Puedo encontrar ayuda en otro lugar. Iré a Bay Area.

A Cheyenne le parecía increíble la repentina resolución de su hermana, que estuviera de pronto tan decidida a asumir cualquier sacrificio con tal de disfrutar de una vida mejor, pero no quería parecer escéptica, así que prefirió no hacer más preguntas.

–Vamos a casa –le dijo.

En cuanto María las oyó en el pasillo, salió a acompañarlas a la puerta.

–No se olvide de tomar las vitaminas para los primeros meses de embarazo –le advirtió a Presley, blandiendo un dedo cuando estuvieron fuera.

Aquellas palabras hicieron que a Cheyenne le diera un vuelco el corazón.

–¿Sigues embarazada? –le susurró a su hermana en cuanto se quedaron a solas.

Presley alzó la barbilla.

–Voy a tener ese hijo, Chey. Quiero tener a ese niño.

Consciente de la presencia de Dylan, que las había visto y estaba acercando el coche para ir a buscarlas, Cheyenne bajó la voz.

–¿Por qué no me lo has dicho?

–Porque no quiero decírselo a nadie.

–¿Ni siquiera a Aaron?

–A Aaron todavía menos. No está preparado para ser padre. Pero yo sí, lo necesito. Necesito tener a alguien a quien amar. Necesito una razón para cuidar de mí misma y hacer algo por los demás.

–Aaron tiene derecho a saberlo, Presley...

En el caso de que fuera su hijo, aunque Cheyenne suponía que aquella era precisamente la cuestión.

Presley negó con la cabeza.

–No me importa. Esto es lo único que tengo y pienso hacer todo lo posible para protegerlo.

Cheyenne prefirió no seguir discutiendo. Además, había algo en lo que su hermana tenía razón. Aaron todavía no estaba preparado para ser padre. Y, si al final Presley hubiera decidido abortar, no habría habido ningún hijo por el que pelearse.

–Tendrás que decírselo algún día, ¿no?

—A lo mejor, cuando crea que está a salvo.

No dijeron nada más. No pudieron. Dylan acababa de salir del coche para abrazar a Presley.

—No me puedo creer que estés con Dylan —dijo Presley.

Ya era tarde, pero estaban las dos tumbadas en la cama de Cheyenne, jugando con Lucky. Habían tardado dos días en regresar, así que aquella era la primera noche que Presley pasaba en casa sin su madre. Era extraño, sobre todo con los últimos recuerdos de Anita exigiéndole que pusiera fin a su vida.

—Estoy enamorada de él —contestó Cheyenne.

Presley sintió la punzada de los celos. Deseaba desesperadamente poder tener una relación como la de su hermana, pero había renunciado a ella a cambio de su hijo. Había llegado a la conclusión de que era mejor tener algo seguro. Por su hijo, sería capaz de olvidarse de las drogas.

—Te mereces un hombre como él —le dijo, cuando consiguió dominar su emoción.

Cheyenne le tomó la mano.

—Te parece bien, ¿verdad? Tú no vas a perder nada, Pres. Ahora tendrás dos personas que te quieran en vez de una.

Dylan la había tratado muy bien cuando habían ido a buscarla a Fénix. Siempre había sido muy amable con ella, pero aquella noche, se había mostrado particularmente cariñoso. Además, estaba la ternura con la que trataba a su hermana. Aquello le había dado a Presley la esperanza de poder encontrar algún día un hombre como él, aunque no fuera Aaron.

—¿Crees que te casarás con él? —preguntó Presley, abrazando a Lucky.

—A lo mejor. Desde luego, a mí me encantaría.

—Mañana es Año Nuevo, todo parece encajar.

—¿Qué quieres decir?

Presley estaba cansada, parecía a punto de dormirse.

—Que las dos vamos a comenzar a vivir vidas muy diferentes en este próximo año.

El día del entierro de Anita, hizo un tiempo maravilloso para ser tres de enero. Acudió mucha gente. Todos los amigos de Cheyenne estuvieron allí, incluyendo a Gail, con un embarazo muy avanzado, y a Simon, el famoso actor con el que se había casado. También estuvieron muchos amigos de Presley. Fueron los Amos, excepto Aaron, por supuesto, y nada más y nada menos que de traje. Parecían tan respetables como cualquier otro de los asistentes, sobre todo Dylan, que incluso se había cortado el pelo. También asistieron Joe y su padre, los Harmon, la enfermera del hospital, Marcy Mostats-Passuello y el jefe de policía Stacy. Cuando bajaron el ataúd no lejos del lugar en el que había sido enterrada Mary Hatfield y empezaron a echar paladas de tierra, Cheyenne no pudo evitar pensar en lo mucho que agradecía que Anita las hubiera llevado a Presley y a ella a Whiskey Creek diecisiete años atrás.

Aquel era su hogar. Aquellas personas formaban su familia.

Podía sentir a Dylan a su lado, una fuente constante de fuerza. Presley la había convencido de que se hiciera una prueba de embarazo antes del entierro y había sufrido una ligera decepción al descubrir que no estaba embarazada. Ver la enorme barriga de Gail y saber que Presley pronto estaría igual, la hacía desear tener un hijo. Pero ya habría tiempo más adelante, cuando Dylan y ella se casaran.

Cuando los asistentes al entierro fueron a abrazarlas a su hermana y a ella antes de dirigirse hacia el hostal en el que la mayoría de ellos había aparcado, Cheyenne vio a Clarence Holloway, el director de la funeraria, esperando para hablar con ella. Seguramente, quería hablar de las cuentas pendientes, pero Cheyenne no quería que Dylan estuviera cerca cuando lo hicieran. Sabía que intentaría pagar él el entierro, pero no creía que fuera justo que asumiera él ese gasto.

Aprovechando un momento en el que Eve estaba hablando con Dylan y Presley estaba ocupada en otra cosa, se acercó a hablar con él.

—Gracias por el servicio, ha sido precioso.

Clarence inclinó la cabeza.

—Nuestra funeraria siempre trabaja así.

Cheyenne se aclaró la garganta.

—Ya sé que le debo mucho dinero y quiero que sepa que tengo intención de pagárselo. ¿Ha decidido ya si está dispuesto a permitir que lo pague a plazos?

Se lo había preguntado en dos ocasiones, la última, el día anterior, pero él no se había comprometido a nada. Había vuelto a decirle que se lo pensaría, como si solo estuviera dispuesto a ceder en el caso de que no tuviera otra opción.

—No hará falta —le dijo.

¿Eso qué significaba? Cheyenne se balanceó nerviosa sobre los pies. Quería acabar con aquello antes de que se acercara Dylan.

—¿Perdón?

Clarence le tendió una hoja doblada.

—Solo estaba esperando para darle esto.

—¿Qué es? —le preguntó, pero él no contestó.

Cheyenne desdobló la hoja y vio la palabra «*factura*» en la parte superior. El total del funeral y el entierro ascendía a cinco mil doscientos dólares. Era una fortuna para ella. Pero después vio un cero junto a la palabra «*pagado*».

—No lo entiendo —le miró con el ceño fruncido.

Clarence señaló al grupo de gente que continuaba junto la tumba: Gail, Simon, Sophia, Ted, Riley, Noah, Baxter, Callie, Kyle, Eve y algunos más. Pensaban acercarse después a la cafetería para pasar un rato con Gail y con Simon aprovechando su visita al pueblo.

–Sus amigos han pagado la deuda.

Cheyenne arqueó las cejas.

–¡Pero... no deberían haber hecho una cosa así! No debería habérselo permitido. Esto es responsabilidad mía.

–Dijeron que se quejaría, y también que le entregara esto.

Desconcertada, Cheyenne aceptó la tarjeta que le tendía. Era una tarjeta que había hecho Callie con el ordenador en la que le transmitían sus condolencias. Había fotografías del grupo en Santa Cruz, San Francisco y Tahoe. La que más le gustaba a Cheyenne era la fotografía en la que aparecían el día de su graduación. Parecían tan jóvenes con las togas y los birretes...

Abajo del todo, había una frase escrita: *Para eso están los amigos.*

–No te pongas nerviosa.

La presencia de Dylan, su apoyo, la ayudaba a tranquilizarse, pero, aun así, no tenía manera de disimular los nervios. Por fin había reunido el valor que necesitaba para llamar a Eugene Crouch. Y días después, estaba sentada en la sala de espera de la agencia que tenía en Danville, esperando a conocerle. No tenía la menor idea de lo que podría revelarle, ni de lo que aquella información supondría para su vida. Razones por las cuales había retrasado aquella reunión hasta que Gail y Simon habían vuelto a Los Ángeles y Presley había entrado en un centro de desintoxicación de Walnut Creek, no lejos de allí.

–¿Qué crees que me dirá? –le susurró.

–Que lleva mucho tiempo buscándote –respondió Dylan.

Cheyenne tomó aire. Era tan feliz en aquel momento de su vida que no podía dejar de preguntarse si no sería una locura arriesgar aquella felicidad abriendo la caja de Pandora.

Se abrió la puerta y salió un hombre alto, de aspecto demacrado. A pesar de su altura y de la dureza de sus facciones, tenía una actitud atenta y amable. A Cheyenne le gustó inmediatamente.

–Hola, Cheyenne Christensen –sonrió–. No sabe cuánto me alegro de verla.

–Gracias –consiguió decir ella.

–¿Está preparada para esto?

–Eso espero.

Se acercó a ella para estrecharle la mano y se volvió después hacia Dylan.

–Y este es...

–Mi novio, Dylan Amos.

Se estrecharon también la mano.

–Me alegro de que haya venido.

El señor Crouch señaló su despacho con un movimiento de cabeza.

–Vamos a sentarnos.

Cheyenne sentía la cálida mano de Dylan contra sus dedos helados mientras seguían a Eugene Crouch y aceptaban el asiento que les ofrecía.

–Me alegré mucho de tener noticias suyas el otro día –le dijo mientras rodeaba la mesa para tomar asiento.

–No me resultó fácil hacer esa llamada.

–Lo comprendo. Sentí enterarme de lo de... supongo que debería llamarla Anita. El cáncer es una enfermedad muy difícil.

Cheyenne no supo qué contestar a eso. No sabía por qué estaba siendo tan generoso con la mujer que la había secuestrado. Cheyenne había vuelto a revivir su enfado. Había conseguido perdonar a Presley porque había sido tan víctima como ella, pero Anita...

–¿Mi verdadera familia me está buscando? –preguntó.

–Sí, llevan mucho tiempo haciéndolo. Han contratado a un gran número de detectives privados durante años. Estuvieron trabajando con un compañero mío que siguió el rastro a Anita hasta California. Fue él el que me recomendó para que le sustituyera, puesto que él vive en Colorado.

–¿Y dónde vive mi familia?

–En Denver, también.

Un lugar en el que era habitual que nevara en invierno.

–¿Allí nací yo?

–Sí, señora –había una partida de nacimiento encima de la mesa–. Creo que esto le pertenece.

A Cheyenne le temblaba la mano cuando la agarró. Llevaba mucho tiempo esperando aquel documento, un documento al que la gente no daba la menor importancia.

–«Jewel Montrose» –leyó en voz alta, y alzó la mirada–. ¿Ese es mi verdadero nombre?

–Sí.

Jewel Montrose.

Cheyenne no recordaba que la hubieran llamado nunca así. El nombre le resultaba extraño.

–¿Puede hablarme de esa mujer rubia? ¿Era mi madre?

–¿Se acuerda de Victoria?

Cheyenne cerró los ojos y conjuró la imagen que la había confundido durante tantos años.

–Recuerdo su rostro, era muy guapa.

–Y sigue siéndolo –le aseguró el detective cuando abrió los ojos–. Pero ya no es rubia. Me temo, que, al igual que me ha pasado a mí, su pelo se ha vuelto gris.

Cheyenne se fijó entonces en la fecha de nacimiento.

–Dice que nací el cinco de julio.

–Sí, ¿ese es el día que celebra su cumpleaños?

Cheyenne negó con la cabeza. Probablemente, Anita tampoco sabía qué día había nacido, así que se había inventado una fecha, el quince de mayo. Tenía casi dos meses menos de lo que pensaba... Por lo menos, Anita no se había confundido en el año.

–¿Y está seguro de que yo soy la persona a la que están buscando? –preguntó, sintiéndose cada vez más insegura.

–Sí, es usted exactamente igual que su madre. Pero lo

más sensato sería hacer una prueba de ADN para confirmarlo. No sería una experiencia agradable que llegaran a conocerse y después...

No terminó la frase, pero Cheyenne entendía perfectamente lo que quería decir.

Si se ponían en contacto y al final descubrían que no eran familia, ambas partes sufrirían una gran decepción. Cheyenne no podía ni imaginarse lo que sería el creer haber encontrado a su verdadera familia y descubrir después que la habían confundido con otra persona.

—Muy bien. ¿Eso significa que tengo que ir a un laboratorio o...?

—En realidad, es mucho más sencillo. Aquí mismo tengo el equipo —se giró para mirar dentro del cajón—. Solo necesito una muestra del interior de su mejilla que enviaré al laboratorio. Me pondré en contacto con usted en cuanto tenga los resultados.

Cheyenne siguió sus instrucciones y en cuanto él terminó de colocar la muestra en un vial, agarró el bolso y se levantó.

—¿Cuánto tardará en tener los resultados?

—Unas cuantas semanas como mucho.

Diciéndose a sí misma que debería esperar a tener aquella información fundamental antes de seguir haciendo más preguntas, comenzó a marcharse, pero la venció la curiosidad y se volvió en la puerta.

—¿Sabe usted cómo ocurrió?

—¿El qué exactamente?

—El secuestro, ¿dónde me encontró Anita?

—En una escuela de preescolar situada cerca de un parque. Fue durante una tormenta de nieve. Todos los padres habían ido a buscar a sus hijos y hubo un accidente en el aparcamiento. La profesora se acercó para asegurarse de que no había habido ningún herido y, cuando volvió, había una niña menos en la fila.

—¿Y cómo pudieron seguirme el rastro?

–La profesora, la señora Grimwald, había conocido a Anita unos días antes. Anita se había acercado a la escuela para ofrecerse como voluntaria. Pero como el aliento le olía a alcohol y no tenía un aspecto particularmente respetable, la señora Grimwald le dijo que cualquier persona que fuera a tener contacto con los niños debía de estar dispuesta a permitir que investigaran sobre su pasado y Anita inmediatamente dio marcha atrás. Fue un comportamiento lo suficientemente extraño como para que la profesora informara a la policía. Después, alguien vio a una mujer que respondía a la descripción de Anita saliendo del aparcamiento del colegio el día que usted desapareció. Su madre se dio cuenta de que era la misma persona a la que había contratado para que la ayudara a arreglar la casa para una fiesta benéfica. Victoria le había dejado llevar a su hija mientras trabajaba y en el curso de una conversación, mencionó la escuela a la que iba.

–Sí, eso era muy propio de Anita, aprovecharse de alguien que estaba siendo bueno con ella. Así que informaron de mi desaparición.

–Inmediatamente. La policía tenía el nombre de Anita, su descripción y el modelo de coche que conducía. Gracias a que ya había cometido otro tipo de infracciones menores, tenían incluso su fotografía. Pero nunca pudieron encontrarla. En aquel entonces no respondía al nombre de Anita, cambiaba constantemente de nombre, lo que complicaba el asunto.

–Pero mi familia no renunció a encontrarme.

–No, nunca renunciaron.

Cheyenne tomó la mano de Dylan.

–¿Tengo padre?

–Sí. Walt cumple sesenta años este año. Victoria y él siguen casados y se quieren muchísimo.

Dylan entrelazó los dedos con los de Cheyenne.

–¿Y hermanos?

–Un hermano pequeño. Victoria no pudo tener más hijos después por problemas de fertilidad.

Cheyenne intentó imaginarse a Walt y a un hermano pequeño junto a Victoria, pero no pudo.

–Tenía una cama con dosel.

El detective sonrió.

–Sí, es cierto.

Las siguientes dos semanas pasaron con una agonizante lentitud. Cheyenne intentó entregarse por completo a la remodelación del hostal, que estaba tardando más de lo que esperaban. También estuvo apoyando telefónicamente a Gail, intentando despertar el interés de *Misterios sin resolver*. Quería ayudar a Eve a promocionar la nueva etapa y el nuevo nombre del hostal con el tipo de publicidad que realmente podía llamar la atención de futuros clientes. Pero en todo momento, su mente estaba pendiente de la prueba de ADN que había enviado Eugene Crouch y de lo que podría pasar después.

Estaba en el hostal cuando recibió la llamada. Eve se hallaba sentada a la otra mesa del despacho, pagando facturas, pero se volvió cuando oyó exclamar a Cheyenne:

–¡Oh, Dios mío!

–¿Qué pasa? –preguntó en cuanto Cheyenne colgó el teléfono.

–La prueba de ADN coincide. Me llamo Jewel Montrose, mi cumpleaños no es el quince de mayo, sino el cinco de julio. Y soy de Denver, Colorado.

Con un grito, Eve saltó de la silla y la abrazó.

–¡No me lo puedo creer!

–Mis padres quieren conocerme... o, mejor dicho, verme.

–¿Cuándo?

La mente de Cheyenne corría a toda velocidad.

–En cuanto pueda ir a verles. Le dijeron a Eugene que me comprara un billete de avión.

–Me parece genial, puedes irte este fin de semana. Yo

me las arreglaré bien sola. Y también puedo ir a visitar a Presley.

–En el centro no reciben visitas durante el primer mes –Cheyenne se tapó la boca y después dejó caer las manos–. Todos esos recuerdos que tenía... ¡eran auténticos!

Eve frunció el ceño.

–¿Por qué nunca me hablaste de esa mujer rubia?

–Porque no estaba segura de que existiera de verdad. No quería decir que me habían secuestrado sin tener ninguna prueba.

Eve sonrió.

–Ahora que ya tienes la partida de nacimiento, podremos ir a Europa.

–Te tomo la palabra.

–Eso si no te casas con Dylan antes de que hayamos organizado el viaje.

Cheyenne se echó a reír. Excepto cuando estaban trabajando, Dylan y ella pasaban juntos casi todo el tiempo.

–Siempre puede venir con nosotras.

–Solo si trae a alguno de sus guapísimos y problemáticos hermanos –bromeó Eve.

–Voy a llamarle.

Cheyenne se volvió para buscar el teléfono, pero antes de que hubiera podido localizarlo, Eve recibió una llamada y fue ella la que comenzó a gritar.

Cheyenne se volvió hacia ella esperando noticias.

–¡Gail ha conseguido convencer a los de *Misterios sin resolver*! Les ha prometido que Simon aparecerá como invitado en el programa si vienen al hostal y cuentan el asesinato de Mary.

–¿Y?

–¡Vendrán dentro de dos semanas!

Cheyenne había decidido ir sola a Colorado. Aunque Dylan estaba dispuesto a acompañarla, lo había preferido así. Sabía lo duro que sería para ella, pero se había convencido a sí misma de que era algo que tenía que hacer sola. Si Presley y Aaron eran capaces de continuar con el proceso de rehabilitación, ella también podría enfrentarse a su pasado.

El avión estaba abarrotado y el vuelo, por culpa del tiempo, había sufrido turbulencias, pero ella apenas lo había notado. Estaba demasiado preocupada pensando en las personas que estarían esperándola en el aeropuerto. Eugene le había dicho que sus padres, su hermano y su familia, o sea, su esposa y sus dos hijos, estarían allí.

¿Cómo serían? ¿Cómo podrían recuperar los años perdidos? ¿Qué pensarían de ella?

Su hermano solo tenía dieciocho meses cuando ella había desaparecido. Eso significaba que no se acordaría de ella, de la misma forma que ella no se acordaba de él. ¿Le importaría tener de pronto una hermana mayor? ¿No preferiría seguir siendo hijo único? Su secuestro debía de haber tenido un gran impacto en su vida. Seguramente, sus padres le habían vigilado muy de cerca, incluso le habrían sobreprotegido.

O quizá no. Era imposible decir cómo habían reaccionado sin conocerles. Cheyenne había hablado con su madre una vez mientras organizaban el viaje. Victoria parecía emocionada ante la posibilidad de verla, pero habían decidido esperar a estar juntas para poder hablar de verdad.

Lo primero que vio Cheyenne cuando fue a buscar el equipaje fue a un pequeño grupo con carteles: *¡Bienvenida a casa! ¡Te hemos echado de menos! ¡Nos alegramos de que hayas vuelto!*

Vio que en ninguno de ellos figuraba su nombre. Seguramente no sabían cómo llamarla. Había sido Cheyenne Christensen desde hacía veintisiete años.

Se detuvo antes de alcanzarlos y observó aquellos rostros esperanzados. No, su madre ya no era rubia, pero Cheyenne reconoció aquellos ojos y aquella sonrisa. El recuerdo de aquella sonrisa había permanecido indeleble en su memoria. Aunque no recordaba el rostro de su padre, su expresión mostraba el mismo entusiasmo y añoranza. Incluso su hermano y su familia parecían emocionados.

–¿Es ella? ¿Esa es mi tía? –preguntó uno de los niños.

Todo el grupo corrió entonces hacia ella, cargado de carteles, regalos y globos.

Iban todos tan arreglados, parecían tan normales, tan diferentes de Anita...

Aquellas eran las personas a las que había perdido.

–¡Por fin te hemos encontrado! –exclamó su madre.

Y se pusieron las dos a llorar.

Epílogo

Cuando Dylan fue a buscarla, Cheyenne estaba sentada en los escalones del recientemente bautizado hostal Little Mary, observando los copos de nieve arremolinándose antes de caer a tierra. Dentro del hostal estaban rodando la intervención de Simon para *Misterios sin resolver*, y sabía que Dylan esperaba encontrarla en medio de aquel revuelo, junto a Eve, Gail y todos los demás. Al fin y al cabo, lo de publicitar el hostal por televisión había sido idea suya. Pero Cheyenne necesitaba un momento para pensar en todo lo que había pasado y para disfrutar de la nieve.

–¿Qué estás haciendo aquí? –le preguntó Dylan.

Cheyenne alzó la mirada y sonrió.

–Solo estaba pensando.

–¿En...?

Cheyenne palmeó el escalón para que se sentara a su lado.

–En mi viaje a Colorado.

Dylan acercó el hombro al de Cheyenne.

–Hace frío, ¿no podrías pensar dentro?

–No sería lo mismo.

–¿Y qué me dices de ese viaje? Hace solo una semana que has vuelto, ¿estás preparada para volver a ver a tu familia?

–Sí –el encuentro había sido maravilloso. Desde que

había vuelto, llamaba a su madre todos los días–. Pero la próxima vez quiero llevarte conmigo. Los Montrose quieren conocerte.

–Me encantaría ir contigo –Dylan se inclinó para mirarla con atención–. ¿Eso es todo? ¿O hay algo más? Porque para cuando quieras entrar vas a estar empapada, y te estás perdiendo toda la diversión.

Cheyenne le sonrió. Cuanto más le conocía, más le quería.

–He tenido noticias de Presley esta mañana.

–¿Cómo está?

–Dentro de unos días podrá recibir visitas. Parece que está bastante bien.

Dylan esbozó una mueca y miró hacia el cielo.

–Me gustaría poder decir lo mismo de Aaron.

–¿Crees que no lo conseguirá?

–La cosa no tiene muy buen aspecto.

–Tú has hecho todo lo que has podido, Dylan.

Dylan pateó la nieve que había en el escalón de abajo.

–Esperemos que eso sea suficiente.

Cheyenne se sentía culpable por no hablarle del embarazo de Presley. Ella quería, pero Presley no se lo permitiría, y ese hijo era lo único que la sostenía. Era de lo único que hablaba, la motivación que se escondía tras sus ganas de reorganizar su vida. Cheyenne no quería arrebatarle algo tan importante.

Pero el hecho de que Aaron fuera el hermano de Dylan, la hacía sentirse mal por estar ocultándole la verdad.

–Pase lo que pase con Aaron y Presley... no podemos permitir que nos afecte, ¿de acuerdo?

–¿Qué quieres decir?

–Nosotros somos felices. El que superen o no la rehabilitación, o la relación que tengan entre ellos, es asunto suyo.

–Por supuesto.

A Dylan pareció sorprenderle incluso que lo comentara, pero él no sabía lo que sabía Cheyenne. Y esperaba que nunca tuviera que averiguarlo. Que Presley estuviera embarazada no significaba que el hijo fuera de Aaron.

—Me estaba preguntando...

Dylan le dio un beso en la frente.

—Allá vamos.

Cheyenne arrugó la nariz, mostrando su indecisión.

—¿Debería cambiarme el nombre y volver a llamarme Jewel?

—¿Tú quieres que te llamen así?

—No sé, creo que llevo demasiado tiempo siendo Cheyenne, y mi familia lo acepta.

—¿Y qué me dices de tu apellido?

—Definitivamente, no quiero seguir apellidándome Christensen —eso ya lo había decidido—. Creo que prefiero Cheyenne Montrose.

Dylan le dirigió una de sus sensuales y atractivas sonrisas.

—Personalmente, me gusta más cómo suena Cheyenne Amos.

Cheyenne parpadeó mientras los copos de nieve acariciaban su rostro.

—Pero eso supondría un compromiso para toda la vida —dijo sonriendo.

Al parecer, a Dylan no le asustaba la idea de comprometerse.

—¿Y si estuviera dispuesto?

Cheyenne se puso repentinamente seria.

—¿Crees que estás preparado para dar ese paso?

Dylan cambió de postura para sacar del bolsillo del pantalón una cajita de terciopelo que le tendió.

—Pensaba pedírtelo esta noche después de cenar, delante de la chimenea, pero... me parece que este es un buen momento, en medio de la nieve.

Cheyenne tardó varios segundos en darse cuenta de que Dylan no estaba hablando de una hipótesis. Se volvió y le miró boquiabierta.

–¿Lo dices en serio? ¿Me estás proponiendo matrimonio?

–Jamás en mi vida he hablado más en serio –señaló la cajita–. Ábrela.

En el interior, había una sortija con un diamante engarzado en oro y otros diamantes más pequeños alrededor de la banda.

–¡Es maravilloso! –musitó–. Tiene que haberte costado una fortuna.

Dylan le alzó la barbilla con un dedo y la besó.

–Te lo mereces. Te quiero, Chey. Llevas mucho tiempo queriendo dejar la zona del río. Podemos irnos juntos.

Cheyenne sonrió mientras el mundo a su alrededor parecía teñirse de blanco.

–¿Y tus hermanos?

–Ellos pueden quedarse en casa. Tienen edad suficiente para vivir sin mí.

Un ruido llamó la atención de Cheyenne. Se inclinó hacia la izquierda para poder mirar detrás de Dylan y vio a Eve saliendo del hostal.

–¡Aquí estás! ¿Por qué habías desaparecido?

Cheyenne le mostró la sortija.

–¡Oh, Dios mío! –Eve se agarró a la barandilla–. ¿Te ha propuesto matrimonio? ¿Te vas a casar? ¿Cuándo?

Riéndose, Cheyenne le rodeó a Dylan el cuello con los brazos.

–Lo antes posible –contestó.

ÚLTIMOS TÍTULOS PUBLICADOS EN HQN

Sin salida de Brenda Novak

La misteriosa dama de Julia Justiss

Solo un chico más de Kristan Higgins

Difícil perdón de Mercedes Santos

Promesas a medianoche de Sherryl Woods

Noches perversas de Gena Showalter

La caricia de un beso de Susan Mallery

Una sonata para ti de Erica Fiorucci

Después de la tormenta de Brenda Novak

Noche de amor furtivo de Nicola Cornick

Cálido amor de verano de Susan Andersen

El maestro y sus musas de Amanda McIntyre

No reclames al amor de Carla Crespo

Secretos prohibidos de Kasey Michaels

Noche de luciérnagas de Sherryl Woods

Viaje al pasado de Megan Hart